宁夏哲学社会科学规划课题研究基金资助
宁夏高等学校科学研究基金资助
宁夏回族自治区省级重点学科"英语语言文学"建设项目资助

宁夏大学优秀学术著作丛书

非裔美国黑人女性文学传统研究

胡笑瑛／著

中国社会科学出版社

图书在版编目（CIP）数据

非裔美国黑人女性文学传统研究/胡笑瑛著 . —北京：
中国社会科学出版社，2017.4
　ISBN 978 - 7 - 5161 - 9990 - 9

　Ⅰ.①非…　Ⅱ.①胡…　Ⅲ.①美国黑人—妇女文学—
文学传统—研究　Ⅳ.①I712.06

　中国版本图书馆 CIP 数据核字（2017）第 047624 号

出 版 人	赵剑英
责任编辑	郭晓鸿
特约编辑	席建海
责任校对	王佳玉
责任印制	戴 宽

出　　版	中国社会科学出版社
社　　址	北京鼓楼西大街甲 158 号
邮　　编	100720
网　　址	http：//www.csspw.cn
发 行 部	010 - 84083685
门 市 部	010 - 84029450
经　　销	新华书店及其他书店

印刷装订	北京君升印刷有限公司
版　　次	2017 年 4 月第 1 版
印　　次	2017 年 4 月第 1 次印刷

开　　本	710 × 1000　1/16
印　　张	23
插　　页	2
字　　数	305 千字
定　　价	99.00 元

序　一

　　笑瑛 2004 年出版了她研究托尼·莫里森的专著，2012 年在博士研究生在读期间，又出版了研究左拉·尼尔·赫斯顿的专著，时过四年，她又要出版她的第三部研究美国黑人女性文学的著作了，可见她的用功之勤。记得我上次给她的书写序的时候说：不希望她用健康为代价来做研究。但今天我看到她既保持了很高的研究效率，也保持健康和充沛的精神状态，心里非常高兴！

　　笑瑛 2009 年进南开大学攻读博士学位，确定以赫斯顿作为学位论文的选题，因为她在完成了莫里森的研究之后，一直在研究黑人女性文学，也需要选择另一个具体对象。莫里森在得了诺贝尔文学奖之后，一时成为中国的外国文学研究界最热门的论题，甚至在一次《外国文学评论》编辑部召集的学术会上，时任主编的盛宁先生声明：请大家不要再给编辑部投有关莫里森的文章了。因此，笑瑛选择赫斯顿作下一个研究对象，是一个有眼光的决定。因为，在美国的黑人女性文学史上，赫斯顿是早期代表性作家，尽管评论界对她的成就颇有争议，但却不能否认她的奠基性意义，艾丽斯·沃克甚至称她为"文学之母"。大凡做文学史现象研究的，如果不对早期经典现象做深入理解，这种研究只能是无本之木，无源之水，就可能成为一个个孤立现象的堆砌，而不是从基因解析出发而做的"家族式研究"。因为早期经典作家的出现一定是一个伟大的历史结晶，是此前文化积累的一种标志性产出，所以，在早期经典作家身上，便结构性地包容了一种文化的基因序列，通过研读这个经典现象，就可以把握这个"家族"的基因构成和价值取向，甚至可以说，就找到了打开这个"家族"的"类"属性奥秘的钥匙。就此，我对学生说：我不主张大家选择经典作家作为学位论文的选题，但是，好的研究必须从经典开始，尤其是一种文学的奠基时代的经典。所以，从大的范围说，要研究欧美文学，先要好好理解古希腊神话，好好琢磨《圣经》中的核心章节；具体一点说，要研究英语文学，就要先好好研读《贝奥武甫》和《坎特伯雷故事集》，要研究俄国文学，则要先好好研读《往年纪事》和《伊戈尔远征记》。我当年本科毕业后分配到外国文学教研室，确定把俄国文学作为自己的研究大方向，我曾对照《伊戈尔远征记》几种不同的现代俄语译本，自己把它译成中文。尽管那时候还远远不能把握俄国文学的整体特征，但这个基础性工作却奠定了我对俄国文学的"感性亲和"，即把自己从一个对象语言的"异己"逐渐变成直觉认同上的"亲缘体"。如果没有这样一个过程，你要想直接而粗暴地以一种外位性视角来统摄一种文学，虽然你可以宣称你是"合法性误读"，但从做文学研究的层面上讲，你将永远不能真正地窥其门径，或者说，你可以夸夸其谈，但可能说的都是"外行话"。在研读奠基性经典文本的同时，另外一个必要的环节就是对早期经典作家做一个专门研究，也就是我说的，经过了一个"感性亲和"的阶段之后，再进入基因考辨阶段，而这个阶段要借助于一个作家的整体研究来完成。所以我在读硕士研究生的过程中系统研究过普希金，写了几万字的普希金创作综述，毕业论文则选的是果戈理，而后来的博士论文又研究了难度大但也更具典型俄国文化色彩的陀思妥耶夫斯基。有了这些基础的经典个案研究，就可以做较为宏观的综合性研究了。

这样说来，我发现笑瑛的研究路数跟我很相像。她先做了一个最具经典意味的黑人女性作家的研究，这就是莫里森，接着做了一个早期的经典作家研究，这就是赫斯顿。尤其是对后者的研究，帮助她破解了黑人女性文学的一些关键性"基因"。赫斯顿的重要性不仅在于她是早期黑人女性文学的代表，而且还在于她是一个民俗学家。这种身份使得她对黑人文化不仅有着血缘上的天然亲和性，还有着超越一般感性认识的系统理解，而更重要的是，她在她的文学创作中把一般民俗学研究拉入对某种精神文化的升华空间，即从民俗现象的考察，上升到对其中所蕴含的价值理念的审美表达。所以，笑瑛对赫斯顿的研究采用了从黑人英语、黑人音乐、各种民俗及原始宗教等方面，来考察作家是如何将民俗学的研究转化为文学叙事的。文学叙事区别于民俗学研究的地方就在于，后者是一种描述，是对事实的归纳、记录，尽管它同样带有研究者的个性，但较少涉及研究对象的精神价值；而文学叙事则是要发现事实中隐含的影响人的"完整性"，尤其是精神完整性的因素，或者简单说，就是价值观。这样，从黑人英语中，从那些俗语俚语中，可以抽绎出对民族智慧的彰显和对民族天性的守护，如托尼·莫里森在诺贝尔颁奖演说中说的："语言如果被统治者操纵，就会肆意地残杀智慧，摧毁良知，遏制人类的创造潜力。"因此，保持黑人语言的独特性，不仅是一种民俗意义上的"文化遗产"的再现，而且是一种边缘的抗争，是对黑人的原初创造力的维护。同样的道理，文学文本中的黑人音乐以及各种民俗现象叙事，目的不仅是像建立某种"博物馆区"那样保存濒临失传的文化样本，而是要从这些受到边缘化威胁的现象中解析出那些可能成为遥远回忆的文化精神，比如文化的包容性、生命的原初活力、自然法则等。笑瑛当初对赫斯顿的研究形成了一种"基因"排序的模式，所以，在这部综合性研究著作《非裔美国黑人女性文学传统研究》中，她基本上移用了这样的分析模式，读者会发现，赫斯顿的基因在后来的诸多黑人女性作家身上得到了惊人的显现，因此，借助于这种模式，也使我们更本真地理解了美国黑人女性叙事的实质。

　　笑瑛关于美国黑人女性文学的一系列研究成果，使她成了国内这一领域的"专家"。而这也是我对学生一开始就讲的一个要求，即需要在一个集中的领域做持之以恒的研究，要积累大量的材料，不断地关注该领域研究的最新动向，有想法就写成文章，最终就会积少成多，做出真正的贡献。笑瑛自博士毕业后，还担负着繁重的行政和教学任务，因此，我其实不希望她加速度地出成果，但看到她新的著作写出来了，还是有些喜不自胜，写下这些话，权当这本书的序吧。

王志耕*

2016 年 7 月于南开大学

---

* 南开大学文学院教授，博士生导师。

序　二

　　这是笑瑛的第三本著作，也是她第三次邀请我作序。第一本是2004年宁夏人民出版社出版的《不能忘记的故事——托尼·莫里森〈宠儿〉的艺术世界》，第二本是吉林大学出版社出版的《传统中的传统：赫斯顿长篇小说研究》，此刻呈现在我面前的书稿《非裔美国黑人女性文学传统研究》是即将付梓的第三本。在这里，我首先要为笑瑛又有新作问世表示祝贺！更重要的是要为她读书治学的坚守和专注精神点赞！时下社会，受商品经济大潮的冲击，不少中青年学者浮躁不安，追名逐利，功利心强。加之当今学界主义多，理论更多，又撩拨得人们眼花缭乱。二者相互作用，导致他们争奇猎艳，浮光掠影，追求产出，结果是缺乏精品力作，作品不够专业或专业水准不高，令人浩叹！笑瑛从第一本著作开始到目前的第三本，一直坚守非裔美国黑人文学研究，始终专注非裔美国黑人女性文学探索，从点到面，从一而终，不随波逐流，不趋炎附势，令人佩服！眼下我们学界缺乏的正是这种专、精、细的专家，泛滥的多是高、大、上的"潮人"。但在高唱多元化、多样性的今天，要做到这种学术上的坚守、专注和专一，实属不易，但也不是做不到。尼采说："在自己身上，克服这个时代。"出版人刘瑞琳说："真正能够穿越时代而不朽的东西，其实是我们每个人的精神，一种专注而决绝的专业精神。这种精神，我们每个人身上都有，只是看我们有没有勇气与毅力去坚守。"在这一点上，笑瑛做到了。

　　简单来说，非裔美国黑人女性文学大致经历了四个阶段：第一阶段为始于19世纪的女性奴隶叙述时期；第二阶段为20世纪20年代开始的哈莱姆文艺复兴时期；第三阶段为20世纪60年代的创作鼎盛时期；第四阶段为20世纪70年代至今的创作。非裔美国黑人女性文学创作与文学批评虽然到20世纪70年代才真正登上历史舞台，"浮出历史地表"，但其所引领的文学思潮和批判视角，却是独辟蹊径和发人深省的。作为身份与边缘写作批评的先声，非裔美国黑人女性文学批评开辟了美国文学批评的新领域、新境地，引领了当代西方文学批评领域的新思潮，为美国黑人文学、黑人女性文学以及后殖民主义文学批评的发展与繁荣做出了不可磨灭的贡献。非裔美国黑人女性文学的发展对其他少数族裔文学的发展和第三世界妇女文学的发展都有着极大的促进作用，具有强大的生命力和积极的现实意义。

　　总的来说，国内外对美国黑人女性文学的研究已取得较大成果，并表现出研究对象不断扩大、研究内容不断增加、研究主题不断深入、研究视角不断拓宽和研究方法日趋多样等特征。虽然已有较多成果，但真正有价值、有深度的研究成果还较少，还有很大的研究空间。笑瑛的这部专著通过研究20世纪美国文学中颇具影响的五位非裔美国黑人女性作家左拉·尼尔·赫斯顿、玛雅·安吉洛、艾丽斯·沃克、托尼·莫里森和格洛丽亚·内勒来追溯非裔美国黑人女性文学传统。通过对黑人英语、黑人音乐、黑人口述传统、黑人民俗文化和黑人宗教五个方面的梳理为读者呈现非裔美国黑人女性文学的基本创作模式。在进行文本分析的同时，还将非裔美国黑人女性文学的创作机制和审美机制相联系，并做出较为深入的探讨，为其他族裔文学研究提供了一定的参考和启示，对中国女性文学研究也具有一定的借鉴意义。笑瑛这部著作的最大亮点是跳出了以前研究者基本都是从具体作家、具体作品入手研究的窠臼，将20世纪非裔美国黑人女性作家群体作为研究对象，从历史背景中凸显出来，从横向和纵向两个维度发掘美国黑人女性写作传统，为美国黑人女性文学研究提供了新视角、新方向、新方法。

　　笑瑛从研究诺贝尔文学奖获得者莫里森《宠儿》的艺术世界开始，延伸到另一著名黑人女作家赫斯顿的长篇小说研究，再到今天写出反映非裔美国黑人女性文学传统全貌的这部力作，经过十多年的辛勤坚守和专注探索，从点到面，从局部到全面，一步一个脚印，一步一个台阶，终于登上了国内非裔美国黑人女性文学研究的制高点，从而在此研究领域拥有了相当大的话语权。真是功夫不负有心人，梅花香自苦寒来！我为她取得如此大的学术成就感到由衷的高兴！

周玉忠*

2016 年 7 月 12 日

---

　　* 原宁夏大学外国语学院院长，博士生导师。

序　三

　　一直以来，"什么是英美文学的主要研究方式"这一问题困扰了我很久。是解读，是审视，是再思，是赏析，是评论；又如何解读，如何审视，如何再思，如何赏析，怎么评论，这一系列的问题一直是我想搞清楚的。每当品读文学作品时，一个场景的描述、一段内心的阐释都会使我有一种强烈的愿望——到原本的实地去探寻和感受一下当时的实景，更想了解当时当地的文化、民风、民俗，我甚至认为如果能还原作品的情景更好，因为只有这样才能让文学作品爱好者真实地了解文学作品所表现的内涵和作者写作的本意。但一直没有这样的书能帮助我走出这个困惑。

　　直到有一天，本书作者胡笑瑛教授找到了我，并告诉我她要出一本书，一本关于非裔美国黑人女性文学传统文化传播的书。她说经过多年的研究，她已不再满足于非裔美国黑人女性文学中经典作家和作品的横截面式的研究，她认为如果文学研究只做某个文本的研究会割裂作品和文学传统之间的关系，无法挖掘其深层的文化意义、文学意义和社会意义，只有将作家和作品还原至特定的历史、文化、文学、社会背景中，读者才可以更深入地理解作品的主题。作者写作的初衷与我多年的认识和想法不谋而合，为我解开了多年的困惑，让我一下子对这本书充满了期待。

　　书稿如期放在我书桌上。我被作者对非裔美国黑人女性文学所做的深入研究以及她本人对非裔美国黑人女性文学在文学历史沿革中所起作用的评述深深吸引，尤其是作者从"黑人英语""黑人音乐""黑人口述传统""黑人民俗文化""黑人宗教"等方面分章节徐徐道出非裔美国黑人女性文学书写传统的方式更是引人入胜。

非裔美国文学在当下多元化的文化格局下已经成为影响力最大的族裔文学之一，在非裔美国文学中，妇女作家是一支不可小觑的力量。非裔美国黑人女性作家借助其独特的种族和性别特点，从独特的视角揭示非裔美国黑人，尤其是非裔美国黑人女性在现实社会所遭受的歧视和压迫以及非裔美国黑人群体隐藏在内心的对平等自由的诉求。"美国黑人女性主义文学"是"以黑人女性作家、黑人女性意识、黑人女性主题与黑人女性语体"的构建和发展为标志的。回顾整个美国文学史，非裔美国黑人女性文学以独特的视域和发人深思的理论与实践在美国文学、美国文化、黑人文学史、女性文学史乃至世界文学史上都有着特别的地位。

此专著将 20 世纪非裔美国黑人女性作家群体作为研究对象，从横向和纵向两个维度梳理和勾勒非裔美国黑人女性的写作传统，为非裔美国黑人女性文学研究提供新的方向。专著通过研究 20 世纪美国文学中颇具影响的五位非裔美国黑人女性作家左拉·尼尔·赫斯顿、玛雅·安吉洛、艾丽斯·沃克、托尼·莫里森和格洛丽亚·内勒来追溯非裔美国黑人女性文学传统。通过对"黑人英语""黑人音乐""黑人口述传统""黑人民俗文化""黑人宗教"五个方面的梳理为读者呈现非裔美国黑人女性文学的基本创作模式，探寻隐藏在简单文字背后的深层创作机制和审美机制，为其他族裔文学研究提供了一定的参考和启示。

特别要说的是，作者胡笑瑛是我校著名的研究美国文学的教授，酷爱美国文学及其研究，成果颇丰，2004 年曾出版过《托尼·莫里森〈宠儿〉的艺术世界》，2012 年又出版了《传统中的传统——左拉·尼尔·赫斯顿长篇小说研究》。她长年笔耕不辍，坚定不移地追逐着她热衷的文学研究。老舍先生在《文艺与木匠》一文中描述文艺与木匠的关系时说,要想成为搞文艺的得先当好木匠,不仅如此,最好至少学会一种外国语,给自己添上一双眼睛。胡教授就是这样深深地热爱着文学,磨炼自己成为一名文艺作家,又用自己的英语专业优势默默地做着匠人的工作。她对写作就像匠人一样严谨细致,字斟句酌,反复推敲,让人读起来就好像读者与作者本人一同在探索、追逐文学研究的真谛。

这是一本值得品读的书。

丙书*

丙申年夏六月十七于家中

---

* 宁夏大学外国语学院院长博士、教授、硕士生导师。

目　　录

绪　论

在多元化的文化格局下，当下的非裔美国文学已经成为影响力最大的族裔文学之一。非裔美国作家在美国国家图书奖、普利策奖及诺贝尔文学奖等重要奖项上取得的巨大成绩，在一定程度上彰显了非裔美国文学的实力，也反映出非裔美国文学逐渐受到主流社会关注的事实。"从 2012 年美国国会图书馆发布的 88 本塑造美国的书籍中，所选书籍跨越了从 18 世纪中叶到当代的 400 余年的时间。其中有 10 本著作属于非裔美国文学范畴。从奴隶叙事到当代儿童生活，从小说到非虚构文学，这 10 本著作公认对美国文学的建构产生了巨大影响。"①美国主流社会对非裔美国文学的肯定和重视引发美国国内及国外对非裔美国文学的研究热潮。需要指出的是——在非裔美国文学中，女性作家是一支不可小觑的力量。非裔美国黑人女性作家借助其独特的种族和性别特点，从独特的视角揭示非裔美国黑人，尤其是非裔美国黑人女性在现实社会所遭受的歧视和压迫，以及非裔美国黑人群体隐藏在内心的对平等自由的诉求。20 世纪 60 年代，随着以托尼·莫里森为代表的黑人文学的第三次浪潮的兴起，非裔美国黑人女性文学成为备受评论界关注的文学一隅。

---

① 朱小琳：《美国非裔文学研究的政治在线与审美困境》，《山东外语教学》2013 年第 2 期，第 14 页。

第一节　非裔美国黑人女性文学概述

非洲裔美国文学（Afro-American Literature）又称"美国黑人文学"（American Black Literature），它的发展同非裔美国黑人的文化传统、非裔美国黑人在美国社会中的种族地位、政治地位、经济地位等因素紧密相连。与其他族裔文学相比，非裔美国黑人文学的诞生比其他任何民族文学都要艰难很多。早期的黑人奴隶被强行贩卖到美洲大陆后，在残酷的蓄奴制下从事极为繁重的工作，遭受非人待遇。"他们自己的语言、家庭、宗教、习俗统统留在了非洲，面临的是陌生的世界、陌生的语言和文化。在一个政治上由白人统治、经济上由白人控制、文化上由白人垄断的社会中，黑人文学的诞生和发展是极其困难的。"① 回顾历史，非裔美国黑人文学开始于 17 世纪末期至 18 世纪初期，是美国文学的重要分支。19 世纪至 20 世纪，非裔美国黑人文学获得了极大的发展，以托尼·莫里森 1993 年获得诺贝尔文学奖为重要标志，非裔美国黑人文学受到整个世界的关注。20 世纪后半叶，在多元文化思潮的影响下，非裔美国黑人文学逐渐从边缘成为中心，逐渐成为主流文学的一部分，是美国文学中影响力最大的族裔文学。著名黑人文艺评论家小亨利·路易·盖茨在《黑人女性文选》的前言中写道："正因为'黑色'是一种社会建构，它必须通过模仿而获得，它的文学再现也必须通过这种历史实践而存在……非裔美国作家的文学作品经常在结构和主题上延伸，或者代表了黑人文学传统的其他作品。"②

---

① 王家湘：《20 世纪美国黑人小说史》，译林出版社 2006 年版，第 1 页。
② 李嵘剑、孟庆娟：《文化批评视域下 20 世纪美国黑人女性文学》，《前沿》2013 年第 22 期，第 159 页。

　　在非裔美国黑人作家群中，以托尼·莫里森为代表的女性作家将其特殊的个人经历与独特的写作策略相结合，为非裔美国文学、美国文学乃至世界文学谱写出了一部部令人难忘的经典之作。因女性作家对非裔美国文学的特殊贡献，文学批评领域出现了"美国黑人女性文学"（American Black Female Literature）这一术语。"美国黑人女性主义文学"是"以黑人女性作家、黑人女性意识、黑人女性主题与黑人女性语体的构建和发展为标志的。在文学书写历史中，关于女性形象的描写先是男人笔下的女人，女人（白人）笔下的自己，之后黑人女性文学渐渐从种族和性别的双重挤压下如同抽丝般分离出来，形成自己独特的书写范式"①。后来，这一概念逐渐被"非裔美国黑人女性文学"（African American Black Female Literature）所替代。简单来说，非裔美国黑人女性文学大致经历了四个阶段：第一阶段为始于18世纪末期的女性奴隶叙述时期；第二阶段为20世纪20年代开始的"哈莱姆文艺复兴"（Harlem Renaissance）时期；第三阶段为20世纪60年代的创作鼎盛时期；第四阶段为20世纪70年代至今的创作。

　　整体来说，18—19世纪的非裔美国黑人女性书写几乎为空白阶段。虽然有几位黑人女性作家模仿白人的创作模式，坚持进行创作，如露西·特里（Lucy Terry）、菲利斯·惠特丽（Phillis Wheatley）等，但早期的非裔美国文学创作没有太多的技巧，大多以写实的方式讲述黑人故事，主题也多为抗议奴隶制，反对种族歧视。尽管如此，这一时期的非裔美国黑人女性书写仍被称为"艰难中的奇迹"②，她们略显稚嫩的创作标志着非裔美国黑人女性文学书写传统的开始，为后

---

① 王健、张丽莹：《美国黑人女性主义写作与女性主义批评》，《外国文学》2009年第12期，第83页。

② Frances Smith Foster, Early African American Women's Literature, *The Cambridge Companion to African American Women's Literature*, Mitchell, Angelyn & Denille K. Taylor eds., New York: Cambridge University Press, 2009, pp. 15-16.

世的非裔美国黑人女性作家开辟了道路。早期的非裔美国黑人女性作品大多以"现身说法的形式揭露奴隶制的荒谬性和反人类性，证实了黑奴渴望自由和文化的强烈要求，宣扬了欧洲启蒙运动的理性梦想和美国启蒙运动关于公民的自由梦想"①。19 世纪上半叶至 20 世纪初期的非裔美国黑人女性作家数量也不多，她们的作品大多以奴隶叙事的形式出现，主要表达了非裔美国人追求人身自由和种族平等的主题。有不少非裔美国黑人女性作家在其作品中明确提出自己的政治主张，力求在文学作品里重建黑人身份。这些作家的辛勤创作和勇敢抗争预示了 20 世纪 20 年代"哈莱姆文艺复兴"（Harlem Renaissance）出现的必然性。哈里亚特·E. 威尔森出版自传体小说《我们的尼格：或，自由黑人的生活片段》，弗兰西斯·E. W. 哈珀尔发表了最早的黑人女性短篇小说《两场求婚》。"早期的黑人文学肩负着黑人种族在文学之外的期望，这在其他的文学中是少有的。这使得黑人文学长期以来一直是黑人争取解放及平等权利的重要武器。不少黑人学者认为，这虽然促进了黑人文学的发展，但也在一定程度上制约了其文学上的更大成就。"②

置身于大的文化背景中，早期的非裔美国黑人女性文学的特点与整个非裔美国文学的特点是基本吻合的。早期非裔美国黑人文学的特点主要有以下五点：

（1）大多早期非裔美国小说接受了严格的信教禁欲主义，认同中产阶级追求个人财富的合理性，经常把重点放在对人品的考察上。节俭和勤劳、进取心和锲而不舍、守时与守信等都被用作衡量小说人物思想素质的标准。（2）早期非洲裔小说充当废奴主义抗议的工具，作家在其小说里表达对社会弊端的不满和对社会正义的呼唤。（3）早期的戏剧张力来源于小说主人公的成功意识与种族等级意识之间的冲

---

① 庞好农：《非裔美国文学史》，中央编译出版社 2014 年版，第 34 页。
② 王家湘：《20 世纪美国黑人小说史》，译林出版社 2006 年版，第 2 页。

突。早期非裔美国小说家企图通过文学作品激发白人的正义感和黑人对财富的大胆追求。(4)早期非裔美国小说家的中心艺术问题在于如何塑造丰满的黑人艺术形象，消除白人文学作品对非裔美国人形象的歪曲和贬低。非裔美国作家采用的主要方法是现实主义写作手法，而不是简单地驳斥丑化非裔美国人形象的言语。在创作中，他们的小说艺术经常让位于废奴主义思想的表达。(5)传奇剧式的情节时常出现在小说里，成为早期非裔美国小说里最常见的成分。①

到了20世纪，非裔美国黑人女性作家的创作发生了一系列变化：作品体裁丰富、题材多样，涉及诗歌、戏剧、散文和小说等形式，"如果我们以宽泛的文学定义视之，它还包括政论和时评文章，但是，在这些丰富的文学形式中，成功最多、成就最大、最富有代表性的则是小说创作。"② 非裔美国黑人小说在20世纪出现了三次高潮，呈现出蓬勃的生命力和鲜明的文化内涵。"黑人作家拥有白人主流作家缺少的族裔文化背景和文学传统，因此，在承继西方文学传统的同时，黑人小说家广泛吸收黑人民间故事、音乐、黑人布道等文化形式，变革叙述模式，赋予文本鲜明的民族特色。"③ 非裔美国黑人女性作家与非裔美国黑人男性作家相比，又面临性别歧视和性别压迫。这样的特殊社会地位注定了非裔美国黑人女性作家作品内容的丰富性和复杂性。在非裔美国黑人女性作家讲述的故事中，最有代表性的成果也是小说创作。严格来讲，非裔美国黑人女性小说并不是新生的东西，而是后代非裔美国黑人女性作家在早期奴隶叙事基础上逐渐发展起来的。小说内容从早期的写实性质逐渐转变为虚构性质，早

---

① 参见庞好农《非裔美国文学史》，中央编译出版社2014年版，第73页。
② 唐红梅：《自我赋权之路——20世纪美国黑人女作家小说创作研究》，华中师范大学出版社2012年版，第1页。
③ 朱振武等：《美国小说本土化的多元因素》，上海外语教育出版社2006年版，第123页。

期的写实手法也变为多种形式的创作手法。虽然小说的形式发生了变化，但小说创作的主题却得到延续、发展和进一步的拓展和深化。后期的小说主题从早期的渴望获得人身自由到渴望获得精神和心灵的自由；小说内容中既有对黑人历史的回顾，又有对现实生活的忠实记录，还有对美好未来的憧憬和向往。另外，非裔美国黑人女性文学中大多通过性格各异的黑人女性来反映细微隐秘的女性体验，将简单的种族压迫主题扩展到种族压迫、性别压迫甚至阶级压迫混杂在一起的"交叉体验"，为读者展现了更为广阔的社会图景，揭示出更为深刻的主题。

随着创作方法的逐渐丰富、创作主题的逐渐深化，"哈莱姆文艺复兴"时期的非裔美国黑人女性文学以较为成熟的姿态进入美国文坛。这一时期的非裔黑人作家试图通过自己的文学创作为黑人群体创造出新的价值观念和社会前景，这样的社会背景也开创了非裔美国黑人女性文学的新纪元。"哈莱姆文艺复兴"时期，白人主流社会对黑人"原始"世界的好奇心促使美国白人开启了非裔美国黑人文学作品在美国出版的大门，一些重要的出版社开始关注非裔黑人作品，并要求非裔黑人作家在作品中融入黑人文化因素。这一时期的非裔黑人作家充满了自豪感。他们时常转向黑人民间文化，并从中汲取创作灵感。非裔美国黑人作家对民间材料的广泛使用极大地促进了非裔美国黑人文学的发展。"哈莱姆文艺复兴"荟萃了美国历史上第一批有意识的非裔美国黑人作家，他们相信"文学和艺术是建立种族自尊心和传播民族文化的最佳途径。因此，这些作家被赋予了双重职责：一是大力发展文学艺术；二是在作品中塑造良好的非裔美国人形象"①。这一时期的非裔美国黑人女作家玛格丽特·沃克（Margret Walker）、杰西·雷蒙特·福赛特（Jessie Redmon Fauset）、纳拉·拉森（Nella

---

① 庞好农：《非裔美国文学史》，中央编译出版社2014年版，第136页。

Larsen）和左拉·尼尔·赫斯顿（Zora Neale Hurston）等从女性视角入手，为读者呈现了丰富细腻的非裔美国黑人女性心理，揭示了生活在多重压迫下的非裔美国黑人女性的现实处境，为非裔美国黑人女性文学的发展做出了极大贡献。在此期间，非裔美国黑人作家在其创作过程中大力发掘黑人民间素材的文化内涵，采用新的形式和语言模式，更直接、更生动地向读者叙述带有鲜明非裔文化特色的故事。从这一时期开始，非裔美国黑人作品的主题已转变为张扬的种族自豪感和高昂的战斗精神；非裔美国作家开始意识到"黑色"不是罪恶和邪恶，他们采用各种方式向美国同胞讲述黑色的美；他们不再主张融入主流社会，而是坚持对黑人民间文学传统的继承和弘扬。

　　20 世纪中期的经济大萧条终止了"哈莱姆文艺复兴"的蓬勃发展，改变了美国社会的经济和文化气候。随着美国经济的不断恶化，白人文学界、出版界和读者群对黑人文化不再感兴趣，非裔美国黑人文学作品的出版再次陷入低谷。经过"哈莱姆文艺复兴"，人们对黑人及黑人文化的态度稍有改变，但黑人受到歧视和压迫的社会现实并未得到改善，因此，以"社会抗议"为主要特征的"新文学运动"于 20 世纪 30 年代出现在美国文坛，并在 20 世纪 40 年代达到高潮。这一时期的文学潮流由理查德·赖特的《土生子》引领。有趣的是，这一时期的非裔美国黑人女性作家仍旧关注普通黑人女性的生活和命运，她们并不屈从于黑人精英所倡导的文学潮流，默默地在文学世界中坚守和发展属于自己的文学书写传统。经过长久的积淀，20 世纪 60 年代以后，非裔美国黑人女性文学迅速发展，一跃成为世界文学领域内不可忽视的力量。保尔·马绍尔（Paul Marshall）、艾丽斯·沃克（Alice Walker）及托尼·莫里森（Toni Morrison）、玛雅·安吉罗（Maya Angelou）是这些黑人女作家的代表，她们的创作极大地拓展了小说题材，革新了表现手法，在狭义上完善了非裔美国黑人女性文学，在广义上丰富了美国文学和世界文学。自 20 世纪 70 年代以来，非裔美国黑人女性文学的创作呈现出一种自觉、自主的存在，获得了极大成功。正如非裔美国黑人女性文学评论家霍顿斯·斯皮勒斯所指出的："现在，美国黑人女性写作群体可以被视为国家生活中的一个蓬勃、新鲜的客观事实。"① 20 世纪末期至 21 世纪初期，非裔美国黑人女性文学的创作呈现出更加丰富多彩的形式：创作手法在继承和保留传统的同时借鉴大量现代和后现代文学要素，大大革新了写作手法；创作主题也突破了早期较为狭隘的民族主义，迈向国际主义。非裔美国黑人女性作家从黑人女性的视角入手，关注全人类面临的问题，如伦理、生态、爱、死亡等，进一步使非裔美国黑人文学从边缘进入中心，在世界文学领域拥有独特地位。作为一种集体的文学想象活动，非裔美国黑人女性文学为美国文学开创了新的视野，为美国小说的本土化贡献了特殊力量。

回顾整个美国文学史，非裔美国黑人女性文学以独特的视域和发人深思的理论与实践在美国文学、美国文化、黑人文学史、女性文学史乃至世界文学史上都有着特别的地位。虽然处于边缘写作的特殊状态，但非裔美国黑人女性文学的书写彻底改变了读者的深层思维方式与认知模式，加深了读者对边缘文学和少数族裔文学的认知和理解。非裔美国黑人女性文学的发展对其他少数族裔文学的发展和第三世界妇女文学的发展都有着极大的促进作用，具有强大的生命力和积极的现实意义。从其发展线索来看，非裔美国黑人女性文学，"尤其是小说创作及批评理论经历了从描述到抗议、从激进到内省、从对黑人民族性的倡导到对人类共同问题的关注这一逐步成熟的阶段。其视角已从自身的命运折射到了人类生存的困境这一广阔的层面上"②。

---

① 唐红梅：《种族、性别与身份认同》，民族出版社 2006 年版，第 4 页。
② 程锡麟、王晓路：《当代美国小说理论》，外语教学与研究出版社 2001 年版，第 194 页。

　　非裔美国黑人女性作家尤其关注黑人女性所遭受的种族歧视和性别歧视的双重压迫，展现了她们追求自我、平等、幸福的奋斗经历，深切表达了非裔美国黑人妇女的焦虑感和疏离感，让读者从黑人女性的角度了解黑人民族的历史和现状。非裔美国黑人女性作家用独特的笔调书写黑人民族发展历史的同时，也表达了黑人精英知识分子对物质世界和精神世界的追求和思考，表达了黑人女性对自我、身份和文化根源的探寻。非裔美国黑人女性作家凭借自己优秀的创作才能获得了文学领域的话语权，其作品既有鲜明的政治特色，又有高度的艺术魅力，主题涉及种族、性别、阶级等，是美国文学传统不可或缺的部分。非裔美国黑人女性文学因其独特的叙事风格、多样的叙事手法、深厚丰富的文化底蕴、深刻的主题而引起学界许多批评者的关注。有关非裔美国黑人女性文学的批评已触及文学、哲学、历史学、文化研究、人类学、社会学、心理学等领域。进入 21 世纪，非裔美国黑人女性文学的发展呈现出稳步发展的状态，其写作传统逐渐完善，自成体系，成为文学领域内的特殊文化遗产。因此，对非裔美国黑人女性文学书写传统的研究具有重要的现实意义和学术价值。

第二节　批评综述

　　对于少数族裔来说，"文学是战胜文化危机和赢得民族身份、颠覆西方加在他者身上的意识形态的有力武器；保持本民族文学特色，兼容其他民族的优秀文化传统，会使本民族的文化更有生命力和持久力"[1]。

---

[1] 曾梅：《托尼·莫里森作品的文化定位》，山东人民出版社 2010 年版，第 277 页。

多元文化策略使非裔美国黑人女性文学作品极富政治性和艺术魅力，成为后殖民文学中的最强音。在非裔美国黑人文学传统中，非裔美国黑人女性作家找到了创作的源头，她们认同这一传统，并把自己的创作纳入这一传统之中。这一传统帮助她们建立起文化归属感和集体归属感，凸显了非裔美国黑人女性集体被淹没的声音。正如艾丽斯·沃克所说："我首先关注的是我的民族的精神生存，它的完整生存。但在此之外，我又致力于探索黑人妇女所遭受的压迫，她们的疯狂、忠贞和胜利。"① 1993 年获得诺贝尔文学奖的非裔美国黑人女性作家托尼·莫里森也说："我真的认为，作为一名黑人和女性，我可以进入的情感和感知领域比既不是黑人也不是女人的那些人要宽广得多……我的世界没有因为我是一名黑人女性作家而缩小，相反，它变得更加辽阔。"② 对于非裔美国黑人女性作家来说，创作是一种思考方式，更是一种生存方式。莫里森曾经指出："……没有写作我就无法生活。我想，如果所有出版人都消失了，我仍旧会写作，因为它是我无法克制的冲动。我以写作这样的方式思考。"③ 基于非裔美国黑人女性作家特殊的性别和精神体验，其作品有着非裔黑人男性作家不可企及的高度和深度，在美国文坛独树一帜。20 世纪 70 年代前后登上文坛的非裔美国黑人女性作家成长于民权运动时期，大多获得了进入高等学校接受教育的机会，并且大多直接投身于这场运动，"社会氛围的变化和自我修养的增强带给这些黑人女作家的，是对写作身份的自觉认识和高度重视，从而推动她们在创作中不断反思自己获得发言权利的渠

---

① John O'Brien, ed., *Interviews with Black Writers*, New York: Liveright, 1973, p. 192.

② Toni Morrison, *Black Literature Criticism*, Vol. 3, edited by James P. Draper, Detroit: Gale Research Inc., 1992, p. 1422.

③ Danill Taylor-Guthrie, *Coversation with Toni Morrison*, Jackson: University of Mississippi, 1994, pp. 23-24.

道、方式，以及为谁发言的道德立场问题"①。非裔美国黑人女性作家独特的生存方式使非裔美国黑人女性文学呈现出一种与美国文学既相像又不同的"混杂性"特征与"双重声音"，有着非常重要的研究价值。

寻求和建构黑人群体的文化身份是非裔美国黑人女性文学的重要命题和历史使命。非裔美国黑人文学史是黑人寻求接纳、认可，赢得尊重的历史，非裔美国黑人女性文学中对文化身份的寻求、定义与建构打破了传统的、僵化的、白人主流的、父权制文化框定的族群文化身份，代之以流动的、差异的、主体的黑人女性生存体验，给主流文学带来了创新式变革。非裔美国黑人女性作家在其作品中重塑、丰富了黑人女性形象，大量挖掘、使用黑人民俗材料及神话材料，极大地拓展了女性文学的写作技巧和方法。非裔美国黑人女性作家关注黑人女性在种族歧视、男权主义以及日常生活困境等多重压迫下的悲惨命运，她们的作品向读者展现了种族、阶级、政治及文化压迫下黑人女性追求自由、寻求自我的心路历程。她们将黑人文学传统的现实主义手法和后现代主义文学手法结合，将现实与神话、梦幻相结合，运用象征、荒诞、意识流等手法，采用时空交错、交叉独白的结构等写作策略，极大地丰富了文学创作手法。非裔美国黑人女性作家从独特的视角梳理了黑人民族的历史，描绘了黑人民族的生存现状，对黑人民族的解放道路做出了深刻思考。因此，非裔美国黑人女性文学对黑人民族的生存和发展有着重要的启示意义。

非裔美国黑人女性作家的作品中所蕴含的深邃、丰富的思想和古老、久远、神秘的文化意蕴需要总体把握，也需要从不同的批评角度进行深入探讨。非裔美国黑人女性文学作品深深根植于非洲传统文

---

① 唐红梅：《自我赋权之路——20世纪美国黑人女作家小说创作研究》，华中师范大学出版社2012年版，第80页。

化，只有将她们的作品与非洲传统文化相联系，才可以理解蕴含在作品字里行间的深刻含义以及作品中呈现的精神呼唤。正如格尔林·格里沃尔评价莫里森的那样：非裔美国黑人女性作家的"小说是多声音的、多层次的，是写作艺术，也是演说艺术，既是通俗的，又是高雅的"①。非裔美国黑人女性作品中深刻的主题、深厚的文化积淀、深远的历史蕴含及独特的叙事手法都为后代作家提供了写作模式，非裔美国黑人女性文学的创作将世界女性文学创作推到了一个新的高度。

如何运用非裔民俗传统的语言、意象及修辞方式来获得美的建构以及读者的认同，从而构建与主流经典并行的他者形象，是非裔美国文学传统形成和发展的重要内容。非裔文化传统中的民间艺术，包括音乐、宗教、舞蹈与民俗文化等都应当还原到艺术的本初形态，研究其在非裔文学中的移植所产生的艺术创新。作为非裔文学艺术的研究者应该把握黑人民俗文化在非裔文学传承中的表现和价值。基于非裔美国黑人文学的复杂性、多元性和杂糅性，其批评内部存在很多异质的、多元的声音，但是，"美国非裔文学不应被宏观的族裔身份归属和性别话语的政治诉求所掩蔽，而是应在美的形式研究上深化对非裔文学的特殊性理解，从而更好地阐释族裔文学对人文精神的体现和发扬，而这也正是文学的终极价值"②。

20 世纪的非裔美国黑人女性文学书写"主要是建立在对白人主流文学的解构以及对黑人女性文学传统建构的基础上"③，它并非独立于真空而存在，也不是单纯的政治产物，而是历代作家在写作的过程中

---

① Grewal G., *Circles of Sorrow*, *Lines of Struggle*：*The Novels of Toni Morrison*，Baton Rouge：Louisiana State University Press，1998，p.1.
② 朱小琳：《美国非裔文学研究的政治在线与审美困境》，《山东外语教学》2013 年第2 期，第 17 页。
③ 孟庆娟、王军：《美国黑人女性主义书写与身份批评研究》，《前沿》2014 年第1 期，第 186 页。

传承、修正非裔美国黑人女性文学传统的过程中逐渐发展起来的。回顾和梳理非裔美国黑人女性文学传统对于了解非裔美国黑人女性文学作品及整个非裔美国黑人女性文学史有着举足轻重的作用。概括来讲，对非裔美国黑人女性文学的批评已经远远超越了传统文学研究的范畴。很多批评家从历史主义、马克思主义、文化研究、心理研究、后殖民主义、后现代主义、哲学、美学及跨学科等方面进行文学研究。还有很多跨学科研究从音乐、意识形态、叙事、政治、社会、历史、视觉媒体、性别等不同角度挖掘非裔美国黑人女性文学的多重意义，为读者展现出更为广阔的研究视野，呈现出当代文学批评的流变和发展趋势。有关历史批评、文化唯物主义、文化研究、非裔美国文学批评、伦理批评及科学与文学理论的关系等内容向读者展示了文学本身、文学研究和文学批评在对少数族裔的身份认同、当代社会的和谐发展和不同文明之间的对话交流等重大问题上所具有的特殊意义和巨大潜能。总体来说，国内外对美国黑人女性文学的研究已取得较多成果，涉及的内容比较全面，宏观研究角度有：文化学（对黑人文学传统的继承和对黑人妇女文化身份的界定）、社会学（种族歧视、性别歧视等深度思考）、女性主义（成长小说、女性身份构建）、后殖民主义（奴隶制后遗症）、叙事学（写作技巧）、神话原型批评（希腊罗马神话、《圣经》神话、黑人民间传说等）、心理学（民族记忆与集体创伤）、伦理学（探讨文本中的各种伦理关系和伦理问题，将黑人民族的思考扩展到对整个人类的思考）等。微观研究角度为：祖先崇拜、死亡、家庭生活、民间故事、鬼魂故事、口头传统、音乐、舞蹈、友情、爱情、亲情等。需要指出的是，在非裔美国文学的研究过程中，出现了以小亨利·盖茨和贝克为代表的非裔文学理论。无论是从美学的角度还是哲学的角度，非裔理论家大多倚重文学文本，揭示黑人文学的文化魅力，探讨黑人独特的民族经历和体验，突破传统的写作手法和批评范围，是诗学与其他学科之间的跨学科融合。非裔文学理论虽反映了非裔批评家对少数话语的关怀，突出非裔文化的差异性，力图实现对白人主流文化的改写、修正、倒转或颠覆，努力建构有别于白人文化的差异性文化话语体系，在非裔文学理论构建过程中，发展成熟且已成体系的西方文论为非裔文学理论提供了理论参照和文学资源，两者相互借鉴、相互挪用、相互改写或在颠覆着的同时相得益彰，极大地促进了非裔美国黑人女性文学的研究，突破了依据白人主流文学批评方法进行研究的局限。

21世纪以来，非裔美国黑人女性文学的创作和批评呈现出多元发展的态势。非裔美国黑人女性作家通过书写，让读者意识到了黑人的存在、女性的存在，文本中对于普通人如何保持尊严、获得独立和自由的探寻永远不会过时。但是，非裔美国黑人女性文学无法规避的种族话题和政治内容在很大程度上限制了学界的研究视角，西方学者大多注重对非裔美国黑人女性作家作品中文化意识形态的分析，侧重于文本外的社会历史环境，局限于政治文化批评的研究方法，相对忽视对作品的艺术形式和审美特征研究，应该有更多研究者超越文本中所反映的种族问题，而更加关注其社会意义和美学价值。虽然已有较多成果，但真正有价值、有深度的研究成果还较少，还有很大的研究空间。

近年来，我国国内对美国黑人女性文学的研究数量不断上升，研究视野不断拓展，研究的对象和文本更为丰富，各种外国文学理论的介入使非裔美国文学研究的广度和深度都有了质的飞跃。随着大量西方批评方法被引入中国，我国外国文学领域内呈现出中西融合、多元共存的局面，大大推动了我国国内有关外国文学研究的发展，如强调意识形态的政治批评，以社会和历史为出发点的审美批评，在心理学基础上发展起来的精神分析批评，在人类学基础上产生的原型—神话批评，在语言学基础上发展起来的形式主义批评，在文体学基础上发展起来的叙事学批评，还有接受反应批评、后现代殖民批评、女性主义批评、新历史主义批评、文化批评等。我国学术界自 1978 年发表第一篇有关非裔美国文学研究的学术论文以来，从研究范围到理论探讨经历了逐步深入的过程。20 世纪 80 年代以来的研究也出现逐渐细化的特征。随着研究数量的增加，研究角度、研究对象和研究方法也出现多元化趋势，非裔美国文学研究的广度和深度都有了质的飞跃。但是，当下的非裔美国文学研究在国内呈现出政治话语裹挟审美价值的倾向，政治话语批评的主导使非裔文学研究出现单一化的浅表研究模式，文学文本的美学特质遭到掩蔽。因此，"中国的美国非裔文学研究应该立足于本土文化立场，研讨非裔文学的美学表征，从而推动美国非裔文学研究的深化发展"[①]。

　　本研究的选题源自以下几个原因："（1）20 世纪美国黑人女性作家小说创作取得了辉煌的成绩，屡次获得美国乃至全世界的文学大奖，代表着黑人文学发展的新成就，其实绩获得了批评界和创作界的高度赞扬。（2）黑人女性作为种族、阶级、性别多重奴役的受害者，在美国黑人这个弱势群体中处于更弱势的地位，与反映种族解放的宏大叙事相比，她们的生存体验以及再现更能呈现出存在境遇的差异，这一更具个体存在体验的材料，为我们认识美国黑人文学的创作提供了更加翔实和鲜活的材料，为我们反思当下的西方现代性叙事提供了更具纠正性的视角。"[②]（3）迄今为止，虽然国内外对非裔美国黑人女性作家作品有了较多研究，但大多研究成果都是从具体作家、具体作品入手，很少有人将 20 世纪非裔美国黑人女性作家群体作为研究对象，从历史背景中凸显出来，从横向和纵向两个维度梳理和勾勒非裔美国黑人女性的写作传统，为非裔美国黑人女性文学研究提供新的方

[①]　朱小琳：《美国非裔文学研究的政治在线与审美困境》，《山东外语教学》2013 年第 2 期，第 14 页。

[②]　唐红梅：《自我赋权之路——20 世纪美国黑人女作家小说创作研究》，华中师范大学出版社 2012 年版，第 24 页。

向。因此，本书将以 20 世纪非裔美国黑人女性文学为主要研究对象，以 20 世纪非裔美国黑人女性文学作家群中涌现的五位大师级作家为主要例证，探寻隐藏在简单文字背后的深层创作机制和审美机制。为了确保研究的有效性，主要选取了左拉·尼尔·赫斯顿、玛雅·安吉洛、艾丽斯·沃克、托尼·莫里森和格洛丽亚·内勒五位影响比较大的作家。

第一章　隐匿于世俗文本中的黑色精灵——黑人英语

在美国的社会结构中，与占统治地位的、主流的白人文化相比，黑人文化是附属的、受支配的和边缘性的。非裔美国黑人的先辈大多是来自非洲的奴隶，他们无法弃绝融入血液的非洲文化，又不得不在异文化的环境中求生存。在这样的生存境遇下，异文化的压力和传统文化的萦绕使他们必须面临生命延续、身份认同、持续抗争及文化传承等多重困境。这种独特的生存方式也决定了非裔美国黑人对世界的领悟、对个人体验的表述与主流社会存在一定的差异，而这种差异正是非裔美国黑人文学的特殊性。

由此，非裔黑人作家与批评家必须面对两种传统，即自己的非洲文化传统和西方文化传统。前者是其文化的源头，而后者是他们生存的现实。此时，他们就必须借助社会主流的语言形式，即英语，进行文学创作和批评实践。在西方文化背景中凸显自身有明显差异的文化传统和民俗风格，在英语的标准表述中突出自己的异质特点，从而以自身对世界的领悟和体验对其生存境况加以美学意义上的编码，在此基础上，探索并追问人类生存的意义。显然，这种差异性成为文化与文学丰富性的表征，同时也成为美国黑人文学、文论及小说理论最具影响力的方面。①

---

① 参见程锡麟、王晓路《当代美国小说理论》，外语教学与研究出版社 2001 年版，第 193 页。

从历史的角度来看，非裔美国黑人的先民是被迫来到新大陆的，他们对赋予其奴隶地位的语言符号系统存在根本的怀疑和抵触，但是，为了生存的需要，他们又不得不学习并以这一语言进行基本的言说。于是，他们在学习并运用这一语言的同时又对其进行改造，以抵制传统文化的丧失和自我身份的解构。随着黑人数量的增加、生活条件和经济条件的改善、社会地位和政治地位的逐渐提高，真正属于黑人的英语逐渐形成。这种借助白人标准英语发展起来的，又与标准英语大相径庭的"黑人土语"对非裔文化的延续和非裔美国黑人文学的生成有着特殊的重要意义。

"黑人性"（Blackness）是非裔美国黑人文学区别于其他族裔文学的重要标志，而体现"黑人性"最为直接的标志则为"黑人英语"。语言是思想和文化的载体，"人们可以通过语言这个中介去影响、左右、控制其意识、思维、价值观和世界观。每种文化都会形成自己的语言场，而每一个语言场都会形成一套独特的习俗、动机、价值观、伦理观和审美观"①。近年来，越来越多的语言学家认为，语言可以反映一个民族的价值体系，语言结构决定"使用这一语言的人们观察世界的态度和方式"②。福柯、巴赫金、伊格尔顿等人都对语言和权力、语言和知识之间的关系进行过思考和研究。社会语言学家格内瓦·斯密斯曼指出："语言在观念、意识形态以及阶级关系的形成过程中起着控制性作用。在很大程度上，意识形态和观念是对现实进行社会语言构建的产品。"③

作为界定民族属性的标志，语言和文学之间有着不可割裂的关

---

① 嵇敏：《美国黑人女权主义视域下的女性书写》，科学出版社 2011 年版，第 167 页。

② Bernard W. Bell, *The Contemporary African American Novel: Its Folk Roots and Modern Literary Branches*, Beijing: Foreign Language Teaching and Research Press, 2007, p. 44.

③ Geneva Smitherman, "What is Africa to Me? Language, Ideology and African American", *American Speech*, 66, No. 2 (Summer 1991), p. 117.

系。文学是以语言为媒介的艺术，而语言又是民族文化最具本质意义的要素和载体，是用于传递文化信息的符号系统。斯蒂芬·亨德森认为："文学是把经历用语言组织成优美的形式。"[①] 在少数族裔文学领域内，为了凸显民族特点，传承和保存民族文化，不同种族的作家都在其创作中使用富有本民族特点的语言，非裔美国黑人作家也不例外。大多数的非裔美国黑人作家在创作中大量使用源自黑人民间的方言，即"黑人方言土语"（Black Vernacular），也被称作"黑人英语"（Black English）。近年来，学术界对非裔美国黑人文学的关注程度越来越高，对黑人英语的研究也成为非裔美国黑人文学和非裔美国黑人文化研究的重要部分。

第一节　黑人英语的形成

在学术界有关"黑人英语"的定义还存在一些争议，这一情况的出现"不仅因为其本身复杂的政治、社会和历史原因，还因为使用这一语言的人们没有特定的社会阶级和地理界线"[②]。"黑人英语"或"美国黑人英语"（Black American English，简称为 BAE），这一名称是相对于"美国标准英语"（Standard American English）而言的。在学界，"美国黑人英语"还有不同的名称：非裔美国黑人英语（African American English，简称 AAE）、非裔美国黑人语言（African American Language，简称 AAL）、非裔美国黑人土语（African Ameri-

---

[①] Stephen Henderson, *Understanding the New Black Poetry: Black Speech and Black Music as Poetic References*, New York: William Morrow, 1973, p. 4.

[②] Marcyliena Morgan, *Language, Discourse and Power in African American Culture*, Cambridge: Cambridge University Press, 2002, p. 65.

can Vernacular English，简称 AAVE）；黑人土语（Black English Vernacular，简称 BEV）等；此外，"美国黑人英语"也俗称为"黑人方言"（Negro Dialect）。根据黑人英语研究专家、社会语言学家威廉姆·拉博夫的定义，所谓"美国黑人英语"是"指美国大部分黑人所讲的，相对统一的一种英语方言，是一种健康的、活的语言形式，它表明了黑人发展自己语法体系的一系列符号"[①]。"美国黑人英语"作为美国英语的一个重要分支而存在已经成为不可否定的客观事实。长期以来，因为特殊的社会和历史原因，"美国黑人英语被认为是贫穷和无知的指征"[②]，被认为是次等的或低劣的英语变体，是社会和经济地位低下的黑人所使用的一种不标准、不规范的方言土语，并不被主流社会所接受。但是，这种对黑人英语极其贬抑的观点在语言学上是没有科学依据的。

"美国黑人英语"的形成和发展受到时间、地域、种族、社会、政治等多种因素的制约，经历了漫长的演变和发展过程。简单来说，"美国黑人英语"是 16 世纪后期至 19 世纪中期盛行于美国南部的在奴隶制下生成的产物，后来随着黑人向北迁移而扩展到美国各州的贫民阶层。由于黑人民族特殊的历史经历，黑人在美国社会、政治、经济、文化等方面都处于劣势，黑人英语也因此受到贬抑和歧视。虽然黑人英语一直是被白人甚至其他族裔鄙视的语言变体，但对于美国黑人来说，黑人英语承载着黑人群体丰富的历史和传统文化，对民族文化的延续及民族文学的生成有着特殊的重要意义，是美国黑人群体身份最重要的标志之一。虽然语言学家对黑人英语是一门独立的、合法的语言变体这一事实绝少争议，但他们对黑人英语的起源却有很大分

---

① William Labov, *Language in the Inner City: Studies in the Black English Vernacular*, Philadelphia: The University of Pennsylvania Press, Inc., 1972, p. 13.

② Marcyliena Morgan, *Language, Discourse and Power in African American Culture*, Cambridge: Cambridge University Press, 2002, p. 70.

歧。有关黑人英语的起源主要有三种理论观点：克里奥尔语源说、转换语法说、民族语言学说。

　　推崇克里奥尔语源说的语言学家认为：美国黑人英语有可能源自黑人奴隶在美国南部种植园中使用的一种语言，早期被人们称作"西非混杂英语"。"1619 年 8 月，一艘荷兰船在英国海军的护航下驶到弗吉尼亚的詹姆斯镇，留下了 20 名非洲黑人，拉开了贩卖黑奴的序幕"①，宣告美国奴隶制的开始，也宣告美国黑人英语的诞生。非裔美国黑人的祖先来自非洲不同的部落和国家，如几内亚、加纳、科特迪瓦、刚果和贝宁等地，分属于不同的民族，在语言、文化和习俗方面存在巨大差异。在"中间通道"② （Middle Passage） 的贩奴船上，在陌生的新大陆，来自非洲不同部落的黑人因语言不同而无法交流，为了生存，他们被迫学习和使用白人的语言——英语。早期的黑人奴隶使用一种西非部落方言和早期美国英语混合的语言，称作"西非混杂英语"，也称作"黑人皮钦语"③ （Negro Pidgin），或译作"黑人洋泾浜语"。可以说，美国黑人英语脱胎于"黑人皮钦语"，是黑人奴隶为了适应新的生存环境，将非洲土语和欧洲英语混合在一起，在多种语言的交融中逐渐衍生出的一种语言，其语法结构与语言功能均来源于非洲传统文化和奴隶贸易过程中进行的社会调整，其词汇和表达方式尽可能保存非洲文化的价值内核。在新大陆背景下，西非混杂英语继续与美国文化、美国英语交融，形成了一种独特的语言体系，称作

---

　　① 朱振武等：《美国小说本土化的多元因素》，上海外语教育出版社 2006 年版，第123 页。

　　② "中间通道"特指将黑人从非洲大陆运往美洲的海上旅程。因为旅途遥远，贩奴船上食物匮乏，生活条件恶劣，很多黑人都死在贩奴船上，尸体被随手抛在大海中。这一过程成为黑人民族记忆中最为惨痛的伤痕，成为黑人民族心理上极大的创伤。

　　③ "洋泾浜语"是指操不同语言的群体为完成某种有限的交际需要而发展起来的一种辅助语言。

"克里奥尔语"或"克里奥尔化的英语"①,"这种语言倾向于避免词尾辅音,词尾和元音后的 r 都不发音"②。随着南北战争的结束和南部黑人向北部城市迁移现象的出现,语言同化现象愈演愈烈,克里奥尔语与美国标准英语交融共生,逐渐成为一种平行于美国标准英语的语言变体,被人们称为"黑人英语"。随着社会和经济的发展,美国黑人英语逐渐流传到南方各大城市和北方很多城市,成为一种被美国社会普遍接受的英语方言。

转化语法说则认为从深层结构来说,黑人英语和白人英语的语言模式是基本相同的。通过对形态及句法结构的比较,语言学家发现黑人英语和白人英语拥有同样的基础语法结构。他们认为黑人和白人的语言行为差异主要表现在表层结构上,在深层结构上白人和黑人的语言行为是一致的。这一观点的代表人物卡罗尔·普发(Carol Pfaff)曾经这样阐述:"美国黑人英语发展过程中似乎并不包括一个克里奥尔化阶段。这是因为黑人英语的源起历史中,克里奥尔化的各种社会先决条件并未完全具备,尤其是当时的奴隶主禁止分散在闭塞环境中的奴隶有团结一致的力量……所以,黑人奴隶及其后代所说的英语本质上是白人社会使用的语言,只不过干扰略有不同罢了。"③ 坚持转换语法说的语言学家强调黑人英语与标准英语的内在一致性,弱化黑人英语的文化特点。

民族语言学家则认为当代黑人英语是非洲闪含语和班图语在北美的延续。民族语言学家一方面接受克里奥尔语源说的观点,另一方面又坚决反驳非洲语言在深层结构上存在不连续性的观点。民族语言学

---

① "克里奥尔语"是指已成为某一群体母语(本族语)的洋泾浜语,用于该群体部分或全部的日常交际的一种语言。

② 张雅如:《谈美国黑人英语》,《汕头大学学报》1996 年第 5 期,第 7 页。

③ 郭智勇、潘洁:《美国黑人英语起源及其历史发展》,《河北联合大学学报》2013 年第 6 期,第 126 页。

家认为转化语法说的观点从历史语言学的角度来讲是站不住脚的。对于转化语法说中认为非洲黑奴通过模仿白人奴隶主获得语言结构的观点违背了逻辑。民族语言学家认为，从社会语言学和心理语言学的角度来讲，人类对语言和副语言暗示的习得是在使用这门语言的环境中产生的。尽管环境可以固化和保持现有语言的差异，但环境本身并不会导致黑人英语和白人英语的根本差异，因此，黑人英语是非洲语言的延续的观点是符合事实的。

不管这三类观点对黑人英语的起源分歧何在，美国黑人英语来自民间、来源于生活这一事实是无可争辩的。黑人英语生动、具体、丰富多彩，具有很强的表达能力，是"一种健康的、活的语言。它反映了一个正在发展中的民族语言的种种语法特点以及其他方面的语言学特点。在大量的研究基础之上，拉波夫得出结论：很明显，黑人英语没有向标准英语靠拢，相反，它在走自己的路"①。黑人英语的词汇、句法、语法及文化表述等方面都是丰富复杂的，随着社会的发展和语言自身的发展规律，黑人英语正在经历着新的变化。

"语言是文学的媒介，正像大理石、青铜、黏土是雕塑家的材料。每一种语言都有它鲜明的特点……用一种语言的形式和质料形成的文学，总带着它的模子的色彩和线条。"② 很多非裔美国黑人作家认为，要想创造出真正属于黑人民族的文学就要使用真正属于黑人民族的语言来传递黑人民族独特的文化观和价值观，而不是屈从于白人主流文化及主流语言。著名黑人文学评论家及理论家亨利·路易·盖茨指出："是其语言，黑人文本中的黑人语言，这才是表达我们文学传统

---

① Henry Louis Gates, Jr., *The Signifying Monkey*: *A Theory of Afro-American Literary Criticism*, New York: Oxford University Press, 1988, p.16.
② ［美］爱德华·萨丕尔：《语言论》，陆卓元译，商务出版社1985年版，第199页。

中特别品质的东西。"① 世界文学史上第一位获得诺贝尔文学奖的黑人女性作家托尼·莫里森也强调了语言的重要性,她在颁奖演说中指出:"语言如果被统治者操纵,就会肆意地残杀智慧、摧毁良知、遏制人类的创造潜力。"② 对于黑人文学来说,如果在创作中模仿主流社会的语言,抹杀黑人语言的特点,黑人文学的内在精华就会消失。非裔美国黑人作家相信,"可以呼吸的人类的声音可以通过节奏、意象、词汇、句法和其他语言中的特点而在书面中获得生命"③。黑人英语凝聚着黑人民族在远离其文化母题的异文化语境中所进行的文化抗争,"是美国地道的民族语言,它直接来源于生活,没有书面语言的生硬和造作;它盛大,具体,丰富多彩,充满生机,具有很强的表达能力"④。自非裔美国黑人文学出现以来,非裔美国黑人作家在创作时经常采用黑人英语来表达自己的民族特性,塑造贴近生活的黑人形象,反映生动真实的黑人生活,传递丰富多样的黑人文化。黑人文艺理论家亨利·路易·盖茨指出:"黑人作家,和黑人文学评论家一样,通过阅读……学会了写作……结果,黑人的文本与西方文本很相像。但是,黑人文学对西方文学形式上的重复总是带着黑人自己的特点,这一特点在具体的语言运用中非常突出地体现出来。"⑤

作为一种语言变体,黑人英语有一套自己的语法和规则,有其典型的词汇、句法、语法和修辞手段,是一个合乎逻辑、结构严密的语言变体,是一个结构完整、与标准英语平行使用的语言系统,具有其

---

① Henry Louis Gates, Jr., *Figures in Black: Words, Signs and the "Racial" Self*, New York: Oxford University, 1987, p. 21.

② [美] 托尼·莫里森:《20 世纪诺贝尔文学奖颁奖演说词全编》,毛信德等译,百花洲文艺出版社 2001 年版,第 932 页。

③ John F. Callahan, *In the African-American Grain: the Pursuit of Voice in Twentieth-Century Black Fiction*, Chicago: University of Illinois Press, 1988, p. 14.

④ 朱振武等:《美国小说本土化的多元因素》,上海外语教育出版社 2006 年版,第 143 页。

⑤ Henry Louis Gates, Jr., *The Signifying Monkey: a Theory of African American Literary Theory*, New York: Oxford University Press, 1988, p. 202.

鲜明而系统的语言特征。其简化的语法、流畅的音韵和灵活的变化使得黑人英语具有强大的生命力，黑人英语成为"黑人个体及黑人社区文化模式的编码"①。面临标准英语对黑人英语的冲击，面对主流文学的艺术欣赏标准对黑人文学审美规则的同化，非裔美国黑人女性作家敏锐地感觉到了黑人英语的价值和重要性，并在其作品中忠实记录了源自黑人日常生活的"活的"语言，为黑人文化的传播和保存贡献力量。

第二节　黑人英语的基本特征

虽然黑人英语是与标准英语并存的一种语言体系，但黑人英语具有不同于标准英语的词汇、句法及语法系统，其主要特点如下。

一　词汇

黑人英语中的很多词汇与标准英语不同，作为一种口头语言，黑人英语中的很多单词是根据其发音来拼写的。简单地说，黑人英语词汇中的特点可以概括为拟音、省略、缩写、增加音节等。

（一）拟音

黑人英语有自己的发音规则，而且黑人英语的单词拼写主要根据其发音来决定，因此拟音特点成为黑人英语词汇方面最为突出的特点。所谓拟音，即以发音相同或相近的字母或字母组合代替单词原来的字母或字母组合。黑人英语的发音特点主要有以下几个方面：

---

① Henry Louis Gates, Jr., *The Signifying Monkey: a Theory of African American Literary Criticism*, New York: Oxford University Press, 1989, p. 10.

（1）［θ］和［e］的发音在黑人英语中有较为突出的特点：齿间音［θ］和［e］根据不同的位置发生不同的变化。"th"出现在词首时，读音有三种不同情况。

［d］：then＝den；they＝dey；the＝de；they＝dey；that＝dat；

［t］：thigh＝tie；thing＝ting；thought＝tought；think＝tink；

［f］：three＝free；throat＝froat；thread＝fread。

当"th"出现在词的中间时，其读音也有三种情况。

［f］：nothing＝nuf'n；author＝ahfuh；ether＝eefuh；

［v］：brother＝bruvah；rather＝ravah；bathing＝bavin'；

［t］：arithmetic＝'ritmetic。

当"th"出现在词尾时，有两种读音。

［f］：tooth＝toof；south＝souf；smooth＝smoof；

［t］：tenth＝tent'；month＝mont'。

当"th"出现在词尾，前面是字母 n 时也存在"th"不读音的情况，如 tenth＝ten'；month＝mon'。

概括来讲，［θ］和［e］的发音有以下几个特点：

在词首时，［θ］和［e］分别发成［t］和［d］。

在元音后和词尾时，［θ］和［e］分别发成唇齿擦音［f］和［v］，如 brother＝［brʌvə］；either＝［ifə］；mouth＝［mouf］；oath＝［ouf］；tooth＝［tuf］。

（2）位于词尾的辅音连缀，尤其是以爆破音［t］或［d］和咝音［s］或［z］结尾的辅音连缀常常被简化，如 called＝call；hits＝hit；mend＝men；missed＝miss；past＝passed＝pass；dat＝that；dis＝this；wid＝with；toof＝tooth；les＝lets；don＝don't；ma'am＝madam；hep＝help；kine＝kind；mine＝mind；past＝pass；mend＝men；rift＝riff；wind＝wine；meant＝men；hold＝hole；ole＝old；tole＝told；sich＝such；ast＝ask；wid＝with。

（3）双元音变成单元音，如［ai］和［au］变为［ɔ］，如 why＝wow；find＝found＝fond；lak＝like；mah＝my；hid＝hide；mahself＝myself；chile＝child；Heah＝here。

（4）［u］和［ɔ:］在［r］音前合为一体，如 moor＝more；poor＝pour；sure＝shore；fuh＝for；tuh＝to；uh＝a；yuh＝you；uh＝on；kin＝can；as fur as＝as far as；keer＝care；agin＝again；ketch＝catch；keerful＝careful；tole＝told；dawg＝dog。

（二）省略

因为黑人英语中的灵活性特点，其省略现象非常常见。

（1）黑人英语中［r］和［l］出现在词首时一般是发音的，但位于辅音前和词尾的流音［r］和［l］常被省略，如 guard＝god；par＝pa；sore＝saw；court＝caught；fort＝fought；pour＝paw；all＝awe；help＝hep；tool＝too；fault＝fought；toll＝toe 等。有时元音之间的［r］也出现省略，如 Carol＝Cal；Paris＝Pass；world＝worl。

（2）省略-ing 后缀中的 g 音发成［in］已经成为黑人英语的传统，如把 no more dying 写成 no mo dyin。

黑人英语中的省略非常灵活，如果通过上下文可以理解，即可省略。其他常见的省略情况还有：mo'＝more；furhtermo'＝furthermore；lil＝little；s'posin'＝supposing；t'wards＝towards 等。

（三）缩写

黑人英语中的缩写是将两个单词缩写成一个奇特的形式。如将 going to 缩写成 gonna；黑人英语中经常把 am not, is not, are not, have not, has not 甚至 did not 缩写为 ain't，如 I ain't gonna tell your, It ain't mine, He ain't be there。此外，许多黑人在第三人称单数的谓语中用 don't 代替 doesn't，如 The man be there every night,

He don't want no girl。除去助动词和实义动词的缩写之外，还有单词缩写的情况，如 dat's＝that is；lemme＝let me。

（四）增加音节

黑人英语还出现了在单词后增加音节的现象，即在单词的末尾增加一个元音，使原来的单词增加一个音节，增加了音节的单词本身并没有意义上的改变。最常见的现象是在单词后增加音节/a/，如 whena＝when，thisaway＝thisway。黑人英语中增加音节的规律不是非常明显，黑人会在介词、实义动词、情态动词、名词等后面较为随意地增加音节，不会影响语言的表达和理解，可增加语言的节奏性和音乐化特点。

"很多黑人英语词汇诗化般地展示了平凡的现实。黑人的词汇不仅是一种工具，其隐喻的力量和修辞的美使它具有持久的生命力。"[①]黑人英语词汇层面的特点反映出黑人语言的灵活性和口语化特点。非裔美国黑人女性作家在其作品中敏锐、真实地呈现了美国黑人的语言特点，她们的作品成为研究美国黑人方言的珍贵材料。作品中大量的黑人方言土语的使用使得小说中的人物生动、真实、可信，表达了非裔美国黑人女性作家想要弘扬黑人民族自信心的愿望和努力。这些表达方式的使用使非裔美国黑人女性文学作品的叙事格外生动，人物语言个性化，作品具有浓厚的地方色彩和乡土气息。

二 句法

句法是语言最固定的部分。黑人英语中句法的变化最小，受白人英语同化最慢。从语言学角度来看，黑人英语与白人英语在句法结构上存在不同，最为突出的是"wh-"从句和多重否定句的用法。

---

① Geneva Smitherman, *Talkin and Testifyin*, Detroit：Wayne State University Press，1977，p.70.

（一）"wh"问句

黑人英语常把助动词放在主语之后或者省略助动词。如 Why you don't like him? / Why I don't need greese? /Where they go?

"Wh-"问句的特殊语序反映出黑人英语内部基本稳定的句法结构。虽然这样的结构并不符合标准英语的句法，但黑人英语形成了一套自己的、与标准英语并行的语言规则，在实现交流目的的同时凸显了黑人民族的创造性特点。

（二）多重否定

黑人英语句法中的多重否定是非常重要的句法特点。需要指出的是，与标准英语不同，黑人英语中的多重否定并不是为了表达肯定的意义，说话人在说话时表达的仍旧是否定的意义。黑人英语中广泛使用双重或多重否定，使否定意义得到增强。

通过对黑人英语句法方面的忠实记载，非裔美国黑人女性作家创造了独特的语言风格。美国黑人英语表达系统中需要说话者和听众具有相应的背景知识。在这一特定的表达系统中，单词、短语、语法和语音特点都强调、突出了非裔美国黑人的特殊文化身份。非裔美国黑人女性作家笔下的黑人又哭又笑，又唱又跳，渴望尊重和爱。"存在于黑人口中的英语可以不再显得僵硬并且可以准确地表情达意"[①]，生动地刻画人物形象，细致地传达人物的内心活动。通过黑人方言土语的使用，非裔黑人女性作家邀请自己的同胞倾听自己民族有力而美丽的声音，同时通过特殊人物的塑造揭示黑人民族的局限所在，期望可以在整个民族的努力下超越那些局限。

---

① Eva Lennox Birch, *Black American Women's Writing*, New York: Harvest Wheatleaf, 1994, p. 52.

三 语法

与标准英语相比，黑人英语的语法相对灵活，以表情达意为主要目的，并不拘泥于细微的语法规则。

（一）助动词

黑人英语有自己独特的助动词，like to，done 和 been 经常在动词之前出现，起着助动词的作用。Like to＝nearly，done＝already，强调动作已经完成；been 强调动作在很久以前已经发生。如 I like to died. After I done won all that money. I been had it there for about three or four year.

（二）主宾格形式可互换

在黑人英语中，主宾格形式可以互换，尤其是第一人称的主宾格形式经常互换。

例："Yassum! Us comin'!"①

当妈妈大声呼喊，叫自己的孩子从棉花地里回来，怕他们被大雨淋到，孩子们答应："好的，妈妈，我们来了。"此处的"Us comin'!"相当于标准英语中的"We are coming."例句中的第一人称复数的宾格形式"us"代替了第一人称复数的主格形式"we"，但不影响交流和理解。

（三）反身代词

标准英语中反身代词的结构基本稳定，是"宾格形式＋self/

---

① Zora Neale Hurston, *Jonah's Gourd Vine*, Philadelphia: J. B. Lippincott Company, 1934, p. 10.

selves"。黑人英语中反身代词的形式比较灵活，可以是"宾格形式/主格形式/所有格形式＋self/selves"。在不影响理解的情况下，黑人英语中的反身代词可以较为自由地使用。

例："He didn't just come hisself neither."①

此处的"hisself"相当于标准英语中的"himself"。句子的意思为：他不是一个人来的。

例："Dey needs aid and assistance. God never meant 'em tuh try tuh stand by theirselves."②

此处的"theirselves"相当于"themselves"。句子的意思为：女人需要帮助和保护。上帝从来没有想过让她们独自承受一切。

例："It always changes folks, and sometimes it brings out dirt and meaness dat even de person didn't know they had in 'em theyselves."③

此处的"theyselves"相当于"themselves"。句子的意思为：结婚总会使人产生变化，有的时候把这个人自己都不知道的存在于其自身的肮脏卑鄙的一切都显露了出来。④

（四）时态

标准英语中的时态形式非常严格，有一般现在时、现在进行时、现在完成时、过去时、过去完成时、将来时、现在完成进行时等。但在黑人英语中，时态形式被大大简化。时态表达非常灵活，大部分时候到底是何种时态需要读者通过上下文去推测。

---

① Zora Neale Hurston, *Their Eyes Were Watching God*, Urbana and Chicago: University of Illinois Press, 1978, p. 67.
② Ibid., p. 139.
③ Ibid., p. 171.
④ ［美］左拉·尼尔·赫斯顿：《他们眼望上苍》，王家湘译，北京十月文艺出版社1998年版，第123页。

例："Well，Ah loves her，and she say she love me too."①

黑人英语经常省略动词第三人称单数后缀"-s"，并用 do 代替 does，用 don't 代替 doesn't。在此句中，第一人称 Ah 后的动词后出现了第三人称单数形式的符号，但在第三人称 she 后却省略了动词第三人称单数的后缀形式。这句话中的语法形式虽然不符合标准英语的规则但不影响意思的表达。句子的意思为："是的，我爱她，而且她说她也爱我。"

总体来说，与标准英语相比，"黑人创造了自己独特的语言结构"②。黑人英语的语法形式非常灵活，主要目的在于交流，一般的语法特点如下：

（1）一般将来时和一般现在时的表达方式基本相同。

（2）现在进行时：黑人英语中存在两种情况。

如强调动作正在进行，助动词 be 的各种形式常被省略，只剩下现在分词，如 He got a glass of water in his hand and he drinkin' some of it.

如强调动作一直在进行，就用 be＋现在分词。如 Mary all the time be sittin' in the front row so she can hear everything the teacher say。

黑人英语现在进行时的否定形式是：否定词 be/ain't＋现在分词，用 ain't 表示强调。

She not singing. She ain't singing.

She in the river，but she ain't swimmin'.

（3）现在完成时常见的情况有三种。

---

① Zora Neale Hurston，*Jonah's Gourd Vine*，Philadelphia：J. B. Lippincott Company，1934，p. 100.

② Henry Louis Gates，Jr.，*The Signifying Monkey：A Theory of Afro-American Literary Criticism*，New York：Oxford University Press，1988，p. 24.

用助动词 have/has＋动词原形，如 I have talk three hour，过去分词的后缀-ed 经常被省略。

直接用过去分词来表示动作的完成，如 I talked three hour。

直接用动词原形来表示完成的动作，但需要上下文的支持才可以理解，如 I talk three hour。

除去语法层面的特点，黑人英语中还充满暗喻和明喻。"哈莱姆文艺复兴"时期的重要黑人女性作家左拉·尼尔·赫斯顿既是民俗学家也是人类学家，经过多年的田野调查，她记录和分析了大量源自黑人民间口头传说的布道词等，并在其文章《黑人表达的特点》中指出：

> 黑人的每一个单词都是含有动作的词。他用图像来解释英语。用一个动作来解释另一个动作。因此黑人语言中充满暗喻和明喻……对于黑人来说，通常的情况是，他所使用的词汇不是逐渐形成的，而是通过和其他黑人的接触而根植于他的舌头上的，他们经常附加动作来更好地使用一个词汇。所以我们经常有"砍—斧""坐—椅""炒—锅"等词，因为说话者的脑海里同时出现物体的图像……因此，我们说，白人通过语言来思考，而黑人通过象形文字来思考。①

赫斯顿的人类学背景使她比同时期的非裔美国黑人作家更早更深刻地意识到黑人英语对于黑人民族身份的重要性，比其他人更加有意识地去研究和欣赏黑人方言土语，并更加自觉地去记录和保存它。现代的批评家总是赞扬赫斯顿对黑人方言的敏锐感知力，以及她对贫穷

---

① Zora Neale Hurston, *The Sanctified Church*: *The Folklore Writings of Zora Neale Hurston*, Berkeley: Turtle Island, 1981, p. 49.

的、未受教育的美国南部地区黑人语言的忠实记载。① 玛丽·安·威尔森指出：赫斯顿"在寻找隐藏于语言背后的诗意，从黑人社区内部视角来观察和精确记录源自黑人语言的节奏，而不是从外部视角来观察和记录"②。斯德森·肯尼迪也指出："赫斯顿对于黑人方言有着特殊的感知，这是过去和现在的其他作家都不具备的能力……她在文学领域内的贡献——她使用黑人英语来表达自己——一直被评论家所忽视……她不仅使读者觉得黑人英语与标准英语是同等重要的，而且强调了黑人英语优于标准英语的地方——比如黑人英语可以将节奏表现出来，而标准英语很难做到这一点。"③ 玛丽·海伦·华盛顿指出：赫斯顿作品中"最为突出的特点就是黑人社区所使用的形象而又充满比喻的语言。赫斯顿女士非常自由地使用黑人民间语言，这是她多年研究非洲裔美国黑人历史和民俗文化的直接产物。她对农村黑人的语言和情感似乎有着特别的感知"④。赫斯顿在其自传《道路上的尘埃》中也说："我是一个南方人，我的舌头上有南方的地图……很多时候白人无法明白我所说的话，不是因为我的语法太差，而是因为黑人俚语太多。"⑤ 以赫斯顿为代表的 20 世纪非裔美国黑人女性作家在其作品中大量使用黑人方言土语，在忠实记录黑人文化遗产的同时彰显黑人群体的民族自豪感和民族自信心。

---

① Charley Mae Richardson, *Zora Neale Hurston and Alice Walker：Intertextualities*, Dissertation, Chicago：Loyola University, 1999, p. 206.

② Mary Ann Wilson, "That Which the Soul Lives By：Spirituality in the Works of Zora Neale Hurston and Alice Walker", In Lillian P. Howard, ed., *Alice Walker and Zora Neale Hurston—The Common Bond*, Westport：Greenwood Press, 1993, p. 58.

③ Stetson Kenndy, "Working with Zora", *All About Zora-Proceedings of the Academic Conference of the First Annual Zora Neale Hurston Festival of the Arts*, January 26-27, 1990, Eatonville, Florid, Alice Morgan Grant, ed., Winter Park：Four G. Publishers, Inc., 1991, p. 65.

④ Mary Helen Washington, "Zora Neale Hurston：The Black Woman's Search for Identity", *Black World*, 21, (August, 1972) 69.

⑤ Zora Neale Hurston, *Dust Tracks on a Road*, Urbana and Chicago：University of Illinois Press, 1984, p. 135.

罗杰·夫勒（Roger Fowler）曾说："当某类词或某种结构以一种不同寻常或引人注目的频率在文本中反复出现时，他们会起到累积性的作用，产生一种突出的效果。"① 独具特色的美国黑人英语在发展的过程中逐渐获得主流社会的认可而成为美国社会和标准英语并行的一种语言体系。但是，需要指出的是，黑人英语是一种活的、发展中的语言，语言学家很难用确定的规则来概括其特点，很多时候，灵活多变、意义丰富的黑人英语需要借助具体语境来理解，因为"黑人英语是一种复杂的口语语言，其声音和视觉形式有助于在'字里字外、或多或少展示词汇所具有的功能：韵律、声调、颜色和欢乐'"。②

黑人英语蕴含"南方黑人生活中的丰富性、美、痛苦和激情。黑人民间故事的特殊性隐藏在讲述这些故事的语言之中，这种语言与集体、身份和历史相联系"③。黑人英语是非裔美国黑人构建个人和文化身份的媒介，是真正属于黑人自己的语言，充满了黑人的智慧和幽默，"黑人方言英语正朝着自己的方向发展"④。文学文本中黑人英语的使用构建了黑人的集体身份，增强了黑人民族的自信心，是对黑人文化主体性的充分肯定。黑人英语的使用不仅可以使小说中的人物更加真实可信，同时赋予小说中的人物特殊的身份标志。对于非裔美国黑人女性作家来说，"将方言土语提高到艺术的地位是为了抵制地方主义色彩和方言文学，想要使非洲裔美国黑人文学在整个美国文学中具有自己的独特的个性"⑤。

---

① Roger Fowler, *Linguistic Criticism*, Oxford：Oxford University Press, 1996, p. 95.

② 曾梅：《托尼·莫里森作品的文化定位》，山东人民出版社 2010 年版，第 198 页。

③ Ayana I. Karanja, *Zora Neale Hurston：The Breath of Her Voice*, New York：Peter Lang Publishing, Inc. , 1999, p. 79.

④ Henry Louis Gates, Jr. , *The Signifying Monkey：A Theory of Afro-American Literary Criticism*, New York：Oxford University Press, 1988, p. 10.

⑤ Cotera, Maria Eugenia. *Native Speakers：Ella Delorai, Zora Neale Hurston, Jovita Gonzalez and the Poetics of Culture*, Austin：The University of Texas Press, 2008, p. 77.

但是，如果在谈到非裔美国黑人女性作家对黑人文学的贡献时只是强调她们对黑人方言的使用是不公平的。在非裔美国黑人女性文学的作品中，"语言不仅是传递文化信息的工具，也是文化转型和个人生存的工具"①。通过其作品，非裔美国黑人女性作家再次证明，"黑人方言不只可以表达幽默和伤感，还是一种可以用来写作小说的文学语言"②。非裔美国黑人女性作家的作品"补充了语言理论，丰富了语言实践"③，其写作的重要性"在其文本本身，而不在其语境"④。非裔美国黑人女性作家在创作时将书面语与黑人英语结合，通过使用真正属于自己的语言尽情讲述自己民族的故事，用真正属于自己的语言尽情吟唱属于自己的民族之歌，这样的叙事策略不但增加了文本的美学意义，其表达更具模糊性、隐喻性和丰富性。

黑人英语是非裔美国黑人特有的语言模式，这种语言变体以饱含诗意、富有韵律为特征，凝聚着黑人民族的智慧、幽默与情感，不仅是非裔美国黑人适应复杂生活环境、维护自尊的生存手段，更是他们建构民族身份、彰显民族个性的文化策略。正如白人批评家 H. R. 布鲁克认为的那样，非裔美国黑人女性文学作品"充满浓郁的地方风情，语言极富特色。我们这些从小就熟悉南方黑人的人都不难看出，那些黑人英语都非常地道，我们读到的好像不是写在纸上的文字，而是直接从他们嘴里说出来并且传到我们耳朵的声音"⑤。从历史角度来看，黑人英语的特点是由黑人民族的特殊经历决定的，在充满种族歧

---

① LaJuan Evette Simpson, *The Women on/of the Porch*: *Performative Space in African-American Women's Fiction*, Dissertation, Louisiana: Louisiana State University, 1999, p. 124.

② Henry Louis Gates, Jr., *The Signifying Monkey*: *A Theory of Afro-American Literary Criticism*, New York: Oxford University Press, 1988, p. 250.

③ Henry Louis Gates, Jr., "Zora Neale Hurston: A Negro Way of Saying", *Seraph on the Suwanee*, Zora Neale Hurston, New York: Scribner's Sons, 1948, p. 358.

④ Ibid..

⑤ H. R. Brook, "Review of John's Gourd Vine", *New York Times*: *Book Review*, 1935(11-10).

视和种族压迫的美国社会生存，非裔美国黑人必须面对"双重意识"和"双重声音"。

第三节　双重意识与双重声音

非裔美国黑人置身于美国社会之内却被排斥在主流社会之外，其实现解放和平等的道路充满艰辛。置身于主流白人文化之中，保持黑人文化身份的愿望造成了黑人性格的二重性和黑人作家的两难选择。非裔美国黑人作家在双重意识下寻求自我文化的独立，寻求与白人文化从对立到和解再到融合的可能性以及实现其独立文化身份的最终出路。

W. E. B. 杜波伊斯在其主要作品《黑人的灵魂》（*The Soul of Black*）中提出了"双重意识"理论。W. E. B. 杜波伊斯（1868—1963），黑人，美国著名学者、历史学家、社会学家和教育家，有色人种协会的创立者之一，《危机》（*Crisis*）杂志的主编，泛非运动的主要发起人，美国黑人现代思想的奠基人，被公认为"20 世纪初倡导黑人追求政治权利的重要领导人"，也是"第一个思考黑人种族令人困惑的民族身份的思想家之一"。[①] 杜波伊斯于 1895 年获哈佛大学历史学博士学位，成为哈佛大学第一个获得博士学位的黑人，以毕生精力研究美国和非洲的历史和社会，著有《约翰·布朗》（1909 年）、《黑人的重建》（1935 年）、《黑人的过去和现在》（1939 年）、《世界和非洲》（1947 年）等。这些著作均以确凿材料和精辟论述证明了黑

---

① Delia Caparoso Konzett, *Ethnic Modernisms: Anzia Yezierska, Zora Neale Hurston, Jean Rhys and the Aesthetics of Dislocation*, New York: Palgrave Macmillan, 2002, p. 77.

人曾经以他们的才智对美国历史和人类文明做出了极大贡献。从19世纪90年代开始，杜波伊斯便投身于美国和非洲黑人的解放运动，成为泛非运动的创始人之一，也成为美国有色人种协会的创建者之一。早期的杜波伊斯认为可以采取向黑人提供教育和工作、培养他们的进取心和耐心等手段来找到黑人的出路。但在后来的实践和思考中，他深刻地认识到了政治权利对于黑人民族的重要性，于是，杜波伊斯坚决反对妥协学说，主张在政治上维护黑人的合法权益，反对任何形式的种族主义思想和行为。杜波伊斯坚决支持非裔美国人的民权斗争，鼓励非裔美国人为追求道义和真理而不懈努力，他的思想极大地影响了20世纪黑人运动。杜波伊斯创办的杂志《危机》是20世纪50年代前后最有影响力的黑人刊物，他自己担任编辑达二十四年之久，坚守着一个可以为黑人民族发声的文化阵地。在这一时期，杜波伊斯撰写了大量有关种族关系的著作和文章。杜波伊斯的作品体裁和题材都很丰富，最能体现其思想的著作是1903年出版的《黑人的灵魂》。

《黑人的灵魂》是一部由关于非裔美国黑人历史、宗教、政治、社会、文化等方面论文（13篇）组成的文集。杜波伊斯以优美的文笔揭示了种族歧视对非裔美国黑人自我意识的影响，强调了非裔美国黑人民间文化传统对整个美国的重要性，从各个方面指出美国的种族歧视政策深刻地影响了黑人的自我意识和黑人与整个社会的关系。该书不仅有着深远的政治影响，还具有重要的文学意义。杜波伊斯在作品中强调："黑人独特的传统、民间文化和黑人社区的价值观——这些被称作黑人灵魂的一切——应该在美国得到承认、尊重，并得以保存、流传。"① 但是，残酷的现实使黑人民族游离于美国主流社会，种族歧视和种族隔离政策使美国黑人有了"双重意识"（Double Con-

---

① 王家湘：《美国黑人小说史》，译林出版社2006年版，第15页。

sciousness）。杜波伊斯在该书的第一篇文章中就提出了"双重意识"
的重要概念，这个概念成为他论及非裔美国身份和文化问题的基础。
杜波伊斯认为，黑人的"双重意识"是种族主义制度化的产物，象征
了美国黑人的双重种族性和双重文化性。

　　任何对其民族在美国的处境进行过认真考虑的黑人在人生的
某个时刻都不难发现自己处于这样的十字路口，都会在人生的某
个时刻提出这样的问题：我究竟是什么？是美国人还是黑人？我
可以既是美国人又是黑人吗？或者我可以在较短的时间内不是黑
人而是美国人？如果我以黑人的身份去奋斗，难道不是在延续对
由黑人和白人组成的美国构成威胁，甚至导致分裂的隔阂吗？压
制自己身上的黑人性以便成为美国人难道不是我唯一可行的目标
吗？我身上的黑人血统是否比德国血统、爱尔兰血统、意大利血
统使我更有义务去承担我的民族性？[1]

长期存在的种族歧视政策影响了非裔美国黑人的个人意识和自我
身份，他们总能察觉到自己灵魂的撕裂：

　　一个人总是感到他的两重性——自己是美国人，而同时又是
黑人；感觉到两个灵魂、两种思想、两种不可调和的力量；在一
个黑色的身躯里有两种相互较量的理想，它单凭其顽强的力量避
免被撕裂开来。美国黑人的历史便是这种斗争的历史——渴望获
得自觉的人格，渴望把自己的双重自我合并成一个更美好的、更
真实的自我。在这个合并过程中，他不希望原来的任何一个自我
丧失掉。他不会使美国非洲化，因为美国拥有太多对世界和非洲
有益的东西。他也不会在崇尚美国的大潮中漂白自己黑人的灵

---

① W. E. B. Dubois, *The Crisis Writing*, Greenwich: Fawcett, 1972, p. 281.

魂，因为他明白，黑人的血液里含有传递给世界的消息。他只是
希望同时做一个黑人和美国人，而不至于受到同胞的诅咒和唾
弃，不至于被机会拒之门外。①

杜波伊斯在其"双重意识"理论中指出了非裔美国黑人的生存困
境，指出了黑人民族必须面对的两难选择，揭示出非裔美国黑人身处
白人主流文化和黑人边缘文化的尴尬与无奈，以及非裔黑人面对两种
相互矛盾的文化观和世界观而产生的一种冲突心理。黑人民族如何在
美国主流文化中调适自我身份，在继承黑人文化传统的同时为主流社
会所承认，成为整个黑人民族必须思考的问题。对这一问题的思考延
伸到非裔美国黑人后裔那里，则产生了更为复杂的文化认同问题。新
一代的非裔黑人作家自身的双重意识影响了其创作语言、创作题材和
创作风格，同时，双重意识的人物塑造也成为非裔美国黑人文学的创
作主题之一。"一代又一代的黑人作家凭借特有的文学感悟构筑起自
己的文本语言系统，创作出具有浓郁黑人文学底蕴的小说，拓宽了文
本的阅读空间，挖掘了文本意义的深层内涵。可以说，是美国黑人的
双重意识赋予了美国黑人文本的双重声音。"②

面对非裔美国黑人的"双重意识"问题，非裔美国黑人女性面临更
为严峻的情况，即"多重意识"或"多重困境"问题，因为历史和文化
的特殊原因，非裔美国黑人女性成为一个"多重边缘化群体"。生活在
美国社会的非裔美国黑人女性在面对种族问题的同时还必须面对黑人集
体内部的性别歧视，面对父权制、夫权制等引起的各种问题。

在美国，没有别的团体像黑人女性那样拥有脱离存在的社会化

---

① W. E. B. Dubois, *The Soul of Black Folk*, Harmondsworth: Penguin Books, 1996, p. 5.
② 朱振武等：《美国小说本土化的多元因素》，上海外语教育出版社 2006 年版，第 155 页。

身份。我们很少被视为一个与黑人男性分开的不同的群体，或这一文化中较大群体"女性"的一个存在部分。当讨论到黑人男性的时候，性别歧视妨碍了对黑人女性利益的承认。当讨论到黑人时，种族歧视妨碍了对黑人女性利益的承认。当讨论到黑人时，焦点常常在黑人男性身上，当讨论到女性时，焦点常常在白人女性身上。①

面对这样的现实语境，非裔美国黑人女性作家选择"写作"这样的行为方式，体现其构建自我的创造性过程，并通过与自己的同胞分享各种精神体验来推动整个民族集体精神的发展。因此，文学创作对于非裔美国黑人女性作家群体来说有着特殊的意义，她们在创作过程中有着明确的使命和独特的创作策略。

事实上，非裔美国黑人所面临的困境不仅是"双重意识"的问题，与其他种族的作家相比，非裔美国黑人作家还面临"双重读者"（Dilemma of the Negro Author）的困境。虽然非裔美国黑人作家努力以各种不同的视角和不同的声音把黑人的生存体验与普遍的人文关照结合起来，把黑人的传统文化与现代艺术的发展相结合，但是，20世纪初，为了得到白人资助者的欣赏，为了得到白人出版商的认可，同时为了得到黑人同胞的接受，非裔美国黑人作家不得不在生活和写作中采取折中态度。1928年，黑人诗人 J. W. 约翰逊（James Weldon Johnson）在其论文中提出"黑人作家的困境"问题：

> 美国黑人作家面临一般作者一无所知的问题——双重读者的问题。如果他们选择只是面对白人读者，那他们无法突破主流文学的既定格式，如果他们只是选择面对黑人读者，他们又会有其他的困难……这不仅仅是双重读者，而是分裂的读者，是由意见

---

① Bell hooks, *Ain'tia Woman*: *Black Women and Feminism*, Boston: South End Press, 1982, p. 7.

相左、观点相立的两种人构成的读者。当一位黑人作家拿起自己的笔，坐在打字机前时，有意识或无意识地，他想要解决的第一个问题就是双重听众的问题。他要向谁讲述这些，是自己的黑人同胞还是白人？或许有人会说，他为什么不可以直接去写，而不要用谁是听众的问题去烦恼自己。但是，这件事确实是说起来容易做起来难。①

非裔美国黑人作家的"双重意识"和他们所面临的"双重读者"现象是黑人文学作品中各类矛盾的根源所在。为了解决这一问题，非裔美国黑人作家在创作时期望假设一种"混合读者"的存在。白人读者在阅读黑人作家的作品时难免带有种族主义的偏见；黑人读者虽然可以摆脱种族偏见，"但是在某种程度上他们有着另外一种偏见：那就是在看创作出的黑人人物时总是将他看作黑人的代表而不是单个的黑人"②。非裔美国黑人作家期望可以解决不同种族读者之间的不协调情况，但在现实中，这种办法是难以奏效的。

　　如果一位黑人作家以白人的眼光来考察黑人，他虽然会赢得白人读者，但他失去的将是黑人读者，更糟糕的是失去自我和黑人作家安身立命的根本；如果他根据自己的体验来真实地揭示黑人的价值所在，那他自然会得到黑人读者的积极反应，但白人读者对此会茫然不知，或熟视无睹，他失去的将是更大的读者群，这大概也是黑人作家的作品发出种种不和谐声音的原因之一。③

非裔美国黑人作家的"双重意识"和"双重读者"困境造就了黑

---

① James Weldon Johnson, "The Dilemma of the Negro Author", *American Mercury*, 15, No. 60 (1928), pp. 477-478.

② Valerie Boyd, *Wrapped in Rainbows: the Life of Zora Neale Hurston*, New York: Scribner, 2003, p. 257.

③ 虞建华等：《美国文学的第二次繁荣》，上海外语教育出版社 2004 年版，第 513 页。

人小说的"双重声音"，这一现象的出现与非裔美国黑人的社会心理相关，也与沉淀于黑人群体记忆中的"表意性"密切相关。正是非裔美国黑人的双重历史、双重传统和双重身份导致了黑人作家的双重声音和黑人批评家的双重任务。

与非裔美国黑人文学同出一脉，非裔美国黑人女性文学中的每种表达都是双重声音的。对于非裔美国黑人作家来说，"他或她的作品中都包含至少两种传统：欧洲或美国的文学传统和明显的黑人文化传统。任何一部用西方语言撰写的黑人文本都是双重遗产，是双重声音的。这种文本视觉上的基调是白人和黑人的；听觉上的基调是标准和土语的"①。非裔美国黑人女性作家在作品中尽量忠实记录黑人方言土语，模仿黑人英语的独特形态和表达方式，展示了黑人英语的生动、形象、简洁、朗朗上口和乡土气息，力图还原黑人的真实生活状态，保留隐藏在语言中的黑人文化。黑人英语的使用不仅增加了小说的艺术魅力，也反映了作者的民族意识。非裔美国黑人女性作家深刻认识到黑人语言是黑人生存和反抗的策略，有其自身的美学品质和现实价值。

20世纪中期的非裔美国黑人女性作家大多受到过良好的教育，她们可以熟练地使用标准英语。但有趣的是，她们在创作时大多使用标准英语和黑人英语两种并行的语言体系，让读者在这两种语言和文化的张力中感受黑人文化的独特性。艾丽斯·沃克的长篇书信体小说《紫色》中就运用了两种完全不同的语言体系：美国黑人英语和美国标准英语。全书由92封书信组成，其中70封为主人公西丽所写，其余22封由西丽的妹妹聂迪书写。在西丽写的70封书信中，无论白人还是黑人都在说美国南方黑人英语，而在西丽的妹妹聂迪的信中，黑

---

① Henry Louis Gates, Jr., ed., *Black Literature and Literary Theory*, New York: Methuen, Inc., and Methuen & Co. Ltd., 1984, p. 4.

人和白人都在讲标准英语。在写作时，沃克使用自由直接引语，最大限度地保留黑人英语的特点，与聂迪信中的标准英语形成完全不同的叙事风格。沃克有意识地将两种并行的语言体系记录在作品中，既彰显了不同语言体系之间的张力，又暗示了黑人要求种族平等的呼声。在这一作品中，黑人英语成为塑造人物、叙述故事的重要手段。《紫色》中的语言策略不仅反映出黑人英语的工具作用、艺术魅力，还有更深层次的民族意识和社会价值。在 1984 年的一次访谈中，沃克进一步指出自己在《紫色》中使用黑人方言土语的主要意义："这是我祖父母讲话的方式，也是现在我母亲的说话方式，我想要掌握它。尤其是为了我的女儿，她在完全不同的环境中长大，也不经常去佐治亚。我想等她长大时让她知道，她祖父母、曾祖父母是如何讲话的，因为那种语言实在是太生动了。"[1] 沃克在《紫色》中通过对标准英语的使用，"提供了一个表现女性自我的不同视角"，因为沃克意识到"主人的工具是不能用来拆除主人的房子的"，因此"构建另一种语言来颠覆种族主义和性别主义的社会结构就是十分必要了。这个语言就是美国黑人的土语方言"[2]。如前所述，美国黑人英语在很多地方不符合标准英语的语法特征，但其语言变化灵活，词句简单，"表达平实简洁，富有个性，叙述朴实无华，清新流畅，字里行间流露出浓郁的乡土气息和幽默诙谐的语言风格，其丰富的表意内涵和生动形象的达意效果是白人的标准英语远远不及的"[3]。

除去黑人英语语言结构上的表层特点，其内在的"意指"功能更为强大，更加彰显出语言的力量。现当代非裔美国黑人女性文学作品

① Sharon Wilson, "A Conversation with Alice Walker", *Alice Walker: Critical Perspectives Past and Present*, New York: Amistad, 1993, p. 320.
② 王晓英：《走向完整生存的追寻——艾丽斯·沃克妇女主义文学创作研究》，苏州大学出版社 2008 年版，第 159 页。
③ 同上书，第 161 页。

"均摆脱了那种表层的社会抗议型方式，有机地结合两种传统和语言特征，从不同角度将某种种族道义责任提升到弘扬生命意义的层面上。这样一种以文学探索生命价值的深度使得美国黑人文学稳步地进入世界文学的殿堂"[①]。

第四节　黑人英语的核心特征——意指

在接受和使用白人语言的过程中，非裔美国黑人对所谓的标准英语进行了各方面的改造，使非裔美国黑人使用的语言逐渐成为一种与白人使用的标准英语看似相同、实则不同的语言体系。这种通过改造的黑人方言"对黑人民族文化的延续和文学的生成有着特殊的重要意义"[②]。黑人文本的"双重声音"和"表意"功能，即其"比喻性"和"言外之意"，就成为这一文化传统和文学文本中最普遍、最鲜明的特征："美国黑人传统自起始阶段就是比喻性的，否则，它如何得以生成至今呢？……黑人一开始就是比喻大师：说一件事而意指另一件事。这是在西方文化压抑中求生存的一种基本方式。"[③] 非裔美国黑人英语中的"意指"（Signification）不同于标准英语中的同音同形词，体现着两种文化从政治层面到形而上学层面的冲突。从本质上讲，非裔美国黑人的"意指"是对白人表意的修正和颠覆，表明在白人话语之外还存在一个与其平行的黑人话语体系，是一种"具有文化性质的

---

① 程锡麟、王晓路：《当代美国小说理论》，外语教学与研究出版社 2001 年版，第 195 页。

② 同上书，第 200 页。

③ Henry Louis Gates, Jr., *"Criticism in the Jungle"*, *Black Literature and Literary Theory*, New York：Harcourt, 1985, p. 152.

话语结构"①。意指理论的提出者是美国黑人文学批评家小亨利·路易·盖茨。

一　意指理论的提出者——小亨利·路易·盖茨

"哈莱姆文艺复兴"之后，非裔美国文学的创作与批评始终关注一个焦点：文学创作是应该为提升黑人种族的社会地位服务还是应该注重其本身的艺术特征？至 20 世纪 60—70 年代，非裔美国黑人文学批评发生了两次重大转折，即从融合阶段（Integrational Stage）到重建阶段（Re-construction Stage）。融合阶段的黑人批评家乐观地评价黑人艺术运动和黑人民权运动，他们认为黑人文学最终会和白人主流文学融合；而重建阶段的黑人领袖则认为黑人文学中的民俗背景、语言特色都无法与白人主流文学完全融合，要保持黑人文学的本真特色，一定要重新构建属于黑人自己的文学传统和文学框架，突出黑人文化的重要性，提倡黑人文学创作的自主性，建立属于黑人艺术的独特模式，摆脱西方文艺理论的束缚。黑人领袖呼吁不仅要从社会经济的角度来阐释黑人文学，更要注重从文学本身来构建黑人批评理论。小亨利·路易·盖茨是重建阶段的主要代表人物，他在系列性文章和著作中提出了一整套的黑人文学话语批评理论，即"意指理论"，并进一步指出"要击败欧洲中心主义的偏见就应该对黑人的方言土语进行研究"②，借此发展黑人方言土语理论，研究黑人文学和文化之间的内在联系，极大地促进了美国黑人文学理论的发展。

小亨利·路易·盖茨（Henry Louis Gates, Jr.）于 1950 年出生于美国的西弗吉尼亚，也是非裔美国黑人。小亨利·路易·盖茨于

---

① 王岳川：《拉康的无意识与语言理论》，《人文杂志》1998 年第 1 期，第 126 页。
② Henry Louis Gates, Jr., *The Signifying Monkey: A Theory of African-American Literary Criticism*, New York: Oxford University Press, 1988, p. 8.

1973 年获得耶鲁大学学士学位，1974 年和 1979 年分别获得剑桥大学硕士学位和博士学位。1975 年开始任教于耶鲁大学，1985 年开始任教于康奈尔大学，1999 年当选为美国文理院院士。现任哈佛大学非洲裔美国研究中心主任、杜波伊斯人文研究会教授兼任非洲裔美国学术研究会主席，是非洲文学研究会、美国现代语言学会、非洲作家协会、大学语文学会等重要学术团体的中心成员。1970 年至今，盖茨发表学术论文、学术专著多部，编辑丛书多部，1997 年被《时代》(Time) 杂志评为"最具影响力的 25 位美国人之一"，2010 年又被《艾博利》(Ebony) 杂志列为"100 位权威人士之一"。盖茨在剑桥就学期间与诺贝尔文学奖得主尼日利亚作家沃尔·索因卡建立了特殊的友谊。索因卡对盖茨的学术研究有着非常深远的影响，并促使盖茨将非裔美国黑人文学确立为自己终生研究的对象。在学术研究领域，盖茨在收集和整理本民族传统文化资料方面开展了大量工作，并形成了独到的观点。"盖茨始终以系统研究黑人文化传统并展示黑人文学为己任，并努力在此基础上建构一套有别于主流标准和样态的文学理论。"①

　　盖茨"意指理论"的主要成果有：《黑人文学与文学理论》(Black Literature and Literary Theory，1984)、《黑人形象：词语、符号与种族性的自我》(Figures in Black：Words，Signs and the "Racial Self"，1987)、《意指理论：美国非裔文学批评理论》(The Signifying Monkey：A Theory of Afro-American Literary Criticism，1988)、《启蒙时期的黑人文学：关于种族、写作和差异》(Black Letters in the Enlightenment：On Race，Writing and Difference，1986)、《种族的未来》(The Future of the Race，1996) 等。此外，盖茨还主编了《诺顿黑人文学选集》(The Norton Anthology

---

　　① 程锡麟、王晓路：《当代美国小说理论》，外语教学与研究出版社 2001 年版，第 196 页。

of African American Literature，1997）和《勋伯格十九世纪黑人女作家文库》（*The Schomburg Library of 19th-Century Black Women Writers*，1988）。

纵览盖茨近三十年的著作，可以清晰地看到他从研究非裔美国文学转向研究非裔美国黑人民族再到研究整个美国民族的思想历程。在其研究工作中，盖茨不仅致力于阐释黑人自己讲述的故事，而且尝试在黑人文学领域内找到属于黑人自己的文学传统。盖茨在寻找黑人文学传统的同时，认真思考黑人文学传统与西方主流文学传统之间的关系，把当代文学理论与黑人文学阅读的相关性看作"建构符合黑人文学传统的批评理论的序曲。总体来看，黑人文学传统与当代批评理论有联系，不冲突，只是前者带有不可磨灭的黑人印记"①。在其研究中，盖茨持续关注黑人方言传统与黑人文学发展之间的关系，期望建立一套与主流文学理论既相区别又有联系的黑人文学理论。盖茨以大量实例证明黑人英语是和标准英语既有联系又有区别的语言，在黑人英语的表意过程中，存在类似的意指规律，只是这个过程多了一个步骤，那就是加入了非裔美国人通常都能理解的"转义"。这个意指过程对准确理解黑人英语是必不可少的，否则黑人英语就会显得突兀和缺乏逻辑。因此，"意指"在语言层面上是非裔美国人带有特殊修辞色彩的意指，即添加了转义的意指。盖茨从黑人语言入手，展示黑人文学传统如何在白人文化语境中对语言传统加以有意识的表述，凸显其自身的话语形式和功能，并提出黑人方言土语可以表达语言特殊意义的观点，指出"表意并不在于以何种方式表明词汇的含义，而是以修辞性的形象取代了含义，从而通过对支配性主流理论加以转型，使

---

① 段俊晖：《小亨利·路易斯·盖茨的族裔史书写》，《外国语文》2013 年第 2 期，第 15 页。

批评话语具有多重包容性"①。盖茨在《黑人性序言：文本与托词》中提出："黑人批评家需要迫切地把注意力直接转向黑人比喻性语言的本质，直接转向黑人内容的叙述形式，直接转向符号与其指示物直接的任意关系。"② 另外，盖茨还指出：

> 《黑色的象征》收藏了我过去十余年研究黑人文本和白人批评语境之间意指关系的文章。在这本书里，我尝试按年代顺序概述从菲利斯·惠特利直到赛马利·雷德的文本——语境辩证法。我的第二本书与这项研究相关。我追述了意指的本质和功用；非裔美国文学传统的"转喻的转喻"，黑人互文性修正的象征以及黑人构建的修辞策略等。《意指的猴子：（Signifying Monkey）一种非裔美国文学批评理论》图示了该传统有关秩序、批评内部最重要原则的独立术语。③

盖茨提出的"意指理论"成为非洲裔美国黑人文学领域非常重要的文学批评理论。在其意指理论中，盖茨结合了当代西方文艺理论中的语言学分析方法和文化分析方法，在梳理非裔美国黑人文学传统的过程中通过对黑人土语特征及其语言学表象特征的分析，进一步深入非裔美国黑人的文化心理定式，提供了探索非裔美国黑人文学的独特途径，"第一次求证了美国非裔文学有着独立于西方主流英语文学传统之外的特点，说明了美国非裔文学有自身运转的系统，即盖茨所称的'书写下来的系统'，表现了美国非裔文艺批评获得对美国非裔文

---

① 秦苏钰：《〈他们眼望上苍〉中的恶作剧精灵意象解读》，《国外文学》2008 年第 3 期，第 103 页。

② Henry Louis Gates, Jr., "Preface to Blackness: Text and Pretext", in Winston Napier, ed., *African American Literary Theory: A Reader*, New York: New York University Press, 2000, p. 163.

③ 段俊晖：《小亨利·路易斯·盖茨的族裔史书写》，《外国语文》2013 年第 2 期，第 16 页。

学的修正和指导意义"①。

　　盖茨的代表性作品《意指的猴子》是 1988 年牛津大学出版的，当年获"美国图书奖"，是美国文学史上影响最大的黑人文学批评理论著作，"为研究者提供了一种内生于黑人文学阐释传统的方法论和视角"②。盖茨撰写《意指的猴子》的目的是想要发现一种源自黑人文学传统内部的、"早已存在的阅读理论"③，并从黑人英语的语言特征来研究非裔美国黑人文学的特征，使非裔美国黑人文学从美国文学的大背景中凸显出来。在这一作品中，盖茨探讨了黑人土语传统和非裔美国文学传统之间的关系，求证了非裔美国文学不同于主流文学的特点，揭示出非裔美国黑人文学内部业已存在的文学传统和阅读系统。

二　意指理论

　　1987 年出版的《黑人形象：词语、符号与种族性的自我》和1988 年出版的《意指游戏：非裔美国文学批评理论》是阐释意指理论的主要著作。在《黑人形象：词语、符号与种族性的自我》中，盖茨初步阐释了非裔美国人"意指"的表意系统，以及这种表意系统中隐含的民间文化和黑人英语的特性，同时探讨了"意指"产生的历史背景和种族心理内涵。盖茨将文本语言置于批评的中心，采用现代语言学的方法进行研究。在他的研究中，盖茨结合了巴赫金、福科、拉康、德里达和布鲁姆等批评家的理论，研究了非裔美国文学上至菲尼斯·惠特尼下至艾丽斯·沃克、伊斯·莫尔雷德等的作品，为非裔美

---

　　① 朱小琳：《视角的重构：论盖茨的意指理论》，《外国文学研究》2004 年第 5 期，第146 页。

　　② ［美］小亨利·路易斯·盖茨：《意指的猴子：一个非裔美国文学批评理论》，王元陆译，北京大学出版社 2011 年版，第 1 页。

　　③ Henry Louis Gates, Jr., *The Signifying Monkey: A Theory of Afro-American Literary Criticism*, New York: Oxford University Press, 1988, p. 20.

国文学的意指体系勾勒了基本轮廓。有关非裔美国文学意指的表意系统的来源和心理内涵的问题又在他的《意指游戏：非裔美国文学批评理论》中得到进一步的阐释。盖茨不仅对文学作品中的单个文本进行意指的分析，而且进一步考察了非裔美国文学作品源流之间的传承影响，使意指理论在分析非裔美国文学时更为系统和完善。在其论述过程中，盖茨采取理论论证和事例论证相结合的方式，首先提出"关于春天的理论"，即意指模式在非裔美国文学中的独特地位，奠定了全书的理论基础；其次，他从"阅读传统"出发，通过四位不同时期、不同风格的非裔美国作家作品进行分析，显示了具有意指特征的非裔美国文学的现实状况，令人信服地说明了意指在非裔美国文学传统的形成与发展中的重要意义。

"意指"是一种特殊的语言学现象，在盖茨之前已经有很多学者注意到了这一现象。索绪尔在其《语言学教程》中提出，语言是一种符号系统，由能指与所指两个要素结合而成。语言的意义有其组合和选择过程，是对约定俗成的关系进行编码的结果。因此，一个语句只有在最后一个词出现后才能称为是完整的，这个过程被定义为"意指"。索绪尔此处的"意指"往往指词汇和观念之间不确定的关系。盖茨所说的，非裔美国黑人所使用的"表意"旨在扩展标准英语中未被涉及的意义，是非洲裔美国黑人文化中的独特语言现象。"意指"一词在标准英语中是"意义"（Meaning），而在非裔美国黑人方言土语中的"意指"则相当于标准英语中的"修辞性语言"（Figuration 或 Figurative language）。盖茨用"Signifyin（g）"一词来表示这个词不同于标准英语的"意指"（Signifying），并根据这个词在黑人方言土语中的特殊发音将其词尾的"g"省略掉，以表示其黑人性，通常被译作"意指"。为了更形象地说明两者的区别和联系，盖茨参照雅各布森提出的能指和所指的概念绘制了两者的关系图（见图 1-1）。

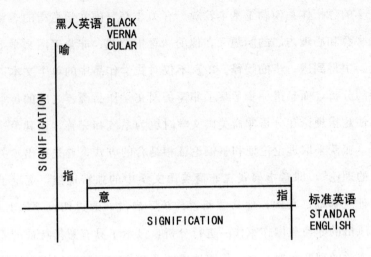

图 1-1　黑人英语和标准英文的关系

　　从图 1-1 中可以直观地看到标准英语与黑人英语的关系：它们既共享某些特点，又有各自的发展轨迹。横轴代表标准英语的构成：是由无数的能指和所指组成的一个集合。纵轴代表黑人英语的构成，相应地也是由无数的词汇和语汇构成的整体。横轴和纵轴交点所指之处则意味着黑人英语与标准英语在处理同一表意概念时存在的关系。在标准英语的横轴上，微观的每一个语言点上都有黑人英语意指的可能性。也就是说，黑人英语随时可以切入标准英语，以添加转义的方式表达和标准英语相同的意义。"在英语的范畴之内，表达同一意义同时存在两种方式：其一是通常使用的标准英语；但对于非裔美国人来说，他们还有一种意指的黑人英语方式。这并不是说他们只懂得使用黑人英语，而是说在理解并使用通用的标准英语进行交流之外，他们同时仍有生动的黑人英语交流方式。"①

　　由此可见，盖茨所说的"意指"是非裔美国文学中的一种独特现象，指黑人英语在标准用语意义表达过程中增添转义，从而产生具有

---

　　① 朱小琳：《回归与超越——托尼·莫里森小说的意指性》，博士学位论文，中国社会科学院研究生院，2003 年，第 9 页。

非裔美国文化特点的表达形式。"转义"在文学上指一些修辞手段的概括性称呼，包括对比、借代、夸张、隐喻和讽刺等。通过含蓄委婉的表达方式传达出超越字母的深层内涵，反映了种族歧视下的非裔美国人生存状态对语言要求的特殊性，同时表现了非裔美国人的智慧和幽默。黑人"表意"的概念其实指向黑人方言传统中的各种修辞格，它们都可以用"表意"这一黑人词汇来概括："表意是隐喻的隐喻（the figure of figures），是转喻母体（master tropes，the trope of tropes），体现了黑人在语言使用中一直的间接性、言外之意和重构语言的技巧。例如刻意模仿（marking）通过惟妙惟肖地模仿某个人的讲话模样从而对其进行嘲弄。指桑骂槐（loud-talking）以微妙的声调控制和模棱两可的语言行为令被嘲弄者无法反击，而舌战（sounding）和饶舌技巧（rapping）则体现了黑人民众对黑人方言土语的娴熟运用，也体现了黑人方言的丰富性。"[1] 在标准英语中，表意指的是意义，而在黑人传统中，"它指的是产生意义的方法"[2]。

在盖茨看来，这两个同音同形异义词之间的复杂关系浓缩地展现了非裔美国文化与美国白人文化之间深刻的冲突，这种冲突既有政治上的向度，也有形而上学的向度。"表意"和"意指"征候性地体现了美国黑人语言圈和美国白人语言圈这两个平行的话语世界之间（政治的、语义的）冲突，它们是最细微同时也是最深层的踪迹，标志着两个截然不同而又深刻地联系在一起的意义层次。[3]

---

① 林元富：《非裔文学的戏仿与互文：小亨利·路易斯·盖茨〈意指的猴子〉理论评述》，《福建师范大学学报》2008 年第 6 期，第 100 页。

② ［美］小亨利·路易斯·盖茨：《意指的猴子：一个非裔美国文学批评理论》，王元陆译，北京大学出版社 2011 年版，第 95 页。

③ 同上书，第 4 页。

黑人"意指"是对白人"表意"的修正，黑人的"意指"体系表明，在白人话语宇宙之中存在一个平行的但却被否定了的黑人话语宇宙。"意指是美国黑人话语所特有的，而且是非裔美国人核心的修辞策略。意指能够表示很多意思：含沙射影地说，尖刻地抱怨，用甜言蜜语哄骗，用刺激性的语言嘲弄，以及说谎，等等。它还可以表示迂回地讨论某个主题而永不落在点上，也可以指嘲笑某人，或指用手势或眼神说话，等等，不一而足。"① 黑人普通生活中的"意指"行为"包含在意指行为下面的黑人修辞性转义，包括嘲弄（marking）、高谈阔论（loud-talking）、奚落（testifying）、谩骂某人（calling out of one's name）、骂娘（sounding）、扯淡（rapping）、骂娘比赛（playing the dozen）等等"②。

盖茨所发展的"意指"理论，其基础是后结构主义思潮和以黑人方言土语为特征的文学传统。盖茨在借鉴索绪尔的符号学阐释的基础上，从非裔美国文化与非洲民间文化的关系探源出发，第一次形成了缜密而详细的非裔美国文学理论系统。黑人性理论的建构使批评家从互文性的层面关注黑人修辞性语言的本质特征，关注黑人小说文本中的想象特征以及叙述形式的本质特征。"盖茨主要依据黑人土语和文学传统自身来阐释黑人文学的本质和各种功能。盖茨认为每一文学传统都隐含怎样解读文本的观念，黑人文学批评理论是由黑人传统本身所产生的。文学批评离不开其语言模式的形成和发展的考察。黑人土语的修辞结构不仅可以在理论建构中对主流话语模式加以修正，而且可以表现出话语的特殊复义性。盖茨的理论认为表意研究不仅仅局限于对语言符号系统的研究，而且要注重其

---

① ［美］小亨利·路易斯·盖茨：《意指的猴子：一个非裔美国文学批评理论》，王元陆译，北京大学出版社 2011 年版，第 5 页。
② 同上书，第 63 页。

修辞性形象所隐含的文化意义。"①

在其著作中，盖茨以大量实例证明这种疏散的意义框架成为标准英语和黑人土语共同的表意渠道。盖茨将其中属于黑人土语的意指过程定义为"意指"，和标准英语中的"意指"一词属于同形异义词语（homonyms）。"意指似乎是一个黑人词汇，如果不是在词源上也是在用法上。它可以有好几种意思。如果这一词汇和意指的猴子相联系，一定是指恶作剧精灵在讲话时所采用的方法，如暗讽、找茬、哄骗、谎言、激人的话。如果意指是和谈论某一主题相联系，那就是指完全与主题无关。也可以指嘲弄某个人或某种情况。它也可以指用手势或眼神说话，在这一意义上，意指包含了复杂的表情和手势。意指可以指通过讲故事的形式激起邻里之间的战争，意指也可以指在一个警察的背后偷偷模仿他的动作。意指还可以指委婉的表达方式。"② 比如你想要一块蛋糕时可以说："我的弟弟需要一块蛋糕。""意指"是一种特殊的修辞策略，几乎完全是文本上的和语言学上的。通过"意指"出现了第二层面的意义，如重复、转义、反义等。盖茨所定义的"意指"指黑人英语在标准英语意义表达的构成中添加了转义，从而产生具有非裔美国文化特点的表达方式。"意指"这种含蓄委婉表达意义的方式"从表面上看可能与作者要表达的意图毫不相干，但它并不是毫无逻辑的文字组合，而是通过非裔文化中约定具有特定含义的语言符号进行交流的方式。它反映着奴隶制下非裔美国人生存状态对语言要求的特殊性，同时表现了非裔美国人的智慧和幽默。盖茨以意指概念为基础，建构了非裔美国文论的第一个系统框架——意指理论"③。

---

① 习传进：《走向人类学诗学》，中国社会科学出版社 2007 年版，第 120 页。

② Henry Louis Gates, Jr., *Figures in Black：Words, Signs and the "Racial" Self*, New York：Oxford University, 1987, p. 38.

③ 朱小琳：《回归与超越——托尼·莫里森小说的意指性》，博士学位论文，中国社会科学院研究生院，2003 年，第 11 页。

　　盖茨理论的可贵之处在于既包含了黑人英语语言符号微观分析意指模式，也建立了宏观的历史文化心理和文学传承影响分析，从而将视线投射到了非裔美国文学更为深厚的文化和历史渊源，能够构建宏大丰富的非裔美国文学分析框架。概括来讲，盖茨的意指理论主要包括语言上的意指、意象的意指和文本意指。"语言意指"是指以非洲裔美国黑人的土语为基础的修辞策略。它一般通过同音同形异义的双关语、俚语联想、修改权威语录等方式间接表达自己的内心想法，达到言在此意在彼，但彼此之间有着内在联系的幽默、讽刺的效果。因非洲裔美国黑人经历奴隶制的特殊民族历史，美国黑人英语中充满了黑人内部明白但白人听不懂的语言，注定了美国黑人英语的意指特点。"意象的意指"是指非洲裔美国作家对文本中非洲裔或吸附文学传统中的一些经典形象进行修订和改写，从而委婉地表达作者对描写对象的态度。"文本意指"是作家在创作过程中暗指非洲裔或西方文学传统中的经典作品或常见主题，通过对原文本的修订、互文、呼应、戏仿等方式来完成。非洲裔美国黑人文学因其"双重传统"——非洲裔文学传统和西方文学传统而具有"双重声音"，使非洲裔美国黑人文学作品充满活力。

　　很明显，黑人作家在阅读和批评其他黑人文本时总是采取一种修辞性的自我定义，"黑人文学传统之所以存在是因为这种图表形状的正式的文学关系"①。

　　"意指"最关键的特点就是其"间接性和暗喻性"，这种"间接性的修辞特点是比喻、转喻、形式戏仿和拼贴的关键"②。意指的黑人英语对维持种族的归属感起到了不可替代的作用，从某种程度上缓解了非裔美国人对文化身份的失落感。"他们将非洲大陆带来的意指方式

---

　　①　Henry Louis Gates, Jr., *Figures in Black: Words, Signs and the "Racial" Self*, New York: Oxford University, 1987, p. 242.

　　②　Ibid., p. 24.

结合到英语中，以嘲讽对抗使他们陷入矛盾和失落的白人统治者，以幽默乐观的态度面对充满苦难的生活，以生动形象的修辞方式抒发他们对人生的感受。"①

在借鉴前人分析非裔美国文化成果的基础上，盖茨对非裔美国民间文化的考察包括黑人英语的形成、非裔美国民间文化的修辞特点和种族心理诉求等内容。他在论证意指特点时指出，要了解非裔美国文学的独特性，首先应考虑其语言及其特点。盖茨把考察的重点放在"非裔美国人的黑人性"形成的角度上，强调非裔美国文化系统的影响对具体作品解读的重要性，使文学与历史、文学与语言的关系被提到首要位置。W.E.B 杜波伊斯在 20 世纪 30 年代曾经提出非裔美国人具有双重意识：主流文化意识和非裔美国文化意识，对研究非裔美国文化产生了深远的影响。而盖茨将这种双重意识在文学上的反映理论化了。他首先通过语言的性质分析非裔美国文化的双声性特点。美洲大陆最早的黑人是从非洲贩卖而来的，他们的母文化是非洲文化，母语是非洲土语。为了适应美洲大陆的异质文化环境，并谋求生存，接受英语是黑人必然而现实的选择，在这个过程中，英语文化也必然经由语言的载体融入黑人文化之中。因此，非裔美国文化自一开始已经注定是一种混合体。然而由于读写能力以及艺术创造活动与获得平等的政治权利的可能性之间存在某种关系，黑人奴隶被排斥在正规的英语文化教育范围之外，黑人奴隶的英语掌握程度长期处于极为低下的状态。黑人奴隶残存的对故乡生活和语言的回忆使他们的语言成为非洲土语和英语单词并用的拼凑。这种语言广泛地体现在日常非裔美国人生活中，即时在非裔美国人的英语教育合法以后，也被根深蒂固地保存下来了，成为黑人英语的主要特点。黑人英语中"言此意彼"

_____

① 朱小琳：《回归与超越——托尼·莫里森小说的意指性》，博士学位论文，中国社会科学院研究生院，2003 年，第 21 页。

意指特征就是黑人非洲文化适应美国大陆新的生存环境的结果之
一——它委婉的表情达意方式和黑人奴隶无权公开直接自我表达的状
况暗合,从而成为他们发出自我声音的较为策略的选择。在英文的认
知能力基础上逐步发展起来的非裔美国文学史是非裔美国人对自由、
公平的自我表达权利向往的必然结果。黑人英语的意指特征在丰富非
裔美国文学表现方式的同时,又使非裔美国文学有了内在的自我相似
性,从而使之呈现出独特的风貌。因此,了解黑人英语的意指特点将
使人能够较为准确地把握非裔美国文学作品的主要特征。

在其系列著作中,盖茨针对处于边缘地位的非裔文学,从对非洲
民间神话的文化考古研究入手,在考察泛非洲文化阐释体系的基础
上,通过吸收和借鉴索绪尔符号学的分析模式和巴赫金狂欢化诗学的
理论成果,融合杜波伊斯的双重意识概念,创立了"意指理论"。"意
指理论"强调在研究黑人文本话语时从非洲民间神话形象的话语入
手,分析黑人土语的表象特征,从语言本身来阐释美国黑人文学的表
述特征,构建了美国非裔文学传统的框架,使美国非裔文学摆脱了欧
洲白人中心论的影响,具有开创性的艺术价值。

意指理论立足黑人阐释学和黑人方言土语的修辞策略,以研
究非裔美国文学中存在的意指修正、言说者文本、说话文本和重
写言说者文本等四种双声文本关系为核心,发掘后辈文本对前辈
文本的差异性重复和修正,将语言分析与文化考古相结合,揭示
出非裔美国文学批评中辨认批评理论的霸权地位,开辟了关注语
言能指和文本关系的黑人文学批评新思路。①

盖茨所定义的"意指",是指黑人英语在标准英语意义表达的构

---

① 水彩琴:《非裔美国文学批评研究——小亨利·路易斯·盖茨的意指理论探析》,
《天津外国语大学学报》2014 年第 2 期,第 74 页。

成中添加了转义，从而产生具有非裔美国文化特点的表达方式。"意指行为是黑人转义的转义，是黑人修辞象征的象征。"① 意指行为最重要的本质是"'间接性'与'隐喻性指代'"②。"意指"这种含蓄委婉表达意义的方式"从表面上看可能与作者要表达的意图毫不相干，但它并不是毫无逻辑的文字组合，而是通过非裔文化中约定具有特定含义的语言符号进行交流的方式。它反映着奴隶制下非裔美国人生存状态对语言要求的特殊性，同时表现了非裔美国人的智慧和幽默。盖茨以意指概念为基础，建构了非裔美国文论的第一个系统框架——意指理论"③。

三　"意指的猴子"

在非裔美国人的传说中，有关"意指的猴子"的传说从奴隶制时期就开始流传，自 19 世纪以来有着成千上万被记录下来的相关故事。"意指的猴子"是一个恶作剧精灵形象，是非裔美国黑人民间故事中出现频率最高的动物形象之一。有关这只猴子的故事有很多，但这些故事中有三个固定的形象：猴子、狮子、大象。猴子诡计多端，狮子狂妄自大，大象老成持重。狮子是森林之王，对猴子不够尊重，猴子很想挑战狮子的地位但它知道自己不是其对手，它只能借助大象的力量来与狮子对抗。"意指的猴子"在遇到比自己强大的动物时，为了保命，猴子经常会说一些听上去没有太大问题，在理解上却会产生歧义的话，使得强大的动物之间发生争执或打斗，猴子借机逃生。不管是在奴隶制下，还是在种族歧视仍然存在的今天，黑人在说话和讲故

---

① ［美］小亨利·路易斯·盖茨：《意指的猴子：一个非裔美国文学批评理论》，王元陆译，北京大学出版社 2011 年版，第 3—4 页。

② 同上书，第 99 页。

③ 朱小琳：《回归与超越——托尼·莫里森小说的意指性》，博士学位论文，中国社会科学院研究生院，2003 年，第 11 页。

事的时候经常采用这种表意方式，用极为巧妙的方式来表达自己对社会制度的不满，同时唤起黑人社群的种族认同感。因此，猴子经常使用各种修辞策略来复述大象的话，制造大象与狮子之间的矛盾，借助大象的力量达到自己的目的。其中一个故事的大致情节如下：

丛林深处，意指的猴子已经一周没有合眼。

因为无法忘记被痛打的遭遇，所以要找个帮手回击狮子。

于是它对狮子说："有一个坏皮条客正朝你袭来……它说它搞了你的堂兄、哥哥和侄女，还想打你奶奶的主意。"

狮子："猴子先生，如果你说的不是真的，婊子，我会打得你满地找牙。"

猴子："如果你不相信我，那就直接去问大象。"

狮子咆哮着跑了……然后看见大象在树下歇息。

它说："站起来，皮条客，你和我单挑。"

大象："快滚，菜鸟，去惹和你块头相当的。"

狮子俯身下蹲，然后从大象身上跳了过去。

大象迅速起身把狮子撞了个四脚朝天，再跳上它的胃，踩踏他的脸……

狮子缓慢爬过丛林，生不如死，它发誓要阻止猴子意指。

……

电光火石间，狮子用四脚踩住了猴子。

猴子仰望狮子，满含泪光，然后说："对不起，狮子，我向您道歉。"

狮子说："你再哭都无济于事，因为我要阻止你意指。在弄死你之前，我想听听你的遗愿。"

猴子说："把你的臭脚挪开，让我站起来我就会打得你找不到北。"于是狮子拿开脚，准备开战，猴子却跳起来，瞬间消失，只听它说："只要草要生，树要长，我就会在它们的周围加倍地意指。"①

几经折腾后，狮子终于明白，自己的问题在于对猴子修辞性语言的错误理解。故事中的狮子不懂得字面意思与修辞意义之间的区别，而猴子所利用的正是这两者之间的不同。从这个故事原型中可以看出，猴子的武器就是其语言能力，它凭借丰富的想象力和非凡的语言才能，巧妙戏弄了狮子。猴子之所以可以逃生，也是因为它的话语充满了意指，而狮子则是按照其字面意思来理解。黑人的语言特点正好符合意指的猴子的语言策略。

在盖茨的理论中，"意指"这一概念的提出和非裔美国黑人民间传说中的"恶作剧的猴子"有关。在其意指理论中，盖茨主要通过两个典型的神话人物来阐释黑人方言土语与黑人文学传统之间的关系。这两个形象中，一个是源自约鲁巴民间传说中的神祇埃祖-埃拉格巴拉，另一个是源自美国非裔传说中的"意指的猴子"。非裔美国黑人文化和文学中的恶作剧精灵形象与埃祖和"意指的猴子"有着非常重要的联系。

约鲁巴人把世界分为尘世和天堂。尘世是世人、巫师、动物以及河流和山脉的王国，而天堂是至高无上的造物主和其他较小的神灵的神圣领地。这些尘世和天堂的存在物构成宇宙的等级体系。伊发神（Ifa）是创造天地的造物主，他拥有至高无上的智慧和权力。在约鲁巴的神话中，众神的意志是通过伊发神的预言体现的，而伊发神的预言总是以符号和文字的形式呈现，人类对这些预言的感悟和理解必须依靠阐释神埃祖（Esu）的解释。在约鲁巴神话中，埃祖主要负责将伊发神的旨意翻译并传达到人间，并根据人们对神的旨意的执行情况

_____

① 何燕李：《丛林深处绞缠的反本质主义与本质主义群像——盖茨的非裔文学理论研究》，《文艺理论研究》2013 年第 4 期，第 207—208 页。

来保护或处罚世人。作为神的阐释者，埃祖根据自己的理解对源自伊发的文本信息进行重构，把阐释变为一个开放的、自由的、发散的、延异的、颠覆的、无止境的过程。而泛非文化中认可这种阐释的多重性、任意性和不确定性。因为埃祖身份的特殊性，传说中的埃祖形象也非常有趣：埃祖具有一个不对称的外形，一条腿长，一条腿短。这样的形象象征它脚跨仙凡两界之间。在约鲁巴的神话体系中，包括在贝宁、巴西、古巴、海地和新世界中，埃祖形象出现在非常神圣的神话传说中，埃祖是所有神的信使："它将神的旨意传递给人类，又将人类的愿望传递到神那里。埃祖是十字路口的守护神，是文体和风格的主人，是生命力和生殖力的男神，是在神圣世界和世俗世界之间设置神秘障碍的神。"① 在西方文化中与埃祖最为接近的神就是赫摩斯。传说中的埃祖可以破解神的文本，是解除人和神之间神秘障碍的能手，能向原始初民阐释众神的旨意，并向神呈递人间的祈求。因此，在约鲁巴文化中埃祖被看作"神圣的语言学家""逻各斯的监护者""岔路的守护者"。

盖茨使用考古学的方法，在其研究中发现，神祇埃祖的形象在古巴、巴西、海地等民间传说故事中都出现过，但埃祖在不同的文化中有着不同的名称。在巴西的传说中埃祖被称作俄苏（Exu），在伏都教故事中埃祖被称作里格巴（Legba）或拉巴斯（Labas）。无论埃祖的变体是什么，埃祖始终是天神唯一的信使，作为一个中介者，埃祖对神的话有阐释权。他要将天神的意旨阐释、翻译、传达给人类，同时也要将人类的愿望传递给天神。同样的话语，面对不同的对象，埃祖会做出不同的解释，尤其面对埃祖不喜欢的对象，他会故意制造歧义，以此来惩罚他们。研究埃祖形象的学者发现了这一恶作剧精灵形

① Henry Louis Gates, Jr., *Figures in Black：Words，Signs and the "Racial" Self*，New York：Oxford University，1987，p. 237.

象身上的特点：个人化、讽刺、戏仿、反讽、不确定性、开放性、含糊性、分裂与和好、忠诚与背叛、掩盖与揭露、完整与碎片等。但是，这些特点中的任何一个都不能占主导地位。于是，埃祖成为一个含混的、神秘的象征物。

随着埃祖故事的流传，大量有关埃祖的神话中都出现了猴子的形象，如在贝宁的传说中猴子就成了阐释神埃祖的别名。随着奴隶制的盛行，埃祖和猴子的传说继续流传于拉美地区，特别是非洲裔古巴人中。但有趣的是，在非裔美国黑人的传说中埃祖突然消失了，只有猴子的形象出现。非裔美国黑人民间故事中喜欢恶作剧的"意指的猴子"由此演变而来。"意指的猴子"承袭了其原型埃祖传递信息的基本功能，后来，关于"意指的猴子"的故事大量出现在蓄奴制时期的非裔美国黑人民间传说中。盖茨认为，虽然埃祖和"意指的猴子"看似来自两个不同的传统（埃祖是属于泛非文化的，而"意指的猴子"是属于非裔美国黑人文化的），其实是相互关联的两个形象，"是一个更大的、统一的现象的不同侧面，共同表达了黑人传统关于自己的文学理论"①。如果说埃祖是阐释的本质和功能及双重声音的话语的隐喻，那么"意指的猴子"就是黑人修辞传统和叙事策略的象征。埃祖经常利用它强大的饶舌本领，对愚昧的、邪恶的或是懒惰的人或动物晓以大义或处以惩罚。而埃祖达到目的的关键是运用"修辞语言的模糊性，以建立解释的不确定性"②，从而改变它欲惩罚的对象的命运。意指的猴子不仅仅指神话中的一个形象，它本身就是一种技巧，一种文体、文学语言中的文学性，它是非常伟大的意指者/能指。如果说埃祖是阐释的本质和功能及双重声音的话语的隐喻，那么"意指的猴子"就是黑人修辞传统和叙事策略的象征。埃祖和"意指的猴

---

① Henry Louis Gates, Jr., *The Signifying Monkey: A Theory of Afro-American Literary Criticism*, New York: Oxford University Press, 1988, p. 21.

② Ibid..

子"是"两个独立又彼此联系的恶作剧精灵形象，他们在各自的传统
中代表着语言传统的意识发展，是一种发展和修正的模式，是一种内
在的模式和组织。他们的话语是一种原话语，是一种关于自己的话
语"①。从某种意义上说，"表意"已成为美国黑人的一种生活态度。
"作为珍贵的民族文化遗产，黑人民间故事及其内含的'表意性'已
衍化为文学基因，深藏在美国黑人的集体记忆中。黑人作家深受这一
传统的影响。"②

根据盖茨的研究，埃祖代表了非裔美国人的话语权。埃祖的力量
在于它能够利用谐音、歧义和故意误听等多样性的话语选择对话语的
各个部分进行整合，从而改变信息交流对象的命运。盖茨联系对早期
美国黑人政治经济特点的分析，指出埃祖和"意指的猴子"之间是恶
作剧精灵形象从非洲文化延续到美洲，是因为非洲黑人奴隶被贩卖到
美洲大陆之后，无权公开直接地进行自我表达。意指因此成为他们委
婉表达自我的一种现实可行的操作途径。非裔美国黑人通过恶作剧精
灵故事"拥有了一个文化认知的模式来思索劳役和经济束缚所造成的
精神困境"③。

盖茨在研究中发现泛非洲文化中的埃祖与非裔美国文化中意指的
猴子这两个恶作剧精灵之间有着历史性的关联。在尼日利亚、巴西、
海地及古巴等地的约鲁巴神话中，埃祖的形象有着不同的名称和变
体。这一发现表明在西非、南美、加勒比海地区以及美国的文化中共
存一个跨越时空的象征体系和内部阐释体系。盖茨构建黑人文学批评
理论的努力是从考察泛非洲文化的阐释体系开始的。非洲土著文化与

---

① Henry Louis Gates, Jr. , *The Signifying Monkey*: *A Theory of Afro-American Literary Criticism*, New York: Oxford University Press, 1988, p. 20.

② 朱振武等:《美国小说本土化的多元因素》，上海外语教育出版社 2006 年版，第 156 页。

③ 秦苏钰:《〈他们眼望上苍〉中的恶作剧精灵意象解读》，《国外文学》2008 年第 3 期，第 104 页。

美洲的非洲文化碎片之间时空阻隔，并存在着语言障碍。但是，盖茨却惊奇地发现在泛非洲文化之中始终存在"埃祖"这个恶作剧精灵的形象。

在非洲，埃祖是约鲁巴人和芳族人神话中的恶作剧精灵，在口述传统中代代相传。在尼日利亚、贝宁、巴西、古巴、海地以及美国等地，埃祖的形象有不同的名称。但盖茨通过细致的文化考古后认为，这些单个的恶作剧精灵实际上是一个大的统一形象的组成部分。盖茨将其统称为埃祖或埃祖-埃拉巴拉。盖茨指出，埃祖的这些变体雄辩地表明，在西非、南美、加勒比海以及美国的某些黑人文化中，存在一个完整的形而上学体系和象征模式。盖茨据此认为埃祖代表了一个植根于泛非洲土语传统中的主旨或传统主题。埃祖连接或者说分割了人间和神界。一方面，它是天神的使者，向人类阐释天神的意志；另一方面，它又把人类的意愿转达给天神。埃祖阐释并传达的是神界的伊发占卜的文本。伊发是约鲁巴人的神圣文本，相当于欧美文化的《圣经》。伊发是神意的文本，埃祖是他的阐释者，但这并不是说埃祖仅仅被动地翻译已存在的信息。相反，他积极参与所有信息的建构。与伊发相比，在阐释过程中埃祖事实上有种优先权。显然，经由埃祖阐释的伊发信息是个开放的文本而不是闭合的作品，它是个动态的意义生成、发散、分延及颠覆的无止境过程。埃祖是文本与阐释之间的中介，因此它是文学批评家的土著的黑人隐喻，也是泛非洲文化中阐释行为的原型性比喻。在芳族人和约鲁巴人文化中，埃祖拥有极大的权力。在盖茨看来，埃祖的权力源于其阐释的多重性或多样性。作为伊发文本宇宙之中任意性游戏和不确定性的元素，埃祖总在无休止地置换意义，通过表意游戏将意义延异。埃祖介于意图与意义之间，介于言说和理解之间。埃祖对伊发文本提供的阐释不仅没能解决伊发象征性话语的困惑，而且它还乐于将这些困惑加入自己神秘的回答之中。①

如果伊发是暗喻中的文本，埃祖就是暗喻中的解释的不确定性，这使得每一个文本都有了开放性的特质。伊发代表封闭，埃祖代表开放，埃祖代表的释义过程是没有结尾的，充满多义性的。埃祖在非洲裔美国文化中的堂兄弟"意指的猴子"就成了一个转喻。"意指的猴子"的意指性语言成为非洲裔美国文化传统中的语言特点。埃祖代表了非裔美国人的话语权。埃祖代表了一种话语权，也代表了非裔美国人的聪明才智与道德正义。埃祖的力量在于他能够利用多样性的话语选择对话语的各个部分进行整合，他可以利用谐音、歧义和故意误听等方式使原来需要传递的话语变为他所希望对方听到的内容，从而使得罪他的人或动物得到应有的教训。这种带有促狭意味的意指的说话方式含蓄委婉，不了解非裔美国文化的人则不易觉察，因此它成了奴隶制压迫下的黑人奴隶可以信手使用、安全可靠的讽刺压迫者的语言工具。"埃祖的每一种形态都是天神唯一的信使，他将天神的意愿向人类阐释；也将人类的愿望带到了天神那里。埃祖是十字路口的保护神，是风格和书写的行家里手。他是掌管繁殖和生育的男性天神，是那个难以捉摸的、神秘的界限的主人，这个界限将神界和人世分割开来。……在语言学意义上，埃祖是个终极系动词，联结着真理与理解、神圣与世俗、文本与阐释，他联结着主语和谓语。"② 同时，"埃祖是解围之神，同时也是在人与人之间提供帮助的天神"③。埃祖拥有的最重要功能之一是不稳定性或不确定性。"如果说多元化构成了埃祖的一种力量，那么他的另一种力量就是他联结部分的力量。埃祖是

① ［美］小亨利·路易斯·盖茨：《意指的猴子：一个非裔美国文学批评理论》，王元陆译，北京大学出版社2011年版，第3页。

② 同上书，第16页。

③ 同上书，第42页。

部分的总和，也是把部分联系起来的那些东西。"① 从语言学角度来讲，"埃祖是终极的连接物。它将真理与理解、神圣与世俗、文本域释义词语与所指都联系在一起"②。

盖茨发掘和揭示这个土著黑人阐释学原则上达到了两个目的。第一，它证明文学批评理论并非欧美的专属领地，黑人传统有其自身的一套理论；第二个目的无疑更为迫切和直接，也就是说，黑人传统从来都没有期待对某个文本依照社会环境对它做字面的理解……通过对埃祖的知识考古，盖茨建构起了泛非洲文化的黑人阐释传统，但盖茨对埃祖的关注是为他对"意指的猴子"的研究服务的。"意指的猴子"是埃祖在美国黑人俗界话语中的对等物。埃祖存在于整个泛非洲文化之中，"意指的猴子"则是美国黑人文化所特有的。盖茨对"意指的猴子"的研究着眼于廓清美国黑人土语传统中原生的修辞策略。③ "如果说埃祖-埃拉巴拉是伊发阐释体系的核心形象，那么他的非裔美国亲戚——意指的猴子——就是非裔美国土语话语的修辞原则。"④

> 伊发是代表确定意义的天神，但他的意义必须通过类比来传达。埃祖是不确定性的天神，控制着这个阐释过程；他之所以是阐释天神，那是因为他代表象征性语言的模糊性。尽管埃祖准许自己的朋友伊发掌管并命名传统文本，但在阐释行为中拥有统治权的是他，这恰恰是因为他代表象征语言的神圣性。对伊发而言，一个人寻求的意义是一清二楚的，只需要被解读。埃祖对种种象征进行解码。这样说来，如果伊发是我们对文本自身的隐

---

① ［美］小亨利·路易斯·盖茨：《意指的猴子：一个非裔美国文学批评理论》，王元陆译，北京大学出版社 2011 年版，第 48 页。

② Henry Louis Gates, Jr., *Figures in Black：Words, Signs and the "Racial" Self*, New York：Oxford University, 1987, p. 6.

③ ［美］小亨利·路易斯·盖茨：《意指的猴子：一个非裔美国文学批评理论》，王元陆译，北京大学出版社 2011 年版，第 3—4 页。

④ 同上书，第 55 页。

喻，那么埃祖就是揭示的不确定性的隐喻，是每个文学文本开放性的隐喻。伊发代表闭合，而埃祖则掌管公开的过程，这是一个永无休止的过程，由多义性所控制。埃祖是针对文本的话语；他掌管的是阐释过程。这是他和朋友伊发在原初教育场景中所传达的信息。如果埃祖代表针对文本的话语，那么他的泛非洲亲戚意指的猴子就代表每个文学文本所包含的修辞策略。意指的猴子是非裔美国话语的一个重要转义，是转义的转义，他的意指语言是他在非裔美国传统中的语言符号。①

　　如果说埃祖是阐释的本质和功能及双重声音的话语的隐喻，那么"意指的猴子"就是黑人修辞传统和叙事策略的象征。埃祖经常利用他强大的饶舌本领，对愚昧的、邪恶的或是懒惰的人或动物晓以大义或处以惩罚。而埃祖达到目的的关键是运用"修辞语言的模糊性，以建立解释的不确定性"②，从而改变他欲惩罚的对象的命运。如果说埃祖是阐释的本质和功能及双重声音的话语的隐喻，那么"意指的猴子"就是黑人修辞传统和叙事策略的象征。埃祖和"意指的猴子"是"两个独立又彼此联系的恶作剧精灵形象。他们在各自的传统中代表着语言传统的意识发展，是一种发展和修正的模式，是一种内在的模式和组织。他们的话语是一种原话语，是一种关于自己的话语"③。"意指的猴子反讽性地倒转了把黑人描述成猿猴的广为人知的种族主义观点。他居于话语的边缘，永远都在用双关语，永远都在转义，永远都代表着语言的模糊性。他是我们的重复与修正的转义，实际上是

---

　　① ［美］小亨利·路易斯·盖茨：《意指的猴子：一个非裔美国文学批评理论》，王元陆译，北京大学出版社 2011 年版，第 31—32 页。

　　② Henry Louis Gates, Jr. , *The Signifying Monkey: A Theory of Afro-American Literary Criticism*, New York: Oxford University Press, 1988, p. 21.

　　③ Ibid. , p. 20.

我们的交错配列法的转义，在巧妙的话语行为中，他同时在重复和倒转。"① "如果说多义性是埃祖的第一个特点，那它的第二个特点就是将部分联系为整体的能力。"② 约鲁巴的存在状态有三层：过去、现在和未发生。埃祖就代表这种共存的状态并使这种状态成为可能，埃祖就是释义的过程。

在非裔美国黑人文化中，"意指的猴子"是埃祖形象的对应物，是源自古巴的神话，是存在于世俗话语中的形象。在古巴神话中，主神艾格巴（Echu-Elegua）身边总是有一只猴子，它的职责如埃祖一样是神的话语的传递者。"意指的猴子住在话语的边缘，它会使用双关、转喻、语言的含糊性，是一种重复和修正的转义。"③ 随着历史的演变，"意指的猴子"不仅仅指神话中的那个猴子形象，它成为一个恶作剧精灵，"本身就是一种技巧，一种文体、文学语言中的文学性，它是非常伟大的意指者/能指"④。

四　非裔美国女性文学作品中的意指

非裔美国黑人女性作家对于语言力量的肯定是明显的。她们的作品中经常使用"意指"这种修辞手段，以此来保护自己的世界。罗杰·亚伯拉罕（Roger Abrahams）将"意指"比作"一种可以同时表达好几种意思的语言艺术。以意指的猴子为例，它指的是欺诈者可以在说话时使用暗讽、挑剔、劝诱、玩笑和谎言的能力。意指在某些情

---

① 〔美〕小亨利·路易斯·盖茨：《意指的猴子：一个非裔美国文学批评理论》，王元陆译，北京大学出版社 2011 年版，第 63 页。

② Henry Louis Gates, Jr., *The Signifying Monkey: A Theory of Afro-American Literary Criticism*, New York: Oxford University Press, 1988, p. 37.

③ Henry Louis Gates, Jr., *Figures in Black: Words, Signs and the "Racial" Self*, New York: Oxford University, 1987, p. 237.

④ Ibid., p. 239.

况下也可以指围绕某一个话题谈但总是没有直奔主题"①。意指就是在表达过程中赋予词语其他的信息或意义,而这种方式是非直接的。这种方式的意指可以看作根据其艺术特质而变换了的一种信息形式,这种情况在很多话语形式中都存在,意指最为基本的特点就是表达的间接性。根据米切·勒拿(Mitchell Lernan)的解释:"意指包括对某些潜在的内容或作用的认可和促进。这种含糊性使得意指很难被解释(1)说话者想要表达的意义或信息;(2)想要传递给受话者的真正意义;(3)说话者的目的或意图。意指一词使用的前提条件是预设在某一个话语活动中在编码的过程中存在有目的的、有意识的解码的行为。"②

盖茨认为在非裔美国文学中存在一种意指的传统。他所指的"意指"既是一种修辞手段又是文学表达的主题。对于前者指的是非裔美国人表述时所使用的添加转义(Trope)等修辞手段以表情达意的方式;对于后者,则指非裔美国人在继承前人的文学遗产时运用变更的形式丰富并发展传统主题的特点。涵盖性极强的意指概念主要可以分为语言及意象意指和文本意指两大板块。语言及意象的意指包括非裔美国文学的双声性特点和"言此意彼"的特点以及对传统意指意象的使用。而文本的意指作为尤为重要的意指形式,是非裔作家对存在于传统中的同一主题的修订和更改,使传统的文学主题散发出新的生命力。

修辞性命名(Rhetorical Naming)和互文修正性结构(Structure of Intertextual Revision)是黑人文本的典型修辞策略。前者以间接的方式对概念加以修辞性的言说,后者包括对原有文本结构

---

① Deborah G. Plant, *Every Tub Must Sit on Its Own Bottom*: *The Philosophy and Politics of Zora Neale Hurston*, Chicago: University of Illinois Press, 1995, p. 80.

② Deborah G. Plant, *Every Tub Must Sit on Its Own Bottom*: *The Philosophy and Politics of Zora Neale Hurston*, Chicago: University of Illinois Press, 1995, p. 82.

或叙述的转义、修正或滑稽模仿，它往往包含了作者的间接意图和隐喻暗示，其手法多以意指、转义、滑稽模仿、混合语或双声语的方式对其他作家的文本进行差异性的重复，赋予其新的意义。

黑人文本总是包含一种修正与互文性的关系，黑人表意就是黑人的双重声音。埃祖的双声性表达对于黑人文学批评来说是一种理想的意指形式。差异性的重复正是黑人表意的根基。间接性和不确定性是非裔美国文学修辞策略最突出的特点之一。作者以各种方式重复另一作者的结构，包括对某一叙事形式或修辞结构所进行的一些不适宜的滑稽模仿。通过间接性所进行的修辞性命名和互文性修正结构式人物塑造、转义和模仿的主要手段。[①]

盖茨强调非裔美国民间文化和言语方式对非裔美国作家文学创作的影响并重新梳理了非裔美国文学的传承和发展脉络。因此，"意指"探究的是黑人方言土语与非洲裔美国文学传统之间的关系。盖茨所定义的意指现象"首先是指黑人土语在标准英语意义表达的过程中由于增添转义而产生的具有族裔特点的表意方式，是构成美国非裔文学特殊性的重要因素。这种表意方式从文字上看可能与作者要表达的真正意图毫不相干，但它通过非裔文化中约定俗成的语言符号理解方式间接地达到目的。意指反映着历史上的奴隶制下非裔美国人生存状态对语言要求的特殊性，同时也表现了非裔美国人的智慧和幽默"[②]。盖茨的意指理论可以分为两大部分：语言和意象的意指，文本的意指。其中前者是指运用特定的语言方式和形象以达到"言此意彼"的意指手段，后者是指美国非裔作家作品以不同的语言方式对同一文学主题的

---

① 习传进：《意指的猴子：论盖茨的修辞性批评理论》，《湖北师范学院学报》2005 年第 5 期，第 3 页。
② 朱小琳：《视角的重构：论盖茨的意指理论》，《外国文学研究》2004 年第 5 期，第 142 页。

深化和发展。语言和意象的意指通过微观的文本内部来认定，文本的意指是指文本之间的意指关系，而"意指行为是黑人的修辞性差异，它使语言使用者得以穿行于多个意义层面之间"①。

回顾美国黑人女性文学史，因为特征鲜明、富有创造性的诗意写作，并将黑人方言与标准英语和比喻性语言混合使用的，受到大家认可的作者就是左拉·尼尔·赫斯顿。盖茨在其意指理论的代表作《意指的猴子》中指出："左拉·尼尔·赫斯顿是第一位运用非裔美国传统来显示作为解放工具的意指本身，并且将与之运用作为一种修辞策略的作家。"② 赫斯顿在《骡子与人》中给意指所下的定义是语言学文学中意指最早的定义之一。赫斯顿是美国文学传统中第一位将"意指"本身作为受压迫妇女想要获得解放的武器之一，她将"意指"作为一种修辞手段用在文学叙事中。"赫斯顿在其作品中将意指作为文体技巧和修辞手段。她将意指看作非洲裔美国黑人民间故事的主题之一。不管是作为文体、主题、技巧或特点，意指都渗透在赫斯顿的作品之中。"③ 在其代表作《他们眼望上苍》中，赫斯顿"让《他们眼望上苍》成了一个典型的意指性文本，其叙述策略化解了表意这个术语在标准用法中所暗含的张力：字面与比喻之间，语义与修辞之间的张力。《上苍》使用了意指行为转义，并把它同时当成了主题内容和修辞策略而使用"④。这使得《他们眼望上苍》成为一本非常有体系的"意指"的文本，这一文本解决了标准英语中有关文字和比喻层面的暗含张力，"《他们眼望上苍》在主题和修辞策略方面都代表了黑人意

---

① ［美］小亨利·路易斯·盖茨：《意指的猴子：一个非裔美国文学批评理论》，王元陆译，北京大学出版社 2011 年版，第 92 页。

② Henry Louis Gates, Jr., *The Signifying Monkey: A Theory of Afro-American Literary Criticism*, New York: Oxford University Press, 1988, p.241.

③ Deborah G. Plant, *Every Tub Must Sit on Its Own Bottom: The Philosophy and Politics of Zora Neale Hurston*, Chicago: University of Illinois Press, 1995, p.81.

④ ［美］小亨利·路易斯·盖茨：《意指的猴子：一个非裔美国文学批评理论》，王元陆译，北京大学出版社 2011 年版，第 212 页。

指中的转义"①。

　　《上苍》在多个方面意指了图默的《甘蔗》。首先，它的情节倒转了《甘蔗》中的情节发展。《甘蔗》的环境从开阔的田园开始，经由逐步缩小的空间，一直到了昏暗潮湿的地窖中的一圈亮光（对应于核心人物自觉意识的不同程度）；在嵌入叙述中的《上苍》的环境则从沃什伯尔后院中姥姥的逼仄的小屋开始，经由越来越大的物理结构，直到最后到达沼泽地的"粪堆"。在那儿，珍妮和她的爱人茶点实现了她一直迫切渴望的男女关系模式。与此相类似，《甘蔗》表现了完全没有得到满足的关系，这种怆痛似乎随着空间的缩小而成比例地加深；而在《上苍》中，一旦珍妮避开了物质财富所暗含的价值（例如中产阶级的房屋，尤其是无所事事的女人坐在摇椅上虚度光阴的房屋），学会了与茶点的嬉戏，接着从搬到沼泽地之后，马上就产生了真正的满足感。另外，《上苍》中的沼泽地转义所指代的东西同杜波伊斯的《追寻银羊毛》中的沼泽地所代表的东西正好相反。在杜波伊斯的文本中，沼泽地象征着一种肆虐的混乱，它必须被耕犁、被控制；而对赫斯顿而言，沼泽地则是情爱自由的转义，刚好站在布尔什维亚生活及秩序的对立面。赫斯顿的主人公逃离布尔什维亚生活与秩序，而杜波伊斯的主人公却对之神往心仪。杜波伊斯的人物通过耕犁沼泽地并种植棉花而获得了经济上的安全，而珍妮则逃离了杜波伊斯的人物实现了的布尔什维亚生活。沼泽地没有被耕犁，没有被驯服，存在不稳定性与潜在的混乱，在这儿爱情与死亡并存。珍妮抛弃了传统的价值而选择了沼泽地，她正是通过这种方式而逃离了布尔什维亚生活方式。独步一时的影子般的

---

① Henry Louis Gates, Jr., *Figures in Black: Words, Signs and the "Racial" Self*, New York: Oxford University, 1987, p. 241.

人物好像就住在沼泽地里，我们注意到，这个人物有个奇怪的名字：左拉。①

《他们眼望上苍》中充满了故事讲述者，"黑人传统称之为意指者。这个文本给这些意指者提供了巨大的空间让他们展示自己的才华。我们回想一下非常重要的一点：对口语叙述的这些模仿是在珍妮的嵌入故事中展开的。珍妮的故事讲述的是她与茶点一道追寻地平线，然后孑然一身回家的故事。这种口语叙述始于第二章，珍妮和朋友菲比坐在珍妮家的后门廊上。接下来是珍妮的直接引语，占了几乎三整页纸。在珍妮的叙述之后是两段叙述评论；而有趣的是，接着叙述'渐行渐远'，退回到了珍妮的年轻时期……游离的叙述声音从来就没有放弃过自己的所有权意识，在九段直接引语之后，它又重新控制了珍妮故事的叙述。我们可以来如此描述这种叙述转化：从第三人称转到'无人称'（也就是说，对珍妮的直接引语似乎是没有经过中介而表现出来的），再转回到一个嵌入叙述或加框叙述的第三人称。这种技巧我们在电影的故事讲述中最常碰到，在那儿，第一人称叙述得给我们经常同电影联系起来的叙述形式让步。……《他们眼望上苍》似乎在模仿这种叙述模式，只是有这样一个根本差异：被嵌进来的故事在这部小说中是由全知的第三人称叙述者讲述的，这位叙述者报道了珍妮不可能听见或看到的那些想法、情感及事件。接下来的18个章节都是珍妮在讲述给菲比的嵌入叙述，被我们偷听到了。这种嵌入叙述直到20章才结束"②。

作为文体和修辞的意指在赫斯顿的其他作品中也反映出来。文本本身的意义是很难有确定的理解的，读者有多重理解，作者的意图也

---

① ［美］小亨利·路易斯·盖茨：《意指的猴子：一个非裔美国文学批评理论》，王元陆译，北京大学出版社 2011 年版，第 212—213 页。
② 同上书，第 214—215 页。

是含糊的。赫斯顿的文学体自传《道路上的尘埃》的主题也是通过意指来表达的。在自传中，是否忠实于历史客观事实已经不那么重要，在其传记体作品的掩护下，赫斯顿大量使用"意指"将她的愤怒和沮丧指向了当权者和代表父权制和阶级制度的黑人精英。在《摩西，山之人》中，看门人门图从不正面回答少年摩西提出的任何问题，而是用讲故事的方法来回答摩西所有的问题。而间接性是非洲裔美国黑人民间口头传统最为基本的特点。"讲述故事是意指的方式之一。这种方法一般用来解决没法说明的，有争议的问题。"① 种族和种族歧视就是这样的话题。赫斯顿用故事、玩笑和意指的方法来扩展这些主题。通过意指，非裔美国黑人女性作家"可以表达自己的不满，但不会惹来麻烦"②。

　　总之，非裔美国黑人女性文学中的方言土语、非标准英语的大量使用所造成的"黑人性"特征是其区别于白人主流文本的显著差异，"这种差异不仅使黑人作家得以自由地用具有鲜明的民族特征的方言土语来进行表述进而彰显异于白人主流文学的异质性，而且使得黑人批评家超越了主流批评话语的局限，体现出话语的历史性"③。文学中的"黑人性"是美国黑人文学批评的一种价值取向，它强调的是一种基于黑人文本中的语言运用形式，强调的是民族文化传统和种族文化认同，强调的是黑人话语权。非裔美国黑人的语言方式与主流社会白人的语言方式大相径庭，《我知道笼中鸟为何歌唱》中的阿妈就是整个黑人民族的代表。

　　　　因为熟悉阿妈，所以我知道我永远也不可能真正了解她。她

---

　　① Deborah G. Plant, *Every Tub Must Sit on Its Own Bottom*: *The Philosophy and Politics of Zora Neale Hurston*, Chicago: University of Illinois Press, 1995, p. 87.

　　② Ibid. .

　　③ 罗虹、程宇：《"布鲁斯—方言"批评理论与"黑人性"表述》，《南昌大学学报》2014 年第 5 期，第 133 页。

继承了黑人在非洲丛林里形成的诡秘和猜疑，并且由于美国长久的奴隶制而变得更加严重；几个世纪以来，白人对黑人一次次信誓旦旦又一次次背信弃义，更让她认定自己的疑虑持之有据。美国黑人中流传着一句老话，正可以说明阿妈谨小慎微的性格："如果你问一个黑人从哪里来，他会告诉你他到哪里去。"若想理解这句话的真正含义，就必须明白运用这一策略的是什么人，它又对什么人有效。假如听者是个糊涂人，那么他在听到了一部分实情（回答必须体现真实）后，就会满足于所得到的回答。假如听者是个明白人（他自己也会使用同样的策略），那么在得到一个真实却与问题几乎毫无关联的回答后，他会明白，他所问的问题涉及隐私，别人不想让他知道。如此一来，生硬的拒绝、说谎或泄露隐私就得以避免。①

《意指游戏：非裔美国文学批评理论》在借鉴索绪尔的符号学阐释的基础上，从非裔美国文化与非洲民间文化的关系探源出发，第一次形成了缜密而详细的非裔美国文学理论系统。"更为重要的是，盖茨的批评建立在白人意识形态与传统的范畴之内的西方主流文论，着力于探索从文化差异的基础上建立非裔美国文学批评理论的可能性，从而力求给处于边缘地位的非裔美国文学以更为确切真实的评价。盖茨继承了索绪尔在语言学上的研究方式，他的文化文论带有语言学的特征。在他的努力下，非裔美国文学获得了新的解读方式，日益受到系统性的关注。"② 盖茨通过对黑人性符号与所指之间的关系的研究和对黑人文本多层次和多方位的探讨，依据差异性来建构和深化黑人文学的理论话语，从而使黑人文学的理论话语成为更富有包容性的文学

---

① ［美］玛雅·安吉洛：《我知道笼中鸟为何歌唱》，于霄、王笑红译，上海三联书店2013年版，第199页。

② 朱小琳：《回归与超越——托尼·莫里森小说的意指性》，博士学位论文，中国社会科学院研究生院，2003年，第6页。

理论。"意指"理论具有极强的针对性和政治倾向，非洲裔美国文学史是黑人文化移植到白人主流文化之上的结合品，其诞生和发展的历史见证了美国学界对黑人民族、黑人文学的态度。盖茨的意指理论阐释和肯定了黑人文学的原创性，对白人种族主义给予了强有力的回击，有效维护了黑人作家的尊严，彰显了黑人文学的地位和重要性。"一种理论的价值不仅体现为先进性、科学性、创新性，更反映在它对相关实践的审视、批判和指导方面。意指理论以研究黑人文本的双声性和互文性为特点，回归文本自身，强调黑人文学的美学价值和原创性特征，走向非裔美国文学批评的新形式主义。"① 意指理论打破了白人中心话语霸权，摆脱了主流文学强加于黑人文学的附庸地位，"揭示非裔美国文学的双声性和互文性特征，对黑人文学缺乏原创性的论调给予了理论回击，动摇了非裔美国文学批评中白人批评理论的霸权地位，开辟了关注语言能指和文本关系的黑人文学批评新思路"② 。从此，非裔美国文学从模糊走向清晰，从边缘走向中心，对于西方文艺理论乃至我国的文艺理论建设都有着特别重要的意义。

盖茨的批评理论阐述了非裔文学艺术的文化渊源，为多元文学和文学理论的合法性地位的确立做出了巨大的贡献。他的理论包含了对种族文化的认同及对话语权力的渴求，他专注于边缘化的写作空间，在对原有知识谱系的追问中，为在支配性知识观念中如何具体达到对自我文化和自我意识的确认提供了颇有价值的范式。盖茨的黑人文学批评理论涉及西方和黑人这两种文化背景和传统，美国黑人的差异感及其双重历史、双重传统和双重身份，导致了黑人作家的双重声音以及黑人批评家的双重任务：他

---

① 水彩琴：《非裔美国文学批评研究——小亨利·路易·盖茨的喻指理论探析》，《天津外国语大学学报》2014 年第 2 期，第 79 页。

② 水彩琴：《非裔美国文学的修辞策略——小亨利·路易·盖茨的喻指理论》，《兰州大学学报》2016 年第 1 期，第 41 页。

既要修复、传承和创新自身的传统，又要与西方文学理论进行对话和交流，并在互动过程中决定黑人文学批评理论的发展方向。①

非裔美国黑人英语的发展历程与黑人民族争取种族平等、摆脱种族歧视的历史分不开。随着时代的演变，黑人英语逐渐发展完善，成为拥有独立语音、语法、修辞的一种语言变体，成为与白人英语并行的一种语言体系。非裔美国黑人女性作家对黑人英语的使用不仅使其作品有着独特的语言魅力，也极大地促进了黑人英语的发展和普及，对保持和发扬黑人文化有着举足轻重的作用。非裔美国黑人方言土语在以"标准英语"为中心的主流文化中凸显自己的特点，力图改变白人主流批评理论的霸权地位，使其自身从边缘走向中心并最终达到思考和探索美国黑人生存意义的目的。非裔美国人的历史是在困惑中寻找自我合法身份的历程，而非裔美国小说试图将他们的经验由口头和记忆保存转化为具有公开性和合法性的书面文字语言保存方式。非裔美国小说因此"并不表现一种声音，而是表现一种声音的缺失。用一种沉默的声音讲话即是矛盾修辞风格的讲话，这是非裔美国小说中的意指方式之一"②。黑人方言土语和意指的"双声性"使得美国黑人女性作家的语言清新流畅、简洁平实、意义丰富、节奏感强，成功塑造了一个个鲜活的黑人形象，正式再现了黑人的日常生活，凸显了黑人民族文化，强化了"黑人民族作为完整、复杂、未被贬低的人的观念"③。

---

① 习传进：《意指的猴子：论盖茨的修辞性批评理论》，《湖北师范学院学报》2005 年第 5 期，第 5 页。

② 朱小琳：《回归与超越——托尼·莫里森小说的意指性》，博士学位论文，中国社会科学院研究生院，2003 年，第 21 页。

③ Alice Walker, *In Search of Our Mother's Garden*, San Diego：Harcourt Brace Company，1983，p. 85.

第二章 游走于陌生世界的黑色音符——黑人音乐

　　非洲黑人具有优秀的音乐传统。在其日常生活中，除去娱乐的基本功能以外，音乐还担负着记载历史、教育子嗣、传递信息、保存文化等多种社会功能。被迫来到北美大陆的非洲黑人面临语言上的障碍、文化上的掠夺和经济上的压迫，他们只好通过音乐来表达内心情感。面对新的生活环境和文化环境，非裔美国黑人在非洲音乐元素的基础上，结合全新的生活体验及其他文化的音乐元素，创造出了独特的音乐形式，成为"一种最能代表美国黑人民族文化特质的符号"[①]。在黑人民族历史中，音乐是能将黑人的痛苦经历升华的最有效的艺术形式，黑人小说家詹姆斯·鲍德温曾说："只有在音乐里……美国黑人才会讲述自己的故事。"[②] 杜波伊斯也曾称赞黑人音乐"是独一无二的美国音乐，是产生于大洋彼岸的人类最美妙的表达形式"[③]。

　　作为特有的情感宣泄方式，黑人音乐成为最能集中表达黑人独特精神体验的形式。黑人音乐与普通黑人的生活和劳动密切相关，是黑

---

　　① 罗良功：《论黑人音乐与兰斯顿·休斯的诗歌艺术创作》，《外国文学研究》2002年第4期，第48页。

　　② James Baldwin, "Many Thousands Gone", Seymour L. Gross & John E. Hardy, eds., *Images of the Negro in American Literature*, Chicago: The University of Chicago, 1966, p. 233.

　　③ W. E. B Du Bois, *The Soul of Black Folk*, New York: The Library of America, 1990, pp. 180-181.

人民众表达情感的有效方式，也是黑人民族培养集体意识和集体精神的重要途径之一。黑人音乐总是与社会行为、人际关系及精神追求相关联，后来又有了审美和文化功能。黑人音乐"基本保持着古老的非洲传统，但赋予新的内容，这种内容反映出他们所受的压迫情况及他们想要改变现实困境的期望"①。"中间通道"的灾难、奴隶制的残酷及其后果都是无法言说的。对于非裔美国黑人来说，"音乐成为最为有效的心理和文化方面的反抗"②，黑人音乐因此成为"非洲裔美国黑人的一种生活方式、一种存在方式和一种思维方式"③。黑人音乐是在反抗白人主流文化同化的斗争中幸存下来的黑人文化形式。对本民族音乐有着特殊感情和认知的非裔美国黑人作家经常借用黑人音乐来表达黑人独特的内心世界，黑人文学作品中对黑人音乐因素的借鉴和使用"有助于消解白人逻各斯，使黑人性不再意味着缺席、否定和邪恶，而是在场、肯定和善良。正是由于黑人音乐在黑人自我定义的过程中所起到的举足轻重的作用，在黑人文学中，黑人音乐的影响源远流长"④。黑人音乐融合了黑人民众的快乐、悲伤、爱、恨、绝望并使黑人民众得到极大程度的精神解放。美国黑人通过艺术表达特别是音乐表达他们经历苦难而治愈创伤，获得精神滋养并遇难重生的曲折经历。黑人音乐是对传统的继承，对时空的跨越，是后代对前辈的纪念，代表黑人思想和文化，在黑人自我定义的表达中占据了特殊的位置。黑人音乐除了可以带给底层的、边缘的黑人精神慰藉之外，还可以表达更深层次的意义。在文学创作中，黑人音乐也因此成为非裔美

---

① Jacqueline Bobo, ed., *Black Feminist Cultural Criticism*, Massachusetts：Blackwell Publishers Ltd., 2001, p. 220.

② Maria T. Smith, *African Religious Influences on Three Black Women Novelists：The Aesthetics of "Vodun"*, New York：The Edwin Mellen Press, 2007, p. 15.

③ 李美芹：《用文字谱写乐章：论黑人音乐对莫里森小说的影响》，浙江大学出版社2010年版，第 31 页。

④ 同上书，第 11 页。

国黑人小说的一种重要叙事方式，"作为一种艺术含义和形式的中介，有效地将黑人的情感转化为一种差异性的文本形式并由此证实了黑人文化的社会性存在"①。

在非裔美国黑人女性文学中，有很多作家有意识地将音乐的技巧融入作品的构思，巧妙吸收黑人音乐的演奏风格和表现手法，在其作品情节、结构和叙事技巧方面大量借鉴黑人民间音乐，借助黑人音乐的表现形式诉说黑人种族在美国社会的悲惨遭遇，真实反映美国黑人的生存状态，唤起了积淀在黑人心灵深处的集体无意识，引起了黑人读者更深层次的共鸣。通过借用黑人音乐形式，小说文本摆脱了平淡死板的叙事模式，叙事节奏时而平缓，时而激烈，自然展开，大大深化了作品的主题意蕴，丰富了作品表现力，拓展和深化了作品主题，为读者展现富有民族特色的写作策略，达到了不凡的艺术效果。

第一节　劳动歌曲

劳动歌曲是美国黑人音乐形式中最为常见的形式之一。由于黑人在美国社会的地位，不管是在奴隶制时期还是在废奴运动之后，黑人所从事的工作大多为体力劳动。为了消解繁重、枯燥的体力劳动所带来的乏味和疲劳，黑人创造了合乎劳动节拍的伴唱或伴奏，以此来统一劳动节奏或调节劳动气氛，这是最早的非洲裔美国民间音乐形式。到 1850 年前后，源自"种植园歌曲"的劳动号子已基本形成自己的特点，并因歌唱的地点不同而出现了多种形式：玉米地号子、棉田号

①　程锡麟、王晓路：《当代美国小说理论》，外语教学与研究出版社 2001 年版，第 212 页。

子、吆喝号子等。奴隶在唱劳动号子时也因曲调的不同而有多种含义，如讨水喝，想吃饭，请求帮忙，告诉别人自己正在忙什么或者只是简单地传递孤独、哀伤、喜悦等心情。人们按照非洲的传统习惯，用一种叫喊声回应其他人的叫喊。叫喊声持续、有力、悦耳，常以假声结束。奴隶制下的黑人通过歌唱交流情感、宣泄情绪。在高亢激昂的曲调中，在沉稳有力的节奏下，劳动号子不停地变换着曲调、曲风。

一般来说，劳动歌曲的歌词重复率高，歌唱的速度随着工作节奏发生变化，既呈现出黑人辛苦劳作的场景，又反映出黑人伙伴之间的亲密合作，表现出了黑人之间的团结。早期的劳动歌曲大多继承早期西非音乐的主要特点：如随机使用打击乐器（任何可以敲出声音的东西都可以是黑人的乐器，如铁器刮擦玻璃的声音）；复杂多变的节奏和节拍，如一个声部用 4/4 节拍，另一个音部就用了 5/8 节拍，还有3/8 节拍和 8/8 节拍的交替使用等。因黑人对节奏的敏感性，切分音、复音也频繁使用。西非的音乐强调群体的参与。因早期黑人只能通过记忆来学习灵歌，灵歌创作方式较为单调，较多用 2/2 拍、2/4 拍和4/4 拍。劳动号子一般分为两个部分，即领唱和合唱，其中领唱者通常为集体劳动的指挥者。"领唱部分常常是唱词的主要陈述部分，其音乐比较灵活自由，曲调和唱词多有即兴变换，旋律经常上扬，或比较高亢嘹亮，有呼唤、好找的特点；和唱的部分大多是衬词或重复领唱的片段唱词，音乐较固定，变换少，节奏性强，常使用同一乐汇或同一节奏型的重复进行。二者形态呼应、对比明显。领唱部分音调明亮、抑扬，具有咏唱性特点；和唱部分曲调优美流畅、节奏明快规整，通常表现出欢快高昂的气氛。"①

对于黑人来说，歌曲不仅可以继承和传播群体价值，还可以表达

---

① 孙黄澎：《Blues 音乐"非流行"到"流行的"文化阐释》，硕士学位论文，南京师范大学，2013 年，第 20 页。

人们不易用语言来表达的各类情感，是一种情感的宣泄、心理的缓解。"黑人几乎什么事情都唱，那是他们表达情感的方式。高兴时唱歌可以使他们更快乐，悲伤时唱歌能减轻他们的痛苦，他们唱歌是感情的自然流露。"[①] 早期的美国黑人大多在南部种植园工作，他们的生活条件很差，劳动强度很高，还备受白人的歧视和压迫。为了抒发被压抑的情绪，缓解劳作的辛苦，统一劳动的节奏，黑人经常边劳动边唱歌，这种歌曲被称为"劳动号子"。简单地说，劳动歌曲是为了减轻繁重的体力劳动带来的心理和精神压力而创作的。赫斯顿的第一部自传式小说《约拿的葫芦蔓》中多次出现了劳动号子的记录。

被继父赶出家去的混血儿约翰在锯木厂工作时，发现自己非常喜欢那里的生活，其中的一个重要原因就是因为：

> 工人们工作时所发出的那种有节奏的、和着斧子砍木头的声音，人们唱着歌曲"砍木头呀！"接着就有快速的、肯定的应和声"嗨哪！"然后歌声会再次响起，"砍绳子啊！嗨哪！"整天都是这样的歌曲。"砍木头呀！嗨哪！砍绳子啊！嗨哪！"[②]

这里所记录的歌曲就是典型的劳动号子。劳动号子大多有较为固定的主题和结构。此处，劳动号子的内容统一了黑人的劳动节奏，减轻了黑人肉体和心理上的负担。劳动号子表达了黑人的内心情感，分担了劳作之苦，还建立和培养了黑人的集体意识。

另外，当约拿因为殴打自己的妻弟和偷了主人的猪仔而不得不逃离家乡，他在一个修建铁路的地方找到了一份工作。

---

① 陈志杰：《顺应与抗争：奴隶制下的美国黑人文化》，中国社会科学出版社 2010 年版，第 204 页。

② Zora Neale Hurston，*Jonah's Gourd Vine*，Philadelphia：J. B. Lippincott Company，1934，p. 104.

每一天里都是辛苦劳累的，充满紧张、汗水和节奏，当他们铺枕木时，送水的小男孩就会唱道："杜甘先生！"

那些紧张工作的人们就会边铺枕木边应和："嗨哪！"

"嗨哪！"

"得到数字 10 啊！"

"嗨哪！"

"得到一辆车啊！"

"嗨哪！"

"绕到后面去啊！"

"嗨哪！"

"赶快捡起来啊！"

"嗨哪！"

"快点干完活啊！"

"嗨哪！"

……

然后，人们开始唱另外一首歌，歌曲中有他的妻子的名字，他很喜欢这首歌。

"噢，露露！"

"嗨哪！"一只铁锹折断在约翰的手里。

"噢，噢，我的女孩！"

"嗨哪！"

"想见你啊！"

"嗨哪！"

"非常想见你啊！"

"嗨哪！"①

---

① Zora Neale Hurston, *Jonah's Gourd Vine*, Philadelphia: J. B. Lippincott Company, 1934，pp. 171-172.

　　和前面的劳动号子一样，此处的劳动号子不但可以为集体劳作的黑人统一劳动节奏，也通过歌词内容表达了他们内心的想法：对工作内容的描述、对工作步骤的要求、对物质财富的渴望、对亲人的思念等。此处的劳动号子分担了黑人集体劳作的辛苦，也分享了黑人民族勇敢生存的勇气。丰富的歌词内容反映出黑人民族的"种族健康意识——那种将黑人描写成为完整的、复杂的、没有被贬低的人的感觉，那种在黑人作品和黑人文学中极为缺乏的意识"①。

　　在莫里森诺贝尔文学奖的奠基之作《宠儿》（Beloved）中，四处流浪的保罗·D. 参与了很多工作，几乎每个场景都伴随着劳动歌曲。劳动歌曲一般曲调短小，通常带有叠歌。黑人民众间流传着很多具有黑人民族特色的歌谣。"最明显的特征是音乐能使其超越原有的背景……歌曲的背景延伸到某个特定的地方，而这个地方又有着各种回忆。"② 歌唱对于黑人民族的重要性在保罗·D. 的故事中得到了充分体现。当保罗·D. 和其他 46 个黑人奴隶在佐治亚州做苦力时，被白人用一根长长的铁链锁在一起，他们住在陷入地下的木匣子里，吃不饱、穿不暖，时时会受到白人的侮辱和戏弄。为了活下去，他们坚持着。

　　　　在"嗨师傅"的带领下，男人们手抡长柄大铁锤，苦熬过来……他们唱出心中的块垒，再砸碎它；窜改歌词，好不让别人听懂；玩文字游戏，好让音节生出别的意思。他们唱着与他们相识的女人；唱着他们曾经是过的孩子；唱着他们自己驯养或者看见别人驯养的动物。他们唱着工头、主人和小姐；唱着骡子、狗和生活的无耻。他们深情地唱着坟墓和去了很久的姐妹。唱林中

---

　　① Adele S. Newson, *Zora Neale Hurston: a Reference Guide*, Boston: G. K. Hall, Co., 1987, p. 27.

　　② Elizabeth Ann Beaulieu, ed., *The Toni Morrison Encyclopedia*, Westport, Conn.: Greenwood Press, 2003, p. 225.

的猪肉；唱锅里的饭菜；唱钓丝上的鱼儿；唱甘蔗、雨水和摇椅。①

白人可以剥夺他们的自由，可以无视他们的人格，可以随意地侮辱他们，但白人无法阻止他们唱歌，在歌声中他们彼此交流、彼此安慰、彼此鼓励，终于等到了逃跑的机会。另外，"文中反复出现的'唱着'一词产生了鼓点似的节奏，恰似铁锤的一次次抡起、砸下，回荡着黑人奴隶们的愤懑和对自由生活的向往和期盼"②。

生活在种族歧视下的黑人民众大多从事艰苦、低薪的体力劳动，劳动歌曲的节奏和歌词为苦闷、绝望的黑人带去了安慰和希望，富有黑人特色的劳动歌曲回旋在美洲大陆，似乎在向人们申诉——美国经济的发展离不开黑人的贡献。劳动歌曲在文学文本中的出现不但是黑人文化的现实记录，也委婉表达出黑人民族呼吁平等和自由的心声。

第二节　民间歌谣

除去劳动歌曲，黑人还有很多种类的民间歌谣。简单说，民谣是指流行于民间的，具有民族色彩的民间歌曲。民谣历史悠久，没有固定的作者，也没有固定的旋律，在传唱的过程中被多次修改。特定的民谣表现了某个民族在某一特定时刻的特定感情或记录了有关某一节日的特定习俗。总体来说，黑人民谣的节奏感强，乐句短小反复，主题多样，是黑人民族在不同情况下自然的感情流露。

---

① ［美］托尼·莫里森：《宠儿》，潘岳、雷格译，中国文学出版社 1999 年版，第130 页。

② 王烺烺：《欧美主流文学传统与黑人文化精华的整合——评莫里森〈宠儿〉的艺术手法》，《当代外国文学》2002 年第 4 期，第 123 页。

　　赫斯顿的人类学家身份赋予她对黑人民间音乐特殊的关注和兴趣。在赫斯顿几次去南方进行田野调查的过程中，她记录下来大量民间歌谣，并把这些珍贵资料融合在自己的文学创作中。在其第一部自传式长篇小说《约拿的葫芦蔓》中，有一首小孩子唱的歌谣：

> Little fishes in de brook,
>
> Willie Ketch'em wid uh hook;
>
> Mama fry'em in de pan,
>
> Papa eat'em lak uh man. ①

> 译文：小鱼游在小溪里，
>
> 我们用钩逮它们；
>
> 妈妈用锅炸熟了，
>
> 爸爸像男人一样吃了它。②

　　接着，赫斯顿描述了民间歌谣的演唱形式："孩子们继续唱这首歌谣，他们的听众大声地拍手。没有人在意高音是否是高音，低音是否是低音。"③ 这首歌谣中的行末文字押韵，为 A-A-B-B 的尾韵模式，朗朗上口，非常好听。其歌词内容取自日常生活，是为了娱乐和休闲而创作的。从歌词中可以看出黑人小孩对家人团聚、幸福生活的向往，也反映出他们不谙世事的天真可爱和乐观活泼。这首民间歌谣节奏感强、明快清新，为小说增加了民俗色彩。赫斯顿对于民间歌谣普通演绎模式的描写成为记录黑人民谣不可或缺的部分，基于黑人音乐

---

　　① Zora Neale Hurston, *Jonah's Gourd Vine*, Philadelphia: J. B. Lippincott Company, 1934, p. 72.

　　② 笔者译。

　　③ Zora Neale Hurston, *Jonah's Gourd Vine*, Philadelphia: J. B. Lippincott Company, 1934, p. 72.

的开放性和自由性，每一首歌谣都需要在听众的配合和参与中才能最终完成。

在《约拿的葫芦蔓》中，赫斯顿还详细记述了黑人民间"捉迷藏游戏"（Hide and Seek）中穿插的歌谣：

> 弯着腰，踮着脚的米娜·特尔正在数着："10，10，两个10，45，15。都藏好了吗？都藏好了吗？"
>
> 从不同方向，正在找着藏身之处的伙伴们回答："没有！"
>
> "3只小马在马厩里。
>
> 1只跳出来摇晃着缰绳。
>
> 都藏好了吗？都藏好了吗？"
>
> 从更远的地方传来回答："没有！"
>
> ……
>
> "我很快就要站起来了，
>
> 我周围有40个强盗，
>
> 我站起来了，让他们进来，
>
> 用木棍打他们的头。
>
> 都藏好了吗？都藏好了吗？"
>
> "藏好了。"①

每一段相对独立的歌谣都是 A-A-B-B 的押韵模式。有找人的孩子/领唱者的提问，有被找孩子/听众的回答，彼此呼应，就像在舞台上一样。穿插在游戏中间的歌谣既丰富了游戏的内容，又控制了游戏节奏，衔接了游戏环节，使原本意义单纯的儿童游戏上升为黑人民俗文化的记录，为保存和传递黑人文化做出了不可忽视的贡献，成为故事

---

① Zora Neale Hurston, *Jonah's Gourd Vine*, Philadelphia: J. B. Lippincott Company, 1934, pp. 45-47.

叙述中锦上添花的部分。

在《约拿的葫芦蔓》中，白人种植园主为了庆贺丰收，同意黑人在种植园举行大型的庆祝活动，还容许他们邀请周围种植园的黑人。在庆祝聚餐会上，黑人即兴唱着各种歌曲：

> 老牛死在田纳西，
> 将它的颌骨送给了我。
> 颌骨在走路，颌骨在讲话，
> 颌骨吃饭时用刀叉。
>
> 合唱：是的。
> 我说对了吗？是的![①]

整首歌谣的尾韵形式为 A-A-B-B-C-D-D；每行内部还有押韵情况，如 "Jawbone walk, Jawbone talk"。这样的押韵模式使此首歌曲活泼轻快、意义丰富。歌曲的合唱部分在略做停顿之后重复单独领唱的问题并由听众集体做出回答，反映出黑人音乐的集体参与特点。此处的歌词内容似乎与庆贺活动本身没有直接关系，但恰恰反映出黑人随机创作歌曲的智慧和才能。他们总是随机地将身边看到的事物和情景唱出来，其幽默的语言和欢快的节奏增添了庆贺活动的喜庆气氛，呈现出黑人尽情欢唱的快乐场面，推进了情节发展，丰富了文本内容。

在同一庆祝活动中，文本中还记录了另外一首民间歌谣：

> 如果你想看见我急促兴奋地讲话，
> 就给我一碗凝结的酸牛奶。

---

① Zora Neale Hurston, *Jonah's Gourd Vine*, Philadelphia: J. B. Hippincott Compary, 1934, p. 60.

我这样说对吗？对的！

现在我这样说对吗？对的！

年老的姑妈戴安娜就藏在那棵松树后面，

一只眼睛突出，一只眼睛是瞎的。

我说的对不对啊？对的！对的！

现在，我说的对不对？对的！①

　　这首歌谣中仍旧是相对规则的押韵模式，也包含典型的"问—答"模式。赫斯顿在此处忠实记录民间歌谣，描述黑人聚会时丰富多彩的民间活动，为记录和保护黑人民间文化做出了特殊贡献，同时，委婉揭示出黑人追求政治、经济平等和精神自由的强烈愿望。

　　黑人民谣的形式和内容是非常多彩的，他们歌唱所有可以歌唱的东西，高雅的、低俗的、物质的、精神的。《他们眼望上苍》中，在大沼泽地生活的黑人远离白人城市和白人文化，他们无拘无束，随心所欲，为了取乐，他们也唱很低俗的歌谣：

Yo' mama don't wear no Draws

Ah seen her when she took'em OFF

She soaked'em in alcohol

She sold'em tuh de Santy Claus

He told her'twas against de Law

To wear dem dirty

Draws. ②

---

　　① 　Zora Neale Hurston, *Jonah's Gourd Vine*, Philadelphia：J. B. Lippincott Company, 1934, pp. 61-62.

　　② 　Zora Neale Hurston, *Their Eyes Were Watching God*, Urbana and Chicago：University of Illinois Press, 1978, p. 232.

　　译文：你妈没有穿裤衩

　　我看见她脱下

　　把它泡在酒中

　　卖给了圣诞老人

　　他说穿脏裤衩

　　告诉她这犯法。①

　　此处的歌谣曲调优美，但内容低俗。这首歌谣的出现反映出大沼泽地的黑人快乐自由的生活状态。没有白人的压迫，没有社会的歧视，只要努力工作就会有回报。这首歌谣在此处渲染了故事气氛，让飓风来临前的快乐平静的夜晚与第二天大飓风到来时的恐惧绝望形成强烈对比。

　　赫斯顿有关黑人音乐的态度和观点在描写南部黑人生活的《苏旺尼的六翼天使》中体现得最为明显。在小说中，吉姆的好友乔是黑人民间音乐家的代表：

　　　　乔·凯尔西是一个脸色红润的黑人，像原罪一样丑陋，但是有着吉姆见过的最令人愉快的笑容。这样的笑容使他容光焕发。让吉姆觉得老想做游戏，老想开玩笑……乔一直都在唱歌，乔的歌曲涉及浸染工、分割木头的人、伐木工、卡车司机和在河边干活时可能遇到的危险。②

　　从有关乔的歌曲的描述可以看出：黑人民谣的内容是不确定的。黑人总是随机从生活中取材并且歌唱，黑人民谣本身并没有特殊的意

---

　　① ［美］左拉·尼尔·赫斯顿：《他们眼望上苍》，王家湘译，北京十月文艺出版社1998年版，第168页。

　　② Zora Neale Hurston, *Seraph on the Suwanee*, New York：Scribner's sons, 1948, p. 47.

义，大多只是应景而作，或为调节气氛，或为逗趣取乐。黑人民谣反映了黑人民族的创造性，尤其是其即兴创造的能力，这种能力的体现对白人认为黑人是劣等民族的观点是一种委婉的否定和反抗。赫斯顿想要通过其文本中忠实记录的黑人民谣的同时对白人的种族优越感提出挑战。

在《苏旺尼的六翼天使》中，当阿维与吉姆举行婚礼，并来到采集松脂油的驻地开始他们的蜜月生活时，驻地黑人通过音乐为他们举行了非常特殊的祝福仪式：

> 那是一首非常非常古老的歌曲，那首歌的旋律会一直在你的心里萦绕。在其歌声中你可以体会到那种甜蜜和苦涩交织的感受。
> ……
> 爱，噢，爱，噢，无忧无虑的爱
> 像葡萄酒一般洒落在我们的头上
> 许多可怜的女孩的心都碎了
> 但是你永远都不会让我神伤
>
> 爱，噢，爱，噢，无忧无虑的爱
> 爱，噢，爱，噢，无忧无虑的爱
> 你让我哭泣，你让我哀叹
> 你让我离开了我幸福的家。
> 这首歌谣反复唱了很多遍。阿维感动得流泪了。[1]

此处，懂得乐理的白人妇女阿维被黑人音乐深深感动的描述反映出黑人音乐强大的感染力及黑人音乐强大的生命力。在《苏旺尼的六

---

[1]　Zora Neale Hurston, *Seraph on the Suwanee*, New York：Scribner's Sons, 1948, p. 59.

翼天使》中，"赫斯顿不仅关注美国南方白人和黑人语言结构方面的相似性，而且非常关注两种文化之间的相互影响和融合"①。小说中以阿维一家为代表的白人对黑人音乐的热爱和接受就是最好的例子。

在黑人歌曲中，他们重视即兴发挥，无论是曲调还是歌词，都有很大的灵活性，他们可以即兴给现成的曲子填词，也可以即兴创作韵律特殊的歌曲，更为常见的现象是他们以民众熟悉的旋律和歌词为基础，然后对旋律和歌词进行随机的处理和巧妙的修改。著名诗人爱伦·坡曾这样描述黑人音乐的不规则节奏："其节拍变幻莫测，没有规则；也不可以追求完全合拍，但其节奏恰到好处，抑扬顿挫，别有韵味。"② 对于黑人歌手来说，

> 在演唱歌曲时，当前一首歌曲结束时，歌手会迅速地转换到另外一首歌曲。如果你想在第一时间发现这一点，唯一的办法就是你非常熟悉你听到的歌曲材料，这样，在稍有变化时你就可以意识到。即使你不知道那首歌是否是用来做副歌的，但至少你可以感受到节奏和旋律的变化。歌词倒是无关紧要，因为黑人民间歌曲的内容可以是任何事，爱情、工作、旅行、食物、天气、打架、请求一个背叛的女人回到自己身边等。曲调才是最重要的，是将所有内容统一起来的东西。③

非裔美国黑人女性作家经常使用在黑人民间流传的民歌来渲染气氛，突出主题。在莫里森的《所罗门之歌》中，黑人民谣"焦糖人飞走了"贯穿小说的始终，为整部小说增添了浓厚的民俗色彩，同时拓

---

① Zora Neale Hurston, *Seraph on the Suwanee*, New York: Scrsbner's Sons, 1948, p. 8.
② 陈志杰:《顺应与抗争：奴隶制下的美国黑人文化》，中国社会科学出版社 2010 年版，第 206 页。
③ Zora Neale Hurston, *Dust Tracks on a Road*, Urbana and Chicago: University of Illinois Press, 1984, p. 198.

展了小说主题。故事的开篇以一个生活失败的黑人试图用绸缎做成的翅膀飞行开始，故事的结尾以主人公奶娃从一个山头跳向另一个山头的飞行为结束，中间穿插了很多有关"飞行"的人物和情节。小说中"焦糖人飞走了"的歌谣伴随着奶娃的出生、成长，也指引着奶娃开始了他的精神之旅。

当史密斯披着他的蓝色丝质翅膀出现在屋顶时，歌声响起：

> 噢，焦糖人飞走了
>
> 焦糖人飞走了
>
> 焦糖人掠过天空
>
> 焦糖人回家了……①

史密斯在这首歌谣中从高楼飞向大地，而奶娃母亲的阵痛则是在这首歌谣中开始的。出生后的奶娃受到父亲的痛恨和母亲的宠溺，性格扭曲，内心孤独寂寞。当奶娃去姑姑派拉特家时，"第一次全身心都感到幸福"②。在气氛轻松的聊天之后，派拉特开始领唱：

> 噢，焦糖人不要把我丢在这里
>
> 棉花球会憋死我
>
> 噢，焦糖人不要把我丢在这里
>
> 白人东家的胳膊会箍死我……③

然后，派拉特的女儿丽巴和孙女哈格尔一起歌唱：

> 噢，焦糖人飞走了

---

① ［美］托尼·莫里森：《所罗门之歌》，胡允恒译，上海译文出版社 2005 年版，第 10 页。

② 同上书，第 58 页。

③ 同上书，第 60 页。

焦糖人飞走了

焦糖人掠过天空

焦糖人回家了……①

　　这首歌谣在派拉特物质匮乏的小屋里不停回旋，为奶娃带来了精神上的安慰和享受，让奶娃意识到黑人文化对黑人个体成长的重要性。在去南方寻根的过程中，奶娃进一步意识到黑人文化的重要性，开始接受、渴望黑人文化并想要记录源自民间的黑人歌谣。

　　奶娃掏出了钱夹，从里边取出了他的飞机票的本子，可是他没有钢笔，钢笔也在西装口袋里，没法写了。他只好仔细地听，用心记了……

吉克是所罗门的独子

来卜巴耶勒，来卜巴喽哗

扶摇直上，飞抵太阳

来坎呵耶勒，来坎呵喽哗

把婴儿留在一个白人的家里

来卜巴耶勒，来卜巴喽哗

海迪把他带到一个红种人的家里

来坎呵耶勒，来坎呵喽哗

黑种女士摔倒在地

来卜巴耶勒，来卜巴喽哗

把她的尸骨撒满遍地

来坎呵耶勒，来坎呵喽哗

---

① ［美］托尼·莫里森：《所罗门之歌》，胡允桓译，上海译文出版社2005年版，第61页。

所罗门和莱娜、比拉利、沙鲁特

还有雅鲁巴、麦地那、穆罕默特

奈斯塔、卡利纳、沙拉卡走着

二十一个孩子，最小的叫吉克！

欧，所罗门不要把我丢在这里

棉花球铃会把我窒息

欧，所罗门不要把我丢在这里

巴克拉的胳膊会把我扼起

所罗门飞了，所罗门走了，

所罗门穿过天空，所罗门回了老家。①

　　奶娃随着这首歌谣的歌词回顾了黑人民族的历史片段，感受到黑人传说的力量，体会到黑人民族想要获得自由平等的渴望，也传递出黑人民族深深的无奈和绝望。贯穿整部小说的歌谣将出现在不同时代的黑人形象——在现代社会饱受歧视的史密斯、坚守黑人文化的派拉特、失去民族身份的麦肯、无法确定文化身份的奶娃、因爱失去自我的哈格尔等人——与奴隶制下惨遭剥削的黑人形象遥相呼应，拓展了小说的空间和时间维度。跟随派拉特去南方寻根的奶娃在故事的末尾获得了精神的顿悟，他为即将离世的姑姑唱起了以焦糖人为基础而改编的歌曲，"焦糖女不要把我丢在这里/棉花球铃会把我窒息/焦糖女不要把我丢在这里/巴克拉的胳膊会把我扼起"②。通过这首黑人民族世代传唱的歌谣，奶娃跨越了时间和空间的界限，找到了自己的祖先，确定了民族身份，摆脱了精神上的桎梏，凸显了黑人文化对黑人

---

　　① ［美］托尼·莫里森：《所罗门之歌》，胡允恒译，上海译文出版社 2005 年版，第354 页。

　　② 同上书，第 391 页。

民族的重要性，同时，拓展了小说主题。奶娃的故事不再是一个黑人个体的故事，奶娃的成长史因此成为整个黑人民族的成长史。

同样，在小说《宠儿》中，也有一首歌谣贯穿文本始终。在故事的末尾，经历了很多变故的保罗·D. 决定回到塞斯身边，与她分担困难和痛苦，一起面对未来。此处出现了一首歌谣：

> 光着脚丫，春黄菊。
>
> 脱我的鞋；脱我的帽。
>
> 光着脚丫，春黄菊。
>
> 还我的鞋；还我的帽。
>
> 我的头枕着土豆睡，
>
> 魔鬼悄悄地爬上背。
>
> 蒸汽机孤独地呜呜叫，
>
> 海枯石烂爱她永不悔。
>
> 海枯石烂；海枯石烂。
>
> "甜蜜之家"的姑娘让你心儿乱。[1]

事实上，这一曲调在故事刚刚开始的时候就已经出现过了。当保罗·D. 把 124 号砸得粉碎，把宠儿的鬼魂赶走之后，他在修理家具时就唱过："他已唱不出过去在'甜蜜之家'树下唱的《水上暴风雨》了，所以他满足于'姆——姆——姆——'，想起一句就加进去一句，那一遍又一遍出现的总是：'光着脚丫，春黄菊。脱我的鞋；脱我的帽。'"[2] 当这一歌曲再次出现的时候，完整的旋律和填好的歌词不但

---

[1] [美] 托尼·莫里森：《宠儿》，潘岳、雷格译，中国文学出版社 1999 年版，第 314 页。

[2] 同上书，第 49 页。

直白地表达了他对塞斯的爱，反映出他对未来生活的憧憬，也反映出保罗·D. 健康的感情状态，他已经从奴隶制的阴影中走了出来，将会帮助自己爱的人治愈精神创伤。

非裔美国黑人女性作家在文本中对民间歌谣的记录和使用是非常慎重的，这些歌谣总是出现在特定的情景中，与故事情节融为一体，既渲染了气氛，又推动了情节发展，还记录了黑人文化，凸显了黑人民族身份，有着特殊的意义。

第三节　灵歌

非洲黑人强调语言的重要性，非洲语言中的 Nommo 一词意为"语言的魔力"；而非洲黑人认为"歌曲是 Nommo 的实际表现"[1]，因此，在非洲宗教中，歌曲是非常重要的。正如非洲谚语所说："在没有歌曲的情况下，神灵不会降临。"[2] 宗教音乐是黑人祈祷美好未来的最好表达方式，黑人可以在富有民族特色的宗教歌曲中获得心灵和精神的慰藉。黑人灵歌是"对美国黑人奴隶从 1740 年至 1863 年被解放这段时间的音乐的总称，它涵盖了悲歌、田野歌曲、赞美歌、喊歌、劳动号子等"[3]。与黑人劳动号子、民间歌谣相比较，黑人灵歌是富有宗教色彩和严肃主题的音乐类型。灵歌的产生主要源于黑人的基督教化，在这一过程中，黑人在宗教中逐渐找到了精神的寄托。灵歌"以

---

① Geneva Smitherman, "What is Africa to Me? Language, Ideology and African A-merican", *American Speech* 66, No. 2 (Summer 1991), p. 117.

② Jacqueline Bobo, ed., *Black Feminist Cultural Criticism*, Massachusetts: Black-well Publishers Ltd., 2001, p. 219.

③ 陈铭道、任也韵:《"平等""自由"的社会宣言——美国黑人灵歌》,《中央音乐学院学报》1996 年第 4 期，第 20 页。

黑人的奴隶经验为基础对圣经进行修订。黑人灵歌由白人的赞美歌发展而来，同时融入黑人的非洲音乐特色，从而形成独特的黑人宗教歌曲"①。总体来说，黑人灵歌的"歌词常常将祈祷词、《圣经》以及基督赞美诗中的内容拼凑起来，再加上合唱和副歌"②。

黑人灵歌所选取的内容总是和黑人自身的境遇紧密相关。黑人灵歌多属即兴创作，虽然并非是完全创新，而是把已有的老歌与新的曲调结合在一起，但他们根据自身的境遇对圣经故事做出自己的解释，既是个人的也是群体性的表现。黑人宗教歌曲多是利用《圣经》中的故事来创作，以表达内心的特殊情感。欧洲的音乐强调旋律和和谐，黑人音乐并不重视这一点。它通过特殊的韵律、声调及节奏表达自己的特殊含义。黑人灵歌是以"上帝为中心的"。③

在灵歌的演唱过程中，"每个人都想要通过歌曲来表达自己的情感。每个人都是为自己而唱的。因此，正是和谐和不和谐，变化的曲调和突然的断裂构成了灵歌"④。另外，"真正的黑人灵歌并不仅仅是歌曲。它们是有关某个主题的无尽的变化"⑤。很多人认为黑人灵歌的曲调是忧伤的，主题是悲哀的，但是"那些认为黑人灵歌是表达悲伤主题的想法是可笑的。灵歌包含非常广泛的内容，从对传播谣言者的

---

① 罗虹：《从边缘走向中心——非洲裔美国黑人文化》，中国社会科学出版社 2013 年版，第 95 页。

② 陈志杰：《顺应与抗争：奴隶制下的美国黑人文化》，中国社会科学出版社 2010 年版，第 204 页。

③ Gloria Graves Holmes, *Zora Neale Hurston's Divided Vision：The Influence of Afro-Christianity and the Blues*, Dissertation, Stony Brook：State University of New York, 1994, p. 185.

④ Zora Neale Hurston, *The Sanctified Church*, Berkeley：Turtle Island, 1981, p. 81.

⑤ Ibid. , p. 79.

怨恨到对死亡和最后审判者的怨恨"①。重复的语言和节奏是黑人音乐中最为基本的。"但是，需要注意的是，非洲音乐注重动态的节奏，在组织旋律时在表面重复的同时增加更多不同的东西……没有重复就没有真正的即兴创作。"②

美国黑人灵歌以其深刻的情感表达、强烈的节奏感、独特的曲调特点赢得越来越多的听众和表演者，成为黑人民间音乐中最具代表性的体裁之一。美国黑人灵歌是指早期非洲裔黑人吟唱的宗教民歌，既有浓厚的世俗特征又有宗教色彩。美国学者伯纳德·贝尔指出："灵歌，像其他布道话语一样，深受《圣经》的影响，讲述的是群体经历，其特色是以'呼唤与应答'方式来编排内容，含有间或性的押韵、随灵感而涌出的描写性词句和一些充满激情的话语。"③灵歌的创作灵感来自《圣经》，得益于黑人的群体经验，以间或押韵为特征，即兴的盛大短语和戏剧发展线索在唱答之中表现出来。总的来说，灵歌有以下几个特点：

> 用隐喻表达自己的思想。在黑人的灵歌里用词往往隐含另一层意思，如"埃及"意为"南方"；"应许之地"意为"北方"。灵歌还用来为从南方逃到北方的奴隶传递情报：歌词中隐含逃跑路线、接应他们的组织等。由于灵歌融合了创作者和演唱者的复杂经历和情感，所以表现力是很强的。
>
> 具有诗意、美感与戏剧性。一些灵歌从名字上就感受到其诗意与美感，如《上帝的儿女都有翅膀》《悄悄地奔向耶稣》《我知

---

① Zora Neale Hurston, *The Sanctified Church*, Berkeley: Turtle Island, 1981, p. 79.

② Henry Louis Gates, Jr. ed., *Black Literature and Literary Theory*, New York: Methuen, Inc., and Methuen & Co. Ltd., 1984, p. 68.

③ Bernard W. Bell, *The Afro-American Novel and Its Tradition*, Amherst: U. of Massachusetts Press, 1987, p. 26.

道月出》等。

……

即兴性强。灵歌属于民歌，即兴演唱，因为结构上较为松散，重复的歌词较多。灵歌在演唱时多由一位领唱先唱一句或几句，然后合唱队重复其中的一句，或合唱。随着社会的进步，灵歌的内容在与时变化，但即兴编唱的特点没变。

使用方言。对美国各地方言的了解有助于加深对灵歌的领悟，因为黑人灵歌都是方言写成的。

……

黑人灵歌是黑人在异乡传唱的最古老的民歌种类之一，它为后来的各种黑人歌曲在节奏和风格方面奠定了基础，它在传承黑人的非洲传统文化、创造有美国特色的黑人文化等方面起了重要作用，因此对我们理解黑人文化乃至美国文化都是很有必要的。[①]

黑人灵歌的特点：歌词通常选自《圣经》、主祷文、颂歌集、赞美诗等，经自由混合创作，并加入民间生活内容和自身感受，合唱或副歌部分的曲调多体现出浓厚的民歌风格。虽然黑人灵歌的起源主要来自教堂，但黑人将灵歌唱到了种植园和码头工地，使早期的劳动号子和民谣也有了灵歌的色彩。黑人灵歌的形式较为固定：大多采用大调音阶或五声音阶，这类音阶具有活泼、欢快的特点。需要注意的是，虽然记录下来的灵歌乐曲大多以大调音阶为主，但在实际演唱过程中，黑人乐手经常临时改为小调性质，使曲调突转为悲伤哀愁、抑郁忧伤。在即兴演唱的过程中，灵歌乐曲的节奏也是复杂多变的，在一首歌曲中，常有多处明显的不规则节奏。非洲传统的"甩抖舞"中的拍手和顿足的节奏形式也得以借鉴。黑人灵歌里常见散居一段的歌

---

① 曾梅：《托尼·莫里森作品的文化定位》，山东大学出版社 2010 年版，第 182—183 页。

曲。人们通常将这种散居的歌曲称为"悲歌"。三句一段的"悲歌"形式明显承袭了非洲音乐传统。灵歌一般采取一唱一和的形式，即领唱和众人对答合唱的形式，比较随性。"领唱唱完（或者没唱完）自己独唱的部分，其他人就开始唱副歌的部分，或者副歌部分没有唱完，领唱提前开始独唱。通常都是大部分人唱基本、简单的旋律，而领唱随性自由发挥。领唱的部分会将整个演唱推向高潮，他可以是呼唱、颤音，甚至可以是吼叫，任何表达领唱者内心感受和个人情感的方式在此刻都有可能会出现。"① 黑人灵歌"在清晨"是非常典型的例子。

> 在清晨我碰见小露莎，
>
> 噢，耶路撒冷！在清晨。
>
> 我问她，你好吗，我的女儿。
>
> 噢，耶路撒冷！在清晨。
>
> 在清晨我碰见我的母亲，
>
> 噢，耶路撒冷！在清晨。
>
> 我要去摩西去的地方，
>
> 噢，垂死的羔羊。
>
> 摩西已踏上去往福地的路，
>
> 噢，垂死的羔羊。
>
> 去饮那永不枯竭的泉水，
>
> 噢，垂死的羔羊。②

黑人灵歌的歌词频繁使用在本质上并非宗教性的其他音乐表达形式，其结果就是发挥了从劳动号子到"甩抖舞"等众多世俗音乐元

---

① 罗虹：《从边缘走向中心——非洲裔美国黑人文化》，中国社会科学出版社 2013 年版，第 97 页。

② 同上。

素。黑人灵歌深刻表达了黑人奴隶在残酷现实中体现出的思想的复杂性。"这些歌曲表达了创作者在世上体验的束缚和桎梏。它们代表了人们的心灵生活。它们体现了新移民的欢乐和忧愁、盼望和绝望、悲哀与渴望。通过这些歌曲，一个民族在忍受苦难中生存下来。很显然，黑人灵歌不是憎恨之歌，不是复仇之歌。它们既不是战争之歌，也不是征服之歌。它们是土壤和灵魂之歌。"① 虽然不少黑人灵歌是个人创作所得，但这些歌曲叙述了社群集体的身心体验和发展。黑人灵歌因其带有世俗元素而表达了普通人的生命体验，超越了宗教性的表达形式。

黑人灵歌大多围绕死亡、信仰和逃跑等内容展开。有的是借《圣经》故事来向上帝倾诉自己的痛苦生活，希望上帝来解救自己；有的是希望死亡后可以回到上帝的怀抱。还有一些灵歌表达了黑人追求自由的愿望，这类歌词较为隐晦。虽然黑人灵歌的内容较为悲伤，主题较为严肃，但因其明晰的节奏和富有非洲特色的演绎又传达出一种坚持和信心。早期的黑人灵歌是没有伴奏的，大家靠拍手、顿足或摇摆身体来配合歌唱，后来慢慢发展为用简单的乐器伴奏。但是，严格地讲，没有伴奏的灵歌歌唱才是最具非洲特点的演奏形式。常用的伴奏乐器有鼓、打击乐器、钢琴、长号、小号、吉他等。打击乐器，尤其是非洲鼓的使用大大增加了灵歌的节奏感。即使是使用乐器伴奏，黑人灵歌也是以人声为主，伴奏大多是为了突出人声。黑人灵歌的旋律和歌词变化不大，主要为重复和循环，但并没有完全固定的规则。每段歌词的主歌与副歌交叉，副歌一般都是语气主次的重复，如"哈利路亚""啊！上帝"等；或者重复主歌中的一部分，一般重复主歌的后半句，突出主歌的关键词。另外，黑人灵歌没有特定创编或修饰过

---

① 郑婧：《宗教与世俗的并存——美国黑人灵歌的发展及其特性研究》，硕士学位论文，厦门大学，2009 年，第 38 页。

的旋律，完全随性而起，具体内容根据歌手的心情和感受来定。整个音乐非常自由，演唱中经常出现滑音、颤音、倚音等特殊形式，凸显这种音乐形式的自我性和原始性。灵歌没有刻意，没有做作，其旋律是自由的，节奏是灵活的，演唱是即兴的，声色是多变的。每一位灵歌歌手都会自己创作，不会照搬别人的曲子。演唱时一般只遵循大致的结构，对其他的细节进行即兴改编。文学作品中的重复就体现在字、词、句以及段落和情节的重复。其实，"从黑人教堂中就可以看到黑人文化中的重复特点，因为音乐和语言在黑人教堂中结合"①。

"哈莱姆文艺复兴"时期的左拉·尼尔·赫斯顿的父亲是一位牧师，因此她对黑人灵歌颇为熟悉。在其代表作《他们眼望上苍》中完整记录了黑人灵歌。主人公乔是一个内心"白人化"的黑人，他通过年轻时的辛苦工作赚得足够自己发展的金钱，通过学习白人的经营和管理方式而成为美国第一个黑人城市伊顿维尔的市长。在扩建了伊顿维尔后，乔决定为这个城市安装路灯，并为安装路灯举行了庄重的点灯仪式。在点灯仪式上，乔发表了充满宗教意味的讲话，然后人们唱起了灵歌：

> 我们将在灯光下行走
> 那美丽的灯光
> 来到我主仁慈的露珠
> 明亮闪耀的地方
> 在我们周围日夜闪耀
> 基督，世界之光。
> 人们不停地变换曲调，不停地唱，直到没有新的曲调可以唱为止。②

---

① Henry Louis Gates, Jr. ed. , *Black Literature and Literary Theory*, New York: Methuen, Inc. , and Methuen & Co. Ltd. , 1984, p. 70.

② ［美］左拉·尼尔·赫斯顿：《他们眼望上苍》，王家湘译，北京十月文艺出版社 1998 年版，第 48 页。

　　此处的灵歌主要表达了在黑人自治的伊顿维尔，人们拥有第一盏路灯后的喜悦，人们对乔的尊敬和敬畏之情以及黑人对上帝真诚的赞美。灵歌的出现为点灯仪式增添了神圣的宗教色彩。此处的歌唱形式就是典型的灵歌演唱形式：由“波格尔太太用女低音”[①]起头，其他所有人按照自己的曲调合唱，一遍又一遍地唱，直到完全表达出人们的情绪并且没有新的曲调可以唱时才停止了。

　　在莫里森的《宠儿》中，借尸还魂的宠儿死死纠缠着塞斯，将塞斯禁锢在痛苦不堪的过去中，塞斯也想努力摆脱，但个人的力量无法抵挡宠儿的怨恨和愤懑，最后，整个社区的妇女聚集在 124 号门前，大声唱着灵歌，求告上帝，让宠儿离开塞斯，最终挽救了塞斯的生命。

　　　　她们一起站在门口。对塞斯来说，仿佛“林间空地”来到她的身边，带着它全部的热量和渐渐沸腾的树叶；女人们的歌声则在寻觅着恰切的和声，那个基调，那个密码，那种打破语义的声音。一声压过一声，她们最终找到的声音，声波壮阔得足以深入水底，或者打落栗树的荚果。它震撼了塞斯，她像受洗者接受洗礼那样颤抖起来。[②]

　　生于 1928 年的玛雅·安吉洛是美国著名的黑人女性作家、诗人、教师、舞蹈家和导演，是一位充满传奇经历的黑人女性。玛雅曾从事多种职业，为反抗种族歧视，她成为旧金山的首位黑人电车售票员，并投身于马丁·路德·金领导的民权运动。1993 年应邀在克林顿的总统就职典礼上朗诵诗歌《清晨的脉搏》。现为维克森林大学雷诺兹讲席教授。1969 年出版的《我知道笼中鸟为何歌唱》是玛雅最重要的作

---

① ［美］左拉·尼尔·赫斯顿：《他们眼望上苍》，王家湘译，北京十月文艺出版社 1998 年版，第 48 页。
② ［美］托尼·莫里森：《宠儿》，潘岳、雷格译，中国文学出版社 1999 年版，第 312 页。

品。玛雅曾获得三次格莱美奖、美国国家艺术勋章、林肯勋章、总统自由勋章等诸多荣誉。在其代表作《我知道笼中鸟为何歌唱》中,玛雅记录了阿妈所唱的灵歌,突出灵歌对于黑人民众的重要性。小说中的灵歌带给黑人精神力量,帮助他们渡过难关。

　　小说中的阿妈开了一家商店,有很多白人来这里购物。成年白人虽然不时流露出歧视和厌恶,但还可以应付。但那些白人小孩是最令人头痛的,他们想尽一切办法侮辱阿妈,"我"觉得屈辱无比,想要反抗,"我"甚至"想到了门后的那把来复枪,虽然我知道我甚至没办法将它端平。我又想到了外面那把 0.410 英寸口径的短管散弹枪,那把枪我可以用……"① "我"也看得到阿妈的愤怒,"透过爬满苍蝇的纱门,我可以看到阿妈的裙子袖子随着圣歌的节奏而抖动,但她的膝盖却僵硬得似乎再也无法动弹"②。"我"因为愤怒和无助而浑身发抖,泪流满面,而"阿妈继续唱着圣歌。声音既没有提高也没有降低,节拍没有加快也没有减慢,就这样唱啊唱……"③ 面对阿妈的隐忍和沉默,那些白人小孩逐渐失去了兴趣。他们离开后,为了平复心情,感谢上帝,"阿妈站在原地又唱了一首歌,随后转身打开纱门"④。一直躲在屋里观察阿妈的"我"突然明白,"不管外面发生了什么,阿妈已经赢了"⑤。阿妈通过吟唱灵歌,平复自己内心的创伤和情绪,既表达了她对宗教的笃信,也反映出宗教信仰和灵歌对普通黑人民众的特殊意义。

　　灵歌既是黑人用以赞美上帝的独特表达,又是黑人用于显示兄弟友爱,达到情感净化以及表达他们痛苦经历的方式。"黑人演唱灵歌,

---

① [美]玛雅·安吉洛:《我知道笼中鸟为何歌唱》,于宵、王笑红译,上海三联书店2013年版,第 31—32 页。
② 同上书,第 32 页。
③ 同上。
④ 同上书,第 34 页。
⑤ 同上。

为今世和来生祈求好日子的到来，期盼上帝惩罚白人对黑人的滔天罪行，并号召黑人兄弟恢复反抗白人种族压迫的勇气和决心。"① 黑人灵歌可以使黑人暂时忘记压迫和剥削，使黑人与其他人分担自己的哀愁痛苦，也可以使黑人意识到集体力量的重要性，增强他们的凝聚力。赫斯顿在其文章中指出：

> 就如黑人民间传说一样，黑人灵歌每天被创作，每天被遗忘。创作黑人灵歌的人在不同的城镇和不同的教堂之间奔走，唱着他们的歌。有些歌曲被印刷出来了，称作歌谣，以 10 或 15 美分的价格出售。还有一些歌曲就是那些创造者用来和其他牧师竞争的……那些歌曲，即使是印刷出来的，也不会在很长时间内保持原有的状况。不同教堂的教众们会用不同的方式来演唱同一首歌……最为贴近本质的描述是：黑人灵歌就是那些被很多人传唱的表达内心情感的宗教歌曲，而这种歌曲的表达并不全是靠声音效果来表达的……黑人灵歌的特点是那些听似奇怪的和谐。从它诞生的那一刻起，它就处于不停的变化当中。没有什么人可以通过训练来重新演唱灵歌最原初的状态。这一情况就如热水不适合鲜花一样。真正灵歌的和谐是不规则的。这种不和谐非常重要，不是受过训练的乐队可以表达的。再次的传唱中可以有突然的断裂，在很短的音节里假声经常替代了正常的声音。每一首歌，每一次的演唱都是一次创作。唱歌的人们不需要遵循固定的规则。没有两次的演唱是完全一样的。因此我们不能认为我们听到的一首歌就是一个固定不变的东西。②

黑人灵歌属于宗教音乐，"是黑人用以消除奴隶制下和种族隔离

---

① 翁德修、都岚岚：《美国黑人女性文学》，吉林大学出版社 2000 年版，第 159 页。
② Zora Neale Hurston, *The Sanctified Church*, Berkeley：Turtle Island, 1981, p. 80.

状态下造成的疑惑和恐惧的有效方式。它表达了一个被束缚的民族的痛苦和愿望，是黑人奴隶用宗教仪式争取解放和自由的精神抗争的体现"①。灵歌的歌唱形式比较特殊，一般以圆圈叫喊为基础，由歌手领唱每一首歌的开头，其他人绕着歌手舞蹈歌唱，歌唱者可以按照自己的情感需要随时改变曲调，并即兴接着演唱歌手未完成的部分。黑人在教堂里完全不同于默默祈祷的白人，他们在唱灵歌时尤其显得主动、活跃和热闹，黑人教堂中的灵歌演唱是歌手和听众共同参与的。因此，在宗教集会上，常见的情况就是：牧师先唱出一段布道词，然后全体教徒以喊叫或歌唱的方式回应他。"黑人在歌唱中与群体不断地交流，使他既保持作为独立实体的意识，同时又将个人意识融入群体意识之中。"② 灵歌虽然经常表达黑人的宗教信念，"但同时也是黑人在白人文化和美国文化同化下的委婉的社会政治抗议"③。黑人灵歌的不断发展和对其他音乐形式的借鉴发展出了影响整个美国文化形成的黑人音乐形式——布鲁斯。

第四节　布鲁斯

Blues 一词原本的意思是"沮丧""伤感"。在音乐领域内，Blues 被译作"布鲁斯"，有时也被译为"蓝调"。美国黑人创造的布鲁斯是一种独特的音乐，源于 20 世纪 20 年代初期美国密西西比河三角洲地

---

① 翁德修、都岚岚：《美国黑人女性文学》，吉林大学出版社 2000 年版，第 159 页。
② 陈志杰：《顺应与抗争：奴隶制下的美国黑人文化》，中国社会科学出版社 2010 年版，第 169 页。
③ 李美芹：《用文字谱写乐章：论黑人音乐对莫里森小说的影响》，浙江大学出版社 2010 年版，第 26 页。

带黑人奴隶的圣歌、赞美歌、劳动歌曲等，是黑人在劳动和节日里必唱的歌曲。最早在美国南方的农夫和火车工人之中流行，后来，南方的布鲁斯歌手带着吉他和手风琴四处演唱，使布鲁斯音乐逐渐传播开来。布鲁斯既是音乐也是语言，它渗透了黑人的内心体验和潜意识，如压抑、痛苦、犹豫的情感和虚幻、遐想和向往等。布鲁斯极富抒情性、虚构性、象征性、神秘性和互动性，具有很高的艺术价值和精神价值。"事实上，它不仅是一种娱乐形式，而且是一代非洲人表达和保留非洲历史、文化以及哲学的手段。黑人音乐远非仅仅是娱乐而已，它是黑人生活的组成部分，是自我文化身份的认同。没有本民族的音乐就会丧失文化的灵魂。"[①]

布鲁斯是黑奴用自己特有的音乐表达形式创造的一种惆怅伤感的歌曲风格，演唱起来比较自由，歌手常常用假声、哭喊、呻吟、感叹、上滑音和下滑音装饰旋律。著名的布鲁斯歌手都是黑人，但因其独特的艺术魅力而受到白人的认可和喜爱。在布鲁斯的发展过程中，声乐布鲁斯和器乐布鲁斯应运而生。布鲁斯成为黑人社会生活的一种文化象征。它不仅真实反映了黑人的现实生活，也是黑人内心世界的反映，也是黑人在美国民族历史的写照。在黑人音乐家的创作中也逐渐出现了一种即兴演奏的音乐形式，即"拉格泰姆"（Ragtime）。布鲁斯与拉格泰姆混合在一起就形成了后来的爵士乐。

布鲁斯是在劳动歌曲、劳动号子、福音歌曲、灵歌等早期音乐形式之上发展起来的，它"继承了西非音乐的基本特征，如强烈的节奏、宽广的音域、应答轮唱的形式、反复的旋律等，也受到欧洲音乐的影响，旋律的进行以和弦为基础。布鲁斯是一种即兴音乐，以一种三行诗和 12 小节为模式反复，是黑人们抒发忧郁心情和表达文化身

---

① 陈铭道：《黑皮肤的感觉——美国黑人音乐文化》，世界知识出版社 1999 年版，第 99 页。

份的一种方式,它使内心充满文化失落感、异化感和碎片感的黑人心灵得到释放和抚慰。对于黑人来说,布鲁斯还像是一种社会仪式,起着强化秩序、维护集体智慧的作用。从结构上来看,布鲁斯多采用三行一节,韵脚为 AAB,每行 4 拍"①。其中 A-A 部分为唱,重复一次,但稍有变化,B 为回答。A、B 部分本身也可以为问答结构,但布鲁斯音乐一般没有封闭式结尾,而是开放性的。布鲁斯音乐的即兴特征指歌手或乐手在歌唱或演奏过程中根据现实语境即现场情况而临时进行的改编,一般是把结构型旋律用不同的方式演绎出来,其变化非常自由,没有特别的规律。因此,布鲁斯音乐有着基本稳定的旋律,其他部分都是乐手和歌手随机创作的。这种自由创作特点与美国黑人希冀自由的政治追求不谋而合。另外,布鲁斯歌曲中的语言不会使用标准英语,而是流行于田间地头的黑人方言土语。布鲁斯音乐元素因此成为美国黑人女性作家的选择之一。

布鲁斯这种既悲伤又欢快的乐曲表现了黑人的生存体验,抒发了黑人的内心情感以及对种族压迫的反抗。黑人在不同心态的自由吟唱中不断丰富和改变布鲁斯的表达方式,使得布鲁斯音乐深深植根于黑人的传统文化土壤之中,富有鲜明的艺术性和强烈的艺术感染力。

贝克曾生动描述:"美国非裔文化是复杂的、扭曲的,从中我们可以发现作为基质的布鲁斯隐喻表达。基质就是孕育处、网状处,一种化石,一种深藏宝石的洞痕,一种合金中的要质,一种可以重新复制或录制的碟盘。基质是永不停息的输出点与输入点,是生产过程中永恒存在的推动力的交织点。黑人的布鲁斯形成了充满活力的网状体,是一种多重复合体。通过这种复合体,我们可以发现美国非裔话语文化的重要特征。"②

---

① 曾梅:《托尼·莫里森作品的文化定位》,山东大学出版社 2010 年版,第 180 页。
② 罗虹、程宇:《"布鲁斯—方言"批评理论与"黑人性"表述》,《南昌大学学报》2014 年第 5 期,第 132 页。

　　布鲁斯用音乐记录下了黑人在美国的历史，用歌声和乐器一应一答地讲述了美国大陆发生的故事。"在黑人小说中，布鲁斯旋律作为一种有力的符号系统，有效地讲黑人的独特情感转化为区别于主流标准语言文本的语言形式，从而向读者展示了普通黑人的真实生活体验。"[①] 有趣的是，在布鲁斯的发展历史中，古典女性布鲁斯时期是布鲁斯得到极大发展的时期，而在美国黑人文学史上，黑人女性作家的地位也非同一般，在某种程度上可以说，是美国黑人女性作家将黑人文学推向主流文学的舞台。基本特征：重复、拟声、平行，不停重复的有关自由和平等的呼唤。"布鲁斯不仅仅是一种音乐形式，而且是一种文化形式，甚至可以说是一种政治形式：从表演和歌唱角度看，布鲁斯是音乐；从内涵和本质角度说，布鲁斯音乐是文化；从产生的背景和境况看，布鲁斯音乐是政治。"[②] 正如拉尔夫·艾利森所指出的："布鲁斯是一种残酷经历、痛苦细节和插曲活在一个人的痛苦意识中的一种推动力，不是用达观的安慰，而是用从中榨出的一种近似悲剧又近似戏剧的奔放激情去抚摸它锯齿状的纹理，并超越它的推动力。作为一种音乐形式，布鲁斯如同个人自传一样将个人的不幸经历用音乐记录下来。"[③]

　　作为人类学家的赫斯顿对黑人音乐非常熟悉，不仅在田野调查时关注黑人民间音乐的收集和记录整理，还自费排练原汁原味的黑人音乐会并在各大剧院演出。作为文学家的赫斯顿在创作时有意识地将布鲁斯音乐融合在其作品中，形成了独具一格的写作风格。在赫斯顿的作品中布鲁斯成为烘托主题、人物塑造、情节描写不可缺少的因素。

---

　　① 赵永健：《美国小说本土化中的"黑人性"表征》，《上海大学学报》2004 年第 5 期，第 45 页。

　　② 张阔：《美国黑人早期布鲁斯音乐的兴衰（1890—1929）》，博士学位论文，东北师范大学，2011 年，第 167 页。

　　③ Ellison, Ralph, *Shadow and Act*, New York: New American Library, 1996, pp. 78-79.

"通过诠释快乐与痛苦、爱与恨、欲望与情感、成功与失败，布鲁斯音乐深刻表现了人类共有的美学与感情，阐释了与其紧密相连的性别政治。"① 在其经典作品《他们眼望上苍》中，赫斯顿借鉴布鲁斯音乐的乐曲结构，深化和拓展了小说主题。

布鲁斯是"表达黑人痛苦经历的伤感音乐。从奴隶号子发展而来的布鲁斯大多以三行小节为主，音调伤感、多重复并多用小调舒缓轻柔地演唱。布鲁斯还可以指一种伤感的情感，表达个体最低迷的心理状态。因此布鲁斯还可指一种精神疗法，超越黑人最痛苦的人生经历并使之升华"②。布鲁斯成为黑人音乐中最重要的音乐形式的同时也成为黑人音乐中最具生命力的音乐形式，其演唱风格非常自由，歌唱者可以根据演唱内容即兴发挥，可以用假声、喊叫、呻吟、哭泣以及日常生活中的多种声音和旋律，但布鲁斯音乐有着相对固定的乐曲模式。赫斯顿指出，"黑人布鲁斯歌曲属于抒情作品，是把感情移到琴弦上。黑人布鲁斯最古老和最典型的形式是把一行表达歌手情绪的歌词重复三次。重音和变奏随着曲子而变化。整个曲子伴随着节奏发展"③。布鲁斯的结构形式一般是由三个部分组成，"也就是三句歌词构成的三个乐句。三句之间的关系是 A-A-B 或 A-B-C。第一乐句多是下行哀婉的旋律，第二乐句是第一乐句的重复，只是增加了音乐的紧张程度。第三乐句歌词的语意突然转折，产生了意外的效果，或者是将前两句的含义引向深入，或者是对前两句描述的情景做出比较富于哲理性的评论"④。布鲁斯的乐句"起初会给人一种紧张、哭诉和无助的感觉，然后接着的乐句就像

---

① 嵇敏：《美国黑人女权主义视域下的女性书写》，科学出版社 2011 年版，第 341 页。
② 翁德修、都岚岚：《美国黑人女性文学》，吉林大学出版社 2000 年版，第 161 页。
③ 程锡麟：《赫斯顿研究》，上海外语教育出版社 2005 年版，第 221 页。
④ 郝俊杰：《美国黑人忧伤的音乐和文学诉说——布鲁斯及其在〈看不见的人〉和〈所罗门之歌〉中的运用》，《河南师范大学学报》2006 年第 5 期，第 169 页。

是在安慰、舒解受苦的人，就好像受苦的人向上帝哭诉，而其后得到上帝的安慰和响应。歌曲哀怨婉转，震撼心灵，着重自我情感的宣泄和原创性或即兴性"[①]。早期的布鲁斯抒情歌曲常常采用反复的旋律形式，曲终时再加入一行新的旋律。这样，演奏者在重复第一个旋律时有足够的时间来构思下面的旋律。布鲁斯音乐的三行乐句里的前两句歌词基本是一致的，后一句有意义和旋律上的变化。例如：

> 不要离开我，姑娘，我如此的沮丧悲伤，A
> 不要离开我，姑娘，我如此的沮丧悲伤。A
> 在我内心深处，亲爱的，我爱你永不忘。B

早期的布鲁斯音乐结构多为三行一节，"单行文字内容相同或大体相同，后来逐渐演变为一种较为固定的模式，每节三行，第二行是第一行的重复或稍有变化，第三行则是某种结论和对前两行的回答，每节诗行呈 AAB 式，常见的布鲁斯歌词形式还有 ABB 和 AAA 两种形式；在节奏上，常常每行四拍，三行共十二拍"[②]。布鲁斯乐曲中的 A-A-B 结构使得可以即兴创作的布鲁斯音乐在无穷的变化中有着内在的稳定模式，保证了乐曲情感的顺利表达和主题的正常发挥。在其作品中，赫斯顿也将布鲁斯艺术融合在她的文学创作中。《他们眼望上苍》中主人公珍妮对于自我身份的寻找是通过她的三次婚姻来实现的，而珍妮的三次婚姻状况符合布鲁斯乐曲中 A-A-B 的结构，充满着象征意义。

---

① 李美芹：《用文字谱写乐章：论黑人音乐对莫里森小说的影响》，浙江大学出版社 2010 年版，第 156 页。
② 同上书，第 13 页。

一 第一次婚姻：珍妮与洛根（A）

16 岁的珍妮单纯浪漫，在梨树下顿悟了生命和婚姻的甜美，幻想着拥有自己的爱情。当祖母南妮发现珍妮的青春懵懂之后非常紧张，并在最短的时间内为珍妮安排了她认为体面的婚姻。在奴隶制下备受摧残的祖母南妮深刻体验了黑人妇女所受的双重压迫，认为对于黑人女性来说，足够的经济保障才是美满婚姻的基础。因此南妮强迫16 岁的珍妮嫁给有着 60 英亩地产和一幢房子的中年黑人鳏夫洛根。婚后，洛根以珍妮的恩人自居，认为是自己将珍妮从贫困生活中救了出来，珍妮应该对他言听计从、感恩戴德。洛根还把珍妮当作自己财产的一部分，希望珍妮可以帮助自己增加已有的财产。与洛根在一起生活的珍妮从早到晚不停地干活，从做饭到切土豆种子，从劈柴到运粪。但是，"连一年都不到，珍妮就发现丈夫不再用诗一样好听的语言和她说话了。他不再惊叹她长长的黑发，不再抚弄它"①。洛根开始对珍妮大喊大叫，珍妮稍有怠慢洛根就威胁要打她，"我要你干什么就得干什么。赶快，快着点"②。洛根还想为珍妮买一头脾气温顺的骡子，让珍妮像其他黑人男性一样在田里耕种。珍妮的第一次婚姻和她想象中的生活完全不一样，珍妮的"心里充满苦恼"③，尽管她努力地想要爱上洛根，但"有的人永远不招人爱，他就是其中的一个"④，洛根"甚至从来不提美好的事物"⑤，珍妮明白了，"婚姻并不能造成爱情。珍妮的第一个梦消亡了，她长成了一个妇人"⑥。在故事的讲述

---

① ［美］左拉·尼尔·赫斯顿：《他们眼望上苍》，王家湘译，北京十月文艺出版社1998 年版，第 28 页。
② 同上书，第 33 页。
③ 同上书，第 24 页。
④ 同上书，第 26 页。
⑤ 同上。
⑥ 同上书，第 27 页。

中，珍妮就像一位深情演唱的布鲁斯歌手，她的第一次婚姻充满幻想、失望、压抑和忧郁。

二 第二次婚姻：珍妮与乔迪（A）

当珍妮对洛根完全失望，外祖母也去世后，"她开始在门外伫立，满怀期待。期待什么？她也不十分清楚"①。在这种漫无目的的等待中，珍妮邂逅了黑人男子乔迪，并被乔迪的"地平线"的梦想所吸引时，她决定冒险，离开洛根去寻找自己的幸福。离开洛根的珍妮很快和乔迪结婚，并跟随乔迪来到了正在建设中的黑人自治城市伊顿维尔。乔迪聪明、能干、有领导才能，很快成为市长，并有了自己的房子和商店。虽然乔迪为珍妮带来了足够的经济保障和较高的社会地位，但他仍旧把珍妮看作自己的私人财产、自己成功的点缀。乔迪不许珍妮和其他黑人聊天，不许珍妮露出美丽的长发，不许珍妮和自己顶嘴，还在公众场合侮辱和殴打珍妮。有一天，当乔迪在厨房里因为烤焦的面包而扇了她一阵嘴巴后，珍妮突然明白过来了。

> 他从来就不曾是她梦想中的血肉之躯，只不过是自己抓来装饰梦想的东西……她发现自己有大量的想法从来没有对他说过，无数的感情从来没有让他知道过。有的东西包好了收藏在她心灵他永远都找不到的地方。她为了某个从未见过面的男人保留着感情。现在她有了不同的内心和外表，突然她知道了怎样不把它们混在一起。②

尽管珍妮在与乔迪的婚姻中得到了经济上的保证，但珍妮在第二

---

① 〔美〕左拉·尼尔·赫斯顿：《他们眼望上苍》，王家湘译，北京十月文艺出版社1998 年版，第 27 页。

② 同上书，第 77 页。

次婚姻中仍旧没有获得尊重和幸福。乔迪是一个完全的物质主义者，他和珍妮在精神上没有过真正的交流和沟通。珍妮也曾努力改变她和乔迪之间的关系，但是，

> 岁月使争斗从珍妮脸上完全消失了，有一段时间她以为也从她的灵魂中消失了。不论乔迪做了什么，她一句话也不说。她学会了怎样说一些话留一些话。她是大路上的车辙，内心具有充沛的生命力，但总被车轮死死地压着。有时她探向未来，想象着不同的生活，但她大半是生活在自己狭小的天地里，感情的波动像林中的树影，随着太阳而出没。她从乔迪处得到的只是金钱能买到的东西，她给出去的是她不珍惜的一切。[①]

从本质上来讲，珍妮和乔迪的婚姻与珍妮和洛根的婚姻是一样的。珍妮前两次的婚姻就像布鲁斯音乐中的前两个乐句，尽管形式有些不同，但本质都是一样的（A-A）。两次婚姻中的珍妮都生活在父权制的阴影下，没有自己的声音，没有自己的权利，甚至没有自己的身份。珍妮第二部分的歌唱仍旧充满了忧郁和矛盾、压抑和绝望。谙熟布鲁斯音乐的黑人读者期待着故事的转折。在珍妮的前两次婚姻中，以珍妮为代表的黑人妇女总是处于附属、他者和第二性的边缘状态。

三 第三次婚姻：珍妮与茶点（B）

乔迪死后，珍妮享受着自由的快乐，但她拒绝与任何男性深入交往。半年后，珍妮与年轻的茶点相爱，并决定一起生活。与珍妮的前两任丈夫相比，茶点在社会地位和经济地位上都差很多。茶点比珍妮

---

① 〔美〕左拉·尼尔·赫斯顿：《他们眼望上苍》，王家湘译，北京十月文艺出版社1998年版，第82页。

年轻十多岁，只是一个居无定所的季节工人，一个四处流浪的布鲁斯歌手。他喜欢打架，喜欢赌博，喜欢享受生活。虽然茶点有着这样那样的缺点，但他带珍妮去做珍妮所有想做的事情，他给了珍妮真正的平等、自由和快乐。茶点以一个流浪的布鲁斯歌手的身份象征着布鲁斯音乐对黑人精神的医治作用。

经过激烈的思想斗争，珍妮决定和茶点结婚并离开生活优越的伊顿维尔，去大沼泽地做季节工。在植物茂盛的大沼泽地，珍妮和茶点完全融入了自然，融入了黑人群体，融入了黑人文化。不幸的是，珍妮与茶点之间幸福美满的生活只持续了两年多的时间。在飓风带来的大洪水中，茶点被疯狗咬伤，得了狂犬病。病情严重的茶点时常神志不清，做出了很多威胁到珍妮生命安全的事情。为了自卫，在一次争斗中珍妮开枪打死了发病的茶点。尽管珍妮失去了茶点，但对茶点的怀念和对茶点的爱是珍妮继续生活下去的力量。"只要她自己尚能感觉、思考，他就永远不会死。对他的思念轻轻撩动着她，在墙上画下了光与影的图景。这儿一片安宁。她如同收拢一张大渔网般把自己的地平线收拢起来，从地球的腰际收拢起来围在了自己的肩头。在它的网眼里充溢着如此丰富的生活！她在自己的灵魂中呼唤：快来看看这多彩的生活吧！"[1]

与前两次的婚姻不同，珍妮在与茶点的婚姻中得到了梦想一生的爱情，听见了自己内心的声音，获得了对爱情和生活的深刻理解：(1)"爱情像海洋，是运动着的东西，不过归根结底，它的形状由海岸决定，而没有一处的海岸是相同的。"[2] (2)"有两件事是每个人必

---

[1] ［美］左拉·尼尔·赫斯顿：《他们眼望上苍》，王家湘译，北京十月文艺出版社1998年版，第209页。

[2] 同上书，第207页。

须亲身去做的，他们得亲身去到上帝面前，也得自己去发现如何生活。"① 就如布鲁斯音乐中的第三个乐句，珍妮的第三次婚姻成为珍妮生活中的转折，成为珍妮生活中富有启示意义的一部分。

在《他们眼望上苍》中，赫斯顿借助布鲁斯音乐中的 A-A-B 乐句模式来构建自己的小说。珍妮的自我实现之旅也是一首由女性吟唱的婉转动听的布鲁斯歌曲。主人公珍妮为领唱者，以菲比为代表的普通黑人妇女及所有读者为合唱者。

在《布鲁斯的遗产》中，撒母耳·查特斯指出："布鲁斯音乐本身就是一种语言，一种意义丰富、充满活力、善于表达的语言。"② 布鲁斯不仅是一种美国的文化形式，也是文学领域内一种表达、娱乐和释放情感的方式。从文学角度来说，它植根于黑人奴隶历史文化，是确立黑人文学的主要基础之一。珍妮的故事就如一首哀婉动人的布鲁斯歌曲，"她的这首歌不仅是为自己所唱，也是为自己的朋友和整个社区所唱"③。珍妮本人就像一位歌唱技巧成熟的布鲁斯歌手，在歌曲中即兴发挥，娓娓道来，讲述了以自己为代表的黑人妇女的生命之歌。这次讲述是珍妮生命中的一次宗教仪式，珍妮从此获得了精神上的顿悟与进步。珍妮愿意与其他人分享自己的体会，也愿意让菲比成为自己的代言人："你要是想说，可以把我的话告诉他们，这和我自己去说一样，因为我的舌头在我朋友的嘴里。"④ 作为听众的菲比也愿意为珍妮传唱这首布鲁斯歌曲："要是你有这个愿望，我就把你要告

---

① ［美］左拉·尼尔·赫斯顿：《他们眼望上苍》，王家湘译，北京十月文艺出版社1998年版，第208页。

② Marie Valerie Lovegrove, *The Carnivalesque Blues of Zora Neale Hurston*, Thesis, University of Guelph, 1994, p. 7.

③ Gloria Graves Holmes, *Zora Neale Hurston's Divided Vision：The Influence of Afro-Christianity and the Blues*, Dissertation, Stony Brook：State University of New York, 1994, p. 168.

④ ［美］左拉·尼尔·赫斯顿：《他们眼望上苍》，王家湘译，北京十月文艺出版社1998年版，第7页。

诉他们的告诉他们。"① 如果珍妮是一位布鲁斯歌手，那菲比就是她的合唱者和追随者。珍妮的故事是世俗且具体的，但珍妮故事中传递的信息却是启示和精神的。"尽管布鲁斯歌手是世俗社会中的一部分，但他所传递的信息却是神圣和精神的。因此，他在社区中的地位就相当于传统的牧师和诗人。"② 珍妮有关爱情的观点、生活的观点都值得读者去思考。在故事的讲述中，

> 珍妮成为牧师和先知。她赋予混乱的生活秩序和意义，她将痛苦转化为诗歌，她将艺术与生命连接。在非洲裔美国黑人的文化语境中，这一切都是可能的。珍妮的力量代表着整个社区的力量，她的痛苦同时也是整个社区的痛苦。珍妮的故事成为整个黑人民族在美国经历的浓缩。在珍妮的故事中展现了珍妮当时的情况，也讲述了她的祖先与非洲相关的故事。珍妮的歌声中包含着非洲、奴隶制、黑人在种族、社会、经济歧视下的抗争以及非洲裔美国黑人面对双重意识时的危机。③

通过巧妙使用布鲁斯音乐元素，赫斯顿在《他们眼望上苍》中不仅弘扬了黑人传统文化，增强了黑人民族自信心，也使珍妮对自我身份的寻找像一首哀婉的布鲁斯歌曲在黑人文学乃至世界文学中传唱。在布鲁斯中，"过去和现在可以并置。人们可以通过镶嵌在现在中的过去来理解现在。了解现在和过去的关系是智慧的开始，而这种智慧

---

① ［美］左拉·尼尔·赫斯顿：《他们眼望上苍》，王家湘译，北京十月文艺出版社1998 年版，第 7 页。

② Larry Neal, *Visions of a Liberated Future*, *Black Arts Movement Writings*, New York：Thunder's Mouth Press, 1989, p. 14.

③ Gloria Graves Holmes, *Zora Neale Hurston's Divided Vision*：*The Influence of Afro-Christianity and the Blues*, Dissertation, Stony Brook：State University of New York, 1994，p. 172.

可以带来自我理解和最终的超越"①。《他们眼望上苍》因此成为"黑人妇女文学的经典,女性主义文学的经典和 20 世纪美国文学的经典"②。

从文化的角度来看,布鲁斯不仅是一种音乐,更是一种载体,它体现了非洲裔美国黑人的个人经历和集体意识。布鲁斯音乐极富抒情性,具有很高的精神价值和审美价值。布鲁斯"是一种严酷经历的痛苦细节和插曲活在一个人的痛苦意识中的一种推动力,不是用达观的安慰,而是用从中榨取的一种近似喜剧的奔放激情去抚摸它锯齿状的纹理,并超越它的推动力"③。布鲁斯已经成为一种美国文化的本土形式,非洲裔美国人可以在布鲁斯中释放个人的痛楚,寻找精神的安慰,实现个人身份的认同。阿尔伯特·穆雷在解释布鲁斯时阐述道:"布鲁斯叙述的是正视人类处境中固有的复杂问题、即兴创作和经历……这样的可能性也同样是障碍、分离和危险的固有属性。布鲁斯也叙述坚毅……弹性(复原性)……在危险环境中保持内心的平静和在此过程中保持优雅的风度……因此,它也是用音乐表达的史诗。"④

随着美国经济和社会的发展,源自非洲的布鲁斯从最初私人的、地下的性质逐渐转变为公开的、大众的、美国化的媒介,成为一种特殊的、富有种族特色的表达方式。以布鲁斯为代表的黑人音乐不再是黑人文化的表达,而是一种真正属于美国民族的表达方式。正如恰特斯所说:"布鲁斯是一种语言,一种丰富的、表现力强的语言。它纠正了一种错误观念:在美国,黑人社会只能由白人来进行贫穷和沮丧

---

① Gloria Graves Holmes, *Zora Neale Hurston's Divided Vision: The Influence of Afro-Christianity and the Blues*, Dissertation, Stony Brook: State University of New York, 1994, p. 188.

② Henry Louis Gates, Jr., "Series Foreword", in Karla F. C. Holloway, *The Character of the Word*, New York: Greenwood Press, 1987, p. 11.

③ [美]伯纳德·W. 贝尔:《非洲裔美国黑人小说及传统》,刘捷等译,四川人民出版社 2000 年版,第 39 页。

④ Albert Murray, *Stomping the Blues*, New York: McGraw-Hill, 1976, pp. 250-251.

的叙述。通过布鲁斯，我们听到了别样的声音，认识到了黑白两个美国的存在。"[1] 如今，布鲁斯已成功地从音乐领域跨越到文学领域而成为非裔美国黑人文学的代名词，它代表着一种存在，体现了非裔美国黑人文化的存在。"作为非裔美国黑人文化的典型诉说，布鲁斯逐渐渗透到了黑人文学创作中，赋予了黑人文学作品浓厚的民族文化底蕴和震撼力。非裔美国黑人作家借助布鲁斯这一本土化语言，深层次地追溯和探讨了美国黑人的文化诉求与未来憧憬。"[2]

黑人音乐对当代美国黑人女性作家创作的影响是巨大的。将赫斯顿尊称为"文学之母"的艾丽斯·沃克在其代表作《紫色》中塑造了一位充满反叛意识的布鲁斯歌手萨格；格洛丽亚·内勒创作小说《布鲁斯街的女人》；托尼·莫里森更是将黑人音乐的结构引入其作品《爵士乐》中。

第五节　爵士乐

19 世纪末期，美国新奥尔良地区出现了很多种源于布鲁斯、美国民歌和灵歌等的音乐形式，曲调灵活，节奏多样，其中以切分音节奏为主的复杂节奏配上即兴式的旋律，被当时的音乐研究者称作"爵士乐"。后来，随着黑人大量涌向北方而在城市中逐渐兴盛和发展起来。1913 年至 1915 年间，爵士乐广泛流传。"早期的爵士乐演奏家们大都是从事劳动生产的奴隶，他们不识乐谱，即兴演奏成为他们演奏音乐的重要手段。黑人乐手创造了一种炫技的即兴编奏、强烈切分节奏的

---

[1]　罗虹：《从边缘走向中心——非洲裔美国黑人文化》，中国社会科学出版社 2013 年版，第 254 页。

[2]　同上书，第 255 页。

混合体。这种狂放不羁的音乐形式很快就像冲击波一样冲击了美国主流社会，进而席卷全世界。"①

　　爵士乐是世界音乐史上独具魅力的艺术形式，追本溯源，爵士乐发祥于美国种族歧视相当严重的南方城市新奥尔良，"是非洲文化和欧洲文化经过两个世纪的对抗、碰撞，和近50年的孕育，才整合出的人类音乐。爵士乐以非洲黑人音乐为主体，融入了欧洲音乐元素，是黑人音乐在美国的结晶"②。早期的爵士乐范围非常广，凡是源自南方城市新奥尔良，由不识谱的黑人乐手结合白人音乐元素，创造出的即兴演奏旋律，不区分七和弦和切分音的演奏形式，都可以被看作是爵士乐。爵士乐不排斥任何其他形式的音乐元素，要传达的是一种和谐共融的旋律。爵士乐是最有价值的美国音乐形式，是现代美国主流文化中非常重要的一部分，是黑人文化最重要的象征符码。爵士乐在布鲁斯音乐的基础上做了一些改变，成为风靡一时的"流行乐"。很多人将布鲁斯音乐与爵士乐混淆，这是可以理解的。因为这两种音乐很难完全厘清。在结构方面，爵士乐将布鲁斯乐的"A-A-B"结构发展为"A-A-B-A"结构；在爵士乐中，"即兴"特征得到了最大程度的发挥；另外，爵士乐的演奏乐器更为丰富，爵士乐手的歌唱方式更为灵活多变，观众和听众都期待乐手和歌手可以有临时突变的曲风，为整场演出增添惊喜，取得意想不到的艺术效果。总体来说，"爵士乐最鲜明的一个特征就是'即兴性'，即兴演奏是其重要表现手段，渗透在整个作品的演奏过程中，是爵士乐的精髓和灵魂，反映了黑人渴望无拘无束、自由自在的生活。爵士乐是以'拉格泰姆'的切分式节奏风格为主，切分则示意动荡和不安定，表达了黑人希冀自己不能总

---

　　① 罗虹：《从边缘走向中心——非洲裔美国黑人文化》，中国社会科学出版社2013年版，第258页。

　　② 朱振武等：《美国小说本土化的多元因素》，上海外语教育出版社2006年版，第148页。

是低人一等，生活能有所改变。爵士乐还受到布鲁斯的影响，反映出一种悲伤情绪。在黑人美学思潮的语境中，爵士乐被认为是代表性的美国黑人艺术形式"①。

对于美国黑人来说，爵士乐不仅是一种音乐，更是一种传奇，被人们称为"美国之光"。如果说布鲁斯主要表达了黑人民族在奴隶制下的悲伤情绪，那爵士乐则更多地表达出黑人民族的反抗和斗争精神。当代黑人女性作家托尼·莫里森指出，"在将自己的经历用艺术形式，特别是音乐形式表现出来的过程中，美国黑人才得以维持生计，抚平创伤，并得以发展"②。莫里森还进一步指出："与西方古典音乐正式、封闭和圆满的不同之处是，黑人音乐故意留下一些意犹未尽的东西，激起人们自由的情感反应。"③ 20 世纪的美国黑人女性作家摒弃了早期黑人作家，如理查德·赖特宣扬的"以暴制暴"观念，她们更愿意用宽容、诚恳的态度唤醒黑人民众的民族自豪感，呼吁种族平等，为美国黑人争取相关权利。面对当时的文化语境与现实语境，美国黑人女性作家将艺术触角伸展到黑人音乐领域，运用音乐的情绪、结构来表达自己对黑人生活、文化、命运的理解。莫里森于1992 年创作的《爵士乐》是最为典型的，是将黑人音乐与文字书写紧密结合的作品。对于音乐形式的巧妙使用使得托尼·莫里森的作品以独特的写作风格、浓郁的文化底蕴，在思想和美学上都达到了美国黑人文学的巅峰，"已经不容置疑地成为她自己时代或任何其他时代一位杰出的美国小说家"④。

---

① 朱振武等：《美国小说本土化的多元因素》，上海外语教育出版社 2006 年版，第148 页。

② Paul Girly, *Small Act：Thoughts on the Politics of Black Culture*, New York：Serpent's Tail, 1993, p. 181.

③ 程锡麟、王晓路：《当代美国小说理论》，外语教学与研究出版社 2001 年版，第218 页。

④ Atwood M., "Haunted by Their Nightmares", *New York Time Book Review*, 1987 (11), pp. 49-50.

音乐可以突破理性的限制，吸引读者进入迷醉状态，给人身心两方面的享受。爵士乐的题材和曲调一般是较为陈旧的，但在演奏的过程中"即兴"的特点则赋予爵士乐独特的自由风格。爵士乐这一音乐形式为黑人文学提供了具有种族特征的叙事模式，从而进一步赋予美国黑人文学更加鲜明的民族性和独立性。文学上的独立在一定程度上促进了黑人民族争取自由平等的决心。"当你听到黑人音乐——爵士乐的前奏时——你意识到黑人们在谈论别的事情，他们在谈论爱，谈论失落。但在这些抒情曲里却有着崇高和满足……音乐强化着这样一个主题：爱的空间是用自由来置换的。"① 黑人音乐对托尼·莫里森的美学观点影响很大，她把音乐看作一种写作技巧。

> 她的每一部作品都像是一部配乐小说，她形容小说的声音时而和谐，时而刺耳，有一种内在的、听不见的声音。她用黑人音乐元素来凸显黑人的文化身份，把爵士乐作为一种美学手段来强调黑人性，把黑人音乐中的应答轮唱、即兴性、与听众互动等艺术形式用在文本中。②

1993 年，托尼·莫里森获得诺贝尔文学奖，成为获此殊荣的第一位非洲裔美国黑人女性作家。"虽然从未计划要成为作家"③，但莫里森在文学界的重要地位毋庸置疑。发表于 1992 年的《爵士乐》被《世界》杂志赞誉为"吟唱布鲁斯的莎士比亚"，被认为是"莫里森最具实验性创作手法的小说"④。小说的爵士乐特色，引起了学术界的高度关注。爵士乐"不仅给小说设置了背景，更预示了作品的结构"⑤，

---

① Elissa Schappell, "Interview with Toni Morrison", in *Women Writers at Work*, ed., New York: Modern Library, 1998, p. 365.
② 曾梅：《托尼·莫里森作品的文化定位》，山东大学出版社 2010 年版，第 185 页。
③ 王玉括：《莫里森研究》，人民文学出版社 2005 年版，第 3 页。
④ Sandra Adell, *Toni Morrison*, New York: The Gale Group, 2002, p.39.
⑤ 李公昭：《20 世纪美国文学导论》，西安交通大学出版社 2000 年版，第 285 页。

爵士乐本身"成为小说极恰当的隐喻"①。其实,小说的命名就"意味着这部作品与爵士乐这一诞生于美国本土的重要艺术形式之间的必然联系"②。美国著名黑人批评家亨利·路易斯·盖茨在评论《爵士乐》时指出:"这部小说引人入胜之处不只是情节的安排,还在于故事的叙述。"③ 莫里森在《爵士乐》的叙述中糅合了爵士乐即兴演奏、自由发挥的特点,从而使小说的叙述艺术别具特色。小说的非线型叙述呈明显的随意性,一如爵士乐的即兴演奏。"莫里森把《爵士乐》的写作视为她的'即兴创作',她想捕捉黑人从南方迁移到北方的城市生活中无数的可能性,试图把黑人的生活即兴化表现。爵士乐的躁动不安与爵士乐时期黑人'饥饿与躁动的气质'十分符合。"④ 小说中多重的叙述声音正是糅合了爵士乐中不同乐器的即兴演奏,而多变的叙述方式则是糅合了爵士乐演奏方式的即兴变化。

一 爵士乐多种乐器的即兴演奏与《爵士乐》叙述声音的多重性

"爵士乐可以说部分是和声的艺术,独奏者和协奏者一同演奏形成和声,这部分可以成为独立的一单元。"⑤ 集体演奏和个人演奏相互合作。在爵士乐演奏中,虽然强调乐器的即兴演奏,但各个乐器有它规定的角色,"尽管萨克斯和小号是独奏最常用的乐器,但独奏也可以由演奏主旋律的任何乐器来演奏。协奏者通常负责节奏部分,包括贝斯、吉他和鼓……节奏部分的演奏者一起即兴演奏来协助、启发独

---

① Elizabeth Ann Beaulieu, ed., *The Toni Morrison Encyclopedia*, London: Greenwood Press, 2003, p. 190.

② 翁乐虹:《以音乐作为叙述策略——解读莫里森小说〈爵士乐〉》,《外国文学评论》2000 年第 2 期,第 52 页。

③ 同上书,第 53 页。

④ 曾梅:《托尼·莫里森作品的审美特征》,《山东大学学报》2007 年第 5 期,第 33 页。

⑤ Mark C. Girdley, *Jazz Style: History and Analysis*, New Jersey: Simon & Schuster/A Viacom Company, 1978, p. 21.

奏者"①。爵士乐是集体智慧的结晶，像它一样，《爵士乐》文本的叙述也不是由一个叙述者完成的，小说中充满了来自叙述者与书中人物视角更迭交错的即兴阐发与内心独白的叙述，这恰似爵士乐中各种乐器的即兴演奏。

阅读《爵士乐》时，读者"犹如置身于20年代哈莱姆爵士乐师即兴演奏的旋律之中"②。小说开篇第一段，叙述者就介绍了发生在维奥莱特、乔与多卡丝之间的情杀故事，为全书的叙述定下了基调。这正如爵士乐演奏的引子，叙述者是领奏主旋律的钢琴，后面的篇章则是在主旋律基础上的即兴变奏。

小说前三章和第六、第七两章，也是由叙述者的叙述来完成的。记叙了与情杀事件中三位主人公相关的一些故事：维奥莱特从多卡丝的姨妈那里要来遗像；她曾想孩子想得慌而去偷抱别人家小孩；她和乔于1906年离开弗吉尼亚前往纽约；二十年后，乔找了个情人名叫多卡丝；乔向玛尔芳借房准备跟多卡丝幽会；1917年东圣路易斯市种族骚乱，多卡丝的父母惨死；乔和多卡丝相遇；维奥莱特几次拜访爱丽丝，戈尔登·格雷根据特鲁·贝尔的描述寻父而路救乔的母亲；乔寻母等。这几章的叙述性和故事性均很强，其间有以叙述者角度的客观叙述和叙述者全知全能的叙述，出现了众多人物，这恰似爵士乐演奏中各种乐器的和声部分。

小说从人物角度叙述的部分，意在对人物情感进行剖析和演绎，恰似爵士乐的独奏部分，当其他乐器声音减弱成为背景，就烘托出单独一种乐器在表演，可以流露出演奏者更多的主观情愫。第四章是从维奥莱特的角度叙述的。她"深陷于少年为奴和中年无子女的心结之

---

① Mark C. Girdley, *Jazz Style：History and Analysis*, New Jersey：Simon & Schuster/A Viacom Company, 1978, p. 21.

② 翁乐虹：《以音乐作为叙述策略——解读莫里森小说〈爵士乐〉》，《外国文学评论》2000年第2期，第53页。

中不能自拔，加上对多卡丝的嫉妒，举止行为变得有些疯癫和可笑"①，她的意识流就像吹出滑稽颤音的萨克斯。第五章从乔的角度叙述，插有叙述者的评述。"乔的独白如同长号吹奏出的低沉声音，是布鲁斯的忧伤和深沉情感。从奴隶到城市自由人的经历，伴随着七次脱胎换骨的心理变化，虽然有着黑奴解放后的幸福欢欣，但是主旋律却是哀伤的，他对多卡丝付出的刻骨铭心的爱情，对妻子不能生育的内疚，以及不知所终的疯母亲，都是他心灵中永远的伤口。"② 这部分可以看作乔的长号独奏，叙述者间断地在协奏。第七章间插有乔在杀多卡丝之前的心理自白。前面的和声部分激发并补充着乔的长号独奏。第八章从多卡丝的角度叙述。"多卡丝的独白是小号，作为布鲁斯的陪衬出现，如同她的反叛性格让她追求刺激事物和离奇爱情，虽然她被乔开枪打死，不过人们的同情和道德天平均斜向他。"③ 第九章从费莉丝的角度叙述，她可被比作一曲欢快的小提琴独奏，"出现在一曲爵士乐曲的结尾，如同她名字的含义是快乐一样，是她揭穿了多卡丝性格中轻浮无聊的另一面，经常去看望并且拯救了乔夫妇悲伤的灵魂，让他们挣脱过去，重新开始新的生活"④。

小说最后一章交代了主要人物的去向，正如爵士乐演奏的结尾和声。在最后两段，叙述者以第一人称"我"的口吻向读者发出爱的呼唤："我只爱过你，把我的整个自我不顾一切地献给了你，除你之外没有给任何人。我想让你也用爱回报我，向我表达你的爱。……如果能够，我要说：创造我，重新创造我。你完全可以这样做，而我

---

① 张清芳：《用语言文字弹奏爵士乐——托尼·莫里森的长篇小说〈爵士乐〉赏析》，《域外视野》2007 年第 8 期，第 122 页。
② 同上。
③ 同上。
④ 同上。

也完全允许你这样做;因为,瞧,瞧,瞧你的手放在哪儿呢。赶快!"① 这恰如叙述者独奏这曲爵士乐的结尾,要唤起听众的回应,莫里森要用《爵士乐》启发读者的思考,邀请读者也加入"即兴创作"中来。

莫里森在《爵士乐》的叙述中采用的多重的叙述声音正如爵士乐即兴演奏的多种乐器,如果把整部小说的叙述过程看成爵士乐演奏,则可得到表 2-1 所示的 "《爵士乐》的爵士乐演奏曲记"。

表 2-1　　　　　　　　《爵士乐》的爵士乐演奏曲记

托尼·莫里森《爵士乐》	
第 1 页	叙述者钢琴(领奏)独奏主旋律开场
第 1—91 页	各种乐器和声
第 93—120 页	维奥莱特萨克斯独奏,叙述者钢琴和其他乐器协奏
第 123—142 页	乔长号独奏,叙述者钢琴和其他乐器协奏
第 145—171 页	各种乐器和声
第 173—195 页	各种乐器和声,乔长号独奏,叙述者钢琴协奏
第 197—204 页	多卡丝小号独奏,叙述者钢琴协奏
第 207—230 页	费莉丝小提琴独奏
第 233—243 页	各种乐器和声
第 243—244 页	叙述者钢琴独奏结束

俨然,"哈莱姆街道上的萨克斯声、鼓声、单簧管声、吉他声和歌声回荡在《爵士乐》中"②,小说本身成为莫里森谱的一曲爵士乐,故事即兴地通过不同人物的角度慢慢展开,对同一事件有不同立场和不同角度的解释和说明,也就是"同一事件不是以一个人或一个声音

① [美]托尼·莫里森:《爵士乐》,潘岳、雷格译,南海出版社 2006 年版,第 243—244 页。

② Aoi Mori, *Toni Morrison and Womanist Discourse*, New York: Peter Lang Publishing, Inc., 1999, p. 113.

为中心一次性讲述的，而是通过'泛中心'多次讲述的。每个人讲的虽然是同一事件，但都不是有头有尾的完整故事，而是从不同层面为故事提供和积累了互为补充的信息"①。这正符合了爵士乐即兴演奏的原则，即"演奏者之间要彼此顾及，如果一个演奏者演奏过度，那其他的演奏者就没有空间可发挥了"②。然而，"爵士乐在构成莫里森行文风格的同时，更成为她笔下非洲裔美国黑人所特有的生存境遇的一种隐喻"③。

二 爵士乐演奏方式的即兴变化与《爵士乐》叙述方式的多变性

正如莫里森在与阿伦·莱斯的访谈中所说："黑人艺术的要旨正如爵士乐的演奏所表现的，看似粗糙、随意、不着痕迹……而爵士乐手们可谓经验老到，我是指长时间的练习，以至于你与音乐水乳交融，甚至可以在台上即兴奏出。"④ 爵士乐演奏者在演奏时可以随意地运用自己喜欢的方式进行即兴演奏，即使是同一曲调，不同的演奏者采用多样的演奏方式会奏出不同的效果，莫里森正是糅合了爵士乐演奏的这一即兴特点，使《爵士乐》的叙述方式呈现出多变性。在整个故事的叙述中，她除了运用或并置或跳跃或断裂或倒转叙述者的客观叙述方式，还无规律地拼贴上小说人物的对话、意识流和内心独白，将爵士乐的即兴特点发挥到了极致。

《爵士乐》里，莫里森在叙述维奥莱特给顾客烫发（第一章）、乔向玛尔芳借房（第二章）、维奥莱特多次拜访爱丽丝（第三章）、

---

① 吕洪炳：《托尼·莫里森的〈爱娃〉简析》，《外国文学评论》1997 年第 1 期，第 93 页。

② David W. Megill and Paul O. W. Tanner, *Jazz Issues: A Critical History*, Dubuque: Wm. C. Brown Communications, Inc., 1995, p. 142.

③ 翁乐虹：《以音乐作为叙述策略——解读莫里森小说〈爵士乐〉》，《外国文学评论》2000 年第 2 期，第 54 页。

④ Alan J. Rice, "Jazzing It up a Storm", in *Journal of American Studies*, Vol. 28, 1994, p. 424.

乔与维奥莱特初遇（第四章）、戈尔登·格雷遇见黑人男孩昂纳尔（第六章）、格雷见到父亲亨利（第七章）时，均以人物对话呈现。这种"直接引语"拉近了叙述者和读者的距离，使读者有身临其境的感觉。

小说第四章则是大篇幅的对维奥莱特意识流的描写：

多卡丝活着的时候喜欢《科利尔之家》吗？《自由杂志》呢？……他在一个月内卖掉了所有存货，因而赢得了价值二十五美元的一盏蓝灯罩闺房台灯和一条淡紫色仿缎连衣裙作为奖金——他把那些都给了她吗，那个小母牛？星期六带她去"靛青"夜总会，坐在紧后头……而那时我在哪儿呢？在冰面上一步一滑地忙着赶到某个人家的厨房里给她们做头发？在一个门洞里躲着等电车？……就是因为那个，才要费那么大力气把我摔倒，把我按住，让我离开那个棺材……

那个维奥莱特不是什么披着我的皮、使着我的眼睛，在城里奔波、满街乱跑的人，狗屁，不，那个维奥莱特就是我！那个在弗吉尼亚拖运甘草、拉着缰绳赶一辆四架骡车的我……

在"靛青"的那张桌子底下，她敲着他那软得好像婴儿的大腿……

我变得沉默了，因为我不能说的东西总是从我嘴里冒出来……

在月光下，独自一人坐在桌子旁……可是一个人，一个女人，就会向前摔倒，在地上待一会儿，盯着杯子，杯子可比她结实，起码没碎，就在她的手边不远处躺着。恰好够不到。①

---

① ［美］托尼·莫里森：《爵士乐》，潘岳、雷格译，南海出版社 2006 年版，第 98—102 页。

维奥莱特的意识在多卡丝、多卡丝和乔、自己及母亲中来回任意地流淌着。莫里森"灵活运用各种不同的叙述技巧,叙述声音突破人称局限,让读者更真切地了解人物内心"[1]。正是在即兴叙述中创作者获得了极大的自由,生动地表现了维奥莱特在得知丈夫背叛自己之后的境遇和自救意识。

《爵士乐》还借助小说人物的内心独白来完成故事的叙述。内心独白是指:"尽量如实记录一个人物的内心活动。其特点通常是:第一人称;现在时;完全采用符合讲话者语言特色的词、句和语法;对内心活动所涉及的,读者不知道的事不加解释,全盘记录;没有假定的听众或受述者。"[2] 小说的第五、八、九章主要是乔、多卡丝和费莉丝分别进行了长篇的内心独白,其间叙述者随时切入,进行客观叙述或主观评议。"人物的精神活动与叙述者的讲述并置在一起,使叙述的结构模式与形态呈现出叙述主体精神的贫困、分裂和异化。"[3]

通过以上分析,《爵士乐》看似随意的、多变的叙述方式借鉴了爵士乐演奏方式的即兴变化特点。若把《爵士乐》看成一曲爵士乐演奏,文本的叙述者的叙述即为演奏者的演奏,而不同的叙述者采用的不同的叙述方式为不同的演奏者采用的不同的演奏方式,如表 2-2 所示。

表 2-2　　　　　　　《爵士乐》乐曲演奏者采用的演奏方式一览

演奏阶段	演奏者	演奏方式
第一章第一段	叙述者	客观叙述
第一章至第三章	叙述者、维奥莱特、烫发顾客、乔、玛尔芳、爱丽丝	客观叙述、主观评议、对话

---

① 李公昭:《20 世纪美国文学导论》,西安交通大学出版社 2000 年版,第 286 页。

② Seymour Chatman, *Story and Discourse: Narrative Structure in Fiction and Film*, London: Rutledge, 1978, p. 189.

③ 焦小婷:《话语权力之突围——托尼·莫里森〈爵士乐〉中的语言偏离现象阐释》,《天津外国语学院学报》2006 年第 6 期,第 69—70 页。

演奏阶段	演奏者	演奏方式
第四章	维奥莱特、叙述者、乔	客观叙述、全知全能叙述、意识流、对话
第五章	乔、叙述者	内心独白、客观叙述、主观评议
第六章	叙述者、戈尔登·格雷、昂纳尔	客观叙述、全知全能叙述、对话
第七章 （第三节第三段和第四节及第六节）	叙述者、戈尔登·格雷、亨利（乔）	客观叙述、全知全能叙述、对话（内心独白）
第八章	多卡丝、叙述者	内心独白、客观叙述
第九章	费莉丝、叙述者	内心独白、客观叙述
第十章	叙述者	客观叙述
第十章最后两段	叙述者	内心独白

爵士乐是"世界上最有生命力的艺术形式之一"①，而即兴创作是它的灵魂所在，象征着一种自由、一种创新，莫里森在《爵士乐》的叙述中糅合了这种特点，在叙述的展开中重现了爵士乐的表演性与随意性，使小说成为由文字、音符与意象汇成的网络，交织着几代非洲裔美国黑人的命运，正体现了他们在特定环境下渴求真正自由、追求自我价值的民族精神。

托尼·莫里森在《爵士乐》的叙述中吸收了爵士乐即兴演奏、自由发挥的特点，小说中叙述声音的多重性正是借鉴了爵士乐中不同乐器的即兴演奏，而叙述方式的多变性则是糅合了爵士乐演奏方式的即兴变化。即兴在成为莫里森叙述技巧的同时，隐喻了小说的主题，使得《爵士乐》具有了巨大的叙述学研究价值。借助爵士乐的音乐结

---

① Danille Taylor-Guthrie, ed. , *Conversations with Toni Morrison*, Jackson: University Press of Mississippi, 1994, p. 275.

构，这部小说构思缜密、匠心独具，呈现出独特的叙事风格。莫里森"根据一张照片，演绎出一段动人故事，并以此作为切入点，展现19世纪末20世纪初来自南方农业地区的黑人对北方城市生活艰难的调整、适应过程"①，抒发了他们追求真正自由的美好愿望。作为一名美国当代黑人女作家，莫里森致力于保存和弘扬黑人文化，她的作品也"始终以表现和探索黑人的历史、命运和精神世界为主题，思想性和艺术性达到完美结合"②。

正如休斯指出：爵士乐是"美国黑人生活中内化的表达方式之一，是黑人灵魂中永恒的节奏。这种节奏是黑人消除在白人世界中，在地铁火车中，在工作、工作、工作中的疲惫。那是一种快乐和欢笑的节奏，也是一种在微笑中吞咽痛苦的节奏"③。爵士乐可以帮助黑人作家表达自己的诗歌审美和政治诉求。黑人作家努力将音乐形式、节奏及主题与作品紧密结合，音乐元素反过来又加强了严肃主题的表达，更多意义隐藏在音乐面具之下，隐藏在继承黑人文化的表层文本之中。

哈莱姆文艺复兴时期的很多重要作家都以复兴黑人民间音乐为己任，如休斯的布鲁斯体诗歌、图墨的小说创作等。图墨认为黑人音乐是"美国乡村黑人精神复原力的象征，并再把它扩展为人类新秩序的灵魂象征"④。埃里森认为黑人音乐是黑人民众在群体和传统中定位、创造自我的方式。莫里森认为"音乐无处不在"⑤。她还指出，"古典

---

① 王守仁、吴新云：《性别·种族·文化：托尼·莫里森与美国二十世纪黑人文学》，北京大学出版社1999年版，第168页。

② 刘海平：《新编美国文学史》（第4卷），上海外语教育出版社2002年版，第20页。

③ Langston Hughes, "The Negro Artist and the Racial Mountain", *The Nation*, June 23, 1926, p. 692.

④ ［美］伯纳德·W. 贝尔：《非洲裔美国黑人小说及其传统》，刘捷等译，四川人民出版社2000年版，第125页。

⑤ Danille Tayor-Guthrie, ed., *The Conversations with Toni Morrison*, Jackson: University Press of Mississippi, 1994, p. 26.

音乐令人愉快且是封闭式结尾，而黑人音乐不是这样，爵士乐总是让听众情绪紧张，没有封闭式结尾，总会让人心潮澎湃。我想让我的作品有这样的效果"①。

黑人奴隶的血液中流淌着非洲音乐的基因与传统，在文字和语言被禁止的时期，音乐自然成为他们表达思想的最好选择。流淌在他们血液中的音乐元素被极大地激发并运用和发展。音乐元素的使用增强了作品的音乐性，丰富了作品的表达方式，表达了黑人追求自由平等的心理诉求，是一种反抗种族歧视和文化边缘化的策略。黑人音乐元素在文学作品中的体现提高了黑人的民族自信心和自豪感，为黑人民族抵抗边缘文化、确认自我身份、在文化夹缝中生存的勇气提供了文化源泉。

美国黑人音乐随着时间的推移不断发展演变，逐渐从边缘走向主流，成为美国文化中不可或缺的一部分，更是美国音乐文化的瑰宝，被认为是世界流行音乐的根基和灵魂。通过音乐，黑人民族呼吁文化认同、身份认同、地位认同、经济认同、地域认同等。美国黑人女性作家笔下的黑人音乐不再是简单地表达日常情感，而是表现出黑人民族对生活和世界的看法、态度和观点。"音乐作为一种理想的艺术形式而存在。在传统中，音乐已成为疗救黑人（灵魂）的原始艺术形式。"② 黑人音乐可以为底层的黑人普通民众提供精神慰藉。黑人音乐的主题象征与结构形式以不同的状态在美国黑人女性作家的文本中呈现。音乐成分成为小说情节的一部分，故事的中心线索也由音乐来引领。美国黑人女性作家对黑人音乐的喜爱和借用符合黑人音乐本身的特质："像音乐一样，叙述不可能完全表达文本的含义，其中的空白

---

① Nellie Mckay, "An Interview with Toni Morrison", *Contemporary Literature*, 24 (Winter 1983), p. 429.

② Elizabeth Ann Beaulieu, ed., *The Toni Morrison Encyclopedia*, Westport, Conn.: Greenwood Press, 2003, p. 225.

点需要读者填充；音乐能突破理性的限制，引人进入迷醉状态，给人以全身心的满足。"① 通过音乐所创造的复杂的讲述方式能够帮助讲述者和听众获得古老的黑人民族记忆。独特的叙事角度和叙事节奏又形成了独特的艺术氛围。音乐作为一种叙事策略，大大推动了美国黑人女性作家对黑人群体生活处境和心理状态的探讨，表现出黑人文化与主流文化之间的冲突与摩擦，但也成为美国黑人女性文学写作传统中不可或缺的部分。正如莫里森所说："必须有一种方式像音乐那样为黑人服务，一种我们在私人交往中所采用的方式，一种可以在白人文明支配下所采取的方式。我想，这就是我作品中的主要内容。我没有向任何人解释任何东西，我的作品中也没有说谁被放逐、谁在何种环境下幸存下来、为什么会幸存下来；以及在这样的社会和群体中哪些东西是合法的，什么又是社会和群体等，所以这些都融合在故事当中。这样创造的作用正如音乐本身的作用一样。"②

黑人音乐是黑人民族共同经历的直接反映和现实写照，基于黑人音乐强大的生命力，黑人音乐总是被再分析，被再创造，被改变，成为个人情感和民族情感的特殊表达方式，黑人音乐形式成为"当代非裔美国文化的定义性陈述"③。黑人音乐是美国黑人民族长期以来在受压抑的边缘文化语境中逐渐形成和发展起来的，"体现了黑人民族在异文化语境中保持自身差异性生存的特质，其意义表现策略和风格反映了美国黑人民族特有的言语和思维模式的特征"④。随着黑人音乐的发展，黑人音乐逐渐"独立于其他艺术形式，不再屈从于那种外在的

---

① Elizabeth Ann Beaulieu, ed., *The Toni Morrison Encyclopedia*, Westport, Conn.: Greenwood Press, 2003, p. 189.

② Ibid., p. 225.

③ Ben Sidran, *Black Talk*, New York: Da Capo, 1983, p. 17.

④ 李美芹：《用文字谱写乐章：论黑人音乐对莫里森小说的影响》，浙江大学出版社2010年版，第15页。

规则和强制力，成为一种政治诉求"①。黑人音乐也是"即兴的集体性仪式的产物。它们并不像其他一些观察者所说的那样，是全新的创作。它们是在早期创作的歌曲中加入新的曲调和抒情成分，虽然这样的创作是有传统的，但并不是静止的死板的模式。它们是个人和集体创造力的结晶，是集体重新创作的成果。通过这样的方式，老的歌曲总是被加入新的成分"②。在黑人文化中，黑人音乐"不仅是一种娱乐形式，而且是一代非洲人表达和保留非洲历史、文化以及哲学的手段。黑人音乐远非仅仅是娱乐而已，它是黑人生活的组成部分，是自我文化身份的认同。没有本民族的音乐就会丧失文化的灵魂"③。美国黑人作家对黑人民间音乐形式的借鉴丰富了作品的表现力。黑人文学与黑人音乐的结合不仅使黑人文学文本具有浓厚的非裔美国文化色彩，而且显示了美国黑人精神文化遗产对美国黑人的指引作用。

"美国黑人不仅是社会财富的创造者，同时也从非洲故土带来了本民族的文化，为了不被白人强势文化所同化，深谙艺术之道的非洲黑人在强势文化的重压下，积极保护和发展自己独特的亚文化，衍生出像布鲁斯、爵士乐等具有美感本土特色的黑人文化形式。"④ 作为黑人传统文化中的重要组成部分，黑人音乐记录并传承了整个黑人种族的智慧和记忆，一代代黑人作家在其作品中灵活运用传统音乐元素，不但使这些作品获得了艺术和审美的成功，同时谱写出一部部美国黑人为自由和尊严奋斗的民族史诗。美国黑人女性作家将艺术触角伸展

---

① Henry Louis Gates, Jr., *Figures in Black: Words, Signs and the "Racial" Self*, New York: Oxford University, 1987, p. 31.

② Lawrence Levine, "Slave Songs and Slave Consciousness: an Exploration in Neglected Sources", in *Anonymous American*, ed., Tamara K. Hareven, Englewood Cliffs, N. J.: Prentice-Hall, 1971, p. 107.

③ 陈铭道：《黑皮肤的感觉——美国黑人音乐文化》，世界知识出版社 1999 年版，第 99 页。

④ 朱振武等：《美国小说本土化的多元因素》，上海外语教育出版社 2006 年版，第 137 页。

到音乐传统，运用音乐的情绪和结构方式来表达自己对黑人文化和生活的理解。作为黑人口头传统的音乐因素已经有机地融入了美国黑人女性作家的小说中，表达了黑人的情感，形成了独具一格的写作风格，使读者感受到了一种真正属于黑人自己的精神文化力量。美国黑人女性作家作品中的黑人音乐因素阐释了黑人对自由的向往及对黑人文化传统的热爱和眷恋，折射出黑人民族坚强的奋斗精神和乐观的创造精神，反映出黑人民族独特的文化创造力。通过借鉴黑人音乐元素，美国黑人女性作家赋予其作品丰富的艺术内涵，将边缘文化与主流文化融合，打破了当时所谓雅俗文化的界限，从内容到形式开创了美国黑人女性文学的新传统。读者在朗读的过程中，会发现她们的文字已经成为跳跃的音符，所有文本中都流淌着音乐的旋律。黑人音乐"塑造和决定着黑人身份并用黑人的表达方式创造着属于黑人自己的文化结构。黑人音乐有着基本统一的主题，因为它是黑人个体面对黑人现实存在的方式之一，也是将黑人个体还原进集体语境的方式之一"[1]。正如玛雅·安吉洛在其自传《我知道笼中鸟为何歌唱》的扉页上写道："本书献给我的儿子盖伊·约翰逊以及所有长着黑色羽毛的鸟，他们坚强，他们心怀希望，他们不畏艰难，也不畏神明，唱出自己的歌。"[2]

---

[1] James Cone, *The Spirituals and Blues*, New York: The Seabury Press, 1972, p. 5.

[2] ［美］玛雅·安吉洛：《我知道笼中鸟为何歌唱》，于霄、王笑红译，上海三联书店2013年版，第1页。

第三章 流淌在舌尖的黑色 花蜜——黑人口述传统

黑人口述传统是黑人确认文化身份的重要坐标之一。非裔美国黑人女性作家的作品中黑人口述传统在语言、情节、结构、主题等方面的表现，揭示了黑人口述传统的动态性、创造性及文学性。通过对黑人口述传统的运用，非裔美国黑人女性作家在赋予文本多重含义的同时体现了黑人民族独特的思维方式和行为方式，找到了摆脱黑人文化边缘化和黑人文化认同危机的策略。

黑人口述传统是黑人文化的重要根基之一，是黑人生活的精神支柱，是美国黑人与传统文化保持持续性继承和稳定性发展的重要方式。美国黑人文学"是基于口头传统这一点是毫无疑问的"[①]。对于美国黑人作家来说，"在注重书面语言的西方坚持口头传统文化是非洲裔美国文化表达的特殊之处。口头叙事的开放式结构，动态变化，包容的、集体的、充满想象力的特点使它在某种程度上用非洲传统世界观延续着非洲裔美国黑人的文化表达"[②]。通过在写作中继承和重新创造口述传统，非裔美国黑人女性作家将口头叙述的灵活性和流畅性融

[①] Henry Louis Gates, Jr. , *Figures in Black：Words，Signs and the "Racial" Self*, New York：Oxford University Press，1987，p. 37.

[②] Gloria Graves Holmes, *Zora Neale Hurston's Divided Vision：The Influence of Afro-Christianity and the Blues*, Dissertation，Stony Brook：State University of New York，1994，p. 17.

合在书面文字中，"黑人口头文学形式与欧洲的文学形式相融合就会创造出新的文学类型"①。黑人文学在主题、内容、形式及文体方面都极大地借鉴了非洲传统文化中的因素，"不管黑人小说家们使用这些口头文学因素的目的是为了情节的发展、主题的深化还是人物的塑造，或者文体的装饰，这些因素中所表达的悲伤和快乐都大大减轻了他们作为黑人所感受到的压迫，提升了他们灵魂的自由程度"②。

非裔美国黑人女性作家通过对黑人口头传统的借鉴、改造和活用，向读者展现了一个多姿多彩的黑人生活与文化世界。她们对黑人口头传统的反复运用，强化了作品的黑人文化色彩。除了艺术构思的需要以外，更重要的是通过这一手段的使用，反映黑人在白人中心主义社会中的境遇，让人们时刻看到、感受到黑人文化的存在，从而摆脱边缘化和文化认同危机，确立黑人文化存在的合法性，抵制白人文化中心论。

第一节　对神话传说的改写

非洲大陆民族众多，各个民族都有自己的神话传说，分别讲述着世界、人类和民族的起源。"非洲神话是非洲文化和艺术的结合体，不仅推动了非洲本土文化的发展，而且还孕育了非洲人的民族精神。这些神话传说也随着非洲黑奴传入美洲，成为非裔美国文化的重要组

---

① Henry Louis Gates, Jr. ed., *Black Literature and Literary Theory*, New York: Methuen, Inc., and Methuen & Co. Ltd., 1984, p. 12.

② Bernard W. Bell, *The Contemporary African American Novel: Its Folk Roots and Modern Literary Branches*, Beijing: Foreign Language Teaching and Research Press, 2007, p. 83.

成部分，对非裔美国文学的发展有着重大影响。"[1]

神话是民族集体身份的标志，反映了一个民族乃至全人类经历的真实特点。从心理学角度来看，神话产生的原因是因为人们将无法解释的自然现象人格化、形象化。与哲学和科学不同，神话的解释建立在想象和幻想之上。荣格指出："原始氏族失去了它的神话遗产就会像一个失去了灵魂的人那样立刻死亡。"[2]

一　恶作剧精灵传说

非裔美国黑人民间故事中有很多讲述恶作剧者的故事。恶作剧故事包括动物恶作剧和人物恶作剧故事，他们在美国黑人文学中起着重要作用。"由于动物恶作剧故事中角色的拟人性，这类故事起着社会抗争和心理释放的作用。动物恶作剧故事用最明了的形式把故事的寓意阐释得明白无误，主题基本相同：强者攻击弱者，后者用它们拥有的武器进行反击；强者试图设陷弱者，反被受制。这类故事的道理在于他们告诫弱者面对强者要用智慧避开强者。"[3] 集小说家和人类学家为一身的赫斯顿深谙黑人民间口述传统对非洲裔美国黑人的精神滋养作用，"将小说创作和非裔美国人的民间文学传统所要揭示的民间智慧和生存经验有机地联系在一起，在反思历史中得到对未来的启迪"[4]。

赫斯顿在其民俗学的田野调查中收集和探讨了大量的黑人民间传说和民间故事，她指出："黑人民间传说的角色既有上帝和魔鬼，也有洛克菲勒和福特等现代名人，还有许多动物，如兔子、熊、蜥蜴和狐狸等……许多动物角色也是黑人文化的英雄……兔子是源自西非的

---

① 庞好农：《非裔美国文学史》，中央编译出版社 2014 年版，第 5 页。
② 冯川：《神话人格》，长江文艺出版社 1993 年版，第 174 页。
③ 曾梅：《托尼·莫里森作品的文化定位》，山东人民出版社 2010 年版，第 10 页。
④ 朱小琳：《回归与超越——托尼·莫里森小说的喻指性》，博士学位论文，中国社会科学院研究生院，2003 年，第 5 页。

恶作剧精灵，后来被移植到了美国。"① 美国黑人文化中人们熟知的
"兔子大哥"既圆滑又幽默，看似自私，但聪明无比，总是可以凭借
自己的智慧在各种危险中化险为夷，成为非裔美国文化中身份认同的
一个重要象征。黑人在美国社会中长期处于失语状态，他们不得不通
过表面的接受和暗地的反抗来谋取生存的空间。恶作剧精灵的"两面
性"特征成为黑人在美国社会生存的技能。在非洲民间传说中，恶作
剧精灵可以是人或神，也可以是动物或昆虫。在这些故事里，"弱小
但聪明的小动物可以战胜强壮但愚蠢的大动物。或许他是普通的人，
但他会把自己设想成聪明的兔子或蜘蛛，向人间那些有权势的大人物
挑战"②。

　　在黑人民间传说中，"兔子大哥"的故事非常流行，其中一个故
事就是"柏油娃"的故事。这一故事在美国家喻户晓，有着复杂的社
会语境和丰富的隐喻意义。莫里森的《柏油娃》是美国黑人女性作家
改写民间传说中最具代表性的作品。《柏油娃》的书名和故事都是来
自古代非洲民间神话。直至今日，非洲的很多国家还流传着恶作剧故
事《柏油娃》。柏油娃的故事有好几个版本，但是其核心元素是：农
夫和他的菜地，用玩偶吸引兔子，石楠地的意义，柏油的本质。在非
洲文化中，柏油除了具有"黏合"的意义外，其"黑色"还代表不可
知的、神秘的、原始的意义。莫里森是从家人所讲的故事中了解到非
洲传说和神话故事的。

　　雅丹、森、农场主就是柏油娃故事的原型。雅丹就是那个柏油娃
娃，是与黑人传统文化失去联系的文化孤儿；而森就是那只兔子。石
楠地的象征：回到非洲传统文化。《柏油娃》的书名及故事都来自非

---

　　①　程锡麟：《赫斯顿研究》，上海外语教育出版社 2005 年版，第 123 页。
　　②　Geoffrey Parrinder, *West African Religion: A Study on the Beliefs and Practices of Akan, Ewe, Yoruba, Ibo, and Kindred Peoples*, London: Epworth Press, 1967, p. 129.

洲民间故事。在很多非洲国家至今流传着不同版本的《柏油娃》的故事。其基本故事情节为：农夫用来保护自己的菜地，用柏油娃来惩治偷菜的兔子。当兔子被黏住后，想要逃跑的兔子苦苦哀求农夫不要把它扔在石楠地里。农夫信以为真，想要好好教训兔子，把兔子狠狠地扔向石楠地。没想到兔子在石楠地中打了一个滚，逃之夭夭。莫里森在其访谈中就说："在刚刚完成的《柏油娃》中，我使用了一个古老的故事。尽管故事的结尾有趣圆满，但我对这个故事还是心存敬畏。故事里有个白人用来抓兔子的柏油娃。我记得'柏油娃'是白人用来称呼黑人儿童和黑人女性的名称，类似于'黑鬼'。柏油在西方的故事中似乎是一种很奇特的东西，因为我发现在非洲神话中还有一个'柏油女士'。在我看来，柏油娃代表着把东西凝合在一起的黑人妇女。这个故事是返回历史和预言的出发点。"[1]《柏油娃》中受过高等教育、穿梭于上流社会、失去黑人身份的黑人女性雅丹就是那个柏油娃。而误入雅丹卧室，后来又爱上雅丹的贫穷黑人青年森就是兔子。白人农夫则指为雅丹提供资助的黑人糖果商瓦来里安·斯特里特。雅丹与森之间的冲突则是白人文化和黑人文化之间的冲突。莫里森借助民间传说，赋予这个讲述一对黑人青年的恋爱故事的文本特殊的含义，深化了文本主题。"在这部小说中，黑人民间故事'柏油娃'揭示了黑人与白人关系的复杂性，小说不再以简单的方式将白人、黑人关系呈现为单向度的关系，而是以隐喻的方式呈现了这种关系的微妙以及内在的矛盾。和黑人民间故事中只有黑人通过机智战胜白人的单向度关系不同的是，这部小说还以隐喻的方式展示了黑人、白人关系的复杂性。"[2] 它突出了莫里森对黑人和白人关系的严肃思考，"在莫

---

[1] Danille Taylor-Guthrie, ed., *Conversations with Toni Morrison*, Jackson: University Press of Mississippi, 1994, p. 122.

[2] 唐红梅：《自我赋权之路——20世纪美国黑人女作家小说创作研究》，华中师范大学出版社 2012 年版，第 142 页。

里森看来，这种在文化层面上展开的黑人自我认识与白人种族主义统治之间的斗争是生死攸关的斗争，因为它事关黑人种族文化发展和个体精神健全，而且还因文化的迷惑性、欺骗性，这场战争更具隐蔽性，因而更具急迫性"①。莫里森的创造性改写不仅唤醒了人们对黑人民间传说的记忆，还将民间传说的故事情节与现实语境相结合，在文学领域寻找应对种族歧视的策略，赋予文学创作新的生命和使命。

基于恶作剧精灵的巨大影响力，在非裔黑人女性作家的作品中还会直接出现动物形象，或借助动物故事推进情节发展。如骡子的意象就经常出现在赫斯顿的作品中，《他们眼望上苍》中骡子的意象尤为突出，贯穿整部小说。小说开头就用骡子来比喻辛苦劳作的黑人。

> 这正是在路旁的门廊上闲坐的时候；听消息聊大天的时候。坐在这里的人们一整天都是没有舌头、没有耳朵、没有眼睛的任人差遣的牲口，让骡子和别的畜生占了自己的皮去。但现在，太阳和工头都不在了，他们的皮又感到有力了，是人皮了。他们成了语言和弱小事物的主宰。他们用嘴巴周游列国，他们评事断非。②

此处将奴隶制废除后的黑人比作骡子暗示了黑人在美国社会的悲惨处境。尽管奴隶制被废除多年，所谓获得自由的黑人的社会地位、政治地位和经济地位依然没有提高，他们仍处于社会的最底层，备受剥削和压迫。

外祖母南妮将黑人妇女比作骡子，指出了黑人妇女所遭受的双重压迫——种族歧视及性别歧视。"亲爱的，就我所知道的，白人是一切的主宰，也许在远处海洋中的什么地方黑人在掌权，但我们没有看

---

① 唐红梅：《自我赋权之路——20世纪美国黑人女作家小说创作研究》，华中师范大学出版社 2012 年版，第 142 页。

② ［美］左拉·尼尔·赫斯顿：《他们眼望上苍》，王家湘译，北京十月文艺出版社 1998 年版，第 1 页。

见，不知道。白人扔下担子叫黑人男人去挑，他挑了起来，因为不挑不行，可他不挑走，把担子交给家里的女人。就我所知，黑女人在世界上是头骡子。"① 虽然珍妮并不认同外祖母的这一观点，但珍妮的人生经历却从另一个角度证明了她在父权制体系中的骡子地位。珍妮的第一任丈夫洛根将珍妮当作自己的私有财产，还想为珍妮买一头脾气温顺的骡子，让珍妮下地干活。珍妮稍有不同意见洛根就威胁要打她。第二任丈夫乔迪将珍妮看作自己成功的装饰品，稍有不顺心就在公众场合辱骂和殴打珍妮。一次，为了与珍妮和好，也为了显示自己的财力和权力，乔迪买了一头快要饿死的骡子。但是，这头骡子因为生活得太好，吃得太多，很快被撑死了。这头骡子象征着第二次婚姻中表面养尊处优的珍妮面临极大的精神危机。在珍妮前两次的婚姻中，不管前两任丈夫的态度如何，珍妮都像骡子一样沉默着。外祖母南妮将黑人妇女比作骡子是源自赫斯顿的民俗类作品《骡子与人》中"为什么黑人姐妹工作最辛苦"的故事：

> 知道它是怎么发生的吗？在上帝造出了世界、动物和人之后，他造出了一口大箱子并把它放在大路中间。它被放在那里几千年之后，女主人对男主人讲："去把那口箱子拿来，我想看看里面有什么。"男主人看了看那口箱子，它显得很重。于是他对那个黑人讲："去把路上的那口大旧箱子搬来。"那男人磨蹭了半天，又对他的妻子讲：
>
> "女人，去搬那口箱子。"于是那黑人的女人去搬那口箱子。
>
> "我喜欢打开大的箱子，因为在巨大的箱子里总是会有好东西。"于是她跑过去，抓住箱子，把它打开，里面装满了艰苦的工作。
>
> 那就是黑人姐妹比世界上任何人都工作得更辛苦的原因。那

---

① ［美］左拉·尼尔·赫斯顿：《他们眼望上苍》，王家湘译，北京十月文艺出版社1998年版，第16页。

个白人叫黑人去干活，那个黑人接下了活计后，又叫他的妻子去干。①

读者应该注意的是，《骡子与人》这个书名本身就有深刻的含义。骡子是负重的动物，它象征了黑人被视为骡子的地位和所受到的非人待遇。"而骡子与人使人联想到作为奴隶的黑人与白人主人的关系。这个短语隐含着对白人对黑人压迫的抗议。在 20 世纪 30 年代，许多美国知识分子都有着激进的思想倾向。对赫斯顿持批评意见的人往往都忽视了她著作中隐含的抗议声音。"② 另外，骡子为混血，是马和驴的后代，象征着美国社会中黑白混血儿的特殊处境和地位。在《他们眼望上苍》中，珍妮的混血身份与骡子的悲惨地位相呼应，深刻揭示了美国社会中黑人妇女所遭受的双重压迫。赫斯顿"注重收集美国南方乡村黑人的口头民间故事，她认为这是解释人类行为的最好材料。她试图将这种代表自己民族的具有强大生命力的非主流文化从白人的压制下解放出来，恢复其本来面目"③。赫斯顿非常巧妙地将自己收集到的民俗故事融合在文学创作中，在保存和继承黑人民俗传说的同时赋予文本特殊的民俗色彩。

《摩西，山之人》被很多评论家定义为一部"戏仿《圣经》"的作品，但在这样的作品中，出现了大量动物形象。如在小说中，为了说服希伯来人参加战斗，摩西用民俗故事来教导他们。

> 从前，兔子们开了一个会，它们决定集体自杀。因为没有任何人尊重它们，怕它们。它们一起去河边想要溺水身亡。它们像军队一样行进到河岸。但是在它们到达河岸之前，要经过一片沼

---

① 程锡麟：《赫斯顿研究》，上海外语教育出版社 2005 年版，第 239 页。
② 同上书，第 237 页。
③ 习传进：《20 世纪美国非裔文学发展的三次高潮》，《长江大学学报》2005 年第 4 期，第 14—16 页。

泽地。这时它们碰到了一群青蛙，青蛙们又跳又叫："不要！不要！"因此，兔子们彼此说道："这些青蛙害怕我们。我们不用自杀了，因为在这个世界上是有人怕我们的。我们回家吧！"这就是以色列人需要的————一次胜利。①

摩西通过这样的故事说服约书亚组织希伯来人与外族进行战斗。获得胜利的希伯来人对摩西和自己的未来充满信心。《摩西，山之人》中还多次出现了摩西与蜥蜴的对话。故事结尾处摩西与一只年老蜥蜴的对话意义深远：

在一块石头底下，摩西发现了一只年老的蜥蜴，摩西问它："你在这里干什么啊，老蜥蜴？"

"噢，我只是在休息，顺便回想我的祖先统治这个世界时的情境。那真是一个辉煌的时代。"

"你怎么知道你的祖先曾经统治过这个世界？你的年龄还没有那么长的，你看。"摩西说着，坐在那块岩石上，等着答案并休息着。

"噢，我们蜥蜴从不把记忆储存在自己的身体里。我们有一个专门储存记忆的蜥蜴，当我们想知道曾经的什么事情时，我们就去问它。"

"所有的蜥蜴都去问吗？"

……

"噢，是的。"②

此处摩西与蜥蜴有关过去记忆的对话是为了提醒所有的黑人牢记

---

① Zora Neale Hurston，*Moses，Man of the Mountain*，Urbana and Chicago：University of Illinois Press，1984，p. 256.

② Ibid.，p. 350.

自己的过去，认真思考解放的问题，通过自己的努力，真正做到自己解放自己。赫斯顿在《摩西，山之人》中表达了自己最为完美的愿望。"她的这一愿望对于很多人来说都是不切实际的，难以实现的。她并不期望可以建造俗世乐园，因为，根据她自己的经验和哲学，乌托邦是不存在也不可能存在的。不仅对黑人来说不可能，对任何民族来说都不可能。民主、平等、公正和自由永远不会在人世间绝对地存在，因为人类的本性决定了这一点。"①

"恶作剧精灵既可剥离于叙述形式，又是在小说中的一个具体存在……恶作剧精灵在文本的各个层面瓦解期望，挑战现实，并同时重申其群体的准则。"② 黑人文化中的恶作剧精灵成为黑人群体表达愤怒、医治精神创伤的媒介，成为代表这一群体的一种隐喻，也是揭示黑人文化内涵的重要策略。作品中恶作剧精灵的出现模糊了作品的时间和空间范围，拓展了文本主题。文学中的时间分析涉及对时间的感受和看法以及叙事的发展。时间和空间是他们存在的维度，也是他们体验种族和性别歧视的重要轴线。

二 飞人传说

当代美国黑人女性作家的作品大多为现实与神话的结合体，蕴含深刻的社会分析和哲学思考，通过神话原型反映了美国社会现实和黑人的生存状况。在美国黑人女性作家的创作中，将黑人民间传说和文学创作相结合是她们最为常见的写作策略。黑人民间有关飞翔的传说是影响最为深远的故事之一，在黑人女性作家的作品中经常出现。

飞人传说是非洲传统中的独特文化，可以追溯到奴隶制时期。黑

---

① Deborah G. Plant, *Every Tub Must Sit on Its Own Bottom*：*The Philosophy and Politics of Zora Neale Hurston*, Chicago：University of Illinois Press, 1995, p. 141.

② 程锡麟：《赫斯顿研究》，上海外语教育出版社 2005 年版，第 123 页。

人奴隶不堪忍受白人的残酷压迫和剥削，又无法逃离现实，因此，他们幻想自己拥有飞翔的能力，可以平地起飞，逃离苦难，回到自由非洲。飞人传说所表达的渴望自由和平等的主题在黑人奴隶中广为流传，有关黑人会飞的故事在很多历史资料中都有记载，仅在 1940 年出版的名为《鼓与影》的民间故事集中就有二十七种之多。左拉·尼尔·赫斯顿在其人类学著作《告诉我的马》中也写道："过去非洲人都会飞，因为他们从不吃盐。很多人被掠到美洲做奴隶，但是他们不愿意，飞回了非洲。那些吃盐的人留了下来，沦为奴隶，因为他们的身子太沉了，飞不起来。"① "美国飞人神话是对非洲飞人神话的传承。非洲飞人神话源于某个非洲民族的宗教信仰，住在尼罗河上游的希鲁克族人（Shilluk）的宗教里就有这样的说法，非洲很多民族都相信的确存在有神性的人。"② 相传尼埃昂是希鲁克族人的第一任首领和民族英雄，人们相信他有神性，代表永恒。后来的国王都用他的名字，以示纪念和尊重。他消失后，人们确定他飞走了。非裔美国黑人故事里的飞人都具有特殊能力，他们能飞回故乡并获得永生。

> 很久以前，在非洲有些人懂得魔术，他们在大气上漫步就像爬上一扇大门那么容易，能像山鸟一样在田野上飞翔，黑色的翅膀在蓝天的映衬下熠熠生辉。后来很多人被抓去当了奴隶，会飞的人卸下了自己的翅膀。在奴隶的船上他们不可能带着翅膀，实在是太挤了。难道你不知道？黑人们心里充满了悲哀，海上的颠簸让他们患上疾病。当黑人们呼吸不到非洲甜美的空气，他们就忘记了如何飞行。③

非裔美国黑人女性作家的作品中经常出现飞人传说，如葆拉·马

---

① Zora Neale Hurston, *Tell My Horse*, Harper Collins Ebooks, p. 46.
② 曾梅：《托尼·莫里森作品的文化定位》，山东人民出版社 2010 年版，第 98 页。
③ 同上书，第 99—100 页。

歇尔和托尼·莫里森。葆拉·马歇尔（Paul Marshall）是美国当代杰出的黑人女性作家。她的父母是加勒比海巴巴多斯的移民，祖先是来自非洲的黑奴，她本人在纽约的布鲁克林区长大。复杂的家庭背景和多元的文化滋养使她的文学创作展现出独特的审美视角和神话的文化底蕴。马歇尔的第一部小说《褐色姑娘，褐色房子》（1959年）受到学术界的极大关注。发表于1983年的《寡妇颂歌》则更具代表性，反映出马歇尔趋于成熟的创作手法。贯穿于这一小说的民间传说之一就是"飞人传说"。

非洲人飞翔的方式也是多种多样的，有些飘在贝壳中，有些骑在鸟的身上，有些坐在树叶上，有些像火球一样飞起，还有些在水面上行走……《寡妇颂歌》中的康妮老人总是给艾薇讲述黑人会飞的故事，并带艾薇去"真实地点"察看。每次，康妮都用同样的措辞、同样的语气讲述同样的故事：

> 他们就是给带到这里的……我奶奶说人很多，那会儿她还没你大……那些伊博人一上岸就停住了，朝四周看了很久，什么也没有说。

> 他们那天看到的东西你我都看不到，因为我奶奶说这些土生土长的非洲人有着过人的眼力，能看到他们的前生后世……然后，他们转过身，一个不落……朝着河边走去……人们以为他们走不远，因为他们走在水上，再说，他们身上还有那么多铁链……但是这些都没有挡住伊博人的脚步，我奶奶说他们径直往前走，好像脚下不是水，而是坚实的土地……他们还唱起歌来……①

---

① Paul Marshall, *Praisesong for the Widow*, New York: Penguin Books USA Inc., 1983, pp. 37-39.

　　会飞的非洲人的故事千变万化，但其共同点就是飞越海洋，回到家园。这个故事折射出黑人民族对奴隶制的反抗，对自由的向往和追求。莫里森曾说："会飞翔的黑人，那是我生活中的民间传说的一部分。飞翔是我们的一种天赋，它存在于任何地方——人们谈论飞翔；在圣歌和福音歌曲中歌唱飞翔。或许那不过是一种不切实际的愿望——逃离、死亡等等。但是，或许它不仅是这些含义，那么，飞翔又会意味着什么？我力图在《所罗门之歌》中弄个明白。"① 的确，在莫里森的严肃思考和精心设计下，"飞翔"这一行为已不再是简单的幻想，而是非裔美国人心目中珍贵的集体回忆，是属于他们的族裔文化传统。在《所罗门之歌》中，莫里森借助飞人传说的故事讲述了一位黑人青年的成长。

　　《所罗门之歌》中的奶娃的曾祖父所罗门是个会飞翔的黑人，他不堪奴隶主的虐待，独自飞回了非洲，但丢下了妻子和孩子。失去文化之根的奶娃生活颓废，直到他在姑姑彼拉多的指导下去南方进行精神之旅，认同了美国黑人的价值观，找到了自己与祖先的联系后，完成了精神上的蜕变，梦见自己翱翔在大海上，"他独自飞翔在天空，但有人向他喝彩，注视着他，赞美他。但他看不清那个人究竟是谁"②。除去飞人传说，非裔美国黑人女性作家笔下的"飞翔"意象和"飞鸟"意象也有着特殊的含义。《所罗门之歌》中出现的孔雀、小鸟等，都在特殊的语境中推动了故事情节的发展。奶娃与吉他在寻找黄金的过程中碰到一只白色的孔雀，并且通过其华丽无比的尾巴将其确定为雄性。而其华丽的翅膀过于沉重，白孔雀无法展翅飞翔。故事中出现若干次的白孔雀象征着被白人文化所同化的奶娃，在日后的精神之旅中，奶娃只有完全放弃他曾经珍视的物质文化才可能得到他想要

----

① ［美］勒·克莱尔：《语言不能流汗——托尼·莫里森访谈录》，少况译，《外国文学》1994 年第 1 期，第 101 页。
② 曾梅：《托尼·莫里森作品的文化定位》，山东人民出版社 2010 年版，第 106 页。

的精神财富。因此，在去南方寻根的故事中，为了获得精神自由，奶娃逐渐丢弃了那些代表着白人文化的"身外之物"：西装、皮鞋、皮夹等，逐渐成为一个拥有飞翔能力的黑色飞鸟。另外，在故事的末尾，派拉特为救奶娃死去，奶娃在姑姑弥留之际唱起了萦绕在心底的"所罗门之歌"，但是，"他唤醒的只是一群鸟，扑腾起翅膀飞到空中。奶娃把她的头放到石头上。有两只鸟绕着他们盘旋。其中一只一头扎进新坟，喙上叼起一个亮闪闪的东西，然后飞走了。如今他明白了为什么他那么爱她。无需离开地面，她就能飞了"①。没有肚脐的神秘人物派拉特的灵魂在死后被飞鸟带向天空，获得了精神的自由和飞跃。在姑姑的陪伴和指导下获得精神顿悟的奶娃随之也"——这样跳了出去。他像北极星那样明亮、那样轻快地朝吉他盘旋过去，他们两人谁的灵魂会在自己兄弟的怀抱中被杀死是无所谓的。因为如今他悟出了沙里玛所懂得的道理：如果你把自己交给空气，你就能驾驭它"②。在飞行的过程中，奶娃完成了民族历史和自我身份的重塑，完全融入黑人文化，成为一个真正的和人格完整的黑人。

"飞翔"反映的不仅是个人从压迫下获得解放，还是一个种族通过保存文化遗产而获得的集体生存和成功，"飞翔不仅是个人自由，还是黑人文化价值观回归'家园'的隐喻"③。黑人民间传说不仅作为素材为许多作家大量运用，而且其独特的艺术特点也极大地影响了黑人作家，丰富了他们的表现手法。黑人会飞是美洲离散黑人的口头传说之一。莫里森将"黑人会飞"这一古老传说作为故事的主线和象征的核心。"奶娃这一现代美国黑人飞人形象代表了集体的梦想和种族

---

① ［美］托尼·莫里森：《所罗门之歌》，胡允恒译，译文出版社 2005 年版，第 391—392 页。

② 同上书，第 392 页。

③ Josie Campbell, "To Sing the Song, To Tell the Tale：A Study of Toni Morrison and Simone Schwarz-Bart", *Comparative Literature Studies*, 22 (1985)：401.

身份，它证明了美国黑人传统价值观的回归：飞行的自由与生存密切相关，忽视集体的团结，个体便无法生存。作为英雄的后代，美国黑人有一种特别的民族自豪感，这种民族自豪感构成了他们民族中心主义的基础。"① 奶娃的成长为新一代的黑人青年树立了榜样，莫里森在其作品中号召新的一代要摆脱物质至上的白人文化，转而寻找自己的民族文化并担负起弘扬和保存民族文化的责任，促进民族振兴和发展。

作为非裔美国黑人的文化代言人，莫里森在其作品中努力记录和保存民族文化，坚信黑人民族可以在民族文化中获得自信和尊严，保持自己的文化身份。美国黑人文化中的超自然神秘元素体现了其民族文化的价值观及其经历。飞人神话为美国黑人获得精神自由、重新诠释被埋没的黑人传统文化提供了可能。莫里森在一次谈话中谈到《所罗门之歌》的创作时说："飞翔是黑人生活的一部分，一种肯定存在的、非常神奇的事情，但是他们却要为此付出代价——代价是孩子……这是《所罗门之歌》中反映出的一点：所有男子都离开了身边的人，孩子们记住了这些，为之歌唱，使之成为神话，成为家族历史的一部分。"②

第二节　呼唤应答模式

作为一种黑人音乐形式，呼唤应答模式是指不同人的声音或不同小组之间交替演唱的音乐短句和长句，也可以指不同乐手之间、乐器

---

① 曾梅：《托尼·莫里森作品的文化定位》，山东人民出版社2010年版，第110页。

② Mckay Nelie, "An Interview with Toni Morrison", *Contemporary Literature*, 1983，Vol. 52，p. 417.

之间及歌手与乐器之间的交流。就文本来说，"呼唤应答模式提供了一种新的方法，客观上强调了读者的参与以及作者和读者的有机沟通，由此推动文本意义的升华。召唤—回应强调文本与读者的相互依存关系，所以更能有效地作用于广泛的社会群体"①。这种集体艺术的形式会随着不同场合、不同时间的表演而产生新的、不同的意义。一个故事会因为讲述的方式不同、听众不同而产生不同的意义。源自非洲文化的呼唤应答模式就解构了西方文化中封闭、单一、固定的视角，崇尚开放、灵活、自由地理解理念，为非裔美国黑人女性文学增添了别样风采。

非洲声乐艺术缺少清晰的音域层次变化，而以独特的音色和即席演唱而独具一格，其节奏是自由奔放的。其中最独特的形式就是独唱者和合唱队之间的对唱……在非洲，人们不仅可以即兴舞蹈，而且还能够即兴演唱，演奏者们对观众的此类举动尤其表示欢迎。听众的光临以及他们的各种即兴演出能够极大地活跃演出场面，并有助于自发选择节目，即兴编唱歌词，改进演出细节等；演奏者们还可以通过这种交流激发自己的创作热情和艺术灵感。演奏者与听众之间的关系不仅局限于一般的社会关系、共同的信念和价值观念，而且还有共同的认识和批评标准作基础。这种自由的合作方式在很大程度上加强了一般社会交往的效果，同时也体现了大众化、民间化的黑人音乐的社会优越性。②

在文学领域，很多作家借鉴音乐形式进行创作，非裔美国黑人女性作家在其创作中借鉴黑人口述传统中的呼唤应答模式来设计文本的结构、节奏、时间、视角等，丰富了文本内容，拓展了文本主题。

---

① 嵇敏：《美国黑人女权主义视域下的女性书写》，科学出版社 2011 年版，第 200 页。
② 宁骚：《非洲黑人文化》，浙江人民出版社 1993 年版，第 353—354 页。

一 《他们眼望上苍》中的呼唤应答模式

备受评论界关注的《他们眼望上苍》中就存在呼唤应答模式的使用。就整部作品来说，珍妮所讲述的故事是为了"应答"黑人社区及菲比的"呼唤"。整个文本中呼唤应答模式的使用自始至终吸引着读者的注意力，召唤着读者的阅读体验。在珍妮讲述的过程中，读者不停地对文本中的事件做出回应，根据自己的立场做出选择和价值判断。同时，作为讲述者的珍妮受到听众菲比的反应和鼓励而做出回应。在故事的发展过程中，讲述和倾听都是一种积极的参与行为，因为这种行为需要倾听者进行积极的思考，并做出自己的理解和阐释。讲述者会对自己所讲的信息进行过滤和筛选，而倾听者则对所听到的信息进行判断，做出自己的理解。珍妮从被动的倾听者发展成为主动的讲述者。通过借鉴呼唤应答模式这一策略，赫斯顿不仅弘扬和保存了黑人传统文化，也在白人世界里找到了生存策略。

即使是戏仿圣经的《摩西，山之人》，这一作品的故事情节也是符合呼唤应答模式的。首先，在小说中，摩西受到神的召唤，尽管他一再拒绝，后来还是为了神的使命去埃及解救奴隶制下的希伯来人，告诉他们真神所在，真理所在。故事中，摩西的岳父一直提醒摩西："不要忘记你是一个被召唤的人"①；而摩西自己也从怀疑自己是否是一个被召唤的人到相信"我是一个被上帝召唤的人"②；所有的希伯来人都相信摩西"他是一个被召唤的人"③。在上帝的召唤下，在摩西的应答中，整个故事才可能发生。尽管摩西在努力逃离，但上帝的力量是无所不能的。摩西最终接受了神的使命。

---

① Zora Neale Hurston, *Moses, Man of the Mountain*, Urbana and Chicago: University of Illinois Press, 1984, p. 272.

② Ibid., p. 165.

③ Ibid., p. 312.

其次，在《摩西，山之人》中出现了大量前后呼应的段落和情节。小说情节之间的呼唤应答强调和突出了小说主题。

> 摩西跨越了，他离开了埃及。他跨越了，现在他不再是一个埃及人了。他跨越了。他身上佩带的短剑剑柄镶着钻石，但是他跨越了，因此它不再是高贵出身和权力的象征。他跨越了，他在海岸边一块岩石上坐着休息。他跨越了，因而他不再是法老王朝的成员。他不再拥有官殿，因为他跨越了。他没有娶埃塞俄比亚的公主做他的妻子。他跨越了。他不再有朋友支持他。他跨越了。他不再有敌人来挑战他的力量和权力。他跨越了。除了自然的法则，他不再受任何法律的约束。他跨越了。在埃及原本是他的朋友和祖先的太阳在亚洲却是傲慢而火辣。他跨越了。他感到像立柱洞一般空虚，因为他失去了他过去拥有的一切。他是坐在岩石上的人。他跨越了。①

这段话通过富于节奏感的语言重复，表达了深刻的寓意。赫斯顿研究专家罗伯特·E. 海明威对它做了如下精辟的评论：

> 这是一本探索群体身份的书中关于身份问题的一段话。它表明了左拉·尼尔·赫斯顿如何创造性地运用美国黑人美学传统——这种传统最好地体现在来自民间表现方式的形式。……这段话深刻地指出了在没有蓝图预示未来大厦的最终形状，从头开始建构一种新身份的困难过程。当他成长到同情被压迫者时，摩西的生活将会发生全新的变化。他真正跨越进入了一片新的不同的土地，这片土地将使他听从于自然的法则。他的宗教将从埃及的太阳神教变成希伯来的山神教。当然，赫斯顿使用的是一种宗教隐喻，指从罪人席跨

---

① 程锡麟：《赫斯顿研究》，上海外语教育出版社 2005 年版，第 148 页。

越到虔诚教友席，从异教徒跨越到获得赦免者，从不信上帝的人跨越到上帝的选民。这段话也有一种世俗的语境，指从奴隶到自由的跨越。像一位黑人牧师以基督的名义呼唤他的会众跨越进入一种新的生活。赫斯顿的散文不仅使用了那样的词语，捕捉了民间布道词的重复模式和节奏——让人喘息、在每一次"他跨越了"之后发出黑人牧师有节奏的"啊"声。①

在小说中，随着情节的发展，文本中还出现了与这一段落呼应和重复的内容。当摩西决定回到埃及去解救备受奴役的希伯来人时，"摩西坐在那块岩石上，回头思量"②。当摩西带领希伯来人走出埃及，开始建立自己的国度时，摩西意识到"这是另外一个早晨，另外一次穿越，所以他又开始沉思。这次他安全地带着一个民族从红海穿越，没有带任何武器，只有他的右手"③。在小说快要结尾的时候，已经是老年的摩西开始反思自己的人生，"摩西坐在那块岩石上回顾过去。当他第一次从法老那里逃出来时，他就坐在那块岩石上，当时有东西让他明白了战争的虚无。就是在这块岩石上他发誓放弃武器和权力"④。这样的重复和呼应既吸引读者注意，又反映出摩西在精神上的成长，与故事情节的发展相辅相成，创造出了特殊的阅读效果。赫斯顿借着希伯来人的故事说明：黑人民族是这个世界上的一个象征：一个民族只有意识到了自由的真正含义时才可能获得自由。

赫斯顿在写作过程中"超越了呼唤应答模式的简单使用。呼唤应答模式暗喻式的使用使赫斯顿将审美和文学传统有效地和民俗传统结

---

① Robert E. Hemenway, *Zora Neale Hurston：A Literary Biography*, Urbana and Chicago：University of Illinois Press, 1977, p. 270.

② Zora Neale Hurston, *Moses, Man of the Mountain*, Urbana and Chicago：University of Illinois Press, 1984, p. 104.

③ Ibid. , p. 240.

④ Ibid. .

合起来"①，赫斯顿对民俗传统的贡献是巨大的，她将呼唤应答模式融入叙事策略的做法在文学领域内开了先例。读者的多层次参与、感情上的不同介入、与小说内部意蕴的相通，形成了赫斯顿最为突出的特点，取得了非凡的艺术效果。从此，赫斯顿"建立了一种新的审美价值和一种革命性的文学行为"②，那就是将叙事、故事讲述与呼唤应答模式相结合。

作为一种叙事策略，呼唤应答模式揭示了作者、读者、文本之间潜在的动态关系。通过呼唤应答模式，赫斯顿将珍妮的故事"做成一个口述故事，聊天式的、毫不费劲地把故事讲出来"③。通过主人公珍妮的讲述，赫斯顿成功地将历史记忆还原为个人体验和真实声音，巧妙地将黑人的语言策略和行为策略有机结合在一起。珍妮与菲比之间的亲密朋友关系也成为美国黑人女性文学中的姐妹情谊主题。"黑人妇女之间的关系通过姐妹情谊升华成一种力量、一种人际网络资源、一个文化传统，它是贯穿妇女生活始终和整个妇女历史的具有连续性的一种抗拒性生活方式。"④

在《黑色大西洋》中，保罗·吉尔罗伊探讨了黑人音乐中涉及的"轮唱伦理"。他认为，"除了音乐家集体的即兴互动之外，黑人音乐也接纳了听众的参与。它努力创造集体身份。这个过程根植于以演员和观众、参加者与社区之间关键的伦理关系为着眼点的表意经验"⑤。为了在作品中获得音乐感和观众参与，赫斯顿借鉴黑人音乐的特点，

---

① Eliza Marcella Young, *The African-American Oral Tradition in Selected Writings of Zora Neale Hurston, Toni Morrison and Alice Walker*, Dissertation submitted to Michigan State University, 1999, p. 37.

② Ibid., p. 38.

③ Maggie Sale, "Call and Response as Critical Method: African - American Oral Tradition and Beloved", *African American Review*, Vol. 26, No. 1, Spring 1992, p. 50.

④ 嵇敏:《美国黑人女权主义视域下的女性书写》，科学出版社 2011 年版，第 235 页。

⑤ Paul Gilroy, *The Black Atlantic: Modernity and Double Consciousness*, Cambridge: Harvard University Press, 1993, p. 203.

如反复、副歌、即兴重复段落、虚词和没有实义的拟声词。她还诉诸音响效果的使用，如头韵、共鸣、叹息、呜咽及呼喊。呼唤应答模式是最能清楚识别黑人灵歌和布鲁斯音乐的非洲音乐传统的特征之一，这是一种呼者和听者互相启应的模式。听者的回应强调了呼者的呼唤，而听者的回应可以是歌者要求的或者是自己发自内心的自然而然的唱和。①

生活在 19 世纪末期 20 世纪初期的赫斯顿建立了属于黑人女性自己的文学传统并"呼唤"着后世的美国黑人女性作家。事实证明，后世的美国黑人女性作家一直在"应答"赫斯顿的"呼唤"，赫斯顿因此成为非洲裔美国黑人女性"文学之母"，成为将口头文化传统与书面文学传统相结合的先驱，成为后代所有黑人女性作家努力追寻的精神遗产。呼唤应答模式的借用使赫斯顿的作品在语言上继承了黑人文化传统，在内容上解构了传统视角中的二元对立模式，实现了文本的开放性与多样性。

二 《宠儿》中的呼唤应答模式

托尼·莫里森曾经指出："如果说我的作品忠实于美国黑人文化中的美学传统的话，那么，我必然会让它们有意识地表现其美学形式的各种特征，使之跃然于字里行间。这些美学特征包括：呼唤应答模式、艺术的群体性和功能性、即兴性以及与受众的关系。"② 在莫里森看来，呼唤应答模式集中体现了黑人美学的核心价值，它根植于美国黑人文化传统。作为一种常见的口头艺术形式，呼唤应答模式常见于黑人灵歌、布道词、劳动歌谣、布鲁斯及口头故事中。"从本质上讲，

---

① 李美芹：《用文字谱写乐章：论黑人音乐对莫里森小说的影响》，浙江大学出版社 2010 年版，第 156 页。

② Toni Morrison, "Memory, Creation and Writing", *Thought*, 59 (1984), pp. 388-389.

召唤—回应体现了黑人文化中固有的合作、平等、对话等思想特征。对于生活在特殊历史环境中的黑人而言，召唤—回应则不失为一种生存策略以及文化完整性的双重诉求。"①"召唤模式"也被称为"启应轮唱模式"（antiphony）。"在召唤与应答中，表演者或讲故事者与观众或听众进行双向交流，一同分享生活感受与体验，这种群体创作特征使其成为黑人民族疗治伤痛、谋求生存发展的有意识文化行为。"②《宠儿》这一小说中多次出现召唤场面。

祖母贝比在"林间空地"布道时，她呼唤昔日的奴隶发泄心中的痛苦，感受自我的存在并学会自立、自爱，众人以笑声、哭泣、舞蹈及歌声应答着她的召唤。

> 贝比·萨格斯在一块平展整齐的巨石上坐好，低下头默默祈祷。大家在树林里望着她。当她将手中的拐杖放下，他们知道，她已经准备就绪。然后她喊道："让孩子们过来！"他们就从树林里跑向她。
>
> "让你们的母亲听见你们大笑，"她对他们说道，于是树林鸣响。大人们看着，忍俊不禁。
>
> 然后，"让男人们过来，"她喊道。他们从嘹亮的树林里鱼贯而出。
>
> "让你们的妻子和孩子们看你们跳舞，"她对他们说，于是大地在他们脚下震颤。
>
> 然后她把女人们唤来。"哭，"她向她们吩咐。"为了活着的和死去的，哭吧。"于是女人们还没捂上眼睛就尽情号哭起来。
>
> 刚开始时是这样：大笑的孩子，跳舞的男人，哭泣的女人，

---

① 嵇敏：《美国黑人女权主义视域下的女性书写》，科学出版社 2011 年版，第 199 页。
② 王烺烺：《欧美主流文学传统与黑人文化精华的整合——评莫里森〈宠儿〉的艺术手法》，《当代外国文学》2002 年第 4 期，第 121 页。

然后就混作一团。女人们停止哭泣，跳起舞来；男人们坐下来哭泣；孩子们跳舞，女人们大笑，直到后来，每个人都筋疲力尽，撕心裂肺，沮丧地倒在地上喘气。在随之而来的寂静中，圣·贝比·萨格斯把她那颗伟大的心灵奉献给了大家。①

在小说接近尾声时，社区里的 30 位黑人妇女在 124 号前聚会，想用祷告会的形式赶走宠儿的鬼魂，在她们的祷告中也出现了典型的召唤和应答场景："丹芙看见了低垂的脑袋却听不见那领头的祈祷——只听见了作为背景的热情附和的声音：是的，是的，是的，嗷是的。听我的。听我的。听我的。下手吧。造物主，下手吧。是的。"② 祈祷者在相互召唤和应答，同时也在召唤塞斯那因为过去记忆的折磨而变得麻木的灵魂。"对塞斯来说，仿佛是'林间空地'来到了她的身边，带着它全部的热情和渐渐滚沸的树叶；女人的歌声则在寻觅着恰切的和声，那个基调，那个密码，那种打破语意的声音……她震撼了塞斯，她像受洗者接受洗礼那样颤抖起来。"③ 这里的召唤和应答模式使得黑人群体一起分担痛苦、正视过去、医治心灵的创伤。

除去典型的召唤应答场面，小说中的重要情节——宠儿的出现和消失也是以召唤和应答模式进行的。宠儿出现在 124 号是对塞斯十八年来内疚心理的应答；塞斯对宠儿的溺爱则是向宠儿证明自己强烈母爱的应答。但是这种召唤和应答模式因为宠儿的贪婪和塞斯的忘我失去了平衡，使 124 号里的每一个人都面临饥饿和危机，最终丹芙勇敢地走出了 124 号，向黑人社区求救，得到了对方的应答，并在召唤和应答模式中唤回了塞斯绝望的灵魂，赶走了开始作孽的鬼魂，取得了整个社区的团结。莫里森通过这种模式向黑人同胞指出了一条争取民

① ［美］托尼·莫里森：《宠儿》，潘岳、雷格译，中国文学出版社 1999 年版，第 104 页。
② 同上书，第 308 页。
③ 同上书，第 312 页。

族自由和独立的道路：只有全体黑人团结起来，才会改变黑人的命运，才能有最后的胜利。

作为黑人美学思想的载体，呼唤应答模式从本质上讲是对话性质的。它通过文本中不同的人物、不同的情节相互交融、相互认可、相互作用来激发读者和讲述者共同参与。呼唤应答模式的重要性"不仅在于讲了些什么？更在于谁来，如何讲？假设同一故事反反复复被人讲述，而所讲述的内容或多或少地有所改变，那么，对讲述者而言，他面临的问题是如何对故事进行再创作才能满足个人或者群体的需要，这个过程就是意义的即兴生成过程"①。黑人音乐中呼唤应答模式的重要性就在于对集体声音的持续性肯定，歌词及旋律内部的字词之间彼此呼应，尽管领唱者在一组人群中居于领导地位，但他的任务是实现集体经验的分享。

莫里森主张，写作是一种"看似独立却需要他人协助完成的技艺"②。这个渗透于莫里森写作中的读者反应因素与她作品的设计有密切的联系。莫里森在创作中强调他者的参与，即读者和观众的加入。莫里森多次讲道：写作"不只是讲故事，还要让读者参与进来。让读者来补充情感，甚至提供颜色、声音。为了使读者可以参与进来，我的语言经常会有缺失和空白"③。文本中的空白和开放式结尾就极大地激发了读者的想象，"呼唤"读者的参与，为小说增添了更多解释的空间。这样的创作模式符合后现代主义的审美情趣和独特的族裔文化语境，成功实现了作者与读者的互动。

20世纪的美国黑人小说在寻找叙事形式的同时也在寻找自己的声音。此处的"声音"是指那些作家想要将口头话语创造性地记录在纸

---

① 嵇敏：《美国黑人女权主义视域下的女性书写》，科学出版社2011年版，第200页。

② Toni Morrison, *The Dancing Mind*, New York：Alfred A. Knopf, 1997, p. 14.

③ Claudia Tate, *Black Women Writers at Work*, New York：Continuum Publishing Co., 1985，p. 125.

张上。非洲文化中的故事讲述有两个重要的特点：故事讲述者的主导地位和经常性的评述；不时加入的听者的评述和经常出现的呼唤应答模式。非洲文化中的故事讲述者并不是在简单地传递某种信息而是要激励听故事的人来参与阐释这些信息。在这种催化性的过程中，非洲文化中口头故事的讲述在开放性的结构中融合了社会和自然的现实。非洲文化中的故事讲述基本没有封闭式的结尾，"整个的故事讲述就是讲述者和听众之间不间断的对话，是一种呼唤应答模式"[①]。因此，呼唤应答模式是"一种讲述者和听众之间自发的言语或非言语的互动"[②]，是非洲文化和非洲裔美国黑人文化中非常特殊的口头传统形式，主要体现在演讲、故事、布道和歌曲中，存在于日常生活之中。在文学作品中，作者和读者的关系是比较远的，因此，美国黑人作家使用"声音"的暗喻体现变化的过程。美国黑人作家在小说中非常注意使用口头文化的特点，他们的小说充满了口头文学中的即兴和自白。在他们的创作思想中，呼唤应答模式成为一种有活力的文学策略，他们努力使读者参与到自己的创造和故事的讲述中。作为一种黑人音乐的主要叙事方式，呼唤应答模式开放性地创造了一种作者和读者之间的关系，就如表演者和观众之间的关系。黑人作家从黑人音乐中"借鉴了呼唤应答模式，并将其用在小说创作中"[③]。文学作品中，讲述者和听众之间言语上的互动是呼唤应答模式最为突出的特点。"在传统的黑人教堂，牧师通过听众的反应来判断布道是否成功。同样，在世俗场景中，讲述者与听众之间的互动也是非常普遍的。参与言语行为使参与者成为言语过程不可分割的一部分。"[④]

---

① John F. Callahan, *In the African-American Grain: the Pursuit of Voice in Twentieth-Century Black Fiction*, Chicago: University of Illinois Press, 1988, p. 15.

② Ibid., p. 15.

③ Ibid., p. 14.

④ Geneva Smitherman, *Talkin and Testifyin: The Language of Black America*, Detroit: Wayne State UP, 1977, p. 104.

第三节　故事套故事的叙事结构

传统的小说一般都是线性叙事结构，即讲述者根据故事发生的时间顺序讲述情节。《他们眼望上苍》中，赫斯顿没有让全知叙述者从第三人称角度，根据时间顺序来讲述珍妮的故事，而是让珍妮向自己的好友菲比讲述自己的故事。珍妮在讲述自己故事的同时插入很多身边人的故事，打断了线性叙事时间流。在这一故事中，白人读者很难觉察的是"来自佛罗里达，伊顿维尔的黑人女性赫斯顿最为熟悉并且用文字来描述的特殊黑人民间传统⋯⋯这一特点主要是通过赫斯顿文本中插入的对话、故事和事件来表现的"[1]。《他们眼望上苍》的故事是用倒叙的形式开始的。经历过人生各种变故的珍妮从远处归来，在故乡人们的猜测和议论中径直回到自己的家。珍妮曾经的好友菲比去珍妮家看望她，并与珍妮在门廊上促膝交谈。所有的故事在珍妮的讲述中徐徐展开，自然流畅，在有限的时间和空间结构中展现了整个黑人民族的苦难史及探索史。小说的叙事结构与黑人民间故事的叙述结构颇为相似：故事的主人公因为某个原因涉足远行，在经历种种磨难和危险后胜利归来，并为听众讲述旅程中的故事。基于口头叙述的特点，故事的讲述过程中经常会即兴插入几个或多个与主线相关的小的故事，形成较为复杂的镶嵌式故事结构，即"故事套故事的叙事结构"。《他们眼望上苍》中，珍妮在追求爱情的过程中，通过三次婚姻，实现了自我身份的认证，获得了精神的成长，整个叙事结构为

---

[1]　Maria Eugenia Cotera, *Native Speaker*: *Ella Deloria*, *Zora Neale Hurston*, *Jovita Gonzalez*, *and the Poetics of Culture*, Austin: The University of Texas Press, 2008, p. 93.

"故事套故事的结构"①。

《他们眼望上苍》是以珍妮的三次婚姻为主线的，其中自然地镶嵌式插入了黑人社区其他女性的故事，从纵向和横向两个层面拓展了小说内涵，深化了小说主题。

第一次婚姻嵌入外祖母南妮的故事②、母亲利菲的故事③。

第二次婚姻嵌入波特家骡子的故事④、门廊求爱的插曲⑤、波格尔太太的故事⑥、托尼·罗宾斯太太讨肉的故事⑦。

第三次婚姻嵌入被情人抛弃的泰勒夫人的故事⑧、特纳夫人的故事⑨。

当外祖母为珍妮安排第一次婚姻，而珍妮坚决反对时，南妮向珍妮讲述了自己和珍妮母亲的故事。奴隶制下的南妮被自己的主人强奸，生下了混血的女儿，又遭到女主人的打骂和威胁，当女主人问她："黑鬼，你那孩子怎么会有灰眼睛和黄头发?"……南妮对她说："我什么也不知道，只知道干让我干的事，因为我只不过是个黑鬼和奴隶。"⑩ 南妮自己的故事使得这一文本追溯到了奴隶制下黑人妇女所承受的性剥削，也从侧面反映出白人妇女所遭受的不公平待遇。被背叛的白人妇女无法从丈夫那里讨回说法，只能把所有的怒气撒在黑人女性奴隶身上。奴隶制下的黑人女性不得不面对来自各个方面的剥

---

① Dolan Hubbard，*The Sermon and the African American Literary Imagination*，Columbia：University of Missouri Press，1994，p. 49.

② ［美］左拉·尼尔·赫斯顿：《他们眼望上苍》，王家湘译，北京十月文艺出版社1998年版，第18—21页。

③ 同上书，第21—22页。

④ 同上书，第54—65页。

⑤ 同上书，第71—74页。

⑥ 同上书，第74页。

⑦ 同上书，第77—81页。

⑧ 同上书，第127—128页。

⑨ 同上书，第149—154页。

⑩ 同上书，第20页。

削、压迫和奴役。

珍妮的妈妈利菲的故事也呈现了奴隶制被取缔后所谓自由黑人妇女的命运，在性方面受到的压迫和剥削。

> 女主人帮我培养她，就像对你一样。到了有学校可上的时候我送她进了学校，指望她能成为一个老师。
>
> 可是有一天她没有按时回家，我等了又等，可她一夜未归。我提了盏灯四处问人，可谁也没有看见她。第二天早上她爬了回来。看看她的样子！那老师把她在树林里藏了一夜，强奸了我的宝宝，天亮前跑了。
>
> 她才十七岁，可出了这样的事情！天哪！好像一切又重新出现在我的面前了。好久好久她才好起来，到那时我们知道有了你了。生下你后她喝上了烈性酒，常常在外面过夜，没有办法能让她留在这儿或别的什么地方，天知道现在她在哪里。她没有死，因为要是死了我会感觉到的，不过有的时候我真希望她已得到安息。[①]

通过珍妮祖孙三代的故事，《他们眼望上苍》一书讲述了自奴隶制至 20 世纪初期黑人妇女的不幸命运，拓展了小说的空间维度，丰富了小说意义，深化了小说主题。整部小说将珍妮的家族史展现在读者面前，使珍妮成为广大黑人妇女的代表，而"讲述成为反抗屈从于殖民和父权下的沉默的重要方式"[②]。

对黑人叙述模式的表现是从珍妮给菲比讲述自己的故事开始

---

① 〔美〕左拉·尼尔·赫斯顿：《他们眼望上苍》，王家湘译，北京十月文艺出版社 1998 年版，第 21—22 页。

② Maria T. Smith, *African Religious Influences on Three Black Women Novelists*: *The Aesthetics of "Vodun"*, New York: The Edwin Mellen Press, 2007, p. 12.

的，小说的大部分情节就在这个被嵌入的故事中展开。贯穿这一叙述的始终，声音这个词出现的频率很高。就珍妮对自由的追寻而言，是什么人在说的确是至关重要的，但同时在文本中的所有场合，是什么人在看以及又是什么人在说也有根本的重要性。我们还记得菲比"迫切地聆听渴望促使珍妮讲述了她的故事"。然而珍妮的叙述刚开了一个头，姥姥就控制了文本，讲述了珍妮家族从奴隶制直到现在的故事，珍妮痛苦地听着。这个准奴隶叙事是个故事中的故事，它对情节发展发挥了作用，是小说中推动情节发展的为数不多的直接引语的例子之一。后来的言说叙述者控制叙述的目的主要是为了表现传统的口语叙述形式。①

外祖母南妮用一种线性的方式讲述了她的奴隶叙事，按照时间顺序一件接一件。相反，珍妮用环形的，或者说嵌入式叙述讲述了自己的故事。这个叙述把她的声音与一个全知叙述者的声音用自由间接话语融合起来。

第二次婚姻中的珍妮获得了外祖母期望她获得的社会地位和经济保障，此处又插入了波特家的骡子的故事。小说第六章的大部分内容为这头骡子的故事。波特从不给骡子吃饱却用鞭子威胁骡子干所有重活。整个社区的人都以那头瘦骨嶙峋的骡子为话题打趣并不时捉弄那头骡子。珍妮很是同情那头骡子，却无能为力了。财大气粗的乔迪为了讨好珍妮，也为了显示自己的地位，用五美元买下了骡子，为骡子准备了充足的饲料并让骡子在整个社区自由活动。但是，很快，所谓获得自由的骡子就因为吃得太饱撑死了。乔迪和整个社区又为死去的骡子举行了隆重的葬礼，整个社区的人都去送葬了。此处尽情渲染的骡子事件既为赫斯顿记录黑人民间对话提供了机会，也暗示着珍妮当时

---

① ［美］小亨利·路易斯·盖茨：《意指的猴子：一个非裔美国文学批评理论》，王元陆译，北京大学出版社 2011 年版，第 219—220 页。

的处境——虽然第二次婚姻中的珍妮衣食无忧，但她在精神方面是贫乏饥渴的。

发生在珍妮第二次婚姻中的门廊求爱事件似乎与珍妮的故事没有太紧密的联系，但门廊求爱游戏的记录却多达五页。赫斯顿在此处详细记录黑人社区的语言游戏，突出黑人对语言突出的操控能力，为小说渲染浓烈的民俗气氛，反映黑人生活的幽默和丰富多彩。《他们眼望上苍》中选择的讲述方式是："由珍妮向她最好的朋友讲述有关生命和爱的故事。这一讲述方式与 20 世纪 30 年代的人类学叙述方式彼此呼应并且互为作用。"①

波格尔太太的故事则从侧面表达了赫斯顿对黑人妇女的尊重及黑人妇女在整个社区中重要性的肯定。

> 她的第一个丈夫原来是个马车夫，为了能得到她，学了审判。最后他成了传教士，和她一直生活到去世。她的第二个丈夫在弗恩斯橘园工作，但当他得到她的青睐后就试图去做个传教士。他只当到讲习班的头头，但总算是对她的奉献，证明了他的爱情和自尊。②

托尼·罗宾斯太太讨肉的故事则反映出黑人内部的问题。托尼·罗宾斯太太四处说丈夫的坏话，想要博得别人的同情，换取更多的食物。事实上，托尼·罗宾斯并没有像其太太所描述的那样坏。他努力工作，并把挣来的钱全部交给妻子。而罗宾斯太太却有四处乞讨和赊账的癖好，当然，她本人也没有因为这一习惯而致富。在其作品中，

---

① Maria Eugenia Cotera, *Native Speakers*: *Ella Delorai*, *Zora Neale Hurston*, *Jovita Gonzalez and the Poetics of Culture*, Austin: The University of Texas Press, 2008, p. 175.

② ［美］左拉·尼尔·赫斯顿:《他们眼望上苍》，王家湘译，北京十月文艺出版社 1998 年版，第 74 页。

赫斯顿并没有美化所有的黑人，丑化所有的白人，而是将所有人当作真正的"人"来描述，客观真实地反映了美国南部农村黑人的生活，为读者提供了全面的图景。

在珍妮与茶点的故事中穿插着被情人抛弃的泰勒夫人的故事。

> 泰勒太太五十二岁时死了丈夫，留下很好的家和保险金……她的风流韵事，和十几岁或二十出头的男孩子的暧昧私情，她花钱给他们买套装、鞋子、手表之类的东西，他们想要的东西一到手就扔下她。等她的现款花光了以后小伙子"谁丢的"来了。他斥责她的现任是个流氓，自己在她家住了下来。是他动员她卖了房子和他一起到坦帕去……"谁丢的"把她带到一条破败的街上的一所破败的房子里的一间破败的房间里，答应第二天和她结婚。他们在那间房间里待了两天，然后她醒来发现"谁丢的"和钱都没有了。①

泰勒太太的故事既反映出黑人社区的一些问题，又为小说情节的发展设置了悬念。茶点也比珍妮小十多岁，也要求珍妮跟他一起离开伊顿维尔。珍妮的命运是否会和泰勒太太的一样？茶点是否真心？这样的问题促使读者继续阅读，期待故事的结果。

在珍妮与茶点的幸福相处中又穿插着特纳夫人的故事。在远离白人社会的大沼泽地，几乎没有种族之间的歧视和压迫，但还存在黑人内部的"肤色歧视"。特纳夫人是混血儿，她认为自己血统高贵，排斥和歧视比自己肤色黑的人。特纳太太因为混血的珍妮嫁给了黑皮肤的茶点而愤怒不已，认为珍妮亵渎了自己的肤色。特纳太太对珍妮说："你和我不同，我无法忍受黑皮肤的黑鬼，白人恨他们，我一点

① ［美］左拉·尼尔·赫斯顿：《他们眼望上苍》，王家湘译，北京十月文艺出版社1998年版，第127—128页。

也不责怪白人，因为我自己也受不了他们。还有，我不愿看到你我这样的人和他们混在一起，咱们应该属于不同的阶层。"① 特纳夫人还因自己的肤色较白而将自己看作特殊的阶层："即使他们不把我们和白人归在一起，至少也应该把我们单独看成是一个阶层。"② 无法正视种族身份的特纳夫人最后离开大沼泽地。

通过特纳夫人的故事，赫斯顿揭示了存在于黑人内部的问题，也暗示了哈莱姆文艺复兴时期在黑人知识分子中颇有争议的话题之一。这一话题关系到黑人艺术的源头和本质。在其 1926年的文章《黑人艺术家和种族大山》中，兰斯顿·休斯指出，有很多黑人艺术家惧怕面对真实的自己，总是想"从精神上逃离自己的种族"，想要在种族内部尽量靠近白人。③

黑人中产阶级的观念异化导致黑人取得最后解放的斗争更加艰难。在描写特纳夫人的"肤色歧视"时，赫斯顿用宗教来做比喻。

她一旦树立起了自己的偶像并为他们建造了圣坛，那么必然会在那里朝拜。正如一切虔诚的朝拜者一样，她也必然会接受她的神施与她的任何反复无常及无情的对待。一切接受顶礼膜拜的神都是无情的，一切的神都毫无道理地布下痛苦，否则就不会有人朝拜他们了。人们由于没来由的痛苦懂得了恐惧，而恐惧是最神圣的感情，它是建筑圣坛之石、智慧之始。人们以美酒和鲜花来供奉半是神明的人，真正的神要的是鲜血。

---

① ［美］左拉·尼尔·赫斯顿：《他们眼望上苍》，王家湘译，北京十月文艺出版社1998年版，第151页。

② 同上书，第152页。

③ Gloria Graves Holmes, *Zora Neale Hurston's Divided Vision: The Influence of Afro-Christianity and the Blues*, Dissertation, Stony Brook: State University of New York, 1994, p.179.

和其他虔诚的信徒一样，特纳太太为不可及之物，及一切人均具有白种人之特征，筑起了一座圣坛。她的上帝将惩罚她，将把她从极顶猛推而下，使她消失在荒漠中。但她不会抛下她的圣坛，在她那赤裸裸的语言背后是一种信念，即不管怎样她和别的人通过膜拜将能达到自己的乐园——一个直头发、薄嘴唇、高鼻骨的白色六翼天使的天堂。肉体上不可能实现这一愿望丝毫也无损于她的信仰。这正是神秘之处，而神秘事物是神的作为。除了她的信仰外她还有捍卫她的上帝的圣坛的狂热。从她内心的神殿中出来却看到这些黑皮肤的亵渎者在门前嚎叫狂笑，这太令人痛苦了。①

此处赫斯顿对肤色的强调可以反映出以下几个方面的问题："欧洲—基督教和非洲—基督教之间的张力；美国社会中体系化的种族主义；黑人社区中被异化的肤色意识。对于肤色的强调同时反映出西方意识形态中的隔离、控制、统治和恭顺，这与非洲文化中强调统一和和谐完全不同。"② 在赫斯顿的自传中，"宗教"一章里也有类似的观点。"对于我来说，天堂被放置在天空是因为人们无法企及。凡是不可企及的东西就是神圣的——因此出现了宗教。人类需要宗教因为人们惧怕生活和其中的一些事情。宗教的责任是巨大的。人们在巨大的力量面前显得软弱，因此他们需要找一个万能的力量来做同盟，驱除他们的软弱感，即使这一万能的力量是他们思想的创造物。宗教给他们一种安全感。"③ 通过此处的描述，赫斯顿否定了白人世界中宗教的

① ［美］左拉·尼尔·赫斯顿：《他们眼望上苍》，王家湘译，北京十月文艺出版社1998年版，第156页。

② Gloria Graves Holmes, *Zora Neale Hurston's Divided Vision: The Influence of Afro-Christianity and the Blues*, Dissertation, Stony Brook: State University of New York, 1994, p. 182.

③ Zora Neale Hurston, *Dust Tracks on a Road*, Urbana and Chicago: University of Illinois Press, 1984, p. 52.

神圣性，批判了基于"肤色"特点的种族歧视的不合理性。

赫斯顿笔下的黑人形象性格迥异、活泼幽默、真实可信。珍妮的口述故事提供了较为完整的美国南部画面。

> 为了讲述这个故事，赫斯顿使用了框架嵌入技巧：在情节方面，它打断了现实主义小说中线性叙述既定的叙述流；在主题方面，它使珍妮得以简单回顾、控制以及讲述自己的成长故事，而这个成长故事是个关键符号，意味着获得了深刻的自我理解。事实上，珍妮刚开始是个无名无姓的孩子，人们只知道她叫"字母表"，她甚至连照片上一个"有色的"自己都认不出来；到后来，她发展成了自己的自我意识故事中隐含的叙述者。这仅仅是赫斯顿获得主题统一性的一个技巧而已。①

赫斯顿所使用的，源自黑人民间口述传统的"故事套故事的叙事结构"使整个文本"在结构的营造和内容的安排上表现出一种广博的兼收并蓄和大胆的综合"②。《他们眼望上苍》创新性地重构了一种叙事形式。这种形式表现了 20 世纪初期黑人妇女复杂的存在方式，赫斯顿给予黑人妇女讲述的权利，并通过"这种相互的、交换的、妇女之间的友谊反映出黑人妇女的故事讲述传统——坐在门廊上对最亲密的朋友讲述故事"③。赫斯顿开辟了故事讲述的新的形式，更确切地说，"是创造了黑人妇女讲述故事的新的形式"④。

> 故事套故事这种特别的叙述形式是否成功地将珍妮塑造成了

---

①　［美］小亨利·路易斯·盖茨：《意指的猴子：一个非裔美国文学批评理论》，王元陆译，北京大学出版社 2011 年版，第 204 页。

②　宁骚：《非洲黑人文化》，浙江人民出版社 1993 年版，第 330 页。

③　Maria Eugenia Cotera, *Native Speakers：Ella Delorai, Zora Neale Hurston, Jovita Gonzalez and the Poetics of Culture*, Austin：The University of Texas Press, 2008, p. 180.

④　Ibid..

一个最终了解了自己的能动形象，这一直是个有争议的话题。我不打算纠缠于这种毫无结果的争论，我认为这种巧妙的叙述策略使《上苍》得以表现它经常模仿的口语叙述形式，而其他叙述形式则做不到这一点……的确，在珍妮的被嵌入的故事中所效仿的每一个口语修辞结构都提醒读者，他或她在偷听珍妮给菲比的叙述……这些游戏叙述，就其实质而言，每一个都是被嵌入的故事中所包含的故事，大部分是作为对修辞游戏的意指而不是作为推进文本情节发展的事件而存在。这些嵌入的叙述由大段的直接话语交锋所构成，它们实际上经常是情节发展的障碍。但同时也使多个叙述声音得以有机会控制文本，尽管也许不过是几页书上的几个段落而已。①

外祖母南妮用一种线性的方式讲述了她在奴隶制下的悲惨遭遇。相反，珍妮用环形的，或者说嵌入式叙述讲述了自己的故事。这个叙述把她的声音与一个全知叙述者的声音用自由间接话语融合起来。《他们眼望上苍》中的叙事结构反映了传统的非洲时间观。"非洲的时间概念和死亡的意义与西方的基督教中的观念是完全不同的"②，非洲的时间观是环形的，而西方基督教的时间观是线性的。在基督教时间观中，时间可以被分为过去、现在和将来；在非洲人的时间观念中："一个长长的过去（zamani），一个作为过去的延续的现在（sasa）。时间是从 sasa 向 zamani 方向运动，而不是投向未来。人死后仍有自己的生活世界，并与生前的部落保持一定的联系，且直接影响着部落成

---

① ［美］小亨利·路易斯·盖茨：《意指的猴子：一个非裔美国文学批评理论》，王元陆译，北京大学出版社 2011 年版，第 215 页。

② Gloria Graves Holmes, *Zora Neale Hurston's Divided Vision*: *The Influence of Afro-Christianity and the Blues*, Dissertation, Stony Brook: State University of New York, 1994, p. 164.

员的生产和生活。"① 在非洲人的时间观中，只有过去和现在。对于非洲人来说，"时间是向后的。人们并不为未来的事件所决定，而是取决于已经发生的事。未来是没有意义的，因为它和现在没有关系，也不存在于现实中。对于过去的重视是必需的，因为过去和永生相联系"②。在"故事套故事"的叙事结构中，过去与现在并置，黑人通过了解自己的过去并与过去和解而获得自我身份和精神上的成长。

另外，读者还应该注意到《他们眼望上苍》的"故事套故事"的结构中隐含的深层环形结构。珍妮在"一天的结束时"回到伊顿维尔，珍妮在"与茶点故事的结束后"回到故乡。但是，珍妮人生故事的暂时"落幕"却是其回顾和讲述故事的开始。在珍妮的讲述中，珍妮"拒绝线性的时间，认可循环的'妇女的时间'"③。当菲比带着晚饭去看望刚刚回到故乡的珍妮时，珍妮正坐在房屋后面的台阶上："我正在泡脚，想解解乏，洗洗土。"④ 故事结束时，颇受启发的菲比着急地想要回家，想与丈夫和其他人分享内心的体验。与菲比告别后，"珍妮把结实的双脚在那盆水里搅了搅。疲劳已经消失，于是她拿毛巾把脚擦干"⑤。这种前后呼应的环形故事结构使珍妮的人生故事开始于珍妮的旅程结束之时，而这次旅行不能简单地看作"时间上或空间上的，而应该是灵魂上的和精神上的。此处的环形象征着持续和

① Vincent B. Khapoya，*The African Experience：an Introduction*，New Jersey：Princeton Hall，1944，p. 57.

② Gloria Graves Holmes，*Zora Neale Hurston's Divided Vision：The Influence of Afro-Christianity and the Blues*，Dissertation，Stony Brook：State University of New York，1994，p. 164.

③ Caroline Rody，*The Daughter's Return：African-American and Caribbean Women's Fictions of History*，New York：Oxford University Press，2001，p. 8.

④ ［美］左拉·尼尔·赫斯顿：《他们眼望上苍》，王家湘译，北京十月文艺出版社1998年版，第 5 页。

⑤ 同上书，第 207 页。

完满"①。环形是"非洲文化中生命过程的隐喻"②，这种环形的故事结构也赋予珍妮和茶点的故事新的含义。珍妮与茶点故事的结束在某种程度上象征着珍妮"新的精神生命"的开始。"通过珍妮的故事，赫斯顿重新阐释了生命与死亡的意义。在很大程度上，赫斯顿摈弃了传统的基督教观念。在其文本中替换和融入了她在人类学研究中颇为熟悉的传统非洲信仰。赫斯顿所使用的这种特殊结构不仅仅是一种艺术策略，而是一种不同于主流基督教，又不同于原始非洲的，而是真正属于非洲裔美国黑人的传统。"③ 珍妮的故事也因此成为真正属于非洲裔美国黑人妇女的故事，成为个人寻求自我实现和自我肯定的代表。

第四节 言说者文本

针对文本的声音，英国语言学家塔尔伯特指出："一个具体的文本有多种声音，这可能是因为它包含不同的人物或者表达了各种不同的态度和观点。"④ 正如著名的文学理论家苏珊·兰瑟所言："对于当代女性主义者，没有任何哪个词比'声音'这个术语更令人觉得如雷贯耳了。这个词出现在历史、哲学、社会学、文学和心理学中，贯通

---

① Gloria Graves Holmes, *Zora Neale Hurston's Divided Vision: The Influence of Afro-Christianity and the Blues*, Dissertation, Stony Brook: State University of New York, 1994, p. 169.

② Sterling Stuckey, *Slave Culture, Nationalist Theory and the Foundations of Black America*, New York: Oxford University Press, 1987, p. 16.

③ Gloria Graves Holmes, *Zora Neale Hurston's Divided Vision: The Influence of Afro-Christianity and the Blues*, Dissertation, Stony Brook: State University of New York, 1994, p. 169.

④ ［英］玛丽·塔尔伯特：《语言与社会性别导论》，艾晓明、唐红梅、柯倩婷译，华中师范大学出版社 2004 年版，第 193 页。

不同学科和理论的不同观念……尽管有人对'声音'这一说法提出尖锐的质疑，认为这不过是人文主义的虚妄之说，这个术语已经成为身份和权利的代称。"①

"言说者文本"是盖茨发明的术语，指的是这样一种文本：其修辞策略旨在表现一个口语文学传统，旨在模仿言语中的语音、语法以及词汇模式，从而造成一种口语叙述的幻觉。在《表意的猴子》中，盖茨结合黑人文学文本的语言特点，提出了"言说者文本"的概念。

> "言说者文本"，我指的是这样一种文本：其修辞策略旨在表现一个口语文学传统，旨在"模仿真正的言语中的语音、语法以及语汇模式，并造成'口语叙述的幻觉'"。在言说者文本中，这是因为叙述策略把注意力引向了其自身的重要性，这种重要性好像给口语言语及其内在的语言特征赋予了特权。②

在其代表作《意指的猴子》中，盖茨从美洲殖民初期的三位非裔美国作家对"会说话的书"这个非裔美国人口头流传的初始转义的不同运用入手，解剖了西方主流文化对非裔美国文学产生的影响，并采用符号学的原理，结合非裔美国文化的非洲因素，在对非裔美国文学的历时性研究中提出了非裔美国文学有别于美国主流文学系统之外的固有特点，奠定了现代非裔美国文学批评的基础。回顾美国非洲裔黑人文学史，盖茨指出：赫斯顿在《他们眼望上苍》中一直使用"一种非常个人化却又有着浓厚文化特色的语言"③。珍妮的故事"总是在叙述者的声音和充满了俚语的黑人声音之间游移，这就形成了最为特殊

---

① 〔美〕苏珊·S. 兰瑟：《虚构的权威：女性作家和叙述声音》，黄必康译，北京大学出版社 2002 年版，第 3 页。

② 〔美〕小亨利·路易斯·盖茨：《意指的猴子：一个非裔美国文学批评理论》，王元陆译，北京大学出版社 2011 年版，第 200 页。

③ Henry Louis Gates, Jr., "Zora Neale Hurston: A Negro Way of Saying", In *Seraph on the Suwanee*, Zora Neale Hurston, New York: Scribner's Sons, 1948, p. 361.

的自由直接引语"①。赫斯顿将两种不同的声音完美地结合在一起，将"标准文学英语和黑人方言土语天衣无缝地融合在一起"②。赫斯顿最大的成就在于"她用语言表达了珍妮作为男权社会中的女性和白人世界中的黑人的双重意识，用女性的方式，在非洲裔美国文学传统中，巧妙地替换了 W.E.B 杜波伊斯的双重意识的暗喻"③。亨利·路易·盖茨进一步指出：非裔美国黑人女性作家"通过写作表现了黑人讲话的声音"④。

《他们眼望上苍》中，赫斯顿将自己作为一名黑人妇女的历史、社会、文化的语境反映在文本中。通过记录两位黑人妇女在自家后门廊上的对话，赫斯顿解释了较为隐秘的黑人妇女的精神生活。"这种解释既是历时的也是共时的。在珍妮讲故事的开始，她所揭示的不是她的童年，也不是她与茶点或其他什么男人的关系，而是她从祖母那里所继承的黑人民族的遗产。这种遗产是故事讲述的传统。这种遗产浓缩了黑人民族的特殊历史，奴隶制和强奸、暴力与混血儿，最终凸显的是黑人妇女所钟爱的讲述故事的传统。"⑤

《他们眼望上苍》中的叙事方式是由两个极端组成的：叙述性评价（第三人称全知视角和第三人称有限视角）和人物话语

---

① Henry Louis Gates, Jr., "Zora Neale Hurston: A Negro Way of Saying", In *Seraph on the Suwanee*, Zora Neale Hurston, New York: Scribner's Sons, 1948, p. 360.

② Maria Eugenia Cotera, *Native Speakers: Ella Delorai, Zora Neale Hurston, Jovita Gonzalez and the Poetics of Culture*, Austin: The University of Texas Press, 2008, p. 182.

③ Henry Louis Gates, Jr., "Zora Neale Hurston: A Negro Way of Saying", In *Seraph on the Suwanee*, Zora Neale Hurston, New York: Scribner's Sons, 1948, p. 358.

④ Delia Caparoso Konzett, *Ethnic Modernisms: Anzia Yezierska, Zora Neale Hurston, Jean Rhys and the Aesthetics of Dislocation*, New York: Palgrave Macmillan, 2002, p. 75.

⑤ Maria Eugenia Cotera, *Native Speakers: Ella Delorai, Zora Neale Hurston, Jovita Gonzalez and the Poetics of Culture*, Austin: The University of Texas Press, 2008, p. 182.

（那些直接引语被赫斯顿称为对话）。赫斯顿的创新之处就在于她在这两个极端之间寻找到了折中的办法，就是那种既包括间接话语又包括自由间接话语的方式。是赫斯顿将自由间接话语引入了非洲裔美国黑人文学的叙事之中。通过这种创新，赫斯顿不但能够表达非洲裔美国黑人修辞游戏中的不同传统方式，还可以通过自由间接引语表现她的人物的自我意识的发展。有趣的是，赫斯顿的叙述策略是依靠前面提到的两种极端的混合来完成的。叙述性评价是以标准英语表达的，人物话语则是用双引号来指示并通过黑人英语词汇来突出的。当人物表达其自我意识时，文本使用自由间接话语来表现她的发展，但是黑人人物的黑人词汇却告诉我们那不是叙述性评价。在很多段落里，很难将叙述者的声音和人物的声音分开。也就是说，通过赫斯顿所说的过于修饰的自由间接引语，文本缓解了标准英语和黑人英语之间的内在张力，两种声音得以在文本中同时存在。[1]

《他们眼望上苍》中，叙事声音是非常复杂的，有直接引语、间接引语和特殊形式的自由间接引语，这种将不同声音混合的叙事方式赋予文本特殊的讲述声音和特殊的文学效果。简单来说，《他们眼望上苍》采用了三种叙述模式来表达人物的言辞和思想。

第一种话语形式：直接引语。

在传统小说中，直接引语是最常用的一种形式。"它的直接性与生动性，对通过人物的话语特点来塑造人物性格起到了很重要的作用。"[2] 直接引语一般有引导语和引号，在叙述流中特征明显，有一定的舞台效果，让读者有身临其境的感觉。不同人物之间的对话或者

---

[1]　Henry Louis Gates, Jr., *The Signifying Monkey: A Theory of Afro-American Literary Criticism*, New York: Oxford University Press, 1988, p. 191.

[2]　申丹:《叙事学与文体学研究》，北京大学出版社 1998 年版，第 323 页。

某个人物的内心活动等都可以以直接引语的形式在叙述中出现。《他们眼望上苍》中，直接引语占了很大比重，人物之间的对话和内心的真实想法都"被用黑人方言表达了出来，好像是为了展示黑人语言自身的这种能力：它能够传达极其广泛多样的观念和情感"①。

> 人物之间的这类交锋时常会延续两三页，文本叙述者很少或根本不打断它们。即使在这种叙述评论出现的时候，它行使的常常也是舞台说明的功能，而不是一个传统的全知的声音，似乎就是为了强调赫斯顿的这种论断："戏剧"渗透了黑人的整个自我，黑人口语叙述所追求的正是戏剧性。赫斯顿写道：观众是任何戏剧都需要的组成部分。②

第二种话语形式：间接话语。

间接引语是小说特有的表达形式。"与直接引语相比，间接引语为叙述者提供了总结人物话语的机会，故具有一定的节俭性，可加快叙述速度。直接引语中的引号、第一人称、现在时等都会打断叙述流，而人称、时态跟叙述语完全一致的间接引语能使叙述流顺畅地发展。"③

《他们眼望上苍》中，当外祖母南妮想要安排十六岁的珍妮嫁给中年鳏夫洛根时，小说中出现了间接引语来表达珍妮内心的感受："洛根·基利克斯的形象亵渎了梨树，但珍妮不知道该怎样对外祖母来表达这意思。"④ 此处的间接引语反映出珍妮的无助和绝望，也暗示

---

① 〔美〕小亨利·路易斯·盖茨：《意指的猴子：一个非裔美国文学批评理论》，王元陆译，北京大学出版社 2011 年版，第 219 页。

② 同上。

③ 申丹：《叙事学与文体学研究》，北京大学出版社 1998 年版，第 329 页。

④ 〔美〕左拉·尼尔·赫斯顿：《他们眼望上苍》，王家湘译，北京十月文艺出版社 1998 年版，第 16 页。

生活在那个时代的珍妮是没有话语权的。即使内心不情愿，珍妮也无法拒绝外祖母为自己的安排，无法改变自己的命运。

珍妮与乔迪的婚姻并不幸福，乔迪否定珍妮的一切权利，把她当作自己的装饰物，还在公开场合打骂侮辱珍妮。当忍无可忍的珍妮当着社区其他人的面指出乔迪是性无能时：

> 这时乔·斯塔克斯恍然大悟，他的虚荣心在汪汪出血。珍妮夺去了他认为自己具有的一切男人都珍视的男性吸引力的幻觉，这实在太可怕了。希伯来人第一个君王扫罗的女儿对大卫就是这样做的。但珍妮走得更远，她在众男人面前打掉他空空的盔甲，他们笑了，而且还将继续笑下去。此后当他炫耀自己的财富时，他们就不会把二者放在一起考虑了，他们将用羡慕的眼光看着东西而怜悯拥有这些东西的人。①

此处的间接引语在不打断叙述流的情况下最大限度地展现了乔迪的内心世界，突出了珍妮语言的力量，同时也增加了小说的叙述速度，渲染了小说当时的紧张气氛。乔迪在这一刻被彻底打败。被乔迪否定了话语权的珍妮最后用语言的力量杀死了乔迪，这样的安排是非常具有反讽意义的。

第三种话语形式：自由间接引语。

自由间接引语是一个十分复杂的小说理论术语。简单地说，"它是展示人物的说话和思想的一种话语形式，它具有正常间接引语的语法特征（如第三人称，与直接引语相比时态向后转移），但是它不带有'他说'（he said that）或'他想'（he thought that）一类标签性的语句"②。自由间接引语的"转述语本身为独立的句子。因摆脱了引

---

① ［美］左拉·尼尔·赫斯顿：《他们眼望上苍》，王家湘译，北京十月文艺出版社1998年版，第86页。

② 程锡麟：《赫斯顿研究》，上海外语教育出版社2004年版，第132页。

导句，受叙述语语境的压力较小，这一形式常常保留体现人物主体意识的语言成分，如疑问句式或感叹句式、不完整的句子、口语化或带感情色彩的语言成分，以及原话中的时间、地点状语等"①。自由间接引语的自由程度介于间接引语和直接引语之间，既具有间接引语的间接性与流畅性，又具有直接引语的直接性和生动性。由于叙述声音的存在，往往能达到拉近读者与叙述者乃至人物的距离。自由间接引语能展示人物的意识和言语而没有叙事声音明显介入的痕迹，这样的叙事方式会缩短文本与读者之间的距离，使读者更真切地体会到人物的思想和情感。从语言特征的角度来看，自由间接引语由于摆脱了从句的束缚，经常以独立句的面貌出现，因而具有了更大的自由性。而其对于第三人称与过去式的使用，又可以避免直接引语可能产生的引语与叙述语的人称与时态之间的切换而导致的突兀感，能达到增加语意密度的文体效果。

> 自由间接引语兼间接引语与直接引语之长。间接引语可以跟叙述相融无间，但缺乏直接引语的直接性和生动性。直接引语很生动，但由于人称与时态截然不同，加上引导句和引号的累赘，与叙述语之间的转换往往较为笨拙。自由间接引语却能集两者之长，同时避两者之短。由于叙述者常常仅变动人称与时态而保留标点符号在内的体现人物主体意识的多种语言成分，使这一形式既能与叙述语交织在一起（均为第三人称、过去式），又具有生动性和较强的表现力。②

《他们眼望上苍》中，为了寻找适合的叙事策略，赫斯顿在"《他

---

① 申丹：《叙事学与文体学研究》，北京大学出版社 1998 年版，第 309 页。
② 同上书，第 350 页。

们眼望上苍》中大量使用了自由间接引语"①。故事中的珍妮在对第一次婚姻完全失望时，认识了要去远处寻找"地平线"的黑人乔迪。

Joe Starks was the name, yeah Joe Starks from in and through Georgy. Been workin' for whites all his life. Saved up some money—round three hundred dollars, yes indeed, right here in his pocket. Kept hearin' bout them buildin' a new state down heah in Floriday and sort of wanted to come. But when he heard all about'em makin' a town all out a colored folks, he knowed dat was de place he wanted to be. He had always wanted to be a big voice, but de white folks had all de sayso where he come from and everywhere else, exceptin' displace dat colored folks was buildin' theirselves. Dat was right too. De man dat built things oughta boss it. Let colored folks build things too if dey wants to crow over somethin'. He was glad he had his money all saved up. He meant to git dere whilst de town wuz yet a baby. ②

译文：他的名字叫乔·斯塔克斯，是的，从乔基来的乔·斯塔克斯。他一直都是给白人干活的，存下了些钱——有三百块钱左右，是的，没错，就在他的口袋里。不断地听别人说他们在佛罗里达这儿建一个新州，他有点想去。不过在老地方他钱挣得不少。可是听说他们在建立一个黑人城，他明白这才是他想去的地方。他一直想成为一个能说了算的人，可在他老家那儿什么都是白人说了算，别处也一样，只有黑人自己正在建设的这个地方不

---

① Susan Sniader Lanser, *Fictions of Authority: Women Writers and Narrative Voice*, Ithaca and London: Cornell University Press, 1992, p. 207.

② Zora Neale Hurston, *Their Eyes Were Watching God*, Chicago: University of Illinois Press, 1978, pp. 47-48.

这样。本来就应该这样，建成一切的人就该主宰一切。如果黑人想得意得意，就让他们也去建设点什么吧。他很高兴自己已经把钱积攒好了，他打算在城市尚在婴儿阶段的时候到那儿去，他打算大宗买进。①

这段话里包含了大量的自由间接引语，读起来就像一段引号引起来的直接引语，但是，这段文字却没有引号，是人物的声音与叙述者的声音混合在一起的话语。赫斯顿努力用写作的形式记录黑人内心的声音，灵活地控制着叙述者和读者之间的距离，极大地传达了信息量。对于赫斯顿来说，"寻找一种叙事方式或叙事话语就是在寻找正式的黑人语言。这些都是为了定义自我，是一种修辞策略和文本策略"②。通过此处自由间接引语的叙述，聪明、自信、充满野心的黑人乔迪的形象跃然纸上。自由间接引语试图表达没有叙事声音明显侵入的意识，使人物可以向读者展示其思想状态。赫斯顿使用自由间接引语不仅是为了表述个体人物的话语和思想，而且还想要表达黑人社区集体的话语和思想。"这种匿名的、集体的、自由间接引语不仅不同寻常而且是赫斯顿的创新，似乎在强调非洲裔美国黑人文学传统中这种文学修辞，这种对话形式的无穷潜力，也表达了文本对黑人口述传统的模仿。"③

珍妮在第二次婚姻中获得了以南妮为代表的大部分黑人妇女所认可的"有保障的生活"，但珍妮并不幸福。乔迪并没有把珍妮看作与自己平等的"人"，而将她看作自己的财产和装饰。当乔迪因为珍妮烤焦了面包而殴打珍妮后，

---

① [美]左拉·尼尔·赫斯顿：《他们眼望上苍》，王家湘译，北京十月文艺出版社1998年版，第30页。

② Henry Louis Gates, Jr., *The Signifying Monkey: A Theory of Afro-American Literary Criticism*, New York: Oxford University Press, 1988, p.192.

③ Ibid., p.214.

她一直站到有什么东西从她心田的隔物板上掉下来，于是她搜索内心，要看看掉下来的是什么。是乔迪在她心中的形象跌落在地，摔得粉碎。但仔细一看，她发现这从来就不是她梦想中的有血有肉的形象，而只不过是自己抓来装饰梦想的东西。从某种意义上来说，她抛弃了这一形象，听任它留在跌落下的地方，进一步审视着。她不再有怒放的花朵把花粉洒满自己的男人，在花瓣掉落之处也没有晶莹的嫩果。她发现自己有大量的想法从来没有对他说过，无数的感情从来没有让他知道过。有的东西包好了收藏在她心灵中他永远找不到的地方。她为了某个从未见过的男人保留着感情。现在她有了不同的内部和外部，她突然知道了怎样不把它们混在一起。①

此处的自由间接引语完整呈现了珍妮内心的想法，描述了珍妮内心细微的获得和变化，是表达分裂自我的最好的戏剧化方式。此处的自由间接引语"反映了文本的主题和珍妮的双重自我以及珍妮作为讲述性主体和被讲述语言之间的矛盾关系"②。自由间接引语成为文本中重要的修辞方式，它是一种双声的表述，是人们无法说出来的话。

《他们眼望上苍》表明，自由间接引语并不是二元声音，而是一种表达自我的戏剧性方法。我们已经看到，珍妮的自我是个分裂的自我。在珍妮意识到自身的分裂——也就是她的内部和外部之前，自由间接引语早已把这种分裂呈现给了读者。在珍妮意识到自身的分裂之后，自由间接引语修辞性地表现出她从外部到内部的穿行受到了阻隔。在《上苍》中，自由间接引语既反映出

① 〔美〕左拉·尼尔·赫斯顿：《他们眼望上苍》，王家湘译，北京十月文艺出版社1998年版，第112—113页。

② Henry Louis Gates, Jr., *The Signifying Monkey: A Theory of Afro-American Literary Criticism*, New York: Oxford University Press, 1988, p.207.

文本将珍妮的自我进行双重化这样的一个主题，也反映出作为言说主体的珍妮和口头语言之间的关系是有问题的。而且，自由间接引语也是文本修辞中的一个核心方面，它干扰了在珍妮的嵌入式叙述之中读者所期待的从第三人称到第一人称视角的必要转化。自由间接引语并非既是人物的声音也是叙述者的声音；相反，它是个双声言说，同时包含直接引语和间接引语的元素。它是一种没人会真正去说的话，然而因为它特有的言说者性质，因为它渴望用书面语来追求口语的效果这种悖论性的做法，我们得以辨认它。①

珍妮因为自卫失手打死茶点而被整个黑人社区告上法庭，当法官要求她陈述时，文本中有这样的内容：

> 她讲话时大家都探身听着。她首先必须记住她现在不是在家里。她在审判室，和某样东西斗争着，而这个东西并不是死神。它比死神更糟。是错误的想法。她不得不追溯到很早的时候，好让他们知道她和甜点心之间是怎样的关系，因此他们可以明白她永远也不会出于恶意而向甜点心开枪。
>
> 她竭力让他们明白，命中注定，甜点心摆脱不了身上的那只疯狗就不可能恢复神智，而摆脱了那只疯狗他就不会活在这个世上，这是多么可怕的事。他不得不以死来摆脱疯狗。但是她并没有要杀他，一个人如果必须用生命来换取胜利，他面临的是一场艰难的比赛。她使他们明白她永远不可能想要摆脱他。她没有向任何人乞求，她就坐在那里讲述着，说完后就闭上嘴。②

---

① ［美］小亨利·路易斯·盖茨：《意指的猴子：一个非裔美国文学批评理论》，王元陆译，北京大学出版社 2011 年版，第 227 页。
② ［美］左拉·尼尔·赫斯顿：《他们眼望上苍》，王家湘译，北京十月文艺出版社1998 年版，第 202 页。

　　此处的自由间接引语也是颇有深意的。在白人主宰的法庭上，黑人是失语的。因此有关法庭上的描述没有出现珍妮的直接引语。通过使用自由间接引语，赫斯顿既表现了黑人及黑人妇女在当时的社会地位和处境，还委婉批判了种族歧视。赫斯顿利用这种创新形式操控着整个叙事行为，即使不是通过对话，也是通过对话形式的话语。"这种集体性的、非个人的自由间接引语反映了赫斯顿的观点：那是一种生动的情绪。词语在没有主人的情况下行走，词语们一起行走，和谐得就像一首歌。赫斯顿使用的对话形式的自由间接引语不仅表达了珍妮的思想和感情也表达了黑人声音的尊严和力量"①。赫斯顿通过有方言特色的自由间接引语描述了人物意识的发展，通过叙事语言的微妙变化来反映人物自我意识的发展，使自由间接引语读起来像来自一个复杂多变的人物。这个人物既非小说的主人公，也非文本里实指的叙述者，而是两者的混合物。赫斯顿故意在第三人称叙述中插入带有引号的、有个人特质的声音，让人物意识融入第三人称叙述，打破故事的线性叙述。正如亨利·路易·盖茨所指出：赫斯顿创造了一种现代的文学传统，"通过写作表现了黑人讲话的声音"②。

　　赫斯顿不但用它来表现某个个体人物的言谈和思想，而且还用它来表现黑人社区集体的言谈和思想……这种匿名的、集体的自由间接引语不仅不同寻常，而且很可能是赫斯顿的创造。这种方法似乎是为了突出两方面的内容，一是强调这种受方言影响很深的文学用词对传统而言拥有巨大潜力，二是突出文本要去模仿口语叙述这一明显的追求……有方言特色的自由间接引语被用来表现珍妮的想

---

　　①　Henry Louis Gates, Jr., *The Signifying Monkey: A Theory of Afro-American Literary Criticism*, New York: Oxford University Press, 1988, p. 214.

　　②　Delia Caparoso Konzett, *Ethnic Modernisms: Anzia Yezierska, Zora Neale Hurston, Jean Rhys and the Aesthetics of Dislocation*, New York: Palgrave Macmillan, 2002, p. 75.

法和情感，然而黑人声音尊严和力量的标志不单单是自由间接引语的这种用法，而更在于它被用作了叙述评论这一点。①

《他们眼望上苍》中自由间接引语的使用突出了小说中珍妮对"我"声音的寻找。故事中珍妮从客体到主体的转变"使得《他们眼望上苍》成为一部大胆的女性主义作品，成为非洲裔美国黑人文学领域内的第一部此类作品"②。通过自由间接引语的使用，赫斯顿颠覆了早期美国黑人文学传统中以黑人男性为中心的创作习惯，凸显黑人女性的自我觉醒和黑人女性逐渐获得的自立、自强和自信。文本中自由间接引语的使用将文本的话语权部分地给予主人公珍妮，"赫斯顿让珍妮掌握话语自主权客观上就是对黑人文学传统中的男性权威声音和性别主义的修正与颠覆"③。赫斯顿使用自由间接引语是她否定男性写作的策略之一，赫斯顿确实是"非洲裔美国黑人文学传统中第一个否定男性权威和性别主义的作家"④。

在其"言说者文本"中，赫斯顿使用了美国南方黑人方言土语，并将其带入 20 世纪的文学之中，打破了那种只能使用某一地方的方言的惯例，将其与安格鲁—美国文学传统和黑人口头传统完美结合，出现了独特的艺术形式。通过"言说者文本"的形式，赫斯顿"将珍妮放在更为广阔的历史文化背景中，珍妮的故事也不再是个体黑人妇女的奋斗，而是反映了全体黑人妇女自我意识的觉醒和勇敢的斗

---

① ［美］小亨利·路易斯·盖茨：《意指的猴子：一个非裔美国文学批评理论》，王元陆译，北京大学出版社 2011 年版，第 235 页。

② Henry Louis Gates, Jr., "Afterword", *Seraph on the Suwanee*, New York: Scribner's Sons, 1948, p. 355.

③ 嵇敏：《美国黑人女权主义视域下的女性书写》，科学出版社 2011 年版，第 245 页。

④ Henry Louis Gates, Jr., *The Signifying Monkey: A Theory of Afro-American Literary Criticism*, New York: Oxford University Press, 1988, p. 207.

争"①。"《他们眼望上苍》中叙述模式的两个极端分别是第三人称叙述评论与用直接引语表现的人物话语。赫斯顿的创新在于她把自由间接引语引入了非裔美国文学叙述：叙述评论刚开始是标准英语用词，而人物的话则往往通过引号与黑人措辞而被彰显了；但是随着主人公接近自我意识，文本不仅使用了自由间接引语来表现她的发质，而且黑人人物话语的措辞也逐渐影响了学术评论声音的用词。言说者文本有种悖论和反讽：这是一种有方言特色的措辞，其反讽性在于它并不是在重复什么人所说的语言；事实上，它永远也不可能被言说。自由间接引语中没有说话人，它是文学语言，本应在文本中阅读。但另一方面，言说者性质的措辞显然是以口语为基础的。简而言之，通过使用自由间接引语，《上苍》化解了标准英语和黑人方言之间的张力。"②小说中"对分裂意识（它是黑人传统的另一个文学主题）的这种言说是主题的元素，也是个高度成熟的修辞策略，其效果取决于自由间接话语的双声性"③。赫斯顿"把珍妮的萌芽中的自我用不同层次的用词来表现，它们出现在叙述者的评论与有黑人语言特色的间接话语中"④。

《他们眼望上苍》中的所有文字在努力效仿口语叙述形式，"事实上看上去这个文本的主题本身主要并不是珍妮的追寻，而是对实际言语之中语音的、语法的与词汇的结构的模仿，其目的是要制造口语叙述的幻觉。的确，在珍妮的被嵌入的故事中所效仿的每一个口语修辞

---

① Maria Eugenia Cotera, *Native Speakers: Ella Delorai, Zora Neale Hurston, Jovita Gonzalez and the Poetics of Culture*, Austin: The University of Texas Press, 2008, p. 184.
② 参见［美］小亨利·路易斯·盖茨《意指的猴子：一个非裔美国文学批评理论》，王元陆译，北京大学出版社 2011 年版，第 8 页。
③ 同上书，第 263 页。
④ 同上书，第 272 页。

结构都提醒读者，他或她在偷听珍妮给菲比的叙述"①。为了表现富有代表性的、健康的、黑人文化和黑人传统，赫斯顿"通过在写作中体现黑人主体的声音"而建立一种现代的文学传统。在她所创造的"言说者文本"中，赫斯顿非常得体地将美国南方黑人英语引入 20 世纪的文学之中，打破了当时在文学中只使用方言的传统并通过将黑人口头传统和白人主流文学传统相结合的方式获得了更大的、更具特色的文学形式。"赫斯顿对自由间接话语的使用是复杂的也是成功的。"②"赫斯顿发明了我称之为言说者文本的东西，这种修辞策略的目的似乎就是要去在黑人小说中扮演中介的角色，一方面是被赋予了特权的黑人口语传统，它根本上是抒情的，极具隐喻性质，富于音乐性；另一方面是被继承下来，但却尚未被充分吸纳的标准英语文学传统。"③

赫斯顿在自己的很多作品中都使用了两种声音以表达现代主义和非洲裔美国黑人的心理碎片状态。在《苏旺尼的六翼天使》中，赫斯顿大量使用了自由间接引语来反映阿维的心理活动。在这一小说中，赫斯顿经常自由地在叙述者和讲述者的声音之间来回穿梭，这样的自由间接引语的精彩段落非常多。

> 赫斯顿在这些声音之间自由地、毫无痕迹地变换，就如她在《他们眼望上苍》中所做的那样。就是在这种分裂的声音中，不融合的双重声音之间，我认为这是赫斯顿最为突出的成就。这是一种语言上的类比——赫斯顿作为男权社会中的妇女，作为白人世界中的黑人的双重感受，反映出了 W. E. B 杜波伊斯

---

① ［美］小亨利·路易斯·盖茨：《意指的猴子：一个非裔美国文学批评理论》，王元陆译，北京大学出版社 2011 年版，第 215 页。

② Henry Louis Gates, Jr., *The Signifying Monkey: A Theory of Afro-American Literary Criticism*, New York: Oxford University Press, 1988, p. 25.

③ ［美］小亨利·路易斯·盖茨：《意指的猴子：一个非裔美国文学批评理论》，王元陆译，北京大学出版社 2011 年版，第 192 页。

所指出的非洲裔美国黑人的双重意识。赫斯顿的这种变化在两种声音之间，贯穿于整部作品之中的语言特点有着不可抵挡的力量。①

就如芭芭拉·乔纳森所写的，"赫斯顿使用的是一种分裂的修辞，并不是心理性小说或整体文化的小说。左拉·尼尔·赫斯顿，我们想要确定的真正的左拉·尼尔·赫斯顿，就存在于这两种声音的沉默处：赫斯顿是这两种声音，同时两者都不是；赫斯顿是双语的，同时又是失语的。这一写作策略就可以解释为什么有那么多的当代批评家和作家一次又一次转向她的作品，想要发掘赫斯顿最为独特的艺术技巧"②。

《他们眼望上苍》之所以被看作一个言说者文本，是因为方言浓厚的人物话语深刻地影响了叙述者的用语，叙述者的用语与表现珍妮自由间接引语的用语非常相似，甚至难以区分。"但是，《他们眼望上苍》看上去是个言说者文本，还有另外一个原因。赫斯顿使用了自由间接引语，不但用它来表现某个个体人物的言谈和思想，而且还用它来表现黑人社区集体的言谈和思想，就像在描写飓风的那段文字中那样。这种匿名的、集体的自由间接引语不仅不同寻常，而且很可能是赫斯顿的创造。这种方法似乎是为了突出两方面的内容，一是强调这种受方言影响很深的文学用词对传统而言拥有巨大潜力，二是突出文本要去模仿口语叙述这一明显的追求。"③

在两百多年的时间里，黑人传统中一个反复出现的主题是要

---

① Henry Louis Gates, Jr., "Zora Neale Hurston: A Negro Way of Saying", *Seraph on the Suwanee*, Zora Neale Hurston, New York: Scribner's Sons, 1948, p. 360.

② Ibid., p. 362.

③ ［美］小亨利·路易斯·盖茨：《意指的猴子：一个非裔美国文学批评理论》，王元陆译，北京大学出版社 2011 年版，第 234 页。

去描述寻找自我声音的男女黑人言说主体的精神历程，这可能也是黑人传统最核心的转义。对寻找声音的人物与文本的表现是主题，是被修正过的转义，也是一种双声叙述策略。这种文学表现是符号，它既标志着非裔美国文学传统在形式上的统一，也标志着这一文学所描绘的黑人主体的完整性。①

《他们眼望上苍》常常效仿口语叙述形式，事实上，看上去这个文本的主题本身主要并不是珍妮的追寻，"而是对实际言语之中语音的、语法的与词汇的结构的模仿，其目的是要制造口语叙述的幻觉。的确，在珍妮的被嵌入的故事中所效仿的每一个口语修辞结构都提醒读者，他或她在偷听珍妮给菲比的叙述。这个叙述在珍妮家的门廊上展开，门廊在这个文本以及黑人社区之中都是至关重要的故事讲述地点"②。《他们眼望上苍》文本模仿了传统黑人修辞仪式与故事讲述模式，而正是这些例子的模仿使我们得以将其看作一个言说者文本。因为在言说者文本中，"某些修辞结构主要是为了表现口语叙述而存在，而不是作为情节或人物发展的不可或缺的侧面而存在。这些语言仪式代表黑人语言的纯粹的游戏，而这种游戏似乎正是《他们眼望上苍》所推崇的"③。

"言说性文本"的独特之处就在于"它用再现话语消融了讲述与显示、标准英语与黑人方言之间的矛盾。通过黑人方言的模拟性再现凸显黑人言说的主体……特别是在再现话语中，某些语言和修辞结构是独立于人物和情节的发展而存在的，有明显的黑人表意语言仪式特征，是赫斯顿对黑人文学内部关于黑人方言是否适合作为书面语言的

---

① ［美］小亨利·路易斯·盖茨：《意指的猴子：一个非裔美国文学批评理论》，王元陆译，北京大学出版社 2011 年版，第 262 页。
② 同上书，第 215 页。
③ 同上书，第 213 页。

疑惑和争论的直接回应"①。赫斯顿所创造的叙述声音和她留给非裔美国小说的遗产是一种抒情性的、游离于身体之外的，但又个性化的声音。"言说性文本"将特权赋予口语言语及其内在的语言特征，从而降低了其他结构元素的价值；主要表现形式为，"模仿经典的非裔美国土语中大量的口语叙述模式中的一种模式"②。文本中出现大量模仿黑人口语的段落，将叙述者的标准英语与黑人社区的方言土语相结合，出现了两种看似对立又相互融合的语言体系，创造性地再现了对话场景，凸显了黑人言说主体。

> 在这个声音中出现了一种独特的渴望和言说，出现了一个远远超越了个体的自我，出现了一个超验的，说到底是种族的自我。赫斯顿找到了一个响亮的、真正的叙述声音，它呼应并追求黑人土语传统的非个人性、匿名性，以及权威地位。黑人土语传统无名无姓无自我，它是集体性的，有很强的表现力，忠实于共同的黑色性未曾写下来的文本（the unwritten text of a common blackness）。在赫斯顿看来，对自我的追寻完全依赖于对一种生动的语言形式的追寻，事实上也就是对一种黑人文学语言本身的追寻。③

非裔美国黑人女性作家在沿袭黑人民族"讲故事的传统"的同时，吸取和借鉴西方主流文学的写作技巧和模式，发展出了一种真正属于黑人自己的文学方式，具有鲜明的黑人性特点，凸显了黑人民族自豪感，强调了自我认证及构建种族身份对黑人民族的特殊意义。

---

① 林元富：《非裔文学的戏仿与互文：小亨利·路易斯·盖茨〈表意的猴子〉理论评述》，《福建师范大学学报》2008 年第 6 期，第 101 页。

② 水彩琴：《非裔美国文学的修辞策略——小亨利·路易斯·盖茨的喻指理论》，《兰州大学学报》2016 年第 1 期，第 45 页。

③ ［美］小亨利·路易斯·盖茨：《意指的猴子：一个非裔美国文学批评理论》，王元陆译，北京大学出版社 2011 年版，第 203 页。

第四章　穿梭在时光缝隙中的
传统——黑人民俗文化

  文化是一个民族的灵魂和魅力，是一个民族得以发展生存的精神食粮，文化的厚度标志着一个民族的历史及其生命力。当代非裔美国黑人文化已成为美国文化不可或缺的部分，其独具特色的民族文化传统对美国主流文化和全球文化产生了巨大影响。这种文化既不同于白人文化，也不是简单的非洲文化的移植，而是一种真正属于非裔美国黑人的独特文化。非洲黑人来到美洲大陆后，为了谋求生存和发展，逐渐对非洲文化进行了调整，吸收了美洲大陆乃至欧洲文化中的一些因素，形成了一种适合黑人自身的文化。

  所谓"民俗"是"民间风俗习惯"的简称，"指一个国家或民族中广大民众所创造、享用和传承的生活文化"①。这一概念是由英国学者威廉·J. 托马斯在 1846 年首先提出来的。从广义上说，"民俗"是指一个群体所独有的艺术形式，而"美国黑人民俗文化"就是指美国黑人民间文化，包括源于非洲的传统和各种仪式。"黑人民俗揭示了美国黑人社区的归属感和传统意识。"② 著名黑人作家拉尔夫·埃里森指出：

    民俗传统是世界各民族文化的重要遗产和传承载体，记录了

---

① 罗曲主编：《民俗学概论》，中国社会科学出版社 2010 年版，第 1 页。
② 黄卫峰：《哈莱姆文艺复兴研究》，外语教育与研究出版社 2007 年版，第 209 页。

人类丰富的文化财富，是各民族文化发展的重要源泉，也是民族文化身份的重要标志。民俗可以勾勒出一个群体的基本特征。民俗是指一个特定群体在历史上一遍又一遍重复，在民众中占有重要位置的习俗和传统。民俗包括对生活进行美化或破坏的仪式、风格、习俗等；民俗描述着特定群体在人类境况中所认可的情感、思想和行为。民俗通过各种象征表达了那个群体生存的智慧；它也反映出那个群体生与死的价值观……民俗再现了特定群体改造世界的努力。[①]

很明显，埃里森把黑人文化看作与白人文化共存的一种参照系统，从理论上修正了白人主流文化观。民俗文化体现的是特定民族的精神内涵和文化特质，是张扬民族个性、维护民族尊严、追求民族自由的源泉和资本。黑人民俗文化是指黑人大众中流行的传统文化，不仅是黑人民族构建自我身份的基石，也是黑人群体树立自信、维护自尊、保持自我、走向觉醒的前提。

民俗是指"一个国家或民族广大民众所创作、享用和传承的生活文化……是民间文化中带有集体性、传承性、模式性的现象，它主要以口耳相传、行为示范和心理影响的方式扩展和传承"[②]。民俗文化传统是人类古老的文化形式，承载着各民族文化发展初期的生存状态和风俗习惯，具有很高的思想价值、历史文化价值和艺术审美价值，是人类学、历史学、文化学、民族学等学术研究的重要内容。民俗事项纷繁复杂，神话传说、民间歌舞、婚丧礼仪、节日庆典等皆在其中，使黑人文化得以维系。回顾美国历史，黑人民族虽然受到北美客观生存条件和白人文化的巨大影响，但他们一直在尽力保存黑人民族文化

---

① Bernard W. Bell, *The Contemporary African American Novel—Its Folk Roots and Modern Literary Branches*, Amherst & Boston: University of Massachusetts Press, 2004, p. 76.

② 钟敬文：《民俗学概论》，上海文艺出版社 2009 年版，第 1 页。

传统，努力寻求生存之路。"黑人文化"一词是"欧洲人创造并作为欧洲文化的对立物而存在的"[①]。这一词的本意是想表达和暗示黑人文化的落后性和原始性，以反衬欧洲文化的高雅。早期的黑人文化不被外界了解和尊重，甚至没有自我表达的途径和方式，长期受到外界的误解和歧视。著名黑人作家拉尔夫·埃里森曾说："我对'黑人文化'这个术语的理解是如此模糊，以至于我认为它没有意义。的确，我发现'黑人'这个词即使在种族含义上也是模糊的。因为在非洲，非白人种族有好些分支。所以，这个词是用来抹杀非洲人不同文化差异的一种方法。通过这种方式，高度发展的文化被残忍中断，没有引起任何惹出麻烦的道德质疑。这个主要被白人使用的词语，代表了一种'被训练的无能'。"[②]

对于非裔美国黑人来说，民俗文化是黑人民族的灵魂，是黑人建构民族身份、维系民族团结的精神血脉，历代非裔美国黑人精英知识分子都非常重视民俗文化的延续和保存。与赫斯顿同时代的黑人思想家 W. E. B 杜波伊斯也非常重视黑人民俗文化在争取种族平等斗争中的作用，他认为："文化是美国黑人民权运动的一个主要方面。"[③] 兰斯顿·休斯在自己的作品中反复强调："黑人艺术创作要从黑人民俗文化中吸收养料……黑人一定要有自己的审美标准，而不应该去接受或模仿白人的审美标准。"[④] 在文学书写中，黑人作家"有意识地把民俗方式、民间语言和民间故事融入作品中，努力体现民俗风情事件的

① Henry Louis Gates, Jr. ed. , *Black Literature and Literary Theory*, New York: Methuen, Inc. , and Methuen & Co. Ltd. , 1984, p. 62.

② Houston A. Baker, Jr. , *The Journey Back: Issues in Black Literature and Criticism*, Chicago and London: The University of Chicago Press, 1980, p. 57.

③ W. E. B. Dubois, "The Criteria of Negro Art", *The Crisis* (October 1926), In Cary D. Wintz, ed. , *The Politics and Aesthetics of "New Negro" Literature*, New York and London: Garland Publishing, Inc. , 1996, p. 366.

④ Langston Hughes, *The Negro Artist and the Racial Mountain*, *Black Expression*, New York: Weybright Talley, 1970, p. 262.

行为意义以及为弘扬民俗文化而书写的初衷"①。黑人民俗文化不是一种亚文化，而是与主流文化并存的另一种形式的文化，是源自不同社会文化背景的另一种文化形式。托尼·莫里森指出："民俗是看待世界的一种方法，它不仅与我们在课堂和书本中学到的知识不同，它还构成了另一种感受。"②埃里森对"哈莱姆文艺复兴"黑人作家将黑人民俗与文学结合的做法持有以下观点："虽然黑人民俗在大的文化背景中一直在进化和发展，但它经常被人们认为是低等的、落后的。在文学中使用黑人民俗因素是非常大胆的表达。它标志着黑人开始信赖自己的经历，也开始用自己的感知来判断现实，而不是让他们的主人来定义所有重要的事。"③兰斯顿·休斯也指出，"黑人艺术家只有从黑人民俗文化中吸收养分才能创造真正的黑人艺术作品"④。从功能上讲，"这些民俗文化帮助非洲人民确立自己的种族身份，在保存非洲文化方面教育和激励着黑人民众"⑤。

非裔美国黑人以奴隶的身份来到新大陆，之后就经历了一个漫长的、民族文化被逐渐剥夺的过程。所谓文化剥夺是指这样一个有意识的过程："在这个过程中，为了达到经济剥削的目的，一个群体（或一个种族）剥夺另一个群体（或另一个种族）的文化。"⑥长期以来，由于各种客观原因，美国社会对黑人的歧视从未消除过。在白人主

---

① 嵇敏：《美国黑人女权主义视域下的女性书写》，科学出版社 2011 年版，第 300 页。

② Kathy Neustadt, "The Visits of the Writers Toni Morrison and Eudora Welty", *Conversation with Toni Morrison*, Danielle Taylor-Guthrie ed., Jackson: University Press of Mississippi, 1994, pp. 84-92.

③ Ralph Ellison, "*Blues People*": *Shadow and Act*, New York: Random House, 1964, p. 173.

④ Langston Hughes, *The Negro Artist and the Racial Mountain*, New York: Weybright Talley, 1970, p. 262.

⑤ Beulah S. Hemmingway, *Through the Prism of Africanity: A Preliminary Investigation of Zora Neale Hurston's Mules and Men*, Orlando: University of Central Florida Press, 1991, p. 39.

⑥ 嵇敏：《美国黑人女权主义视域下的女性书写》，科学出版社 2011 年版，第 304 页。

流文化的影响和冲击下，黑人文化逐渐被边缘化，黑人民族内部出现了强烈的文化身份危机和文化认同危机。民族身份和文化身份的丧失以及文化的错位，给黑人民族带来了灵魂上的折磨，如何从民族文化中获得生存和斗争的力量成为黑人知识分子长久思考的问题。美国黑人在新大陆的生存史和斗争史就是一部黑人民族确认文化身份的历史。尽管处于文化的边缘地带，美国黑人努力保护和继承从非洲故土带来的民族文化，积极结合新大陆的文化特点，发展属于美国黑人自己的独特民族文化，否定和拒绝白人强势文化的同化。在这种斗争和融合交织的过程中，黑人民族面对美国白人主流文化的影响，在其非洲文化传统的基础上对其自身传统及相关文化做出调整和改变，逐渐形成了具有自身特色的一种文化现象。随着社会的发展，人们不得不承认，美国黑人文化已经成为美国文化不可或缺的一部分，美国黑人既是美国社会财富的创造者也是美国文化财富的创造者。"文化，正如种族一样，没有好与坏的区分，然而当两种文化相遇在同一种社会背景中时，由于它们的经济、政治和影响的不同，主导文化将会加强它本身的价值体系和生活方式，并将这些传输给弱势文化。渐渐地，主导文化将影响、减弱并最终吞并弱势文化。"① 文学是文化的一部分，任何一种文学形式归根结底都是特定文化的表征。美国黑人文学"植根于民族、地域和阶级之中，以反映或铸造独一无二的民族特性为己任"②，成为美国文学和世界文学舞台上不可或缺的一部分。

"哈莱姆文艺复兴"时期，"文化审美在非洲裔美国黑人文化中占有非常重要的地位。展现和弘扬黑人民间文化成为哈莱姆文艺复兴时

---

① 李美芹：《用文字谱写乐章：论黑人音乐对莫里森小说的影响》，浙江大学出版社2010年版，第97页。

② ［美］埃默里·埃里奥特：《哥伦比亚美国文学史》，朱通伯等译，四川辞书出版社1994年版，第708页。

期黑人作家的主要任务之一"①。"哈莱姆文艺复兴"促进了黑人民俗文化的复兴，黑人民俗文化的发现和运用成为这一时期的主要特点。黑人知识分子对黑人民俗文化的地位和成就给予充分肯定，认为黑人民俗是黑人创造力和乐观精神的充分体现。为了弘扬黑人民俗文化，为了增强黑人民众的民族自豪感，为了获得创作灵感，黑人作家纷纷将目光转向黑人民俗文化。"新黑人"知识分子积极发掘、整理、弘扬黑人民俗文化，在不同的领域，从不同的角度，新黑人知识分子试图借助独特的民俗文化，以尊严的姿态进入美国主流社会。这一时期的黑人作家对黑人民俗文化的使用和借鉴不仅表现在素材、题材和主题上，也表现在思想内容和艺术形式上。但是，需要指出的是，这一时期有些黑人作家在使用黑人民俗文化材料时对其中的很多内容进行了处理，去除他们认为是粗俗的、可能被白人排斥的内容。也就是说，他们采用自己认为合适的、可以被白人接受的方式去展现黑人民俗文化，并没有完整地保存和传递面临消亡的、"纯粹的"黑人民俗文化。

"非洲文化是非洲裔美国黑人民俗文化之核心"②，美国文学则是黑人民俗文化的现实语境，"民俗文化在美国文学中有好几种作用，其中包括促进情节的发展、刻画人物性格、提供故事结构，提出、解释或保卫有关社会本质的相关问题"③。虽然非洲大陆的黑人有不同语言、不同文化、不同外部特征、不同宗教、不同习俗，但我们应该看

---

① Sharon L. Jones, *Reading the Harlem Renaissance: Race, Class and Gender in the Fiction of Jessie Fauset, Zora Neale Hurston and Dorothy West*, Westport: Greenwood Press, 2002, p.5.

② Gloria Graves Holmes, *Zora Neale Hurston's Divided Vision: The Influence of Afro-Christianity and the Blues*, Dissertation, Stony Brook: State University of New York, 1994, p.19.

③ Gloria Carniece Johnson, *The Folk Tradition in the Fiction of Black Women Writers*, Knoxville: the University of Tennessee, 1990, A Dissertation, p.4.

到"隐藏在多样化的非洲文化之下的同一性"①。黑人民俗文化的保存保证了黑人社区传统的延续性,也帮助黑人形成积极的个人身份,与黑人自我身份的定义是息息相关的。对于黑人民俗文化的研究和传承既可以医治黑人民族的精神创伤,也可以记录和保存那些已经死亡或者濒临死亡的黑人民俗文化仪式。非洲古老的民间故事、神话、仪式、宗教等为今天美国黑人种族意识和文化的形成发挥了积极的、重要的作用。非洲传统中的宇宙观、史诗传统、祖先文化和非洲人的社会价值观都被美国黑人女性作家巧妙地融入作品之中。非洲裔美国黑人女性作家坚信:美国黑人非洲传统文化与西方主流文化一样多姿多彩,意义深刻。"尽管民俗只是文化的一部分而不是全部,但这是何等重要的一部分。它既是文化物化形态的表现,又是文化意识形态领域的集中体现,特别是在对没有文字的材料进行研究时,这种重要性更加体现出来……通过对民俗的系统研究,可以全面地、多层次地把握整个人类文化的结构系统。"②

美国著名学者鲁思·本尼迪克特认为,在任何类型的社会里,传统都起着塑造人的行为的作用,因此,"人类学家感兴趣的是体现在各种不同类型的文化中那些包罗万象的人类习俗,其目的乃在于理解各种文化的变迁和分化,理解文化的各种表现形式,以及各族人们的风俗习惯在个人生活中所起作用的方式"③。任何社会的传统习俗都融汇在社会个体的个人行为中,对个人的生活和信仰起着决定性的作用。"我们只有真正认识了人类风俗习惯的规律及其各种不同的表现

---

① Gloria Graves Holmes, *Zora Neale Hurston's Divided Vision*: *The Influence of Afro-Christianity and the Blues*, Dissertation, Stony Brook: State University of New York, 1994, p. 21.

② 王海龙、何勇:《文化人类学历史导引》,学林出版社1992年版,第279页。

③ [美]鲁思·本尼迪克特:《文化模式》,张燕、傅铿译,浙江人民出版社1987年版,第1—3页。

形式，才能搞清楚人类生活中许多纷繁复杂的事实。"① 美国黑人女性作家的作品中还记录了很多源自美国南方黑人的文化仪式。"白人可以在社会和经济方面占有特权和优势，但黑人可以有自己哲学的、精神的、文化的特殊之处。这种不同使黑人保持着对生活的热情和对快乐的追求，黑人因此有了坚韧的精神。黑人民俗文化值得保存，那将是丰富的、永恒的民族文化遗产。"② 非裔美国黑人女性文学的作品都植根于黑人文化的肥沃土壤之中，每部作品都有极强的生命力。美国著名小说家拉尔夫·埃里森曾说："一个民族岂能仅靠消极应付生存而发展三百多年?"③

第一节　命名文化

姓名是一种文字符号，但它又不同于一般的文字符号，它是人的名称，是区分不同个体的代码，具有超越文字本身意义的文化内涵。黑人民俗文化中对人的名字极为重视，"姓名和命名在非洲文化中是一种仪式"④，被看作一个人"存在的本质"。非洲黑人普遍认为："一个人只有在特定的生活阶段被赋予恰当的名字之后，才能获得真正的存在。恰如其分的名字具有超凡的魔力，能影响背负者一生的命运。他们不会轻易地更改名字，因为他们相信改名也会改变一个人一生的

---

① 宁骚：《非洲黑人文化》，浙江人民出版社 1993 年版，第 65 页。

② Ayana I. Karanja, *Zora Neale Hurston：The Breath of Her Voice*, New York：Peter Lang Publishing, Inc., 1999, p. 57.

③ ［美］拉尔夫·埃里森：《美国的困境：一点评论》，转引自科林·帕尔默《奴隶的反抗》，《美国史学评论》1998 年第 2 期，第 371 页。

④ William Hasley, "Signify（cant）Correspondences", *Black American Literature Forum*, 22, 1988, p. 259.

命运。"① 根据非洲人的生命观,"人的死亡并不是生命的结束,而是生命的延续。虽然这个人的肉体是消失了,但他的生命会在想念他的家人和朋友心中存在。最为重要的是,真正属于他的名字会使他的生命继续存在"②。因此,在日常生活中黑人对自己和后代的名字都非常重视,想要通过对自己和对后代的命名实现对自我身份的肯定和对本民族文化的认同。

在非洲各个部族,命名仪式是一个人一生中最为重要的仪式之一。新生儿出生几天后,"通常是第七天"③,就要为他(她)举行庄严的命名仪式。在仪式上,人们从屋顶倒一罐水,由族群中最年长的妇女将婴儿置于水流下,部族的人们在婴儿的哭声中送上礼物以示祝贺,然后由德高望重的长者给婴儿取名字。黑人给子女起名时最为常用的形式就是以祖先的名字为孩子命名。在非洲,黑人认为"新生儿是祖先亡灵的转世。以祖先的名字给婴儿命名是为了让先人的灵魂寄寓在新生儿的体内,以此缩短生者与死者之间的距离,减轻死亡给人们带来的痛苦"④。非洲文化中个体的名字一般可以分为三个部分:"第一部分用以表达与他出世相关的情况;第二部分用以表示父母和亲属们对他出生的态度……第三部分用以表达父母对孩子的希望。"⑤新生儿有了自己的名字则标志着他/她作为"人"的生命的开始,新生儿只有通过自己的命名仪式才可以进入整个部族,成为整个家族的成员。命名仪式结束之后人们还要敬祖祭祖或向神灵祭祀,请求先祖

---

① 翁德修、都岚岚:《论托尼·莫里森小说人物的命名方式》,《辽宁师范大学学报》2000年第5期,第79页。

② Gloria Graves Holmes, *Zora Neale Hurston's Divided Vision: The Influence of Afro-Christianity and the Blues*, Dissertation, Stony Brook: State University of New York, 1994, p.27.

③ 艾周昌主编:《非洲黑人文明》,中国社会科学出版社2000年版,第391页。

④ 陈志杰:《顺应与抗争:奴隶制下的美国黑人文化》,中国社会科学出版社2010年版,第135页。

⑤ 宁骚:《非洲黑人文化》,浙江人民出版社1993年版,第80页。

和神灵降下旨意，保佑孩子和整个族落的平安。因此，"对非洲黑人来说，名字并不仅仅是一个符号而已，它是个人在家族历史上地位的体现，有着深刻的内涵"①。在非洲文化中，对于个体来说，"拥有一个名字就是拥有了地位和生存的意义，拥有了在人类社会生存下去的力量，可以回答'你是谁'的问题"②。流传于黑人民间的一首歌谣反映出黑人对待命名的态度：

> 黑皮肤的人们，请听我说：
> 那些给了我们生命的人，
> 在开口之前要严肃考虑的问题，
> 他们说：要给孩子取名，
> 必须先考虑自己的传统和历史。
> 他们说：一个人的名字就是他的幞头，
> 黑皮肤的人们，请听我说：
> 我们的先辈从不把名字当儿戏。
> 听到他们的名字就知道他们的家世，
> 每一个名字都是一个真实的见证。③

被贩运到美洲的非洲黑人大多沦为奴隶，他们中大多数人的姓名经历了从非洲土语到欧洲文字与音符的转化，还有其他一些人被迫接受了新的名字和奴隶主的姓氏，从文化层面失去了原有的非洲人身份。屈辱的民族历史和现实中的各种歧视造成了非裔美国人（包括非裔美国作家）对姓名和命名的特殊敏感。黑人个体的姓名不仅意味着

---

① 陈志杰：《顺应与抗争：奴隶制下的美国黑人文化》，中国社会科学出版社 2010 年版，第 129 页。

② Michael G. Cooke, "Naming, Being and Black Experience", *Yale Review* , 2 (Vol. 67), 1977, p. 171.

③ 陈志杰：《顺应与抗争：奴隶制下的美国黑人文化》，中国社会科学出版社 2010 年版，第 132 页。

与本民族文化的内在联系，而且意味着自由、身份和权力，失去名字就意味着失去自我和自由。现代非裔美国黑人文学中，"以命名为修辞方式的写作和非裔美国身份诉求产生了密切的关系"①。对于美国黑人来说，失去了拥有特殊文化含义的名字就意味着失去了自我，失去了与祖辈取得联系的纽带。托尼·莫里森指出："如果你来自非洲，但失去了自己的名字，那麻烦就大了，因为你失去的不仅仅是你的名字，还有你的家庭，你的部族。如果你失去了名字，死后如何与你的祖辈联系呢？那才是巨大的心灵创伤。"② 失去非洲姓名的黑人永远都有一种失落感：他们既无法得到白人的认同，又无法保持与本民族文化联系的纽带。

命名与种族身份、文化身份及个人身份等主题有着密切联系。对于非洲裔美国黑人作家来说，"姓名不仅仅起到塑造人物、体现作者态度和深化主题的作用，还能为他们重建和改造自我以及为破碎的家族史提供至关重要的线索。在他们作品中，人物的姓名以及自我命名、错误命名、姓名空白、绰号等命名现象，不但是对奴隶制以及种族歧视制度下黑人受到的不公正待遇的反映，而且还是非洲的民俗特点和历史文化传统的体现"③。

玛雅·安吉洛在其自传性作品《我知道笼中鸟为何歌唱》中指出："我认识的所有人都极度害怕被随意称呼。对黑人想叫什么就叫什么，非常危险。这会被简单地理解为一种侮辱。因为几个世纪以来，黑人曾被称为黑鬼、黑鸡、脏鬼、黑鸟、乌鸦、皮鞋，或直接被

---

① 朱小琳：《作为修辞的命名与托尼·莫里森小说的身份政治》，《国外文学》2008年第4期，第67页。

② Thomas LeClair, "The Language Must Not Sweat: A Conversation with Toni Morrison", *The New Republic*, 1981, p. 97.

③ 甘振翎：《非洲裔美国黑人文学的命名现象》，《福州大学学报》2003年第2期，第83页。

称为鬼。"① 提出"妇女主义"概念的艾丽斯·沃克在其《父亲的微笑之光》中也通过其大女儿多样化的名字（"玛吉、麦克德琳娜、疯狗、麦克道克已经十五岁了……你很快就满十六岁了，我说，到时，你可以给自己取一个新名字"②）反映出姓名对于黑人民众的重要性。对于美国黑人来说，保留自己的真实姓名，或选择自己喜欢的名字就意味着确认自己的种族和文化身份。

1992 年，莫里森在谈到自己的命名时指出："我的真名是克洛·安东尼·沃福德，这才是我。在我发表了第一部小说《最蓝的眼睛》后，我后悔给自己改名为托尼·莫里森。"③ 莫里森于 1958 年与牙买加建筑师哈罗德·莫里森结婚，即随夫姓。将"克洛"改为"托尼"则是她上大学时的决定。大家觉得克洛的名字非常拗口，于是莫里森将克洛改为托尼。后来，莫里森再次提到："我一直在写有关误称的题材……母亲和姐姐都叫我克洛。应该是克洛去斯德哥尔摩领取诺贝尔文学奖的。"④ 在非裔文学中，名字不再是一个称呼或符号，它可能传递着远超字母意义的深层含义。对人或物的命名可能暗示着人物的性格或命运，或在一定程度上隐喻主题的表达，或对情节发展起到一定的推动作用。莫里森的每一部小说都涉及黑人社区名字和黑人个体的名字。

在其处女作《最蓝的眼睛》中，莫里森表现出对命名的极大兴趣。《最蓝的眼睛》中的佩科拉渴望拥有一双蓝色的眼睛，借此改变别人对自己的忽视。在遭受亲生父亲奸污并生下一个死婴后，佩科拉

---

① ［美］玛雅·安吉洛：《我知道笼中鸟为何歌唱》，于霄、王笑红译，上海三联书店 2013 年版，第 113 页。

② ［美］艾丽斯·沃克：《父亲的微笑之光》，周小英译，译林出版社 2003 年版，第 15 页。

③ Christophor Bigsby，"Jazz Queen"，*The Independent*，26 April 1992，Study Review Page，28 Online，Nexis，20 April，1996，p. 28.

④ Ibid..

精神失常。佩科拉的姓氏"布里德罗夫"（Breedlove，汉语意思为"培育爱"）。这个姓氏充满了嘲讽。布里德罗夫一家一贫如洗，家人之间感情淡漠，父亲对女儿唯一的一次同情以强奸结束。在这个"培育爱"的家庭里，佩科拉从未享受过温暖和爱。《秀拉》是莫里森1972年出版的第二部小说。小说通过黑人女性秀拉的一生，反映了黑人女性在20世纪70年代大胆追求自我和自由的美好愿望。主人公"秀拉"是一个非洲名字。"在巴班吉语中，秀拉有以下几种意义：1）恐惧；2）逃跑；3）用棍刺、戳；4）从好变坏；5）受挫；6）精神上的失败；7）被战胜；8）由于害怕而无法动弹；9）不知所措。在刚果语中，秀拉的意思是'电的标志'。莫里森借秀拉这个非洲名字的含义向读者暗示主人公坎坷的情感经历和曲折的人生经历。"①《秀拉》中的祖母伊娃，如人类的始祖一样，有罪但努力给孩子们爱护和帮助。伊娃生了三个孩子，又收养了三个孩子，那些无家可归的、流浪的、残疾的人都可以在她的家里栖身。伊娃在木匠街建起了自己的房子。秀拉的姓氏为皮斯（Peace，"和平"），但秀拉自己的一生从未达到内心"平安"的状态，并在寻找内心宁静的过程中给自己、朋友和整个社区带来了太多烦恼。《柏油娃》中的雅丹被不同的人冠以不同的称呼。她是在白人文化中成长起来的黑人女性，是一位受过高等教育的中产阶级黑人女性，但她对黑人文化一无所知，是一个没有"文化身份"的现代黑人。在与来自黑人社区的森恋爱后，她的黑人意识逐渐苏醒，对黑人文化的态度逐渐转变。

在莫里森写作技巧逐渐成熟的过程中，其第三部小说《所罗门之歌》达到了雅俗共赏的效果。"这部小说在评选过程中击败了约翰·契佛的《鹰猎人》和麦克·赫尔的《派遣》，以一九七七年最佳小说赢得了一九七八年美国文学艺术研究院和全国书籍评议会奖，其中一

---

① 曾梅：《托尼·莫里森作品的文化定位》，山东大学出版社2010年版，第73页。

版就发行了五十七万册，并译成外文在十一个国家发行。舆论一致公认，《所罗门之歌》是继赖特的《土生子》和艾里森的《看不见的人》之后的最佳黑人小说，标志着美国黑人文学已发展到一个新的阶段。"① 在这一小说里，开篇就是"祖先们会飞升/孩子们可以知道他的名字"。主人公"奶娃"（又译作"奶人"）的名字具有多重含义："白化了的黑人成分；依赖和不成熟；女人的哺育；成年后的力量。"② 奶娃的母亲因为得不得丈夫的爱，于是将所有的希望寄托在自己的儿子身上，对于性的渴望也通过哺育儿子而得到满足。于是，奶娃一直被母亲喂到六岁，被人们戏称为"奶娃"（Milkman）。奶娃一家的姓氏更为有趣。一名醉酒的联邦自由局工作人员在给奶娃的祖父杰克登记姓名时，把奶娃曾祖父已死的状况登记在姓氏栏里，又把他祖父出生的信息登记在出生栏里，结果奶娃祖父的姓名"杰克·所罗门"就变成了"梅肯·戴德"。对于黑人来说，失去自己的名字就相当于失去了与祖先的联系。后来，深受心理创伤的杰克在给自己的孩子起名时坚持自己的意见，想让自己的后代通过姓名重新建立与非洲先祖的联系。杰克不识字，给女儿起名时他随手翻看《圣经》，当一个看上去"强壮而又漂亮"，像是"一棵大树庄严地保护着一排小树"的名字映入他的眼帘时，他当即决定给女儿起这个名字。杰克希望女儿可以保护自己，保护别人。彼拉多（Pilate）这个名字的发音与"领航员"（Pilot）的发音非常接近，暗示了彼拉多后来对奶娃精神成长的特殊意义。当接生婆告诉杰克"彼拉多"是杀害耶稣的人时，杰克没有放弃自己的坚持，他仍旧选择了这个名字。后来，彼拉多将写了自己名字的纸条放在耳坠里，每时每刻带在身边，成为守护黑人传统文化的使者，后来又成为指导奶娃开始精神之旅的导师。莫里森也说：

---

① 托尼·莫里森：《所罗门之歌·译本序》，胡允恒译，译文出版社 2005 年版，第 2 页。
② 曾梅：《托尼·莫里森作品的文化定位》，山东大学出版社 2010 年版，第 116 页。

"我用《圣经》人物的名字来展示《圣经》对黑人生活的影响，他们对《圣经》的敬畏，以及他们改造《圣经》使之为己用的能力。"① 彼拉多在故事中的作用非常重要，在奶娃的成长过程中也起着"引领"作用。有了彼拉多的照顾和保护，奶娃得以出生，在彼拉多的带领下，奶娃开始正视和接受黑人文化，开始自己的寻求身份之旅。奶娃在了解了自己的家族历史后格外珍惜自己的名字，也明白了姓名对其他黑人的重要性。

> 这个国家的地名下面，地名里埋藏了多少死去的生灵和褪色的记忆。在登记的名字下面是另外的名字，就像"梅肯·戴德"那样，一直在某个灰尘满面的文件上记录着让人们看不出这些人物、地点和事物的真实姓名。名字是有意义的，难怪彼拉多把她的名字挂在耳朵上。当你知道自己的名字，你应该牢牢地记住它，因为除非把它写下来或把它记住，你死去的时候它也会死掉……奶娃闭上眼睛想起来了沙利马、洛恩克、匹兹堡、纽波特、丹维尔的黑人们，在布拉德银行、达林街上，在弹子房里和理发店里的黑人们。他们的名字。黑人们从渴望、独作、瑕疵、事件、错误和软弱中得到的名字。②

在写作过程中，莫里森"以诗话现实主义的手法将丰富的象征和隐喻的意象与黑人历史文化和主人公的心理真实结合起来，虚实相衬，巧妙地深化了全书的主题，重现了黑人经历的诗一般的美妙和痛苦"③。《宠儿》中的人名地名的特殊含义尤其引人注目。1987年出版

---

① Danille Tayor-Guthrie, ed., *Conversations with Toni Morrison*, Jackson: University Press of Mississippi, 1994, p. 128.

② ［美］托尼·莫里森：《所罗门之歌》，胡允恒译，译文出版社 2005 年版，第 329—330 页。

③ 孙薇：《打开记忆的闸门——莫里森〈宠儿〉中水的意象和象征》，《西南民族学院学报》2002 年第 4 期，第 97 页。

的《宠儿》更是有着特殊意义。莫里森因《宠儿》一书荣获 1988 年美国普利策奖，并于同年搬上银幕，为莫里森 1993 年获得诺贝尔文学奖奠定了基础。由美国著名电视主持人奥普拉·德芙蕾扮演的赛斯成为家喻户晓的形象；2005 年，《宠儿》又被改编为歌剧《玛格丽特·加纳》。《宠儿》中的人名地名也格外凸显出特别含义。

小说的题目"Beloved"也是小说中主人公的名字。Beloved 一词是个品质形容词，作者在它之前并未加特指的定冠词 the，也没有在它后面放上一个被修饰的形容词，这就使得 Beloved 一词的意义变得宽泛。就小说本身来看，"Beloved"一词与《圣经》有着不可分割的联系。首先，这个词取自《圣经》。在小说的扉页上，莫里森引用了《圣经》中《新约·罗马书》第九章第二十五节的一句话："那本来不是我子民的，我要称为我的子民；本来不是蒙爱的，我要称为蒙爱的。"（I will call them my people，which were not my people；and her beloved，which was not beloved.）这句话是耶稣基督的使徒保罗写给罗马人的信中的一句，着重申明了上帝的仁慈和宽容。事实上，在这一引文的下面隐藏着作者的质疑：上帝是否是公平的？黑人是否是上帝的子民？黑人是否是蒙爱的？奴隶制的存在是否合理，为什么会有这样的体制存在？莫里森选择 Beloved 作为她这一小说的题目，是对美国历史的重新审视，是对现存种族歧视的反思和质疑。另外，小说中的宠儿是死而复生的，与《圣经》中耶稣死而复生的故事相似。耶稣是为了救赎人类而死，宠儿是因为人类的罪孽，因为罪恶的奴隶制的存在而死的，他们都是人类罪孽的替罪羊。

宠儿因其含糊的身份使她自身的象征意义非常丰富。宠儿本身是叙述的焦点，蕴含丰富的可能性："宠儿"不是指某一个特定孩子的名字，而是普天下所有母亲对自己孩子的昵称，"她既是塞斯还阳的女儿，又是被白人侵害的黑人姑娘、黑人家庭的化身；她是那挣扎在奴隶制锁链之中痛苦呼叫的冤魂，也是那奴隶制被废除以后仍无法摆脱其阴影的黑人的心理写照。从她身上，读者甚至可以回溯历史，接触到那源自'六千万甚至更多'的黑人种族记忆的沉淀。在这样一个飘忽不定而又无处不在的黑人姑娘的形象中，莫里森浓缩了黑人苦难的历史"①。宠儿的"皮肤是新的，没有皱纹，而且光滑，连手上的指节都一样"②，因此宠儿成为反射美国黑人历史的一面镜子。莫里森通过宠儿这一形象的塑造指出，只有正视自己的过去，只有认真地审视和反思自己的过去，美国黑人才可能有美好的未来。

与宠儿的名字一样，她的母亲塞斯的名字也取自《圣经》。在《旧约·创世纪》中，该隐出于嫉妒杀死了自己的兄弟亚伯。亚当和夏娃向上帝祈祷，希望再生一个儿子。因为上帝的恩赐，他们又生了一个儿子，夏娃给他起名为 Seth，意思是："神另给我立了一个儿子代替亚伯。"③ seth 一词有"给予的""指定的"意思。《圣经》中 Seth 的出生体现了上帝的宽容和仁爱。在《宠儿》中，莫里森在这一名字的后面加上"e"，使其阴性化并暗示了 Sethe 的身世：塞斯是她妈妈留下来的唯一的孩子。她的妈妈是贩奴者从非洲买来的奴隶，在运奴船上她多次遭受白人的凌辱并多次怀孕，但她拒绝抚养那些父亲是白人的孩子，而是扔掉了他们。塞斯母亲的朋友楠为塞斯讲述了她妈妈的故事："她把他们全扔了，只留下你。有个跟水手生的她丢在了岛上。其他许多跟白人生的她也都扔了。没起名字就给扔了。只有你，她给起了那个黑人的名字。她用胳膊抱了他。别的人她都没有用胳膊去抱。"④ 由此看来，塞斯是爱的结晶，她是上帝赐给她母亲的一样礼物。

---

① 翁乐虹：《以人物为叙述策略——评莫里森的〈宠儿〉》，《外国文学评论》1999 年第 2 期，第 69 页。
② ［美］托尼·莫里森：《宠儿》，潘岳、雷格译，中国文学出版社 1999 年版，第 60 页。
③ 《旧约·创世纪》第四章第二十五节。
④ ［美］托尼·莫里森：《宠儿》，潘岳、雷格译，中国文学出版社 1999 年版，第 74 页。

《宠儿》中多次提到塞斯背上的伤痕，这些伤痕代表着她在奴隶制度下不堪回首的过去，象征着她内心难以愈合的精神创伤。《圣经》故事中的耶稣为了世人的罪而被钉上了十字架，塞斯因为自己的弑婴罪被钉上了精神的十字架。通过塞斯的名字以及她的身世，莫里森将笔触伸展到了上一代奴隶的生活中，更加深刻地批判了奴隶制的野蛮性和非人性。

另外，塞斯的生活经历和探求完整的自我和谐的心理历程也与基督神话的传统模式一样：塞斯从娴静的伊甸园生活中得到了短暂的幸福，与自己所爱的男人组建了家庭，有了自己的孩子，但"学校老师"的暴行使塞斯在身心两方面都受到了极大的摧残，为了理想中的自由和平等，塞斯在怀孕六个月的时候独自一人踏上了逃离和抗争的道路。在顺利逃脱以后，塞斯在辛辛那提度过了二十八天短暂的自由和幸福生活，但"学校老师"的跟踪而至摧毁了塞斯与孩子团聚的美梦，塞斯在情急之中杀死了自己的女儿，从此陷入杀婴的罪孽之中。十八年后，她那死去的女儿借尸还魂，回到了塞斯身边，在与宠儿的相处中塞斯开始面对过去，反思过去，重新认识自我，最终得到了新生。

斯坦普·沛德原名约书亚（Joshua）。在奴隶制下，他的妻子曾经长期被他们的白人奴隶主霸占，而作为丈夫的他却无能为力，只能默默地承受着。在一切噩梦结束以后，他离开了自己的妻子，并且认为"自己不再欠任何人的任何债"，于是将自己的名字改为 Stamp Paid，意思是"邮资已付"。正如《旧约·约书亚书》中的约书亚那样，斯坦普也是一位受神拣选的人。《圣经》中的约书亚是摩西的帮手，在摩西死后，上帝晓谕约书亚带领百姓过约旦河，到上帝指定的地方去。在《宠儿》中，斯坦普·沛德也扮演着相似的角色。他在获得自由之后便投身于帮助黑奴争取自由的运动中去，他总是等候在南北交界的俄亥俄河边，帮助逃跑的黑人渡过这条横亘在自由和奴隶制之间的河流。在安顿好逃出来的黑人后，他又帮助他们获得食物和工作，成为黑人社区里一个备受尊重的人。在《宠儿》中，是他救了蹒跚在俄亥俄河边的塞斯，是他叮嘱塞斯好好养活尚在襁褓中的丹芙，是他向"地下铁路"发出信号，有人来接塞斯并把她送到她的婆婆那里去……《宠儿》中的斯坦普·沛德是一位社会责任感和民族责任感很强的黑人，他的形象呼唤有更多的黑人投身到民族解放的运动中去，因为只有更多的人意识到自己的社会责任，只有更多的人愿意承担这种社会责任，黑人民族才会有希望。

《宠儿》中的贝比·萨格斯是另一位极富神秘色彩的人。在奴隶制下生活了六十年之后，因为加纳先生的仁慈、黑尔的孝顺，贝比获得自由。来到自由之地的贝比没有满足于平静的生活，"她成为一位不入教的牧师，走上讲坛，把她伟大的心灵向那些需要的人们打开"[1]。每个星期六她都在"林间空地"上布道，号召黑人同胞学会了解自己，学会尊重自己，学会爱自己；在平常的生活中"她又出主意；又传口信；治病人，藏逃犯，爱，做饭，做饭，爱，布道，唱歌，跳舞，还热爱每一个人"[2]。当塞斯浑身是伤、精神几乎崩溃地逃到她那里时，她用一颗博大的爱心接受和爱护着塞斯。她像耶稣为世人受洗一样为塞斯清洗全身；她用几个馅饼和几只母鸡做出了可以使九十个人饱餐一顿的晚饭，这一情节与耶稣用五个饼和两条鱼使听道的五千人吃饱的故事情节是极为相似的（《新约·马太福音》第十五章：13—21节）；正如耶稣在讲道中预言自己的受难一样，在盛宴后的第二天，贝比在清晨的空气中闻到了非难的气味。但是，因为黑人同胞的嫉妒和背叛，124号里发生了塞斯杀死亲生女儿的惨剧。百思不得其解的贝比在白人的残酷和黑人的背叛之间失去了对生活的热爱，整天躺在床上，回味着各种各样的颜色，想要知道白人与黑人到

---

① ［美］托尼·莫里森：《宠儿》，潘岳、雷格译，中国文学出版社1999年版，第103页。
② 同上书，第163页。

底有什么不同。

"贝比"这个词在英语中是"宝贝"的意思。当她获得自由后，他的主人告诉她"写在出售标签上的名字是'珍妮'"①，但贝比·萨格斯拒绝接受这个名字，她坚持用自己曾经爱过的男人对她的称呼"贝比"（"宝贝儿"）为自己命名。自由后的贝比成为黑人自救的一盏灯，成为医治黑人心灵创伤的牧师，成为黑人社团的精神。她是黑人们懂得自尊、学会自爱的源泉，是黑人得以繁衍和生存下去的勇气和信心，是阻挡白人价值观念对黑人进行负面影响的一道屏障。她号召人们去爱他们的肉体，鼓舞黑人否定和抛弃白人加在他们身上的歧视和蔑视；鼓舞他们抛弃自卑，热爱自己的黑色皮肤，热爱自己，热爱自己的兄弟姐妹，热爱自己的民族，热爱自己的黑人文化，热爱自己的一切。在作者、读者以及她的同胞眼里，她都是无价之宝。

《宠儿》中冷酷无情的奴隶主形象是以"学校老师"为代表的。莫里森将代替加纳先生的奴隶主称作"学校老师"是极有讽刺意味的。"老师"本应该是知识的传播者，是道德观和社会价值观的传授者，他们应该帮助自己的学生树立正确的道德观和价值观。但小说中的这位"学校老师"却是一位极端的种族主义者，他认为黑人是劣等民族，是没有感情的动物。他白天给白人学生上课，传播种族主义思想，闲暇之余，对黑人进行研究和记录。他测量黑人的身体，数他们的牙齿，记录他们的生活习惯，让学生们列举黑人的"动物属性"。"'学校老师'从不参考黑人的意见，他把他们提供的意见叫作顶嘴，而且发明了五花八门的矫正方法（他都记在了笔记本里）来对他们进行再教育。他抱怨他们吃得太多，休息得太多，说得太多。"② 他用皮鞭抽打自己的奴隶，容许自己的两个侄子侮辱塞斯，而他站在一旁做

① ［美］托尼·莫里森：《宠儿》，潘岳、雷格译，中国文学出版社 1999 年版，第 169 页。
② 同上书，第 262 页。

笔记，发现黑人的逃跑计划后，他处死了保罗·F.，烧死了西克索。通过"学校老师"这一人名，莫里森表达了她对支持奴隶制的上流社会的蔑视，讽刺了传播种族主义的社会机构，指出了美国社会种族歧视一时无法根除的原因。

除去人物的命名有着独特的含义之外，莫里森《宠儿》中地名的命名也独具特色。"甜蜜之家"是塞斯在奴隶制下生活过的一个南部种植园，那里风景美丽、主人善良、生活愉快，似乎是一个真正的"甜蜜之家"。但是，当仁慈的奴隶主加纳意外死亡之后，"甜蜜之家"一下子变成了"人间地狱"。莫里森通过"甜蜜之家"因为不同的奴隶主的管理而出现的强烈反差深刻地指出，即使有仁慈的奴隶主，有相对稳定的生活，但奴隶制本身是罪恶的。只要这种制度存在，不幸和悲伤就会存在，罪恶和残暴就会存在。要获得真正的自由就要打碎这种不合理的制度。同样，在当代社会中黑人要想得到平等和尊重，必须根除种族歧视。莫里森号召黑人同胞不要被暂时的平安和稳定所迷惑，必须看清隐藏在现实背后的真实，这样才可能得到黑人民族的真正解放。

124 号位于辛辛那提市的边缘，和整个社区不打交道，没有联系。对于塞斯和她的孩子们来说，124 号这间简陋的屋子最初是自由、理想的象征。然而莫里森没有让这种象征意义停留太长的时间，很快，124 号就成为一间闹鬼的屋子，成为塞斯精神的桎梏。另外，这一空间代码也有时间指向。如果读者用这部小说出版的年代 1987 减去 124 就会得到 1863 这一美国历史上非常重要的年代。就是在这一年，美国联邦政府颁布了《解放黑人奴隶的宣言》。宣言的发表，标志着所有的美国黑人将作为自由人而存在，他们将不再是奴隶。从 1863 年到 1987 年这一段时间，不正是美国黑人奴隶获得自由的 124 年吗？至此，已不言自明，《宠儿》表面上写现在，事实上，

　　小说家把作品的创作背景拉到了 100 多年前，实际上是写过去。莫里森警醒黑人同胞重新思考自由的含义。行为自由并不是自由的全部内容，自由还包括精神自由。如果把自由按内外空间来划分，那么，行为自由就是自由的外空间，而精神自由则构成自由的内空间。由于社会历史进程的原因，黑人只注意自由的外在空间，而忽视了拓展自由的内空间，即精神自由。表面上看，黑人不再遭受皮鞭之苦，获得了作为人的权利，然而真正意义上的自由他们却从来没有得到过。在获得外在自由之后，他们满足了，酣睡了，睡了 124 年。在美国这片土地上，黑人的文化和语言已被白人同化了，黑人的灵魂失去了，属于他们的恐怕也只有黑色的皮肤了。那"久经风雨，亟待修葺的老屋"最终不就指涉需重建的黑人精神家园吗？①

　　124 号由此成为美国历史上所有闹鬼的房屋中的一间，成为浓缩了的美国社会的象征。因为 124 号的象征意义，莫里森用一幢房子和几个人物的故事浓缩了一段历史——美国黑人解放史，并对这段历史做出了反思。

　　莫里森继承并发展了黑人民间文学传统，融合现代主义的写作技巧，创造出"黑人民间文学传说"。这一写作形式拓展了黑人民间文学的内涵与外延，深刻表现了美国黑人女性追求平等和自由的心声，使作品的思想性和艺术性都达到了一个崭新的高度。哈罗德·布鲁姆坦言："他阅读莫里森的作品是因为不管其社会目的是什么，她的想象都超越了任何一种意识形态和神学争辩而重新进入一种由具有真正审美尊严的幻想和罗曼斯所占据的文学空间。"②

---

　　① 杜维平：《呐喊，来自 124 号房屋——〈彼拉维德〉叙事话语初探》，《外国文学评论》1998 年第 1 期，第 67 页。

　　② 修树新：《托尼·莫里森小说的文学伦理学批评》，东北师范大学出版社 2015 年版，第 14 页。

黑人文化身份的认同困惑是美国文学与文化的一种特殊现象，它表现了生活在以白人种族占主导地位的美国社会中和人对自身文化身份认同的迷惘。它不仅是一种生理特征的认同，而是具有更为深刻的社会文化内涵。美国黑人女性文学是这种社会和文化的承载体，它从不同角度、不同层面揭示了黑人长期被迫面对的种族歧视和身份危机，通过保持和发扬黑人民族传统文化的方式来加强文化身份认同和建构是有效的途径。

第二节　百纳被

"百纳被"是美国黑人文学中非常特殊的意象，既承载着非洲文化传统，也颇具女性文化特色，是美国黑人女性作家普遍使用的意象之一。美国当代著名女性主义批评家伊莱恩·肖尔瓦特在其专著《姐妹的选择：美国妇女文学的传统和变化》（*Sister's Choice：Tradition and Change in American Women's Writing*，1991）一书中探讨了"百纳被"的历史、美学意义及其对女性文学尤其是女性文学中小说形式和结构的影响。

根据肖尔瓦特的介绍，缝制百纳被最初源自欧洲，后来随着移民带到美洲。因为早期殖民地艰苦的生活条件，百纳被成为一种必需品，其早期的主要作用是利用废旧布料缝制被子来御寒。在后来的发展中，缝制"百纳被"既是一种现实生活需要，也是一种女性传统文化。19世纪末期的美洲大陆上有这样的传统：所有的女孩子都要学会缝制百纳被。这是一种将不同颜色、不同材质的碎布拼制成被子的手工工艺。当时的女性一般将旧衣服或其他废旧布料剪成碎片，然后根据自己的想象和喜好自由设计图案，再将这些碎片一块一块地缝在一起，拼成完整的图形。一般来说，女孩子在十五岁生日时要缝制出第一床百纳被；在订婚时要缝制出更多的百纳被作为未来的嫁妆；结婚时要用家里可以负担的最好的布料缝制出结婚用的被子。而"婚被"的缝制是由其女性亲属和其他在本社区具有重要地位的女性集体参与完成，这种形式被称为"缝被聚会"（quilting bee）。在黑人女性学会了这样的缝制技巧后，她们经常一起设计，一起工作，这样的缝制活动逐渐演变为一种仪式：黑人女性在缝制中交流感情，相互学习，彼此帮助。缝制"百纳被"为黑人女性发挥想象力和创造力提供了机会，"缝制衣物可以帮助社区里的人们彼此之间建立联系，对于家庭关系尤其如此"①。"百纳被"既有实用价值也有审美价值，更是传递和延续民族文化传统的主要载体。"百纳被"的缝制在美国社会、家庭和文化中都占有重要地位。需要指出的是，"百纳被"在缝制过程中有的体现了黑人民间艺术传统，而有的反映了印第安的传统艺术，还有一些反映异域文化传统，这就使百纳被跨越了种族、地域和阶级的局限，缝制"百纳被"也成为美国女性主义写作实践的一个重要隐喻，"它的美学意义在于打破中心与边缘的对立，因为任何一块碎片都是整个被子中不可或缺的部分"②。

　　因此，"百纳被"是美国黑人女性作家作品中非常重要的意象，它体现了美国黑人女性作家对非洲文化的认同。"百纳被"是一种用多种不同形状、不同颜色的破旧布料拼接而成的被子，实用而美好。生活在奴隶制下的非洲裔黑人妇女没有足够的食物，也没有足够的生活用品。但她们有灵巧的双手和超人的智慧。她们把破旧的，从其他衣物上收集来的各种布块拼接在一起，做成日常使用的被子。一般来

---

①　M. Teresa Tavormina, "Dressing the Spirit: Cloth-working and Language in The Color Purple", *Journal of Narrative Technique*, 16, 3 (Fall, 1986), pp. 220-230.

②　龚玲：《碎片的消融：〈宠儿〉的"百纳被"审美研究》，《广东外语外贸大学学报》2012 年第 3 期，第 94 页。

说，在奴隶制农场中，黑人妇女都是围在一起，边唱歌边缝制百纳被的。随着历史的演变，百纳被成为体现非洲裔黑人文化的一个象征物。其做工也越来越精美，价格越来越昂贵，意义也越来越丰富。因此，百纳被不仅是妇女团结的象征，也是黑人民族文化传统和艺术的象征。美国黑人妇女赋予其新的生命和意义。"她们在缝制被面时所采用的图案大多源自非洲文化传统，从内容上颠覆了白人文化形式，同时被面图案的设计也反映了黑人女性对生活的体验和美的追求，因此，在黑人女性主义者眼里，百纳被成了颠覆白人文化中心和黑人父权制的文本。此外，一床被面通常由多个家庭成员的衣料拼成，因此黑人女性的百纳被又常常被视为一部黑人历史，在许多黑人女性作家的笔下，它不仅记录了黑人女性的奋斗历程，而且也记录了整个黑人家族的历史。"[①] 南北战争以后，随着工业技术的发展，特别是缝纫机的使用，手工缝制的百纳被逐渐蜕变为黑人女性传统的一部分。直到20世纪60年代末期，随着妇女解放运动的高涨，百纳被得到美学领域内的复兴。艺术批评家露西·利帕德（Lucy Lippard）如是说："自从1970年左右女权主义的新浪潮开始以后，百纳被成了妇女生活、妇女文化的基本视觉隐喻。"[②] 对于美国黑人女性作家而言，百纳被不仅是妇女团结的象征，更是民族文化遗产的标志。写作成为黑人女性作家美学领域内缝制百纳被的文化行为。百纳被的多元化和消解中心的特征为黑人女性作家提供了创作灵感。黑人女性主义者艾丽斯·沃克在其代表性作品《寻找母亲的花园》中也提到"百纳被"的传统。

艾丽斯·沃克是一个非常多产的作家，迄今为止出版诗歌集六部：《曾经》（Once：Poems，1968），《革命的牵牛花》（Revolutiona-

---

[①] 曾竹青、杨帅：《〈戴家奶奶〉中百纳被的黑人女性主义解读》，《湖南科技大学学报》2008年第2期，第111页。
[②] 张峰、赵静：《"百纳被"与民族文化记忆——艾丽斯·沃克短篇小说〈日用家当〉的文化解读》，《山东外语教学》2003年第5期，第17页。

ry Petunias and Other Poems，1973)，《晚安，威利·李，我们早晨见》(*Good Night，Willie Lee，I'll See You in the Morning*，1979)，《马儿使风景变得更美》(*Horses Make a Landscape Look More Beautiful*，1984)，《我们完全了解她蓝色的身体》(*Her Blue Body Everything We Know*，1991)，《笃信地球之善》(*Absolute Trust in the Goodness of Earth*，2004)；七部长篇小说：《格兰奇·科普兰的第三次生命》(*The Third Life of Grange Copeland*，1970)，《梅瑞迪安》(*Meridian*，1976)，《紫颜色》(*The Color Purple*，1982)，《亲人殿堂》(*The Temple of My Familiar*，1989)，《拥有欢乐的秘密》(*Possessing the Secret of Joy*，1992)，《父亲的微笑之光》(*By the Light of My Father's Smile*，1998)，《现在你可以敞开心扉了》(*It's Time to Open Your Heart*，2004)；短篇小说集《爱情与烦恼》(*In Love and Trouble*，1973)，《好女人压不住》(*You Can't Keep a Good Woman Down*，1981)；散文集《寻找我们母亲的花园》(*In Search of Our Mother's Garden*，1983)，《再次渡过同一条河：向困难致敬》(*The Same River Twice*，1996)，《我们所爱的一切都能得到拯救：一个作家的行动主义》(*Anything We Love Can be Saved：A Writer's Activism*，1997)等。

沃克的作品大多关注黑人女性的命运和生存，讲述黑人女性在种族压迫和性别压迫下追求平等、独立和身份的艰难历程，被评论界称作"黑皮肤的弗吉尼亚·伍尔夫"。其代表作《紫色》曾获美国图书界三项大奖——普利策文学奖、国家优秀图书奖和全国图书评论奖。《紫色》一经出版就成为畅销书并于1985年被著名导演斯皮尔伯格改编为电影，搬上了银幕，深受观众喜爱。在《紫色》中，主人公西莉借助缝纫这一行为构建起独立的自我，最终走向独立。缝纫的意象在小说中起到的作用甚至比语言都重要，如西莉缝制了新的窗帘迎接索菲亚；后来索菲亚在与西莉意见不合时剪碎了窗帘；西莉与索菲亚重归于好后一起拿着窗帘的碎片缝制百纳被等情节。作品中的 93 封书信就像 92 块布片，沃克通过时间和空间的转换将这 92 块布片拼接起来，形成一部完整的作品。在小说中，西莉和索菲亚共同缝制被子时，莎格拿出了自己的黄色连衣裙，"我和索菲亚一起缝被子。在门廊里把布片拼接起来。莎格·艾弗里把她那条黄色旧裙衫给我们当作碎布片，我只要有机会就缝上一块图案很漂亮，叫'姐妹的选择'。如果被子缝成后好看的话，我也许会送给她。如果不好看，我也许就留着自己用。我想留给自己，因为里面有那些黄色的布块，它们看上去像星星，可又不是星星"①。后来，西莉把这条被子送给了索菲亚，这条象征女性情谊的被子陪伴索菲亚度过了漫长的囚禁生活。女性之间的关系通过缝纫意象和缝纫行为表现得一目了然。在小说末尾，西莉与她的丈夫某某先生和好，一起缝制衣服，在相互尊重的基础上两性之间可以和平相处的画面悄然展开。

《外婆的日用家当》是沃克最为优秀的短篇小说之一。在这部作品中，沃克成功塑造了一位代表并继承了黑人传统文化的黑人母亲，讲述了这位母亲与女儿围绕"百纳被"发生冲突的故事，反映出不同时代的非洲裔美国黑人女性对文化遗产的不同态度。在这一故事中，"百纳被"是外婆留给子女们的遗产，但年轻一代对待百纳被的态度是不同于老一代的，她们认为拥有"百纳被"是一种时髦，并不懂得其内在的文化意义。随着故事的发展，读者逐渐意识到黑人文化遗产对黑人民族获得身份认同和文化认同的重要性。"被子"这一寻常的家庭用品在沃克的笔下蕴含特殊的含义，通过这一意象既歌颂了黑人女性巨大的创造力，相互团结的精神，与命运抗争的勇气，同时也呼唤其他黑人同胞重视黑人家庭历史及传统。在《外婆的日用家当》中，整部作品呈现出"百纳被"式的叙事特点，主要体现在叙事文本

---

① ［美］艾丽斯·沃克：《紫颜色》，陶洁译，译林出版社 2003 年版，第 47 页。

的双重性和破碎性。小说的叙述是通过多重叙事视角和叙事声音展开的。读者从不同的叙事角度了解到小说的核心事件；不同叙述人讲述的故事就像一块块五颜六色的布片，在沃克的精心缝制下，组成了一床独具匠心的"百纳被"。作者将叙事文本打碎的用意就是希望读者可以按照自己的理解重新组织故事情节，甚至重新创作故事内容，实质性地参与文本创作，完成故事在读者层面的再次创作。"在阅读的时间轴上，这种叙事的破碎将打破读者传统阅读经验的连续性，并增加阅读的难度。但是读者在破碎的叙事文本之间留出的空白却为读者重组小说结构留下了无尽的想象空间。"[1] 由此可见，作者在把有着独特内在结构的叙事文本打破和重组的过程中，创造性地采用了"百纳被"工序中的剪切、缝合、拼接等手法。就如选取和裁剪"百纳被"花色各异的布块一样，故事情节在被选取之后按照作者的构思，被分割为不同单位的叙事碎片。在读者能动思维的参与下，这些破碎的叙事单位又被组合为具有作者和读者双重创作思维的叙事模块，最后整体呈现为具有独特主题的整体文本，成为一床具有叙事多重视角的多声部特质的、花色独特、寓意丰富的"文学百纳被"。"这种叙事方法的特点是作者提供材料、读者提供想象空间和建构逻辑后互动而成的动感叙事。"[2] 在这部小说中，"百纳被"的叙事方法不但填补了各个章节之间的意义空白，也为小说众多叙事人提供了多元的叙事空间。"确实，沃克不仅推进了黑人女性主义作家文学传统的发展，而且也创造性地转化了文学传统。"[3]

在其他作品中，沃克也经常借助"百纳被"的意象进行创作。《父亲的微笑之光》由 47 个章节组成，就如 47 块颜色、质地不同的布料被拼接在一起。但是，这些章节不是胡乱拼凑在一起，而是由一

---

① 庞好农：《非裔美国文学史》，中央编译出版社 2014 年版，第 352 页。
② 同上。
③ 唐红梅：《种族、性别与身份认同》，民族出版社 2006 年版，第 132 页。

个主题将这些碎块串在一起。《我好朋友的庙宇》这一小说头绪众多，情节复杂，时态多变，十几个人参与了故事的发展，其中人物生活的时间跨度很大，性格各异，叙述声音繁多，读者需要耐心阅读完整部作品，才可以对整个故事有完整的理解和把握。沃克的《我好朋友的庙宇》一书有着非常突出的口头叙事特点。小说的第一句话就是："在南美那个古老的国家，夏诺特的祖母，泽达，是一个裁缝，但实际上倒真更像一个缝纫魔术师。"①在小说的叙述过程中，除去少量的叙述文字之外，小说大部分的内容都是由人物讲述自己所经历的事情。这些内容又包括对话、书信、日记、福音书等。文本中叙述性的语言大多停留在对场景的交代，人物之间的对话以最原始的状态呈现，没有引导语，也没有其他评述。这些不同的声音同时呈现在故事中，每个声音的地位都是平等的。任何人物都不是故事的中心，任何事件也都不是小说的中心，小说以碎片状呈现，具有"百纳被"的叙事特点，深化了小说主题，拓展了小说的历史空间和心理空间。

继沃克之后，还有很多黑人女性作家承袭了这一写作方式。将文本主题内化于文本表层结构中。其中最值得一提的是格罗丽娜·内勒，她在美国小说界的成就使其成为继莫里森、沃克之后当代美国黑人女作家中最为重要的一员。内勒最为人熟知的作品《戴妈妈》（*Mama Day*）中也呈现出"百纳被"的艺术特色。

正如文本中出现的被面意象，"开始圈边还是金色，当一个个圆圈重叠后，便交汇成了橙色、红色、蓝色、绿色，然后又是金色的圈边，又是圆圈重叠后的橙色、红色、蓝色、绿色，到被子的中心又是一圈圈金色"②。尽管色彩绚烂，但仍旧可以分辨出每一块布料的来源。在这样的被面上，每一块布料都记录着不同家庭成员的成长历

---

① Alice Walker, *The Temple of My Familiar*, New York: Pocket Books, 1990, p. 3.
② Gloria Naylor, *Mama Day*, New York: Random, 1988, p. 137.

史。每一块布料和谐共处，发挥着自己不可替代的作用，又没有遮蔽其他布料的光彩。米兰达在缝制被面时犹豫再三，还是将会唤起悲痛回忆的母亲的衣料缝在了被面上，"我只用一小段，只有拇指那么大小。一定要把它缝在上面"①。因为她知道，面对家族历史、民族记忆，任何人都是不可或缺的。黑人女性缝制百纳被的行为既是创造性质的，也是治愈性质的。她们在缝制的过程中回顾历史，直面历史，整理历史，反省历史。缝制婚被的行为成为文本中寻找家族历史的过程，也成为参与者寻求精神力量的过程。"这就是米兰达的百纳被。它把各个独立的碎片有机地统一起来，却又不失每一块碎片的独立性和个性；它把过去和现在连在一起，让未来触摸过去，也让过去触摸未来；它使每一个个体相互依存、交相辉映，形成一种独特的美和力量。这种强调集体和整体而又尊重个体的美学思想体现了黑人女性主义思想的核心。"② 小说中的"百纳被"记录了黑人的民族历史、家族历史、个人历史，也表现出过去与现在、痛苦与欢愉、创伤与治愈、绝望和希望等复杂情感的有机融合。

在黑人女性作家的笔下，百纳被虽是黑人女性日常生活中的一项普通手工艺活动，但因其特殊的文化内涵而成为黑人女性集体的文化坐标，展现了黑人的民俗文化、审美情趣和核心价值观，黑人女性在从裁剪、设计、拼贴到缝制这一过程中发挥了惊人的创造力，缔结了珍贵的友谊，也用特殊的方式书写了自己的美学思想，因此，"百纳被"是属于整个黑人民族的文化遗产。在"百纳被"上，"过去与现在、痛苦与欢乐在这上面交汇，形成了一幅绚丽多彩的画面。它是平和的，不愿去征服任何人和事。它是开放性的，不仅能缝合同质的价值观，也能容纳异质的人生。它所代表的理念是美国黑人克服现实生活中的种种困难的

---

① Gloria Naylor, *Mama Day*, New York: Random, 1988, p. 137.
② 曾竹青、杨帅：《〈戴家奶奶〉中百纳被的黑人女性主义解读》，《湖南科技大学学报》2008年第2期，第112页。

力量源泉，也为世界提供了另外一种有价值的世界观"①。

"百纳被"的叙事方式打破了传统作家的写作模式，颠覆了原有的按照线性时间叙述的理念，采用时空倒置、非线性的叙述模式。这种叙述模式拒绝连贯性和完整性，没有明显的开头、高潮和结局，通常表现出反情节倾向。作家也通常采用多重视角，同一事件总是由不同的人从不同的角度叙述，故事被切割分块，分成许多碎片和片段，作品的情节结构松散凌乱。但是，"百纳被"的碎片都有其来源，都有着不同的历史含义，因此，在"百纳被"式的创作中，现实世界与虚幻世界交织、历史与现实交织、梦境与想象交织、过去与现在甚至未来交织，时间与空间的界限完全被打破，拓展了文学表达空间，丰富了文学表达意义。"百纳被"成为黑人社会的地图及记录不同时期的历史文本，具有丰富性和多样性。"百纳被可以被视为艾丽斯·沃克妇女主义文学艺术形式的一个象征，百纳被不仅作为主要的隐喻和具象出现在沃克的文学作品中，还暗含了沃克独具特色的叙事意识，其主要特征就在于以碎片化的形式呈现完整的艺术效果，如沃克的作品常常采用多元叙述视角、多声部叙述声音和拼贴的叙事结构。此外，'百纳被'的艺术形式还体现了黑人的传统文化，特别是黑人女性文化的特征。"②

通过"百纳被"的意象和写作手法，美国黑人女性作家"注重歌颂黑人妇女的创造力，黑人妇女的文化，黑人妇女的情感、智慧和力量，表现黑人女性大胆、乐观、开放和宽容的形象特征，以唤起黑人女性自尊、自爱、自信的勇气"③。美国黑人女性文学很少以传统的线

---

① 曾竹青、杨帅：《〈戴家奶奶〉中百纳被的黑人女性主义解读》，《湖南科技大学学报》2008年第2期，第114页。

② 王晓英：《走向完整生存的追寻——艾丽斯·沃克妇女主义文学创作研究》，苏州大学出版社2008年版，第16页。

③ 同上书，第99页。

性叙事开始，作品中呈现出无处不在的碎片：物体碎片、身体碎片、精神碎片、家庭碎片、社区碎片等。在故事讲述的过程中又展现出缝制碎片的可能和希望。她们"用叙述片段为她的人民求声音、求生存、求在场；用历史片段为他们求自尊、求自信、求未来"①。不同作家笔下不同的故事就如百纳被上不同的碎片，从不同角度展示了黑人民族社会的不同方面，所有的碎片缝合在一起后将谱写出一部完整的非洲裔美国黑人的史诗，描绘了一个丰富多彩的黑人民族社会画面，显示了百年来美国黑人文化、历史、社会发展的进程。正如贝克所指出的："一条百纳被，是将一块块从旧的外衣、破烂的制服、破旧的棉袄等衣物上取下的碎布片，经过辛苦的劳动和感情的投入缝制而成的。它象征了非洲移民作为一个整体的精神状态……传统非洲文学因为欧洲奴隶贸易的存在而散落在新大陆的各个地方。缝制百纳被也逐渐成为黑人妇女的民间艺术……那双白天为主人缝制固定款式的被子的手，在晚上，在奴隶居住的小屋中，变成了富有艺术创造力的手。缝制百纳被为美国黑人妇女提供了一种共同将碎片组合成整体的经验。那些处于社会边缘的，源自日常生活的故事也是在这一缝制的过程中被发现和讲述的。在许多方面，美国黑人妇女缝制百纳被就如同造物神的工作，他们将碎片和遗骸变为富有生命的新事物。"② 美国女性文学一直呈现出矛盾、分散、多元化的趋势，但是，通过美国黑人女性作家的努力，不同种族的女性作家都在为缝制"文学百纳被"而不断努力，"百纳被"的叙事策略因此成为非裔美国女性文化身份的中心隐喻。

---

① 焦小婷：《多元的梦想——"百纳被"审美与托尼·莫里森的艺术诉求》，河南大学出版社 2008 年版，第 9 页。

② Houston A. Baker, Jr. and Charlotte Pierce-Baker, "Patches: Quilts and Community in Alice Walker's Everyday Use", in Henry Gates, ed. , *Alice Walker: Critical Perspectives Past and Present*, New York: Amistad, 1993, p. 309.

"对妇女文学来讲，缝制百纳被的过程就像写作的过程。缝制百纳被涉及艺术创作的四个阶段：首先要选择所需材料的色彩和面料，并将选好的布料剪成几何形状的小块；第二步，把这些小块按照一定的模式缝合成较大的方块；第三步，把大方块缝合成一个整体的图案，这个图案通常是传统的图案，它有一个名称，表明了它在地域、政治或精神上的含义；最后把它缝在褥子上并在周边加上一定的花纹。写作的过程与缝制百纳被的过程颇为相似，要先选择题材，然后措辞、造句、布局，按照一定的主题和结构，运用种种艺术技巧和手段写出一部完整的作品。"①

第三节　食物文化

食物是满足人类需求的物质资源，为人类生存提供必要的能量。除此之外，它还具有一定的社会意义，文学作品中出现的食物意象经常有着特殊的含义，对于非裔美国黑人来说，食物的意义格外特殊。

对于非裔美国黑人来说，饥饿和压迫是他们整个民族历史的缩影。处于种族压迫下的黑人，只有通过辛苦劳作才换来勉强可以果腹的食物，食物在非裔美国黑人文化中有着特别的含义。因为历史上食物的短缺，黑人妇女"整个夏天不停地研制、冷冻食品，把它们做成罐头，塞满家中所有的柜子和橱架"②。因为在家庭和厨房中的特殊地位，非裔美国黑人女性对食物的关注程度大大超出黑人男性的想象，

---

① 程锡麟、王晓路：《当代美国小说理论》，外语教学与研究出版社 2001 年版，第 168 页。

② 王晋平：《论托尼·莫里森的食物情结》，《西安外国语学院学报》2001 年第 3 期，第 98 页。

"有关食物和食物的仪式对于非洲裔美国黑人来说是非常重要的"①。非裔美国黑人女性作家笔下的食物描写更是有着深刻的意义，既可以凸显文化内涵，也可以丰富小说主题。

作为非裔美国黑人女性作家的赫斯顿在继承黑人民俗文化传统的同时，自己也深刻感受过饥饿的滋味。母亲去世后，父亲很快再婚，赫斯顿与继母的关系恶劣，无法在家里生活。父亲让赫斯顿寄宿在学校或亲戚家，也不再支付赫斯顿的学费。赫斯顿只好自己在外兼职，勉强糊口。"贫穷有着一种死亡的味道。死去的梦才在心中凋落就如树叶从干枯的枝头飘落并在脚底腐烂。冲动在地下洞穴恶臭的空气中窒息了太长时间。灵魂就生存在病态的空气中。人们在自己的鞋中就可以成为贩奴船。"② 在赫斯顿的作品中，有关食物的描写贯穿在故事情节的发展中，食物成为小说人物在特定生存境遇的隐喻。

在《约拿的葫芦蔓》中，赫斯顿详细记载了黑人民间庆贺丰收的活动。

> 当所有棉花都被收获，最后一朵被放进轧棉机时，阿尔夫·坡森给自己的工人两只猪仔以庆贺丰收。
>
> 那是一个特别的夜晚。猪仔在橡木树枝上方烘烤。其他三个种植园的黑人们也都来了。有些带来了自己酿制的酒；有些带来了成袋的甜薯，有些带来了专供烧烤使用的花生，坡森家庄园里最大的锅里煮满了鸡肉。二十只母鸡和六桶大米放在一起烹饪。老坡里·凯姆宝正在用一只大的铁锹搅拌。

---

① Jacqueline Bobo, ed., *Black Feminist Cultural Criticism*, Massachusetts: Blackwell Publishers Ltd., 2001, p. 17.

② Zora Neale Hurston, *Dust Tracks on a Road*, Urbana and Chicago: University of Illinois Press, 1984, p. 53.

大量的音乐和大量的人们在享受这一切。[①]

此处对于庆贺时使用食物的描写不但记录了黑人文化中聚餐庆贺的具体形式和场景，也表达出黑人生活的窘迫状态。即使是在奴隶制废除以后，即使是在农作物丰收之时，黑人自己也不拥有任何东西。他们庆贺时用的猪仔是农场主给的，他们庆贺的时间、形式、地点也必须是农场主同意的。黑人在美国历史上一直处于各种形式的压迫和剥削之中。

《他们眼望上苍》中，当十六岁的珍妮被迫与中年的洛根结婚时，小说中没任何浪漫的细节描写，只是强调了食物的丰盛。"一个星期六的晚上，珍妮和洛根在阿妈的客厅里结了婚，有三个蛋糕、大盘大盘的炸兔肉和鸡。吃的东西丰富得很。"[②] 这里的描写隐隐透露出珍妮的失望。按照外祖母南妮的安排，珍妮与洛根的结合完全是为了物质保障，没有任何爱情和浪漫可言。这里的食物描写与珍妮在梨树下对爱情和婚姻的幻想完全不相符合，为珍妮第一次婚姻的失败埋下了伏笔。

珍妮的第二任丈夫乔迪很快成为伊顿维尔的市长，他对整个城市的建设是有规划、有前瞻性的。在修好马路之后，乔迪决定为这个城市安装第一个属于黑人自己的路灯。乔迪的点灯仪式非常正式。黑人在庆祝的时候通过食物来表达自己的心情。

女人准备好甜食，做馅饼、蛋糕、白薯糕。男人负责烤肉。点灯式的前一天，他们在商店后面挖了一个大坑，里面填满栎木块，然后把木块烧成一层红炭火，他们花了一整夜才把三只猪烧

---

① Zora Neale Hurston, *Jonah's Gourd Vine*, Philadelphia：J. B. Lippincott Company, 1934, pp. 61—62.

② ［美］左拉·尼尔·赫斯顿：《他们眼望上苍》，王家湘译，北京十月文艺出版社1998年版，第23页。

烤好。汉波和皮尔逊总负责，别的人在汉波往肉上涂浇汁的时候帮忙翻个儿。在不翻肉的时候他们就讲故事，大笑，再讲故事，唱歌。他们开各种各样的玩笑；在调料渗到肉骨头里、把肉慢慢烤好时，他们吸着鼻子闻肉香。①

此处有关食物制作的细致描写既表现出黑人欢欣鼓舞的心情，也反映出乔迪的管理才能。整个活动的安排井井有条，每个工作都有专人负责，展现出黑人自治的伊顿维尔繁荣快乐的景象。

在珍妮与茶点的交往中也有多处有关食物的描写。食物在爱情的表达中总是与亲密、友好的情感密切相关。首先，茶点的名字是与食物相联系的。"茶·蛋糕"这样的名字暗示着茶点本人甜蜜的气质，暗示着他在珍妮生活中的重要性，也暗示他与其他黑人男性的不同。茶点年轻英俊、活泼开朗、尊重女性，他不同寻常的性格吸引了珍妮的注意并获得了珍妮的爱情。在茶点的追求下，珍妮越来越离不开茶点。他们经常约会到深夜，"快十一点钟时她想起来她留着的一块蛋糕，甜点心到厨房拐弯处的一棵柠檬树前摘了几只柠檬替她挤柠檬水，因此他们还喝了柠檬水"②。第二天晚上她走上家门台阶时，"甜点心已先到了，坐在黑暗的门廊上。他提了一串新抓的鳟鱼来送给她。'我来收拾鱼，你来炸，咱们好吃。'他带着不会被拒绝的自信说道。他们到厨房去做好鱼和玉米松糕，吃了起来"③。茶点与珍妮发生争执之后的第二天清晨就送来了草莓。心神不宁的珍妮在商店熬了一天，晚上回家时看见了在门廊等着自己的茶点，欣喜万分："甜点心，不知你饿不饿，我可是饿了，来，咱们吃点晚饭。"④ 在珍妮和茶点的

---

① ［美］左拉·尼尔·赫斯顿：《他们眼望上苍》，王家湘译，北京十月文艺出版社1998年版，第48页。
② 同上书，第110页。
③ 同上书，第111页。
④ 同上书，第115—116页。

蜜月期,珍妮总是"让他去弄点鱼来好炸了做早餐"①。在茶点与珍妮的相处中多次出现食物意象,暗示着珍妮和茶点内心的甜蜜与欲望。到了大沼泽地,茶点出去工作,

> 珍妮待在家中,煮一大锅一大锅的豌豆和米饭,有的时候烤上几大盆海军豆,面上放上大量的糖和大块的咸肉。这是甜点心爱吃的东西,所以珍妮一星期做了两三顿豆子吃,星期天他们还有吃烤豆。她也总是备有某种甜食,因为甜点心说甜食让人嘴里有点东西嚼嚼,再慢慢停下嘴来。有时她把那两间屋子的房子收拾干净,拿上步枪出去,等甜点心到家时晚餐吃炸兔肉。②

珍妮精心为茶点准备的食物反映出她对茶点的关心、爱护和思念,也暗示着珍妮与茶点和谐的爱情生活。在父权制社会中,做饭总是与女人相联系,而故事中:"下工后,甜点心帮着她准备晚饭。"③在赫斯顿的笔下,茶点是一位具有特殊气质的男性,他会陪着珍妮下棋、帮珍妮抓头皮屑、帮珍妮做饭等,这些细节都反映出茶点对珍妮的尊重、爱护和照顾。

同样,赫斯顿在其描写白人生活的小说《苏旺尼的六翼天使》中也大量使用了食物意象,为故事情节的发展和人物形象的塑造起到了不可忽视的作用。厄尔死后,阿维有很长一段时间无法摆脱悲痛,整个家庭笼罩在阿维的消沉之中,吉姆与阿维之间的关系也逐渐淡漠。慢慢地,意识到问题存在的阿维决定仔细整理儿子的所有遗物并将重新调整与吉姆之间的关系。于是,阿维精心准备晚饭:"炖好的小牛排应该非常美味,还有烤出汁儿的肉块和米饭,从园子里摘来的四季

---

① [美]左拉·尼尔·赫斯顿:《他们眼望上苍》,王家湘译,北京十月文艺出版社1998年版,第126页。
② 同上书,第142页。
③ 同上书,第143页。

豆和蹄膀炖在一起，把应季的土豆放在豆子上蒸，或者还可以做一锅姜饼就着酪乳吃。这些周六晚上吃非常好。烤鸡和甜薯应该是周日的主餐。"① 这里的食物描述反映出阿维逐渐复苏的家庭责任感和对丈夫孩子的关心，反映出阿维想要重新面对生活的勇气。

在与吉姆的关系调整中，食物意象一直扮演着重要作用。内心自卑的阿维一直不敢相信吉姆对自己的爱。一天，平日温和礼貌的阿维非常粗鲁地将来家门口勾引吉姆的女人赶走，并为吉姆准备了一顿丰盛的晚餐。"姜饼里全是葡萄干和其他辅料，烤出来的面包皮因为有很多黄油、鸡蛋和牛奶而闪闪发亮。"② 晚饭后阿维还为吉姆端来了"刚刚搅拌出来的黄油牛奶"③。阿维所准备的食物不仅是一顿简单的晚餐，还有对自己的重新发现，对吉姆的肯定和爱。在女性世界里，食物还可以用来表达歉意和友好。眼镜蛇事件后的几个小时里，阿维一直没有勇气向吉姆道歉，她待在厨房，为吉姆准备了非常丰盛的晚餐："她从冰箱里拿出吉姆前一天宰的小鸡，放在炉子上准备油炸，又做了一些苏打饼干……她又拿出前一天晚上剩下的凉甜薯，弄碎了，用咸猪油炸成焦黄色。"④ 从母亲葬礼上回来的阿维决定告别过去，与吉姆开始新的生活。她要去海边看望吉姆，但路途较远。出发前，阿维精心准备各种吉姆爱吃的食物："四个大的土豆玉米饼，四只炸鸡，黄油饼干，24 个煮鸡蛋，土豆沙拉，保温瓶里装满了放好奶油和糖的热咖啡。"⑤

回到故乡的阿维非常怀念自己的童年生活。"炉子后的面粉已经准备好了，正在等着使用。饼干的形状已经都弄好了就等着放进烤

---

① Zora Neale Hurston, *Seraph on the Suwanee*, New York: Scribner's Sons, 1948, p. 160.

② Ibid., p. 167.

③ Ibid..

④ Ibid., p. 259.

⑤ Ibid., p. 317.

箱。瓶子里装着糖浆，盘子里放着黄油。大的、黑色铁制煎锅已经放上了动物油等着莫瑞亚用铁锤处理牛排。牛排是腌过的，表面洒满了黑胡椒。用铁锤慢慢敲打直到牛排变得越来越软，然后和着面粉放在热锅里炸。棕色的肥的牛排和洋葱放在一起然后再混上粗面粉。"① 阿维有关童年的记忆反映出她对母亲的怀念，对童年快乐生活的怀念，对姐妹情谊的重视和她想要和姐姐和好的愿望。但是，阿维的好意并没有得到姐姐一家的理解。阿维的姐夫假装摔伤来敲诈阿维；阿维的姐姐在阿维忙着料理母亲的葬礼时搬走了家里所有的值钱东西并不辞而别。阿维感到伤心难过的同时也有了从未有过的轻松感。此处阿维有关童年的美好记忆冲淡了读者对阿维的姐姐劳拉一家的痛恨和指责。

莫里森的创作中也贯穿着大量的食物意象，如《所罗门之歌》中的"甜大哥"的歌曲。如"奶娃"的名字。《所罗门之歌》中的蜜糖姜。"这浓烈的香甜味让你想起东方。"② 莫里森的代表作《宠儿》对食物的象征意味也很突出。"食物在黑人女性的审美观中是占有重要地位的。食物经常与性有联系。"③

当保罗·D. 与塞斯在分别十八年后再次相逢时，塞斯留保罗·D. 吃晚饭，当"白胖的面圈在平底锅上排列成行。塞斯又一次用沾湿的食指碰了碰炉子。她打开烤箱门，把一锅面饼插进去。她刚刚起身离开烤箱的热气，就感觉到背后的保罗·D. 和放在她乳房下的手"④。随后塞斯与保罗·D. 一起到楼上云雨了一番。他们在享受完性的快乐之后想到的却是当年在"甜蜜之家"看到、吃到的玉米。

---

① Zora Neale Hurston, *Seraph on the Suwanee*, New York: Scribner's Sons, 1948, p. 300.

② [美]托尼·莫里森：《所罗门之歌》，胡允恒译，译文出版社2005年版，第184页。

③ Emma Parker, "Apple Pie" Ideology and the Politics of Appetite in the Novels of Toni Morrison, *Contemporary Literature*, Vol. 39, No. 4, 1998, p. 638.

④ [美]托尼·莫里森：《宠儿》，潘岳、雷格译，中国文学出版社1999年版，第21页。

第一层包皮一扒下来，其余的就屈服了，玉米穗向他横陈羞涩的排排苞粒，终于一览无余。花丝多么松散。禁锢的香味多么飞快地四散奔逃。

尽管你用上了所有的牙齿，还有湿乎乎的手指头，你还是说不清，那点简单的乐趣如何令你心旌荡漾。

花丝多么松散。多么美妙、松散、自由。①

当塞斯从"林间空地"回来并决定放弃过去和保罗·D. 一起开始新的生活时，"她一心想的只是要给保罗·D. 准备的晚饭——很难办，也非办不可——她要和一个温柔的男人一道开创她的更新、更强大的生活。做些四面烤焦的小土豆崽儿，多撒上点胡椒粉；桂皮炖豆角；糖醋凉拌黄瓜。要么把刚掰下来的玉米跟葱一起用黄油炸。甚至，再做一个暄软的面包"②。塞斯此处对于食物的精心设计反映了她想要拥有正常、幸福生活的强烈愿望。这里的象征是充满女性主义色彩的，只有女性才会将食物与性、爱、和睦以及家庭联系起来。

将赫斯顿奉为"文学之母"的沃克在其作品中也有大量食物文化。如在其代表作《紫色》中，莎格（Shug）本人的名字也与"糖"（sugar）的发音非常相像，令人想起"甜蜜"的滋味，镇上的人们把莎格称作"蜜蜂王后"；她甜美的歌声更是西莉重拾自信的关键。西莉通过食物表达她对莎格的关心和爱。"我问莎格·艾弗里，她早饭想吃些什么。她说，你有什么？我说，火腿、玉米粥、鸡蛋、软饼、咖啡、甜牛奶、撇去奶油的酸奶、烤饼、果子冻和果酱。她说，就这么些？有没有橘子汁、柚子、草莓和奶油？茶呢？"③病危的莎格在西

---

① ［美］托尼·莫里森：《宠儿》，潘岳、雷格译，中国文学出版社1999年版，第33页。
② 同上书，第119页。
③ ［美］艾丽斯·沃克：《紫颜色》，陶洁译，译林出版社2003年版，第40页。

莉的悉心照料下逐渐康复，并帮助西莉找到对性爱、亲情、爱情及生活的正确认识，成为唤醒西莉女性意识的重要人物。

"食物像镌刻着历史与文化的密码。从它们入手可以把握小说深刻凝重的主题，读解出美国黑人民族现实的沉重与历史的沧桑。"① 在非裔美国黑人女性作家作品中有关食物的描写既记录和传承了黑人传统文化也丰富了小说的民俗色彩和象征意义。通过直观的食物描写，非裔美国黑人女性作家深化了作品主题，凸显了民族文化。源自现实生活的琐碎食物意象赋予文学异国情调，丰富了小说内容，呼应了主题，增加了文化内涵，折射出非裔美国黑人对身份寻求的心路历程。对于身为黑人、妇女和作家的非裔美国黑人女性作家群来说，她们的民族遗产就是她们精神生命的源泉，是她们获得自我身份的源泉。正是从黑人民俗文化中，美国黑人女性作家获得了个人的力量、勇气和权利，也是通过黑人民俗文化肯定了自己民族的文化传统。她们相信，通过黑人民俗文化的力量，非裔美国黑人可以获得摆脱奴役和压迫的力量和勇气。

第四节　树木意象

黑人民俗文化是黑人的根，是黑人自我本性的体现和黑人生活的精神支柱，具有精神鼓舞和精神治愈的功能，是黑人民族宝贵的精神财富。黑人文化内容丰富、形式多样，从不同侧面展现了黑人的生存状态、风俗习惯和思想智慧，展现了黑人民族热爱生命、热爱生活的

---

① 王晋平：《论托尼·莫里森的食物情结》，《西安外国语学院学报》2001 年第 3 期，第 98 页。

思想价值观。"赫斯顿是那些坚持从南方土壤中汲取文学素材的、出生在南方的非洲裔美国作家之一。"① 著名黑人文学评论家亨利·路易斯·盖茨指出："在阅读赫斯顿作品的时候，我总是吃惊于作品中丰富的、设计精巧的、与现实生活密切联系的各类意象。这就是黑人语言中的比喻能力，正如《骡子与人》中的人物指出：'这是一种暗含的意义，就如《圣经》一样……词语都有自己暗含的意义，这一修辞方法将赫斯顿的人类学研究和文学创作结合在一起。'"② 贯穿赫斯顿代表作《他们眼望上苍》的意象之一就是树木意象。

　　源自非洲文化的影响，树木在非洲裔美国黑人生活中的作用也非常重要。赫斯顿本人对树木有着特别的感情。赫斯顿童年的家里有很大的花园，园子里种满了各种各样的果树。在其自传中，赫斯顿写道："我与一棵大树有着特别的友谊，经常在树下玩耍。我把这棵树称作'亲爱的松树'，我的朋友们也因为这个名字而记住了这棵树。"③ 童年时的赫斯顿经常坐在那棵树下，"什么玩具都不带地玩好几个小时。我和这棵树谈论我的世界中的所有事情，有时，我们还一起唱歌。当那棵树真的参与我的唱歌时，我发现它有非常动听的低音"④。在作品中，赫斯顿总是借助树木来反映小说人物的内心世界，以此来深化和拓展主题。"要阐明意识和环境之间的这种关系，一个有趣的办法是简单考察一下树的隐喻，赫斯顿在文本中始终都在重复它。对重复的使用在叙述过程中是最根本性的。赫斯顿重复树的象征既是为了解释成长的主题，也是为了让情节的行为尽可能地同步

---

①　Darwin T. Turner, *In a Minor Chord: Three Afro-American Writers and Their Search for Identity*, Carbondale: Southern Illinois University Press, 1971, p.98.

②　Henry Louis Gates, Jr., "Zora Neale Hurston: A Negro Way of Saying", *Seraph on the Suwanee*, Zora Neale Hurston, New York: Scribner's Sons, 1948, p.358.

③　Zora Neale Hurston, *Dust Tracks on a Road*, Urbana and Chicago: University of Illinois Press, 1984, p.56.

④　Ibid., p.70.

与统一。"①

《他们眼望上苍》中，树的意象贯穿整部小说。"珍妮感到自己的生命像一棵枝叶繁茂的大树，有痛苦的事、欢乐的事，做了的事、未做的事。黎明与末日都在枝叶之中。"② 十六岁的珍妮对爱情和生活充满美好的幻想，她在梨树下沉思，"啊！能做一棵开花的梨树——或随便什么开花的树多好啊！有亲吻它的蜜蜂歌唱着世界的开始。她16岁了，有光滑的叶子和绽放的花蕾，她想与生活抗争，但似乎捕捉不到它。哪里有她的歌唱的蜜蜂？在前门及姥姥的房子里都没有答案"③。在黑人民俗文化中，树可以在可视世界与不可视世界之间提供疗伤良药、传递能量。在小说开始时，十六岁的珍妮通过观察梨树与蜜蜂获得了对生命和婚姻的体悟。

> 她仰面朝天躺在梨树下，沉醉在来访的蜜蜂低音的吟唱、金色的阳光和阵阵吹过的轻风之中，这时她听到了这一切的无声之声。她看见一只带着花粉的蜜蜂进入了一朵花的圣堂，成千的花萼躬身迎接这爱的拥抱，梨树从根到最细小的枝桠狂喜地战栗，凝聚在每一个花朵中，处处翻腾着喜悦。原来这就是婚姻！她是被召唤来观看一种启示的。这时珍妮感到一阵痛苦，无情而甜蜜，使她浑身倦怠无力。④

"透过弥漫着花粉的空气"，珍妮把初吻给了吊儿郎当的黑人男孩泰勒。看见这一情景的外祖母南妮非常着急，她决定尽快将珍妮嫁出

---

① [美] 小亨利·路易斯·盖茨：《意指的猴子：一个非裔美国文学批评理论》，王元陆译，北京大学出版社 2011 年版，第 64 页。
② [美] 左拉·尼尔·赫斯顿：《他们眼望上苍》，王家湘译，北京十月文艺出版社 1998 年版，第 10 页。
③ 同上书，第 13 页。
④ [美] 左拉·尼尔·赫斯顿：《他们眼望上苍》，王家湘译，北京十月文艺出版社 1998 年版，第 13 页。

去。南妮为珍妮选择的结婚对象是比珍妮年长很多的中年鳏夫洛根。虽然洛根拥有地产和房产，但他相貌丑陋，心胸狭隘，活着的唯一目的就是赚钱。珍妮眼中的外祖母形象委婉地颠覆了根植于非洲文化中的先祖崇拜，暗示着外祖母对珍妮精神生活的破坏作用。在珍妮的眼里，"阿妈的头和脸看上去就像被风暴折断的一棵老树残留的树根。已经不再起作用的古老的力量的根基"①。小说中的外祖母形象与被毁坏的树木相联系，"象征着死亡和衰败"②，这与珍妮眼中的梨树有着巨大的反差，暗示"她已不再能够承担精神指导的角色"③。同样，与树木意象相联系，珍妮母亲的名字为"利菲"（Leafy），本意为"树叶"的意思。树叶在繁茂时翠绿鲜活，但遇到狂风暴雨就会凋落。故事中利菲的命运也如树叶般不幸。利菲本是外祖母南妮与白人奴隶主所生的黑白混血儿，聪明漂亮，南妮计划将她培养为一名教师。但是，十七岁时，利菲被自己的老师强奸并怀孕，不久生下了珍妮。利菲无法接受这样的现实，开始酗酒放纵，离家出走，完全放弃了自己对母亲和女儿的责任。利菲在珍妮的现实生活和精神生活中都是缺席的，她的名字暗示着她只是珍妮生理上的母亲，无法为珍妮提供心灵及精神上的指导。当珍妮的第二任丈夫乔迪去世后，珍妮根本不愿意去吊唁外祖母，也不愿意去寻找四处流浪的母亲。乔迪死后，身心完全自由的珍妮睁大眼睛躺在床上，向着孤独提出问题。她问自己是否想离开这里回到老家去设法寻找母亲，也许去照料外祖母的坟墓，总的说来就是重访往昔的踪迹。在这种

---

① ［美］左拉·尼尔·赫斯顿：《他们眼望上苍》，王家湘译，北京十月文艺出版社1998年版，第14页。

② Gloria Graves Holmes, *Zora Neale Hurston's Divided Vision: The Influence of Afro-Christianity and the Blues*, Dissertation, Stony Brook: State University of New York, 1994, p. 191.

③ Maria T. Smith, *African Religious Influences on Three Black Women Novelists: The Aesthetics of "Vodun"*, New York: The Edwin Mellen Press, 2007, p. 39.

挖掘自己内心的过程中，她发现自己对很少见面的母亲毫无兴趣，她恨外祖母，多年以来她向自己掩饰这一仇恨，将它包在怜悯的外衣下……她痛恨那位在爱她的名义下扭曲了她的老妇人。多数人其实彼此并不相爱，而她的这种恨极其强烈，就连共同的血缘关系也并不能战胜它。①

在否定外祖母南妮和母亲利菲生活观的同时，珍妮开始重新思考自己的生活观，重新定义自己的身份。虽然南妮经历了奴隶制及奴隶制被废除之后的种种剥削和磨难，但她没有理解生命的真正含义，无法给予珍妮精神上的保护和指导，她否定一切珍妮有关生命的美好幻想，努力地想要将珍妮培养为一件商品。南妮在生活中只强调物质的重要性，完全忘记了黑人文化的重要性。她既失去了与非洲文化的联系，也没有意识到自己的美国黑人文化身份，她成为自己所说的，"没有根的枝桠"②。

珍妮的三次婚姻都与树木意象相联系。珍妮的第一次婚姻是失败的。充满幻想的珍妮在努力了很久以后，发现自己根本无法爱上洛根，因为"洛根的形象亵渎了梨树"③。洛根的六十英亩地在珍妮看来只是"一个孤单的地方，像一个从来没有人去过的树林中央的一个树桩"④。在"新月三度升起落下"之后，爱情依然没有降临，珍妮对南妮抱怨说："我希望结婚给我甜蜜的东西，就像坐在梨树下遐想时那样。"⑤ 在南妮的说教和劝说下，"于是珍妮等过了一个开花的季节，一个茂绿的季节和一个橙红的季节。但当花粉再度把太阳镀成金色，并洒落在世间的时候，她开始在门外伫立，满怀期待。期待什么？她

---

① 〔美〕左拉·尼尔·赫斯顿：《他们眼望上苍》，王家湘译，北京十月文艺出版社1998年版，第97页。
② 同上书，第18页。
③ 同上。
④ 同上书，第23页。
⑤ 同上书，第43页。

也不十分清楚。她气短，喘粗气。她知道一些人们从来没有告诉过她的事情，譬如树木和风的语言"①。终于，完全失去耐心的珍妮决定离开，去寻找自己的地平线。离开洛根的珍妮"解开围裙，扔在路边矮树丛上，继续往前走，一面摘下花朵做成一个花束"②。这些有关树木的意象反映出珍妮对第一次婚姻生活的真实感受，为小说的故事情节发展奠定了基础。

在珍妮对第一次婚姻完全失望时，她遇见了对未来充满幻想的乔迪，"此后他们每天都设法在大路对面栎木丛中相会，谈论着当他成为大人物时她坐享其成的日子。珍妮久久拿不定主意，因为他并不代表日出、花粉和开满鲜花的树木，但他代表遥远的地平线，代表机遇和改变"③。渴望新生活的珍妮毅然离开了洛根，与乔迪结婚，并去了新建中的伊顿维尔。珍妮与乔迪之间的关系也通过树木的意象反映了出来。

来到新建城市的乔迪看到了四处蕴藏的商机。精明的乔迪购买大量的木头，卖给其他人盖房子，为自己盖商店。故事中的乔迪为了清点木头的数量而推迟了所有市民都参加的重要会议。此处被砍伐的、已经失去生命的树木暗示着乔迪与珍妮本质的不同，"树木在乔迪眼里代表进步的符号，在珍妮的眼里仅仅是一棵被砍倒的沉默的树"④。在镇子准备安装路灯时，乔迪要求人们去树林里砍最高最笔直的柏树，人们一次一次地带着树干回来，但乔迪一直都不满意。几天后，终于有了乔迪满意的树干，整个城镇举行了隆重的点灯仪式。在仪式结束时，乔迪拒绝了大家要求珍妮讲话的请求。"片刻停顿之后珍妮

---

① ［美］左拉·尼尔·赫斯顿：《他们眼望上苍》，王家湘译，北京十月文艺出版社1998年版，第44页。

② 同上书，第35页。

③ 同上书，第31页。

④ ［美］小亨利·路易斯·盖茨：《意指的猴子：一个非裔美国文学批评理论》，王元陆译，北京大学出版社2011年版，第208页。

的脸上挤出了笑容，但很勉强。她从来没有想到要演讲，而且觉得根本不会愿意去讲。但是乔迪不给她任何机会作答就讲了以上的话，这一下子让盛开的花凋零了。"① 乔迪不仅压制了珍妮萌芽中的潜在声音，还将珍妮囚禁在没有生命的木头盖起的房子和杂货店中。随着乔迪社会地位和经济地位的提高，乔迪对珍妮的态度也不再像过去那样温和平等。两个人的性关系也不再和谐。"卧床不再是她和乔迪嬉戏的长满雏菊的原野，它只是她又累又困时躺卧的一个地方。和乔迪在一起时她的花瓣不再张开。"② 慢慢地，地位越来越高的乔迪经常因为生活小事在家或在公众场合打珍妮，"她不再有怒放的花朵把花粉洒满自己的男人，在花瓣掉落之处也没有晶莹的嫩果"③。慢慢地，珍妮学会了在两个不同的人格之间穿梭："有一天她坐在那里，看见自己的影子料理着杂货店，跪倒在乔迪面前，而真正的她则一直坐在阴凉的树底下，风吹拂着她的头发和衣裳。这儿有人正从孤独中孕育出夏日光景来。"④ 在第二次的婚姻中珍妮获得了经济保障和社会地位，但她没有找到平等和尊重，更没有找到自己渴望的爱情。

第二任丈夫乔迪死后，珍妮认识了茶点。珍妮觉得"他就像女人在心中对爱情的憧憬，他会是花儿的蜜蜂——是春天梨花的蜜蜂，他的脚步似乎能将世界挤压出芳香来，他踏下的每一步都踩在芳香的草上，他周围充溢着香气，他是上帝的宠儿"⑤。恋爱中的珍妮为了茶点放弃了自己在伊顿维尔的优越生活，跟随茶点去沼泽地做工。虽然珍妮与茶点的幸福时光没有持续很长时间，但茶点给了珍妮尊重和平等。茶点带着珍妮一起种花、钓鱼、打猎，让珍妮重新认识和接近大

---

① ［美］左拉·尼尔·赫斯顿：《他们眼望上苍》，王家湘译，北京十月文艺出版社1998年版，第69页。
② 同上书，第76页。
③ 同上书，第77页。
④ 同上书，第119页。
⑤ 同上书，第114页。

自然。正如盖茨所指出的："正如茶点的名字所暗含的那样，他不仅是珍妮要找的那棵树，而且他本身就是树木，是令人愉快的树木。"①茶点不仅是珍妮渴望中的梨树的化身，"他就是树林本身，是宜人的、名副其实的树林，他的名字（vergible 是 veritable 的土语表达法）就说明了这一点。韦吉伯·茶点·伍兹是真实的符号，他言说其实，诚恳而真实，不是赝品不是伪造物，不是假的或是想象中的东西，而是事实上已经被命名的东西"②。在与茶点相处的日子里，珍妮明白了人生的真谛，获得了精神上的顿悟："如果你能看见黎明的曙光，那么黄昏时死去也就不在乎。"③茶点成为"珍妮寻找自我的伙伴，而非主人或导师"④。

《他们眼望上苍》中，"对树这个意象的重复超过 20 多次"⑤。这些丰富多彩的树木意象为其作品情节的发展和人物性格的塑造增色不少。赫斯顿巧妙地将树木意象融合于小说创作，展现出充满自信和自豪感的黑人民族精神，保存和记录了黑人民俗文化。在其作品中，赫斯顿努力将被白人看作弱势文化和边缘文化的黑人文化融合在文学作品中。赫斯顿认为，为了生存，黑人除了拥有政治权利以及经济独立以外还应该保持文化上的独立性，而"回归传统并不是简单地复苏老旧文化，融合也不等于一味地迎合白人的主流文化而丧失本族特点，

---

①　Henry Louis Gates, Jr., *The Signifying Monkey：a Theory of African-American Literary Criticism*, New York：Oxford University Press, 1988, p. 175.

②　［美］小亨利·路易斯·盖茨：《意指的猴子：一个非裔美国文学批评理论》，王元陆译，北京大学出版社 2011 年版，第 210 页。

③　［美］左拉·尼尔·赫斯顿：《他们眼望上苍》，王家湘译，北京十月文艺出版社 1998 年版，第 171 页。

④　Missy Dehn Kubitschek, "Tuh de Horizon and Back", The Female Quest in *Their Eyes Were Watching God*, *Modern Critical Interpretations：Zora Neale Hurston's Their Eyes Were Watching God*, Harold Bloom, ed., New York：Chelsea House Publishers, 1987, p. 25.

⑤　［美］小亨利·路易斯·盖茨：《意指的猴子：一个非裔美国文学批评理论》，王元陆译，北京大学出版社 2011 年版，第 20 页。

更主要的是超越中心和边缘、文明和野蛮的二元对立价值观"①。

赫斯顿之后，莫里森、沃克和其他黑人女性作家都继承了这一文学传统，在创作中大量使用树木意象，深化作品主题。在大部分的文学作品中，树木是疗救、慰藉和生命的源泉。《宠儿》中的塞斯不但在怀孕期间受到白人奴隶主的侮辱，还被残酷地鞭打。小说中不同的人物用不同的方式描述了塞斯后背的伤痕。暗恋塞斯多年的保罗·D.在二址年后终于找到了塞斯，并与她成为恋人。当保罗·D.第一次看到塞斯后背的伤痕时："他用脸颊揉搓着她的后背，用这种方式感受她的悲伤，它的根，它巨大的树干和茂密的枝权……他看到她后背变成的雕塑，简直就像一个铁匠心爱得不愿示人的工艺品。"②

塞斯在逃跑的过程中精疲力竭，在几乎要放弃的时候碰到了穷苦的白人姑娘艾米，在她的帮助下恢复精力，顺利生下小女儿丹芙。当艾米看到塞斯后背的伤痕时，她说："是棵树，露。一棵苦樱桃树。看哪，这里是树干——通红通红的，朝外翻开，尽是汁儿。从这儿分叉。你有好多好多的树枝。好像还有树叶，还有这些，要不是花才怪呢。小小的樱桃花，真白。你背上有一整棵树，正开花呢。"③ "按照西非人的看法，身体标记的作用并非用来区分个体，而是象征着一个种族、一个群体的一部分，是对一段文化或历史的暗示。"④ 《宠儿》里也出现了许多次树的意象：丹芙那黄杨木围成的"翠室"是她独处的安宁之地；"甜蜜之家"那些美丽的树掩盖了塞斯记忆深处种植园的真正罪恶；保罗·D.对"甜蜜之家"一棵名叫"兄弟"的树有很深的感情；保罗·D.在佐治亚州干苦力时偷偷地望着一棵小白杨，

---

① 李美芹：《用文字谱写乐章：论黑人音乐对莫里森小说的影响》，浙江大学出版社2010年版，第185页。

② [美]托尼·莫里森：《宠儿》，潘岳、雷格译，中国文学出版社1999年版，第21页。

③ 同上书，第93页。

④ 曾梅：《托尼·莫里森作品的文化定位》，山东大学出版社2010年版，第75页。

从它的身上获取活下去的希望；后来，保罗·D. 沿着开花的树，一路走到北方去寻找自由；塞斯在逃跑时选择穿越森林去和自己的孩子团聚；白人艾米作为奴隶制的见证人将塞斯背上的伤比作"野樱桃树"；在对黑人实行私刑和西克索被烧死的地方，树木又将人性的阴暗面暴露无遗。

塞斯背上的树是抽象化了的，这一意象在小说中有着特殊的作用。塞斯被白人当作奶牛一样吸走了本来属于她女儿的奶水，她无法反抗，只能忍受他们的侮辱。当那两个白人男孩发现塞斯在加纳夫人那里告状后，他们不管塞斯已有六个月的身孕，用皮鞭疯狂地鞭打了她的后背。因为伤疤太多，太深，等愈合以后，塞斯背上的皮肤没有了感觉。"她脑子里本不该有任何东西。那两个家伙来吃她奶的景象已经同她后背上的神经一样没有生命（背上的皮肤像一块搓衣板似的起伏不平）。"① 尽管后背上的伤疤已经愈合，但留在心底的创伤却仍旧是不可触及的。塞斯背负着"树"，背负着有关它的沉重回忆。有关塞斯背上的"树"在小说中出现了四次：第一次出现在塞斯的意识流中；第二次出现在她与保罗·D. 的谈话中；第三次出现在塞斯与保罗·D. 初次做爱之后；第四次出现在艾米为塞斯治疗伤口时。塞斯背上的树这一意象不停地出现，暗指塞斯有关过去的痛苦回忆挥之不去，奴隶制的存在对于黑人的伤害不仅是肉体上的，更是精神上的。

同样，《所罗门之歌》中的姑姑派拉特是黑人先祖的代表，她坚守着很多非洲文化传统，她与树木之间有着特别的联系。"派拉特的名字看上去就像一排小树中高贵、挺拔、有压倒一切气势的一株大树。不仅派拉特的名字使人联想到树林，她长得也像一株大黑树。她喜欢嚼松叶，用松叶填充褥子，而且她的房子紧靠四棵高大的松树。

---

① ［美］托尼·莫里森：《所罗门之歌》，胡允恒译，上海译文出版社 2005 年版，第 6 页。

在梅肯的记忆中，她身上散发着森林的气息，他把她看作自然的一部分。"①

树木的意象在黑人民俗文化中有着特别的含义。在非洲传统文化中，树木是连接生死的桥梁，象征着永恒。非洲宇宙观认为，通过树木人们可以保持对上帝和宇宙的冥思。因为非洲大陆特殊的地理位置和气候环境，"树被非洲黑人认为是神圣的，他们相信所有的树都有灵魂"②。在非洲的很多部落中，当他们向神祈祷时，"部落族长会将所有人聚集在部落内的圣树下，他们相信圣树是有神灵居住的，通过圣树，他们的愿望就可以传递到神灵那里"③。非裔美国黑人女性作家笔下的树木有着特殊的文化含义，对拓展主题和人物塑造都有特别的作用。

第五节　河流的象征

"非洲很多部落相信水是有灵性的、神圣的，因此，与水有关的河流、湖泊、雨水等都被各个部落以不同的形式祭拜。"④　在西非文化中，"继大地诸神之后是那些受人尊重的河神和海神。他们在西非的思想文化中发挥着很大的作用，对于渔夫和那些住在河边的人来说更

① ［美］托尼·莫里森：《所罗门之歌》，胡允恒译，上海译文出版社 2005 年版，第 37 页。
② 艾周昌主编：《非洲黑人文明》，中国社会科学出版社 2000 年版，第 253 页。
③ Aloysius M. Lugira, *African Religion*：*World Religions*，New York：Facts on Files, Inc., 1999, p. 6.
④ 罗虹：《从边缘走向中心——非洲裔美国黑人文化》，中国社会科学出版社 2013 年版，第 56 页。

是如此"①。西非的约鲁巴克人"总是把湖泊、溪水、河流与神和神灵联系在一起"②。

在非裔美国黑人女性作家的笔下，河流有着特别的含义。莫里森在其作品中充分表现了"水"在非洲文化中的特殊意义。在《秀拉》中，特立独行的黑人女性秀拉否定一切传统和习俗，她的成长和"水"有着千丝万缕的联系，故事中其他人的成长也和水有着各种联系。

在战争中失去理智，但在战后创立了"全国自杀节"的夏德拉克在疯癫初期无法确定自己的身份，被臆想中的一双手折磨得死去活来。当警察把他关进监狱后，他在马桶的水里看见了自己的倒影："在那片水里他看到了一副正经的黑面孔，这个面孔是个黑人，如此确定无疑，让他大吃一惊。他内心始终隐藏着一种难以确定的想法，认为他自己并不是真的——他根本就不存在。但是，那张黑脸以其不容争辩的存在向他致意时，他再无他求了。"③ 回到故乡梅德林的夏德拉克住在"河岸上一所简陋的小木屋里，那是他早已去世的祖父当年的住房。每逢周二和周五，他出售当天一早捉到的鱼"④。秀拉和奈尔玩耍时不小心将黑人小男孩"小鸡"扔到水里淹死了，这样的意外使秀拉明白了死亡的含义；秀拉在弥留之际得到了永生和解脱："她知道水就在附近，她会蜷着身子钻进水的温柔之中。水会把她带走，会永远地洗浴她那疲乏的身体。永远。谁曾说过这样的话？她使劲地想

① Geoffrey Parrinder, *West African Religion: A Study of the Beliefs and Practices of Akan, Ewe, Yoruba, Ibo, and Kindred Peoples*, London: Epworth Press, 1967, pp. 449-450.
② 曾梅:《俄亥俄河畔的非洲水神——非洲传统文化在小说〈秀拉〉中的反映》,《山东外语教学》1999年第1期，第43页。
③ [美]托尼·莫里森:《秀拉》,胡允恒译,选自《托尼·莫里森长篇小说集》,南海出版公司2005年版,第144页。
④ 同上书,第145页。

着。谁曾许愿让她在水中永远长眠?"①

《宠儿》中凡是有着特殊身份和超自然色彩的人物总是与河水有着千丝万缕的联系。

首先,宠儿的出现和消失都与河水有着不可忽视的联系。"阴间似乎是在某一条河的对岸……河便是人间与阴间的分界线。"② 塞斯和丹芙召唤完宠儿不久:"一个穿戴整齐的女人从水中走出来……她浑身精湿,呼吸急促……"③ 她向丹芙讲述自己的故事时也一再声称自己是来自水里的:"嗷,我在水里。我就是在下面看见她的钻石的。"④ 在宠儿的内心独白中,宠儿也多次提到水:"他们在水上漂浮……我站在瓢泼大雨中……"⑤ 当宠儿被社区的黑人妇女的驱鬼仪式赶走之后,有一个男孩在 124 号后的小溪中找鱼饵时,"看见一个满头秀发全是鱼儿的裸体女人穿过树林"⑥。宠儿与水的神秘联系说明她是不同于常人的,她是来自另外一个世界的幽灵,她有着常人不具备的特点和能力:她似乎虚弱得走不动路,但可以用一根手指拿起一把摇椅;她可以随心所欲地摆布保罗·D.,让他与自己做爱,并把他撵出 124 号;她可以随时消失又立刻出现;她有时候温柔似水,有时候乖戾跋扈……宠儿是一个特殊的角色,她的故事也是一个特殊的故事。她的内心独白影射了整个美国黑人的民族史:美丽的非洲——可怕的掳掠——不堪回首的贩奴船——痛苦的种植园劳作……

俄亥俄河是南方和北方的分界线,也是奴役和自由的分界线,逃亡的奴隶只要越过这条河就意味着他们得到了自由和幸福,因此俄亥俄河对于历代的美国黑人都有特殊的意义。《宠儿》中象征着未来和

① Toni Morrison, *Sula*, New York: Knopf, 1973, p. 128.
② 宁骚:《非洲黑人文化》,浙江人民出版社 1993 年版,第 142 页。
③ [美]托尼·莫里森:《宠儿》,潘岳、雷格译,中国文学出版社 1999 年版,第 60 页。
④ 同上书,第 89 页。
⑤ 同上书,第 253 页。
⑥ 同上书,第 319 页。

希望的丹芙是在俄亥俄河上出生的。"一走近这条河，塞斯的羊水就涌现出来与河水汇聚。先是挣裂，然后是多余的生产的信号，让她弓起了腰……河水从所有的窟窿里钻了进来，漫过了塞斯的屁股……塞斯知道自己完事了，就容许自己昏迷了一会儿。"① 丹芙出生在俄亥俄的河水里这一情节赋予丹芙特殊的身份和经历。她可以感知鬼魂的存在，可以与鬼魂玩耍、交流；她在见到宠儿的第一眼就知道她是谁；她在塞斯危难的时候毅然走出家门向整个黑人社区寻求帮助，这不仅挽救了饥饿中的塞斯和宠儿，也使塞斯得到了黑人社区的谅解；她渴望知识，对琼斯小姐所讲的知识有着特殊的领悟力；宠儿离开以后，是她既工作又照顾塞斯；故事结尾时的丹芙有了自己的爱人，并打算去大学深造。丹芙出生在俄亥俄河水中，她拥有非洲传统文化中河水赋予的神力，因此她在故事中成为黑人民族的希望，只有她才有机会、有可能赢得真正的幸福生活。

斯坦普这个黑人社区中最受尊重的人物之一与河流也有着某种特殊的联系。他曾是"地下铁路"的主要成员，负责帮助逃亡的黑人奴隶越过俄亥俄河。他的出场颇有象征意义：塞斯在艾米的帮助下生下了丹芙，然后，她独自一人"跌跌撞撞地向前走去，发现自己走近了三个打鱼的黑人——两个男孩和一个男人"②，这个男人就是斯坦普，在作品中他是以渔夫的形象出现的。在非洲传统文化中，"渔夫"是一个非常特殊的称呼，因为河神在传说中总是以渔夫的形象出现，而"继大地诸神之后是那些受人爱戴的河神和海神"③。斯坦普是渔夫这一形象将他置于河神的位置之上，他给予其他黑人的帮助和在黑人社区中所受到的尊重就很容易理解了。

---

① ［美］托尼·莫里森：《宠儿》，潘岳、雷格译，中国文学出版社 1999 年版，第 99 页。
② 同上书，第 107 页。
③ 曾梅：《俄亥俄河畔的非洲水神——非洲传统文化在小说〈秀拉〉中的反映》，《山东外语教学》1999 年第 1 期，第 43 页。

他把逃犯藏起来，把秘密消息带到公共场合。在他合法的蔬菜下面藏着渡河的逃亡黑人。就连他春天里杀的猪也为他的种种目的服务。整家整家的人靠他分配的骨头和下水生活。他替他们写信和读信。他知道谁得了水肿，谁需要劈柴；谁家孩子有天赋，谁家孩子需要管教。他知道俄亥俄河及其两岸的秘密……①

当保罗·D. 决定和塞斯共同面对未来时，他再一次去了 124 号，主动提出帮塞斯洗澡。此处水的治愈和洁净作用不言而喻。"听着，"他说，"丹芙白天在家。我晚上来。我来照顾你，你听见了吗？就从现在开始。首先，你闻着可不大对劲。待在那里，别动。我去烧点水。"他停住了。"可以吗？塞斯，我去烧点水？"②

非裔美国黑人女性作家笔下的河流象征赋予其文本特殊的文化内涵，丰富了小说内容，拓展了小说主题。

在非裔美国黑人女性作家的笔下，民间传说与故事框架紧密结合，历史资料与神话想象相互融合，大量的黑人传统文化被赋予文学意义，被改写的故事细节处处展示出非裔美国黑人的思维方式和行为方式，也表现出其民族智慧和民族精神，使沉淀在美国黑人文化深层的民族心理展现在读者面前。非裔美国黑人女性作家在创作的过程中充分利用民俗文化的动态性和创造性，对黑人民俗传统进行大量的艺术改造，赋予这些传统丰富的文学性，在继承民俗文化传统的同时赋予文学文本特殊的表现形式，使其作品焕发出黑人传统文化的独特魅力，并由此找到了摆脱黑人文化边缘化和文化认同危机的文化策略。非裔美国黑人女性作家的这一创作手法与全球文化同一性与多样性统一的时代要求相契合，在一定程度上奠定了黑人文化合法性存在的基

---

① ［美］托尼·莫里森：《宠儿》，潘岳、雷格译，中国文学出版社 1999 年版，第201 页。

② 同上书，第325 页。

础，有力地驳斥了白人文化优越论和种族主义偏见。文化的多样性是世界文明的本质特性，尊重不同的文化是世界各民族和谐发展的前提，各民族文化之间的共生与对话将是人类的未来。

在非裔美国黑人女性作家的文学作品中，不管是在内容还是在修辞方面都可以找到黑人民俗文化的影响。如果没有对黑人民俗文化因素的巧妙使用，美国黑人女性作家的文学作品，不管长篇还是短篇，都是苍白和贫乏的。"黑人民俗文化的这些因素对于小说情节的发展、人物的塑造和主题的凸显都有着一定的作用。同时，黑人民俗文化因素使这部小说具有鲜明的黑人个性。美国黑人女性作家在小说里对黑人民俗文化种种因素的运用为黑人文学的进一步发展提供了范例。"①

黑人民俗文化是黑人民族灵魂，是黑人构建身份、维系民族团结的精神血脉，体现了黑人民族独特的哲学观和价值观，对黑人群体的生存有着非常重要的意义。非裔美国黑人女性作家在其作品中将各类民俗文化与黑人民族的身份重建、种族记忆及历史记忆相联系，直接表达了对黑人文化的肯定和赞扬，间接抗议了种族主义和性别歧视，反抗了白人主流文化对黑人文化的同化。通过融合了黑人民俗文化的文学作品引导黑人热爱自己的民族文化，重视自己的民族精神，宣扬和肯定黑人文化，强调黑人文化的价值和意义，为后来美国黑人女性文学的发展和繁荣奠定了基础。在美国黑人女性作家的笔下，黑人有自己独特的才华和灵气，也拥有独特的智慧和乐观。

黑人民俗文化在白人强势文化的打压下，消解为文学的潜在媒介，这也是非裔黑人小说美学价值的内涵所在，也是使黑人的声音有力进入美国文学传统的保证。强烈的民族意识赋予非裔美国黑人女性作家传承本族文化的使命，她们以自己的生活为基础，在向全体读者表达心声的同时也致力于寻求美国黑人文化之根。她们在作品中不断

---

① 程锡麟：《赫斯顿研究》，上海外语教育出版社 2004 年版，第 105 页。

探求黑人民族文化与整个社会主流文化之间的冲突，将美国黑人寻求自由独立、实现自我价值的过程与逐渐失落的黑人文化相联系，以饱含深情的笔触引发社会对黑人文化的思考和关注。

民俗文化的体现是为了凸显民族的精神内涵和文化特质，是张扬民族个性、维护民族尊严、追求民族自由的源泉和动力。黑人民俗文化是黑人大众中流行的传统文化，包含黑人民族的思想、信念、价值观以及对生活的理解和热爱，是黑人民族集体智慧的结晶，也是黑人文化存在与发展的基础和源泉。保留和传承黑人民俗文化不仅是黑人民族构建自我身份的基石，还是黑人群体树立自信、维护自尊、保持自我、走向觉醒的前提。记录和书写黑人民俗文化传统不仅揭示了黑人文化的博大精深，而且捍卫了黑人民族的独立和尊严。非裔美国黑人女性作家在借鉴黑人民俗文化时都进行了创造性的改写，将非洲传统文化看作非裔美国黑人民族集体经历和经验的载体，是非裔美国黑人文学的重要艺术源泉。如何保持和发展黑人传统文化成为每一位非裔美国黑人女性作家的重要使命。对于 20 世纪的非裔美国黑人女性作家来说，"知识改变贫穷的物质生活，还不能实现黑人妇女的完整生存状态，只有精神和灵魂获得解放，才能实现真正的完整"[1]。

作为非裔美国黑人女性作家，她们具有种族和性别方面的双重身份，对日常生活有着深刻的感受和思考。她们将自己对现实生活的细致了解和切实感知融入文学创作之中，"凝练为南方黑人生活场景的再现，转化为高妙的叙述策略，以及对叙事权威、确信性的自觉追求"[2]。她们的小说真实、准确地再现了非裔美国黑人的生活，打破了黑人文化在美国白人主流社会中的沉默，力图为非裔美国黑人重构一

---

① 王晓英：《走向完整生存的追寻——艾丽斯·沃克妇女主义文学创作研究》，苏州大学出版社 2008 年版，第 8 页。

② 唐红梅：《自我赋权之路——20 世纪美国黑人女作家小说创作研究》，华中师范大学出版社 2012 年版，第 42 页。

个既源于历史传统又融于现代美国生活的黑人文化，从而形成了独特的艺术风格。非裔美国黑人女性作家对源自非洲的黑人民俗文化的传承表现为一种动态、活跃的文化表现形式，而不是静止不动的、被动固化的故事文本。她们在继承非洲文化的同时，吸纳和融合美洲大陆及欧洲文化，并对非洲文化进行适当艺术加工和处理，赋予这些传统更多的文学性和丰富的思想内容。在非裔美国黑人女性作家的笔下，她们巧妙地将黑人民俗文化与主流写作策略相结合，使她们的作品独具特色，展现出独特的艺术魅力。正如托尼·莫里森获得诺贝尔文学奖后曾接受查尔斯·鲁阿的采访时谈到黑人文化问题那样：

> 鲁阿：你一直在小说里发展黑人文化里的神话学。这想必是你急着要挽救它，因为你感到黑人文化正面临危机。请问黑人文化是否已经绝迹，还是快失传了？
>
> 莫里森：黑人神话的成分在黑人文化的各个方面都存在，如音乐、宗教学、神灵学、爵士乐。它也存在于我们说话，以及民间传说里的人际关系当中。社会必须承担起把神话一代一代传下去的责任，还有传说的品格、故事、说法、主张等。这些都是一个不随大流、在文化上还能保持完整的种族群落苦心孤诣为求生存而竭力保留下来的。但是，在这个种族群落生活的国家里，政治力量占尽了经济和权力的上风，其结果必然容不得它。①

文化冲突是身份认同危机产生的根源，在以白人文化为中心的美国社会中，大部分的美国黑人价值观缺失，本民族文化身份不确定。在这两难境地中，美国黑人既要认识到黑色皮肤之美，又不忘继承本民族传统，唯有依赖民族文化之根，才可能最终确立自我文化身份，对于民族文化的认可是非裔美国黑人确立民族身份的必由之路和最终

---

① 裴善明编：《诺贝尔文学奖获奖者访谈录》，江苏文艺出版社1997年版，第390页。

归宿。非裔美国黑人女性作家通过文学创作表达了政治诉求和情感需求，构建了黑人群体的共同文化身份，"通过民俗与文学的结合，从具体的语境构建黑人的文化身份，通过对黑人民俗文化的弘扬，唤醒读者的黑人民俗文化意识；同时也证明，通过保持和发扬民族传统文化的方式来加强文化身份认同及构建是一个行之有效的途径"[1]。

---

① 李娜：《黑人文学民族使得黑人身份回顾与重构》，《山东社会科学》2015 年第 6 期，第 467 页。

第五章　绽放在心灵深处的黑色鲜花——黑人宗教

宗教是人类社会发展到一定历史阶段的文化产物，是人类社会具有普遍性的社会文化现象，宗教最本质的特征是"对超自然力量的信仰，这些信仰引导人们理解世界，或者帮助人们处理那些被认为重要，但靠现在的科学技术和技巧无法解决的问题"①。在人类学领域，詹姆斯·乔治·弗雷泽和爱德华·泰勒是较早研究宗教的两位学者，他们试图以把握宗教的本质属性为出发点，通过实证研究来说明宗教的终极意义。弗雷泽在《金枝》中给宗教简明定义："我说的宗教，指的是对被认为能够指导和控制自然与人生进程的超自然力量的迎合和抚慰。这样说来，宗教包含理论和实践两大部分，就是对超人力量的信仰，以及讨其欢心，使其息怒的种种企图。"② 被誉为"人类学之父"的爱德华·泰勒给宗教的定义是："对神灵的信仰，是人类理解他们的经验及生活于其间的一种努力。"③ 当代美国人类学家克利福德·格尔兹对宗教的定义则更为关注宗教的象征和内在意义以及宗教对于社会生活的隐喻，他研究象征与仪式作为社会生活隐喻的方式方

---

① 周大鸣主编：《文化人类学概论》，中山大学出版社 2009 年版，第 199 页。
② ［英］詹姆斯·乔治·弗雷泽：《金枝》，徐育新等译，中国民间文艺出版社 1987 年版，第 77 页。
③ ［英］爱德华·泰勒：《原始文化》，连树生译，上海文艺出版社 1992 年版，第 412 页。

法并指出："宗教是一个象征的体系；其目的是确立人类强有力的、普遍的、恒久的情绪与动机；其建立方式是系统阐述关于一般存在秩序的观念；给这些观念披上实在性的外衣；使得这些情绪和动机仿佛具有独特的真实性。"① 麦克斯·缪斯指出："宗教是一种内心的本能，或气质，它独立地、不借助感觉和理性，能使人们领悟在不同名称和各种伪装下的无限。没有这种本能，也就没有宗教，甚至连最低级的偶像崇拜和物神崇拜也没有。"② 恩格斯指出："一切宗教都不过是支配着人们日常生活的外部力量在人们头脑中幻想的反映。在这种反映中，人间的力量采取了超人间的力量和形式。"③ 所有宗教都承担一些重要的心理和生活功能。在社会不稳定时期和危机时刻，宗教可以提供安抚和缓解的心理作用。同时，宗教也透过一些由个人内化的道德和伦理观念，以及实际与想象的报偿与惩罚，达到维持社会控制的目的。

早期的非洲裔美国黑人是以奴隶的身份被贩卖到美洲大陆的。非洲大陆上的语言有 700 多种，大小不一的种族和部落也是多不胜数，形成了错综复杂的宗教形态和不同的宗教信仰。早期的黑人来自非洲不同的部落，在宗教信仰上存在较大差异，虽然其信仰核心及信仰体系有很多相似之处，但因语言不通而无法在短期内达成一致。被贩卖到美洲大陆后，他们并没有放弃自己的宗教信仰，而是在新的社会和文化环境中将远离的宗教进行改造，从而形成了北美具有黑人特色的宗教。因为特殊的民族经历和社会处境，宗教成为非裔美国黑人文化中的重要部分，是美国黑人精神活动的中心。其首要作用就是要为黑

---

① ［美］克利福德·格尔兹：《文化的解释》，纳日碧力戈等译，上海人民出版社 1999 年版，第 105 页。

② 罗虹：《从边缘走向中心——非洲裔美国黑人文化》，中国社会科学出版社 2013 年版，第 51 页。

③ 《马克思恩格斯选集》第 3 卷，人民出版社 1972 年版，第 354 页。

人创造一个独立的精神世界，使黑人民众把现实中无法实现的愿望寄托在精神世界，并通过宗教活动，使黑人个体获得群体归属感。美国黑人宗教（American Black Religion）是黑人民族在充满压迫和歧视的社会中得以生存的重要手段。

回顾美国黑人文学史，为了展现黑人群体的内心转变，20世纪的黑人作家在创作过程中经常转向丰富、多样的美国黑人宗教。黑人作家认识到，政治上的自由源于精神上的自由，精神上的自由源于黑人建立自我身份和赋予自我权利的自由。黑人作家珍视黑人民族的历史，注意在人类生活中寻找细节，借助宗教的力量来获得生存和成长，并以此来建构自我和现实。概括来讲，非裔美国黑人女性作家笔下的黑人宗教可以分为三大类：源自非洲的祖先崇拜，受美洲大陆基督教影响的美国黑人宗教，源自非洲传统宗教的伏都教。

第一节　非洲原始宗教与祖先崇拜

非裔美国黑人作为一个群体，有着悠久的宗教传统。非裔美国黑人有着不同于美国主流文化的价值观念和精神思维特征，这些价值观念和精神思维特征构成了黑人存在于世界的独特方式，是黑人对世界的独特理解方式。非洲传统宗教种类繁多，崇拜多神，相信万物有灵论，崇拜自然，认为神、自然现象、祖先之间存在内在联系，通过舞蹈、祷告、歌曲等丰富多彩的形式，表达对自然、祖先、图腾、部落神的崇拜。非洲的传统宗教与原始文明同为一体，其基本内容是：自然崇拜、祖先崇拜、图腾崇拜、部落崇拜和至高神崇拜。

自然崇拜是非洲传统宗教的最初形态。非洲黑人将自然界中的各种力量及存在物神化，并将其作为崇拜对象。祖先崇拜是非洲黑人传统宗教中最典型的形态。简单地说，祖先崇拜就是对祖先亡灵的崇拜。祖先崇拜的基础是黑人的灵魂观。他们认为人死以后灵魂是不死的，祖先的灵魂会保佑自己的后代。图腾崇拜是指"被同一氏族的人奉为祖先、保护者和团结的标志的某种动物、植物和无生物。所谓图腾崇拜就是氏族社会在对自然力和自然神崇拜的基础上发展起来的，尊崇某一物种的观念，有时也对图腾物种奉行一定的宗教仪式……图腾崇拜在某种程度上有利于加强家族、氏族、部落及其联盟之间的团结。"① 部落神的崇拜主要表现在对国王和酋长的崇拜。他们将部落首领看作祭司、法师、统治者和立法者，其崇拜的主要目的是巩固部落的团结。至高神崇拜则是崇拜那些被非洲黑人认为是万能的神。他们认为至高神是天地万物的创造者，是无处不在的。在人和至高神之间便是很多神灵。需要指出的是，非洲传统宗教认为宇宙间的各种超自然力量之间有着彼此内在的联系，他们一起影响着人类的生活。"非洲的宗教可以被看作一种理解、预测和把握世事的实用技艺。"② 被贩卖到北美的非洲黑人来自不同的部族，在宗教信仰上存在很大差异，但其核心内容是相同的，"在所有非洲传统宗教中都有尊天敬祖的观念。所谓天就是自然，祖就是祖先"③。

在北美大陆的各种宗教活动中，"现世与来世、肉体与精神、活着的身体和死后的灵魂之间的区别并不是绝对的。他们认为人可以轻松跨越二者之间的界限"④。"祖先崇拜"在非洲原始宗教中非常突出，被赋予正面积极的意义，是黑人原始宗教的典型模式。"祖先崇拜"基于非洲原始宗教中对祖先亡灵的崇拜。他们认为人死以后灵魂依然

---

① 王翠：《浅析美国黑人民权运动中的宗教因素》，硕士学位论文，东北师范大学，2009 年，第 13 页。
② 陈志杰：《顺应与抗争：奴隶制下的美国黑人文化》，中国社会科学出版社 2010 年版，第 152 页。
③ 同上。
④ 同上书，第 151 页。

具有生气和活力，可以影响甚至主导后代的日常生活。"祖先崇拜"成为一些非洲部落的精神支柱甚至生命价值的来源。在危难时刻，大部分的非洲黑人会向自己的祖先求助，并得到帮助和回应。人们虔诚地相信亲人死亡后其亡灵会与活着的人们同在并眷顾和保佑自己的亲人。接受和尊重亡灵对现世人们的指导是日常生活的一部分。"祖先崇拜"的观念对于美国黑人来说，不但具有文化寻根的宗教伦理意义，更具有深厚的哲学意蕴。托尼·莫里森曾经指出："城市小说和现在的乡村小说都是没有祖先的……珍视种族联系和种族记忆，并把他们置于个人成就之上。但如果有人漠视或弃绝祖先，他将注定毁灭。"① 回顾美国文学史，非裔美国黑人作家总是以不同的艺术表现手法演绎黑人传统文学中的"祖先崇拜"主题。

在美国黑人女性作家的作品中，总是有智慧型长者或神秘力量在关键时刻出现，推动故事的发展。托尼·莫里森曾指出："我把对超自然现象的接受与其深深植根于现实世界之中的现实生活融合起来。超自然现象是非洲宇宙观的内在元素，是黑人看世界的方式。我们是很实际的民族，这种实际包含我们承认的、我假设可以称之为迷信和魔法的东西，这是另一种认知世界的方式。其中一些事情是黑人特有的'令人质疑的学问'。'令人质疑'是因为黑人向来被人怀疑，他们的学问自然会'被人质疑'……但这些学问在我的作品中占有重要位置。"②

"祖先崇拜"观念的出现与非洲人的时间观有着直接的联系。在

---

① Toni Morrison，"City Limits，Village Values：Concepts of the Neighborhood in Black Fiction"，*Literature and the Urban Experience：Essays on the City and Literature*，eds.，Michael C.，Jaye and Ann Chalmers Watts，Manchester：Manchester University Press，1981，p. 39.

② Toni Morrison，"Rootedness：The Ancestors as Foundation"，*Black Women Writers*（1950-1980）：*A Critical Evaluation*，ed.，Mari Evans，New York：Anchor Press，1984，p. 342.

很多西非国家，死亡被认为是一个人从自然世界到人类记忆世界的过程。西非人认为，他们生活在"一个二维的世界里：Sasa 和 Zamani。在斯里瓦西语中，Sasa 是'接近、现在'的意思；Zamani 是'终止阶段'……在西非人的这种宇宙观中，未来是不存在的。故人生活在个人或集体永生的现时世界里"①。西方文化中的时间是线性的，而非洲文化中的时间是循环的。非洲神圣的宇宙观对时间和自我的阐释深刻影响了非裔美国黑人女性作家的创作。"西方人认为时间是线性的；当某些人存在时，某些事件就注定要发生。而在非洲人的神圣宇宙观里，时间是环形的，是现在和过去的统一体；人死后还留在生前的世界里，他们的身体会发生变化，但性格不变，能影响现在发生的事；当认识死者的最后一个人去世后，死者便加入祖先的行列。"② "祖先崇拜"在黑人女性文学中反复出现，是现当代黑人作家对传统文化的现代艺术转换，从追求终极意义的角度使之有了文化认同和身份认同的普遍意义。

《宠儿》（Beloved）是莫里森颇具超自然色彩的作品。莫里森以黑人女奴赛斯，被她亲手杀死的、后来又借尸还魂的女儿以及黑人男性保罗·D. 等人为主要线索，重新展现了内战前后的美国黑人历史，把曾经隐瞒的关于奴隶制的残酷事实和黑人所遭受的屈辱揭示出来，"填补了奴隶叙述的空白"③。主人公宠儿是一个集鬼魂、魔力、记忆于一身的人物，具有浓郁的超自然色彩。从非洲的传统信仰角度看，"非洲鬼魂在阴间的地位取决于逝者离世的方式……没有妥善的安葬，鬼魂就不能到达最终的安身之地，就会在外游荡，伺机报复其后

---

① 曾梅：《托尼·莫里森作品的文化定位》，山东大学出版社 2010 年版，第 123 页。

② 同上书，第 29 页。

③ Jan Furman, *Toni Morrison's Fiction*, Columbia：University of South Carolina Press, 1966, p. 46.

人"①。宠儿被自己的母亲杀死，她借尸还魂，对赛斯进行精神上的折磨。随着宠儿的出现，塞斯与曾经背叛她的整个社区达成和解。宠儿也在整个社区女人们的祈祷和合唱声中被赶走。莫里森在 20 世纪末期讲述一个在奴隶制下被杀的两岁女婴 18 年后借尸还魂的故事，并赋予这一作品特别的象征意义。

> 非洲黑人传统宗教的崇拜对象是鬼魂。鬼魂是脱离了肉体的灵魂，有自己的生活世界，有同人们一样的欲望。鬼魂或转附于人间的另一物体，或留居于人世，或到别的世界去，或轮回转生。死者的鬼魂仍与生前的氏族、部落保持一定的联系，监视或参与部落成员的生产和生活，施以好的或坏的影响……西非许多部落的人认为，人死后，鬼魂总不能马上离开家庭，它必须借助活人为它举行的葬礼找到通往"阴间"的道路……如果活人没有尽到对死者的义务，鬼魂就会变成某种乖戾的幽灵，天天来作恶作祟，折磨活人。②

宠儿在很小的时候被自己的母亲杀死，因为满腹冤屈，她的鬼魂盘旋在 124 号久久不愿离去。为了独自霸占塞斯的爱和注意力，宠儿的鬼魂在平日的生活里大搞恶作剧，想要赶走塞斯身边的每一个人："当时，镜子一照就碎（那是让巴格勒逃跑的信号）；蛋糕里出现了两个小手印（这个则马上把霍华德逼出了家门）……又有一锅鹰嘴豆堆在地板上冒烟；苏打饼干被捻成碎末，沿门槛撒成一条线……"③

依据非洲的传统文化，人的灵魂是不死的，一个人的死亡只是他的肉体的消亡，而他的灵魂可以来到人间。生者与死者之间是没有什

① Newbell Niles Puckett, *Folk Beliefs of the Southern Negro*, New Jersey: Montclare, 1968, p. 91.
② 宁骚：《非洲黑人文化》，浙江人民出版社 1993 年版，第 142 页。
③ ［美］托尼·莫里森：《宠儿》，潘岳、雷格译，中国文学出版社 1999 年版，第 3 页。

么界限的，鬼魂的存在是基于生者对它的热爱和牵挂之上，若是生者需要，可以将鬼魂召唤到自己的生活当中，让它对自己的生活进行指导和帮助。《宠儿》中，当两个男孩出走、贝比祖母去世以后，"塞斯和丹芙决定召唤那个百般折磨她们的鬼魂，以结束这场迫害"①。虽然在召唤之后宠儿的鬼魂没有马上出现，但不久之后，有一个十分神秘的女子来到了124号，介入她们的生活，发生了很多故事。

莫里森在讲述《宠儿》这一故事时打破了生与死、人与鬼的界限。在整个故事中，生者和死者是在同一空间存在的，最典型的例子就是贝比祖母。她在故事开始的1873年已经去世了，但她存在于每个人的故事当中。当塞斯身心疲惫，想要得到些许安慰时，她的耳边就会响起贝比的声音："放下吧，塞斯，剑和盾。放下吧。放下吧。两样都放下吧。放在河边吧。剑和盾。别再研究战争了。把这一切污七八糟的东西都放下吧。剑和盾。"② 宠儿在后来的生活中对塞斯百般折磨，使塞斯的精神处于即将崩溃的边缘，为了挽救塞斯，为了避免大家都饿死的命运，隐居在家12年的丹芙不得不走出家门，向整个社区求救。当她站在门口犹豫时，她也听到了贝比祖母的鼓励："记住它，然后走出院子。走吧。"③ 丹芙是在死去的祖母贝比的鼓励下走出124号，向整个社区求救，最终赶走了已经变得自私乖戾的宠儿的鬼魂，挽救了塞斯的生命，也使124号里的所有人与黑人社区重归于好。祖母贝比的灵魂对于塞斯和丹芙生活的指导和帮助在莫里森的笔下非常自然。《宠儿》中死者和生者在同一时间层面出现是符合非洲文化特色的，这样的处理使得过去、现在和将来并置在一起，拓展了小说的覆盖面，创造了多重叙事的机会。

在莫里森的其他作品中也大量出现"祖先在场"的情况。莫里森

---

① [美] 托尼·莫里森：《宠儿》，潘岳、雷格译，中国文学出版社1999年版，第4页。
② 同上书，第102页。
③ 同上书，第291页。

说："鬼怪和灵魂都是真实的。我认为这不违背非洲宗教和哲学；儿子、父亲、母亲或邻居会在一个小孩或另一个人身上出现，这是很容易的。"[①] 在非洲女性作家的笔下，所谓的阳世阴间是没有界限的，灵魂可以在这两个世界自由穿越。因此，特异功能和鬼魂等现象反映了非洲哲学中的生死观，对于非洲黑人来说，"死亡不是对生命的否定……是一种更高形式的完满。在人类的潜意识中，人们本能地认为人是永生的动物。他生下来不是为了奔向死亡，而是为了永生"[②]。

《所罗门之歌》中也出现了大量超自然现象。如杰克的鬼魂不断出现，很多黑人会飞。《天堂》里也有超自然色彩。住在女修道院里的五名妇女被枪杀后，尸体神秘失踪，连留在地上的血迹也消失得无影无踪。在小说结尾处，五名妇女又现身人间，与亲人见面。《秀拉》中，秀拉"不显老……从没有掉过牙，没有碰伤过，腰上和颈后没有一圈圈的赘肉。人们传言她没有得过儿疾……她喝啤酒从不打嗝"[③]。秀拉返乡那年的夏天知更鸟泛滥成灾；一个老头吃鸡时无意中看见了秀拉就被骨头噎死了。秀拉的右眼皮上有个胎记。有人说像蝌蚪，有人说像毒蛇，还有人说像玫瑰花。不同的猜测增加了秀拉身上的神秘色彩。在非洲文化里，万物皆有灵，人们的生存、幸福和健康取决于能否读懂无处不在的征兆以及与神灵的联系。"这些信仰也是美国黑人生活的一部分，是力量和解脱、动力和知识、希望和保证的源泉，是他们集体身份的标志。"[④] 非洲宗教认为，生死轮回，灵魂可以返回人间。约翰·姆比蒂指出，传统的非洲哲学"强调灵魂的宇宙和物质

---

① Danille Taylor-Gutrie, *Conversations with Toni Morrison*, ed., Jackson: University Press of Mississippi, 1994, p. 249.

② J. B. Danquah, *The Akan Doctrine of God*, London: Frank Cass & Co. Ltd., 1968, p. 60.

③ ［美］托尼·莫里森：《秀拉》，胡允恒译，中国社会科学出版社 2005 年版，第 115 页。

④ 曾梅：《托尼·莫里森作品的文化定位》，山东大学出版社 2010 年版，第 68 页。

的宇宙是一个整体，二者结合得如此紧密，不容易也没有必要区分它们"①。对于黑人女性作家来说，日常生活中鬼的出现是非常正常的事。

沃克的作品中也有大量祖先在场的描写。《父亲的微笑之光》开篇就是已去世的父亲从他的角度讲述整个故事。在故事发展过程中，父亲的鬼魂会参与现实生活，并不时对所发生的事件进行评述。如"六月"在多年以后遇到了自己的初恋。多年前的父亲因为女儿爱着的马努列多是印第安土著居民而鞭打了自己的女儿，造成"六月"终身无法治愈的心理创伤。已经去世的父亲非常内疚，希望可以弥补因为自暴自弃而变得肥胖不堪的"六月"。当"六月"和曾经的初恋重逢后，鬼魂参与了他们的约会和谈话。"一辈子你都自以为最清楚心碎的滋味。我真不愿告诉你：死后感到的心碎，才叫真正的心碎……如果我还没死的话，我早就会去自杀……我做什么来弥补我的过错呢？一个学生来到我女儿的寓所，想请教功课。我用身体将她与门隔开。她在我的胸脯上敲啊敲，我的亡灵犹如巨大的空间，吞噬了敲门声。她走后，我跪了下来，把我的歉意像风一样轻轻地往上吹，从六月锁着的门的上端吹进去。"② 沃克作品中"鬼魂"或"祖先"的在场拓展了文本空间，丰富了文本主题。

非裔美国文学中的"祖先崇拜"已经超越了原初的宗教和宗法意义，被赋予时代化的维度，成为黑人作家在现代语境中回归种族传统文化的一种有效表意手段，是对古老原始的非洲宗教仪式的现代化艺术转化。但是，随着创作手法和意识形态的不断演化，"祖先崇拜"以不同的表现形式出现在黑人作家的作品中，彰显出黑人传统文化强大的生命力。"祖先崇拜"赋予小说深厚的历史感，成为黑人女性作

---

① John Mbiti, *African Religions and Philosophy*, New York：Anchor, 1969, p. 97.

② ［美］艾丽斯·沃克：《父亲的微笑之光》，周小英译，译林出版社 2003 年，第 74 页。

家创作的一种潜在的集体意识。祖先人物的作用不仅停留在赋予子嗣精神力量，延续家族和种族的文化，还可以完善人物形象、推动故事发展、强化小说艺术表现力、传承民族文化。在信仰缺失、没有归属感的当今社会，缅怀祖先不仅是民族心理和民族情感的需要，同时也是民族文化认可不可缺少的部分，而对于徘徊在美国边缘社会的黑人群体来说则更有深远意义。

第二节　美国黑人基督教

基督教虽然早在公元 1 世纪就传入非洲大陆，但因其教义和仪式与非洲黑人的传统生活习惯差异较大，尤其是基督教与欧洲对非洲的殖民侵略捆绑在一起，黑人不愿意接受。所以，虽然早在进入美洲大陆之前黑人就开始接触基督教，但他们更多信奉的还是非洲本土的各种多神教。来到新大陆的黑人在面临非人的奴隶制统治的同时也面临白人基督教文化的渗透和改造，为了生存的需要，黑人不得不接受白人基督教。但是，他们并不是全盘接受基督教中的所有思想，而是对基督教的内容和形式进行了适当的改造和利用，并将白人基督教与非洲传统的宗教因素相结合，发展出了独特的美国黑人宗教。具有鲜明非洲特色的美国黑人宗教富有巨大的生命力和创造力，逐渐成为黑人文化的重要组成部分，同时也成为黑人在充满敌意的美国社会获得生存的重要手段。从本质上讲，美国黑人宗教是黑人哲学观在文化中的折射。

一　美国黑人基督教的形成及发展

来到新大陆的黑人不但失去了人身自由，也失去了源自非洲的宗教信仰。17 世纪初期，源自非洲的各种黑人宗教被认为是低级、原始、野蛮的。白人奴隶主不容许黑人在种植园中进行宗教集会，不容许黑人举行源自非洲的宗教仪式，基本剥夺了黑人的宗教信仰权利。黑人民族在身体上遭受剥削和压迫的同时还饱尝在精神上没有信仰自由的折磨。

面对新大陆强大的基督教文化，黑人民族的基督教化成为一个不可避免的历史环节。由于新大陆特殊的政治和社会条件，由于黑人群体对非洲传统宗教的坚持，黑人的基督教化经历了一个漫长的历史过程。在奴隶制时期，尤其是在 18 世纪以前，促使奴隶皈依基督教的情况很少，只要奴隶好好工作，为奴隶主创造最大的经济效益，奴隶主不在乎他们是否信仰基督教。在当时的基督教传统中，"受过洗礼的基督教徒不能被用作奴隶"①。为了不失去这些廉价的劳动力，大部分白人不愿意让奴隶皈依基督教。但是，大部分白人也认为通过基督教，"主流文化可以最大限度地摧毁非洲黑人的文化身份，从而在肉体和心理上完全控制他们"②。经过很长时间的争论，是否接纳美国黑人为基督徒的具体意见曾分为相互对立的两派："一些传教士和神学家主张，非裔美国人信仰基督教可以更好地受到西方文明的改造和同化，因此，这是一项义不容辞的神圣使命。但另一些人则表示反对，因为按照基督教的教义，所有的基督教信徒皆为兄弟，奴隶主因此就将失去无偿剥削奴隶劳动的权利，蒙受经济利益的巨大损失。"③ 直到 18 世纪初期，"当神学者、立法者和法庭宣布皈依基督教与黑人奴隶身份并不相抵触之后，有些奴隶主开始努力为奴隶提供皈依基督教的

---

① 陈志杰：《顺应与抗争：奴隶制下的美国黑人文化》，中国社会科学出版社 2010 年版，第 153 页。

② Gloria Graves Holmes, *Zora Neale Hurston's Divided Vision*: *The Influence of Afro-Christianity and the Blues*, Dissertation, Stony Brook: State University of New York, 1994, p. 36.

③ 朱小琳：《回归与超越——托尼·莫里森小说的喻指性》，博士学位论文，中国社会科学院，2003 年，第 78 页。

机会和向上帝做礼拜的场所，鼓励牧师向黑人宣讲服从主人的教条，或至少不再阻止奴隶们的宗教活动"①。很多报纸、杂志和书籍等传媒都鼓励白人奴隶主对奴隶进行基督教化。"白人牧师认为皈依基督教使奴隶更易于管理。"② 基督教成为奴隶主控制黑人奴隶、维持社会秩序的一种方式。因为黑人奴隶即使皈依基督教也不能视为自然获得解放，因此，南方的白人开始容许和鼓励黑人奴隶皈依基督教，"这样，经济利益的要求与传道的热情之间得到了某种统一"③。

　　一方面，美国黑人在美国社会中的特殊地位影响了黑人民族的基督教化；另一方面，美国黑人对基督教有着排斥心理。首先，基督教中的"一神崇拜"与非洲文化中的多神崇拜有本质上的不同。基督教强调上帝的唯一性，而非洲宗教的核心则是多神崇拜的。"非洲传统宗教的基本内容有：自然崇拜、祖先崇拜、图腾崇拜、部落神崇拜和至高神崇拜。"④ 其次，基督教教义本身的矛盾成为阻碍非洲裔美国黑人接受基督教的主要原因之一。"非洲人对基督教接受得很慢，那不仅仅是因为他们抱着自己部落崇拜的特殊仪式不放，也是因为他们没有超人的力量来在心中化解这种新宗教自相矛盾的特点。"⑤ 在历史的发展中，黑人逐渐接受了基督教的教义并结合非洲文化对其进行重新阐释，形成了独具特色的美国黑人宗教。

　　布尔斯廷指出："基督教的全部历史表明，它是同时提倡谦让和勇敢的宗教，它是殉教者也是十字军的宗教，它是圣·弗朗西斯科也

①　陈志杰：《顺应与抗争：奴隶制下的美国黑人文化》，中国社会科学出版社 2010 年版，第 153 页。
②　陈志杰：《美国内战前黑人宗教文化刍议》，《解放军外国语学院学报》2004 年第 2 期，第 88 页。
③　朱小琳：《回归与超越——托尼·莫里森小说的喻指性》，博士学位论文，中国社会科学院，2003 年，第 78 页。
④　艾周昌主编：《非洲黑人文明》，中国社会科学出版社 2000 年版，第 251 页。
⑤　陈志杰：《顺应与抗争：奴隶制下的美国黑人文化》，中国社会科学出版社 2010 年版，第 162 页。

是圣·路易的宗教。黑人从福音书中既可以找到医治其心灵创伤的药方，又可明白其地位低贱的原因，同时还可以找到平等的理由，以及鼓励反抗的动力。"① 经过美国各方面进步力量长时间的不懈努力，至1730年，北美殖民地出现了第一次宗教改革运动，即"大觉醒"运动。这次运动通常视为基督教新教改革的延续。在这场运动中，各地牧师一起努力，在殖民地广泛宣传福音，主要对象就是来自非洲的黑人。1740年以后，黑人加入基督教会的人数日益增多。

但是，不管黑人是否信仰基督教，种族歧视的阴影一直笼罩在美国社会上空。自18世纪末期开始，黑人越来越无法忍受在白人教堂所受到的歧视，争取黑人独立教派的运动逐渐开展起来。1782年，佐治亚州的萨凡那建立了美国第一座黑人教堂——非洲浸礼会教堂。接着，美国各地出现了黑人独立教堂。到了19世纪初期，白人奴隶主也开始在黑人中积极宣扬基督教，想要通过基督教的信仰来控制黑人的思想，维持社会秩序和社会稳定。内战前后，黑人基督徒数量大量增加，黑人教会得到空前发展，对黑人的政治、经济、文化、社会等方面都产生了深远影响。"黑人教会发展的同时伴随着传统非洲世界观的解构和非洲裔美国黑人世界观的建立……面对新的时间和地点，非洲裔美国黑人发展出了符合非洲裔美国黑人民族经历的宗教形式。是在美洲而非非洲，是非洲裔美国黑人而非非洲人。"②

面对异域文化中失去的传统信仰和紧密的家族联系，"基督教为非洲裔美国黑人提供了新的社会凝聚力的基础"③。为了便于管理和统

---

① 陈志杰：《顺应与抗争：奴隶制下的美国黑人文化》，中国社会科学出版社2010年版，第163页。

② Gloria Graves Holmes, *Zora Neale Hurston's Divided Vision: The Influence of Afro-Christianity and the Blues*, Dissertation, Stony Brook: State University of New York, 1994, p. 14.

③ Franklin E. Frazier, *The Negro Church in America*, New York: Schocken Books, 1963, p. 27.

治，美国正统的基督教努力使其体系结构化、系统化。与其他基督教宗派相比，"浸礼会和卫理公会的组织结构较为松散和民主"，黑人也感到"卫理公会和浸礼会的礼拜仪式与非洲的传统宗教更为接近"①，因此，大量黑人加入这两个教会宗派。"通过浸礼会和卫理公会的宗教仪式，非洲裔美国黑人既可以回顾自己的民族经历，又可以连接源自非洲的过去。"② 早期的黑人基督徒没有自己的教堂，他们和白人在同一教堂礼拜。但是，教堂内的种族歧视与教堂外的种族歧视一样严重。早期去教堂的黑人没有座位，也只能在指定的位置礼拜，如门廊、过道等位置。随着黑人基督徒数量的增加，黑人反抗意识逐渐增强，逐渐出现了由黑人社区管理、黑人牧师主持、黑人参与的黑人教会。在黑人民众中，主要有卫理公会和浸礼会两个教派，至 1861 年，"卫理公会的黑人奴隶信徒增加到 20 万，浸礼会的黑人奴隶信徒增加到 40 万"③。

卫理公会是基督教新教卫斯理宗教会之一。美国独立后，美国卫斯理派的教徒脱离圣公会而组成独立的教会。后分化为美以美会、监理公会、美普会和循理会等。美国的第一位黑人主教理查德·艾伦就是卫理公会成员之一，在美国黑人宗教改革中扮演了非常重要的角色。美国独立后，美国卫斯理派的教徒脱离圣公会而组成独立的教会，主张社会改良，注重在下层群众中进行传教活动。

他们坚持《圣经》的权威，但对个人理解上的差异，采取互相尊重的态度。主张教会虽然可以发表信纲，但不认为信纲有权

---

① 陈志杰：《顺应与抗争：奴隶制下的美国黑人文化》，中国社会科学出版社 2010 年版，第 156 页。

② Gloria Graves Holmes, *Zora Neale Hurston's Divided Vision*: *The Influence of Afro-Christianity and the Blues*, Dissertation, Stony Brook: State University of New York, 1994, p. 126.

③ 郭晓霞：《当代美国黑人女作家的基督宗教观》，中国社会科学出版社 2015 年版，第 23 页。

威性。还特别强调个人信仰自由，并认为国家应对各种不同的信仰都采取宽容态度。在礼拜中注重讲道。在宗教礼仪方面仅保留洗礼和圣餐两项。在组织管理上，主张教徒凭自愿入会，不赞成设立统管各教会的上级领导机构，但允许建立由各教会自由参加的联谊性机构，反对国教观念和教区制。主张全体信徒在教务会议上对教会事务行使平等权利，聘任牧师由教务会议决定，执事由会众选出。①

浸礼会也是基督教新教主要宗派之一，17 世纪前期产生于英国。反对给婴儿行洗礼，认为领洗者必须达到能够理解受洗意义的成年期才可以领受洗礼；并强调新约《圣经》中洗礼与"埋葬"的关系②，主张受洗者必须全身浸入水中，以象征受死埋葬而重生。浸礼会强调各个教堂独立自主，反对国家和政府对各地方教会的干涉，认为政府和教会都有各自不同的使命。"该教派主张政教分离。在教会管理上也采取公理制，教徒在教会生活中一律平等，在教会事务上都有平等权利，牧师、执事等只有特殊责任而无特殊地位。"③

黑人民族在卫理公会和浸礼会的核心教义中找到了"自由"与"平等"的概念，他们将这两个教派的教义同源自非洲的宗教思想相结合，形成了具有民族特色的黑人宗教。发展至今，"黑人宗教"（Black Religion）指保留了大量黑人文化特色的黑人基督教，"黑人教会"（Negro Church）则指美国黑人的集体宗教行为。"黑人皈依上帝，既是一种文化行为，又是一种政治进程，它既适应了白人奴隶主

---

① 吴岳：《英属北美马萨诸塞殖民地教派关系初探》，硕士学位论文，东北师范大学，2009 年，第 8 页。
② 参见《罗马书》与《歌罗西书》中有关洗礼的相关内容。
③ 吴岳：《英属北美马萨诸塞殖民地教派关系初探》，硕士学位论文，东北师范大学，2009 年，第 9 页。

对黑人进行奴化教育的需要，也成为黑人启蒙运动的温床。"① 为了宣扬基督教，白人容许黑人学习读写，取消了奴隶制早期禁止黑人认字的规定。知识的普及在一定程度上提高了黑人群体的文化水平，同时也提高了他们的社会意识，定期举行的宗教仪式也为黑人提供了较多的社会交往的机会，宗教活动成为宣泄黑人被压抑情感的有效方式。著名黑人宗教社会学家 C. E. 林肯指出："宗教使黑人在美洲进行朝圣之旅不至于过分沉重。在宗教的指导下黑人的生活是有规律的。他的教堂就是他的学校，他的讲坛，他的政治活动场地，他的社会俱乐部，他的艺术画廊，他的音乐宝库……他的宗教就是他与其他人的关系，他作为上帝听众的职责。这是一种特殊的力量，使得黑人可以忍受一切无回报的磨难，这也是一种面对异化力量而保持创造性的勇气。"② 美国黑人在社会和政治领域内都受到歧视和排斥，越来越多的黑人转向黑人宗教，"去实现自我表达、自我肯定和自我管理"③。对于黑人来说，生活中没有什么东西比宗教更为重要。黑人宗教成为非洲裔美国黑人的一种文化的政治表达。随着社会的发展，黑人宗教逐渐成为"美国社会生活中一支独立的宗教力量，在各个方面都与美国宗教体系的信条不同，其主要原因在于唯独它与被压迫的群体息息相关"④。黑人宗教的终极目标是通过精神上的追求而实现自由和平等，因此，"新大陆非洲人的宗教直接地与要求社会自由、政治自由的愿

① 雷雨田：《上帝与美国人——基督教与美国社会》，上海人民出版社 1994 年版，第 152 页。

② C. Eric Lincoln, *The Black Church in the African-American Experience*, Durham: Oxford University Press, 1990, p. 3.

③ Gloria Graves Holmes, *Zora Neale Hurston's Divided Vision: The Influence of Afro-Christianity and the Blues*, Dissertation, Stony Brook: State University of New York, 1994, p. 156.

④ 陈志杰：《顺应与抗争：奴隶制下的美国黑人文化》，中国社会科学出版社 2010 年版，第 191 页。

望相关"①。

在非洲传统宗教和受奴役的先见经验下,"黑人奴隶首先在崇拜仪式上改造了基督教,他们在教堂做礼拜时,捶胸顿足,又唱又跳,载歌载舞,具有强烈的仪式性。这种特点在今天的美国黑人教堂中仍然存在。其次,在神学观念上,他们崇拜的不仅仅是基督教所信奉的上帝,还有神灵、精神、祖先及生活中的各种精神力量等。这一观念成为当今美国黑人基督教的独特特点"②。

美国黑人基督教是美国黑人在新的大陆求得生存的重要精神力量,是非洲传统宗教和白人基督教的结合。黑人在基督教中找到了抵抗心理压迫的有力武器,并创造了自己的精神世界和宗教文化。通过宗教的特殊仪式,黑人获得了归属感。总体而言,"在一定时期和一定程度上,基督教或多或少地成为奴隶制的帮凶,一度束缚和殖民化了美国黑人,但是,由于美国黑人的独特经历,他们并不是简单地采用欧洲人的宗教和神学,他们是根据自己的处境、信仰和实践来改造欧洲基督教的,赋予那些宗教关系和奴役的新的现实意义,从而创造了一种新的宗教——美国黑人基督教"③。美国黑人基督教影响和决定着美国黑人的社会、经济和政治生活,是黑人文化中非常重要的一部分。作为基督教的一支,美国黑人基督教秉承基督教的基本教义和相关仪式,但美国黑人对《圣经》的理解方面与白人基督教有很大不同。美国黑人女性作家在其作品中大量记录黑人基督教的仪式、观念,或改写源自《圣经》的故事,增加大量黑人文化因素,为保留黑人民族文化做出了贡献,也进一步强调了美国黑人宗教强大的包容性和生命力。

---

① 陈铭道、任也韵:《"平等、自由"的社会宣言——美国黑人灵歌》,《中央音乐学院学报》1996年第4期,第19页。
② 郭晓霞:《当代美国黑人女作家的基督宗教观》,中国社会科学出版社2015年版,第23页。
③ 同上书,第25—26页。

二 对《圣经》故事的戏仿

美国黑人女性作家的创作大量借鉴《圣经》典故，充满原型象征。赫斯顿的每部作品都有黑人基督教的影响，其第一部长篇小说《约拿的葫芦蔓》就是借自《圣经》旧约《约拿书》的情节来创作的；《摩西，山之人》则基本完全按照《出埃及记》（*Exodus*）的情节来创作。莫里森的作品中也有大量宗教因素，如《所罗门之歌》这一书名来自《圣经》旧约中的 *Song of Solomon*，相传为所罗门王所作，被后人称作"雅歌"，又被称作"歌中之歌"；《宠儿》也是取自《圣经》。另外，美国黑人女性作家笔下的很多主人公以牧师形象出现，或故事发生在修道院。特殊的人物身份为文本植入宗教因素做好了准备。"一个过去和未来时刻面临灭绝的种族，能够活下来，他们无不认为是借助了神的力量。"① 美国黑人作家在创作时经常借用《圣经》典故，巧妙改写《圣经》故事，将黑人民族的政治诉求与社会现实相结合，基督教和《圣经》也成为黑人民族反抗种族压迫和种族歧视的主要工具。

在《摩西，山之人》中，赫斯顿"重新阐释了黑人宗教和《圣经》故事，极大程度地凸显了自己的创作目的"②。在黑人传说中，摩西的地位几乎可以与上帝等同。摩西带领希伯来人走出埃及的故事更是与美国黑人想要回归非洲大陆，获得肉体和精神自由的梦想有相似之处。随着基督教在黑人中的盛行，"黑人在白人基督教中找到了属于自己的东西，在旧约希伯来人和埃及人的故事中他们找到了自己的

---

① ［美］玛雅·安吉洛：《我知道笼中鸟为何歌唱》，于霄、王笑红译，上海三联书店2013年版，第124页。

② Gloria Graves Holmes, *Zora Neale Hurston's Divided Vision：The Influence of Afro-Christianity and the Blues*, Dissertation, Stony Brook：State University of New York, 1994, p. 146.

故事。在耶稣基督身上他们找到了和自己一样遭受痛苦的品质。在黑人宗教中，摩西成为基督，基督成为摩西，这是美国黑人的宗教诉求。他们希望有一种力量可以将他们拯救"①。贯穿于黑人民族斗争史的主题是争取平等和自由，因此"摩西的英雄事迹对于黑人奴隶来说是非常有吸引力的，因为非洲史诗中的英雄人物总是有着不同寻常的出身，童年时代经历了很多危险甚至驱逐，在获得权利前经受了很多试探"②。《出埃及记》的故事成为美国黑人口头文学和书面文学的创作源泉之一。对于黑人作家来说，"他们可以从《出埃及记》中看到上帝如何使希伯来人逃离政治控制。因为各种特殊原因，文本要求读者在阅读时有更强的自我意识和敏感性"③。美国黑人作家对《圣经》故事的大胆改写并委婉表达了对《圣经》的特殊理解，表达出对白人基督教的否定和挑战，间接肯定了黑人宗教的重要性。

在非洲裔美国黑人文学中，摩西和《出埃及记》的故事因为联系到美国的黑人历史和奴隶制而有了特别的暗喻、历史、寓言和象征含义。对于黑人奴隶来说，摩西在带领希伯来人获得自由的那时候就成了灵感、权利和超自然力量的源泉。对于黑人奴隶来说，摩西因为与上帝的特殊联系而拥有了法力，他代表着上帝对解放的应许。通过借用《圣经》中的摩西和《出埃及记》的叙事形式，赫斯顿将非洲裔美国黑人宗教、历史和文化中非常重要的人物摩西引入了书面文学。赫斯顿笔下的摩西的故事中充满了

---

① Kimberly Rae Connor, *Conversions and Visions in the Writings of African-American Women*, Knoxville: The University of Tennessee Press, 1994, p. 20.

② John Lowe, *Jump at the Sun: Zora Neale Hurston's Cosmic Comedy*, Urbana: University of Illinois Press, 1994, p. 209.

③ Pinn B. Anthony, *Black Religion and Aesthetics*, New York: Palgrave Macmillan, 2009, p. 162.

黑人方言、黑人宗教仪式和黑人习俗。[①]

《摩西，山之人》出版于 1939 年 11 月，与赫斯顿的前两部小说截然不同，这部小说不是以她的家乡伊顿维尔为背景，而是依据《圣经》故事来创作的。这一小说的故事情节大部分取自旧约《出埃及记》，但赫斯顿并非照搬《圣经》故事，而是对其中的很多细节进行改写，取得了特殊的艺术效果。

《圣经》旧约中的《出埃及记》是一部非常重要的宗教典籍，记述了希伯来人在摩西带领下离开埃及，去往迦南福地的史事。《出埃及记》一书不是独立的，它与《创世纪》《利未记》《民数记》及《申命记》合为一个单元，称为"摩西五经"，相传为摩西所作。《出埃及记》是摩西五经的第二卷，把《创世纪》和另外三卷记载希伯来人旷野 40 年生活的历史书连贯起来。《出埃及记》解释了为什么约瑟时代自迦南集体去埃及备受欢迎的希伯来人后来竟然沦为奴工，以及在先知摩西的带领下如何走出埃及回到迦南，建立了立国的宪法、宗教体制和道德规范。"《出埃及记》隐含了一个民族摆脱苦难历史的历程。这一历程充满邪恶的诱惑和艰辛的磨炼。但这一历程也给予人们对美好远景的希望。"[②]

在这部小说中，"赫斯顿以异常大胆的方式把黑人民间故事及其他黑人民俗文化因素、基督教文化传统与小说结合起来，赋予《圣经》中摩西带领希伯来人离开埃及的故事以新的意义"[③]。《摩西，山之人》是"赫斯顿作品中最复杂最有野心的作品，这一作品将小说、

---

① John Lowe，*Jump at the Sun：Zora Neale Hurston's Cosmic Comedy*，Urbana：University of Illinois Press，1994，p. 100.

② 朱小琳：《回归与超越——托尼·莫里森小说的喻指性》，博士学位论文，中国社会科学院，2003 年，第 76 页。

③ 程锡麟：《赫斯顿研究》，上海外语教育出版社 2004 年版，第 141 页。

民间故事、宗教、喜剧等用不同寻常的方式结合在一起"①。事实上，赫斯顿有关摩西故事的思考已经有很长时间。1934 年，赫斯顿就在《挑战》杂志上发表了短篇小说《火和云》，《摩西，山之人》就是在这一短篇小说的基础上创作的。在《摩西，山之人》中赫斯顿赋予摩西多重身份：摩西是上帝的使者，能与上帝交谈，能代表上帝讲话；摩西是超自然力量的代表，是一个能理解自然和自然和谐相处的人；同时摩西又是一位黑人伏都教法师，他利用伏都教巫术克服了法老的各种阻挠，带领希伯来人逃离埃及，获得了最后的自由，是黑人民众的解放者。"赫斯顿把黑人民俗文化的种种因素及美国黑人的历史同关于摩西的《圣经》故事融合在这部小说中。黑人民俗文化影响了全书的内容和气氛，完全可以说，这是一部浸润在黑人民俗文化传统中关于摩西的《圣经》故事，是一部具有鲜明黑人性的作品。在这部作品中，摩西这个人物包含了三重身份：他既是犹太先知，又是伏都教法师，也是黑人领袖。"② 摩西在基督教传统中的身份很遥远，隐藏在《圣经》的威严之中。"一旦摩西被去神秘化，《圣经》故事和非洲裔美国黑人的历史立刻有了类比，使得这一故事成为反映黑人民族面临各个时代压迫的暗喻。"③ 赫斯顿传记作家海明威也指出，"赫斯顿将犹太教—基督教传统中的摩西'绑架'到了非洲——美国黑人文化中，声明摩西真正的血缘是非洲人，他的民族则是非洲裔美国黑人"④。摩西因此成为"代表了黑人性的一个重要形象"⑤。

---

① Lillie P. Howard, *Zora Neale Hurston*, Boston: Twayne Publishers, 1980, p. 115.

② 程锡麟：《赫斯顿研究》，上海外语教育出版社 2004 年版，第 149 页。

③ Robert E. Hemenway, *Zora Neale Hurston: a Literary Biography*, Chicago: University of Illinois Press, 1980, p. 260.

④ Ibid. , p. 257.

⑤ Susan Edwards Meisenhelder, *Hitting a Straight Lick with a Crooked Stick: Race and Gender in the Work of Zora Neale Hurston*, Tuscaloosa: The University of Alabama Press, 1999, p. 116.

　　在亚洲和整个近东地区都有关于摩西的故事。这些故事数量之多、内容之不同让人们开始怀疑《圣经》中的摩西故事是否是真实的。而非洲有自己的有关摩西的传说。整个非洲大陆都知道摩西的伟大，不是因为他长着胡子也不是因为他从塞纳山上带下来了律法。摩西的神圣在于他可以去塞纳山并且把上帝的律法带下来。许多人都可以爬山。任何人都可以将放置在手里的律法带下山，但是，有谁可以和上帝面对面地谈话？谁可以让上帝去山顶并带上管理一个民族的律法？还有什么人亲眼看到过上帝的荣耀？还有谁可以命令大风和海浪，闪电和黑暗？这些都需要权力。这就是为什么非洲人崇拜摩西的原因。因为这些，摩西被非洲人像神一样崇拜。

　　……

　　将摩西当作伟大的伏都教巫师来崇拜的情况不仅限于非洲地区。凡是因为奴隶制而流散于各个地方的非洲人所到之处，摩西就被看作法力的源泉。这一信仰也不是仅仅局限于黑人中……在整个非洲，美洲和西印度群岛都有着有关摩西神力的故事和崇拜。但不是因为他的十大律法，而是因为他的权力之杖，他带给整个以色列和法老的恐惧。①

　　在赫斯顿的创作中，《摩西，山之人》是以寓言的形式出现，"赫斯顿将故事中受压迫的希伯来人和美国黑人的经历联系了起来"②。有关"应许之地"的说法对希伯来人来说是个永恒的话题；对乘坐"五月花"号去北美大陆的清教徒来说是上帝的应允；对带着镣铐来到美洲的非洲黑人来说更是民族之梦。在《摩西，山之人》中，赫斯顿

①　Zora Neale Hurston, Introduction, in Moses, *Man of the Mountain*, Urbana and Chicago：University of Illinois Press, 1984, pp. 21-22.

②　Laura Baskes Litwin, *Zora Neale Hurston*："*I Have Been in Sorrow's Kitchen*", New York：Enslow Publishers, Inc. , 2008, p. 87.

"用《圣经》的故事隐喻了当时的政治状况，表明了自己对奴隶制的态度"①。回顾美国历史，奴隶制被取缔后，种族主义成为一种更为微妙的内在形式，存在于社会的各个角落、各个领域，存在于人们的潜意识里。随着美国社会经济的发展，大量黑人离开南方去北方城市谋生。在城市大迁移中，黑人认为："离开是逃离南方非理性压迫的方式之一，去北方是寻找种族平等的新天地。"② 这一时期的黑人知识分子也在努力寻找真正适合黑人的解放之路。在这种政治背景下，赫斯顿发现了《出埃及记》中的隐含主题，并对《出埃及记》的故事进行改写和戏仿。《摩西，山之人》中，赫斯顿改变了很多内容，尤其是有关摩西和上帝之间的关系。首先，摩西的出生不是很确定。摩西的父母亲到底是谁？摩西是否有个姐姐？婴儿时的摩西是否被埃及公主所收养？"在这些含糊的线索中，读者得知，摩西不是希伯来人，而是西亚的闪米特人，是非洲人中的一个，因此，摩西可能是一个黑人。赫斯顿的摩西是非洲人和亚洲人的结合。"③ 其次，赫斯顿将摩西塑造成为一个有权力的，"通过自己的努力实现一切的人……因为摩西坚定的信念和积极的世界观，摩西从一个坐在岩石上的人成了一个站在山顶的人"④。最后，在文本中赫斯顿通过黑人民俗文化因素和黑人方言土语的使用消除了摩西的神秘化。通过赫斯顿对摩西形象的改造，整个故事被非洲化，摩西形象成为黑人民间故事中无人可及的英雄，成为自由和解放的象征。

赫斯顿在其人类学著作《告诉我的马》中谈到了《圣经》故事中

---

① Sharon L. Jones, *Critical Companion to Zora Neale Hurston: a Literary Reference to Her Life and Work*, New York: Facts on File, Inc., 2009, p. 100.

② Robert E. Hemenway, *Zora Neale Hurston: a Literary Biography*, Chicago: University of Illinois Press, 1980, p. 37.

③ Deborah G. Plant, *Every Tub Must Sit on Its Own Bottom: The Philosophy and Politics of Zora Neale Hurston*, Chicago: University of Illinois Press, 1995, p. 128.

④ Ibid., p. 130.

的摩西形象在泛非文化中的重要性。而在《摩西，山之人》中，赫斯顿从更深远的意义上探究了摩西神话的文化含义。赫斯顿指出："在更为广阔的寓言意义上，传统认为摩西是散居于非洲和亚洲的魔术师的先祖。"[①]但赫斯顿努力"将摩西的出生及源起放置在非洲大陆，可能是想将摩西的故事与黑人历史相联系，使小说内容与争取自由的主题相吻合……为了塑造一个非洲特点的摩西，她肯定了《圣经》中的摩西故事，同时保留了领导艺术、爱国主义和民族主义等因素"[②]。

但是全世界都有着有关摩西的不同传说。在亚洲和整个近东都有着摩西的故事。这些故事数量众多，情节不同，这使得很多研究者怀疑基督教概念中的摩西是否真实。在非洲流传着属于非洲大陆的有关摩西的传说。整个非洲大陆都传颂着摩西的伟大，不是因为他的胡子，也不是因为他去塞纳山将上帝的律法带了回来。摩西之所以受到尊重是因为只有他可以去山上将律法带下来。很多人都可以爬山，任何人都可以将别人放在手里的东西带下来，但是，有谁可以和上帝面对面地对话？有谁可以要求上帝做事情的？有谁可以要求上帝在山上准备好管理整个民族的律法？有谁亲眼看到过上帝的荣耀？谁可以命令风、浪、光和黑暗？这都需要特殊的能力。这就是摩西在非洲受到崇拜的原因。摩西在非洲被看作神。将摩西当作最高神来崇拜的传统不仅局限在非洲……哪里有从奴隶制下流散出去的非洲子民，哪里就有对摩西神秘力量的信仰。这样的信仰也不局限于黑人中。在美国，有无数其他种族的人们在精神上依赖于某些神秘象征、符咒和声音，他们相信这些都是摩西在显神迹时所使用的。有成千上万本

---

① Zora Neale Hurston, *Folklore*, *Memoirs*, *and Other Writings*, New York: Literary Classics of the United States, Inc. , 1995, p. 117.

② Nathan Grant, *Masculinist Impulses*: *Toomer*, *Hurston*, *Black Writing and Modernity*, Columbia: University of Missouri Press, 2004, p. 108.

的《摩西的第六和第七本书》被人们阅读或秘密咨询，因为人们信仰摩西。有一些人甚至相信有关耶稣的神迹是摩西故事的再次讲述。没有人可以说得清楚，在世界上到底流传着多少版本的摩西故事，这样的故事到底在多少国家存在，到底有多少故事被收集在摩西的名下。①

在《摩西，山之人》中，赫斯顿完美改写了《圣经》中的摩西神话，以现代的视角重新讲述摩西的故事。《摩西，山之人》出版后受到读者和评论界的广泛关注，"有关这本书的书评发表在国内各大杂志上"②。对于《摩西，山之人》，批评家有着不同的评价。路易斯·昂特迈耶认为："它不是一部合乎逻辑发展的作品，但是这一文本富有黑人民族的活力，一种和那位天才的文本作者相匹配的戏剧性的艺术激情。"③ 珀西·哈钦森评论道："要说在多大程度上赫斯顿小姐把许多传说和解释编织成一体和多么经常她对特定的、然而可能仅存于口头上的传统做了一字不差的运用，那是根本不可能的。但是这部叙事作品成了一部具有伟大力量的著作。它洋溢着友好的个性，颤动着质朴、深刻而流畅的语言，散发着宗教的激情。作者创作了一部远离文学常规的格外优秀的作品。在文学这个字眼的每一种最佳意义上来讲，她的这部朴实的书都是属于文学的。"④ 布莱登·杰克逊指出："如果说《摩西》不是赫斯顿最值得赞扬的小说，那么它是绝不应该受到忽视的作品。"⑤ 海明威指出："左拉的故事是以黑人方言、英语

---

① Zora Neale Hurston, *Moses, Man of the Mountain*, Urbana and Chicago: University of Illinois Press, 1984, pp. 21-22.

② Sharon L. Jones, *Critical Companion to Zora Neale Hurston*, New York: Facts On File Inc., 2009, p. 10.

③ Henry Louis Gates, Jr. & K. A Appiah, ed., *Zora Neale Hurston*, New York: Amistad, 1993, p. 27.

④ Ibid..

⑤ Susan Edwards Meisenhelder, *Hitting a Straight Lick with a Crooked Stick*, Tuscaloosa: the University of Alabama Press, 1999, p. 220.

口语和《圣经》语言的混合体讲述的，它未能达到它本来可以取得的那种伟大。……然而，这本书令人着迷，使《摩西，山之人》成为美国文学史中的一部较有趣的次要作品。"① 对于这部小说，赫斯顿本人在致朋友的一封信中说："对于它我有那种失望的感觉。我认为我没有取得我开始工作时所希望的一切。我原以为我会在这本书里表达我的理想，可是似乎我没有达到。……它仍旧没有表达出我想表达的东西。"② 尽管《摩西，山之人》存在一些缺陷，但是，它是作为人类学家、民俗学家和文学家赫斯顿的一次大胆尝试和创新，它所表达的主题、蕴含的幽默、显示的挑战精神都是值得赞扬的。

赫斯顿用《圣经》故事的结构表达了她在其他作品中表达的主题，如宗教、性属、阶级、自由和自然。赫斯顿的作品是完成于 20 世纪初的，作品暗指美国历史上的奴隶制度，成为现代事件的预言。事实上，赫斯顿遵循了利用《圣经》故事评述当下社会和政治问题的古老传统。小说中希伯来人的困境相当于非洲裔美国人的困境，而埃及人则相当于废奴运动之前的美国白人奴隶主。迦南之地象征着自由，并不仅仅指一个获得自由的人们居住的地理范围，同时也象征着一种思想状态。通过摩西的故事，小说暗指非洲裔美国人为获得自由所要进行的奋斗以及作为自由民族所要寻找的新的身份。③

在《摩西，山之人》中，赫斯顿"按照时间顺序记述了摩西领导希伯来人从埃及的奴隶制下解放并得到自由的故事。很明显，希伯来

---

① Robert E. Hemenway, *Zora Neale Hurston: a Literary Biography*, Chicago: University of Illinois Press, 1980, p. 270.

② Lillie P. Howard, *Zora Neale Hurston*, Boston: Twayne Publishers, 1980, p. 182.

③ Sharon L. Jones, *Critical Companion to Zora Neale Hurston*, New York: Facts On File Inc., 2009, p. 100.

人想要摆脱奴隶制的奋斗相当于美国的黑人奴隶当时所面对的情况。小说是有关压迫的本质和有关自由平等的记述"①。在其作品中，赫斯顿还指出，从奴隶到自由的过程是非常复杂的。"小说证明，自由除去肉体上的解放还涉及思想、情感和心理各方面的因素。从受压迫和被控制到获得自由不是获得一个可以自由行为的地理空间。小说指出，真正的自由，从希伯来人到美国黑人，是在肉体上获得自由的同时也在精神上获得自由。"② 不论赫斯顿本人的意图如何，这部作品所具有的鲜明黑人性使读者会由此得到这样的结论："美国黑人作为一个民族，要获得真正的自由，就不能等待别人来解放，而必须自己解放自己。"③ 赫斯顿"把她的故事建立在这样的前提之下，即大多数美国黑人都认为他们的传统与古埃及希伯来人的传统是相似的。赫斯顿把《摩西，山之人》写成了一部关于美国奴隶制的寓言小说"④。通过将摩西的故事黑人化，"赫斯顿创造了一个与历史对应的宗教寓言：希伯来人在埃及被控制和奴役与非洲裔黑人在美国的情况相似"⑤。在某种意义上，《摩西，山之人》中的希伯来奴隶影射美国南北战争前的黑人，埃及影射美国的南方，法老王朝的埃及人影射美国白人，古代希伯来人在摩西的带领下离开埃及一事则喻指美国南方黑人向北方的大迁移。《摩西，山之人》是"在赫斯顿的个人生活和创作事业处于巅峰时期的作品"⑥。在《摩西，山之人》中，赫斯顿的黑人民俗文

---

① Sharon L. Jones, *Critical Companion to Zora Neale Hurston*, New York: Facts On File Inc., 2009, p. 89.

② Ibid., p. 104.

③ 程锡麟：《赫斯顿研究》，上海外语教育出版社 2004 年版，第 148 页。

④ Draper P. James, ed., *Black Literature Criticism*, (Vol. 2), Detroit: Gale, 1992, p. 1069.

⑤ Gloria Graves Holmes, *Zora Neale Hurston's Divided Vision: The Influence of Afro-Christianity and the Blues*, Dissertation, Stony Brook: State University of New York, 1994, p. 269.

⑥ Blyden Jackson, "Introduction", *Moses, Man of the Mountain*, Zora Neale Hurston, Urbana and Chicago: University of Illinois Press, 1984, p. 14.

化观念渗透在小说的任何方面。"在这一小说中，赫斯顿在讲述一个寓言故事。在一个层面上来说是在讲被埃及人奴役的希伯来人奔向应许之地，获得解放的故事。从这一层面来说这一故事似乎是重复的。整个故事似乎与《圣经》中的故事没有太大区别。但是，整部小说，从头到尾，都有着更深层次的叙述。这是一个有关美国黑人的故事。并不是赫斯顿本人这样说，而是赫斯顿有关黑人民俗的应用使得每一个读者都很自然地将埃及法老统治下的希伯来人与美国社会白人统治下的美国黑人相联系。"①《摩西，山之人》不仅是一个寓言故事，也是一个讽刺性故事。"其中包含赫斯顿对美国黑人智慧深刻的观察，黑人上流社会的分裂、黑人资产阶级的特点以及黑人普通百姓的生活状况。黑人资产阶级中混血儿的重要性也没有逃过赫斯顿敏锐的眼睛。因此在小说中，赫斯顿将摩西塑造为混血儿，尽管他的非埃及人血液中大多为亚述人而非希伯来人。除去摩西的形象，赫斯顿还塑造了米利安和亚伦这样的黑人领袖。他们是从黑人平民阶层逐渐进入黑人资产阶级的两个人物。赫斯顿笔下的摩西是不完美的、苛刻的，但更为真实。"②"要想全面地理解赫斯顿在这一小说中所要传达的主题，读者一定要时刻记得在埃及的以色列人的后裔与被迫成为奴隶的美国黑人在身份上的相同之处。这样就可以理解摩西在非洲裔美国黑人民俗中的特殊地位。借着美国黑人奴隶被选择的身份，赫斯顿讲述着摩西的故事，因此摩西的身份是充满了复杂性的。被选择的人民的形象证明了奴隶是如何创造他们想象中的思想世界的，又是如何在被压迫的地位下获得生存的。"③

---

① Blyden Jackson, "Introduction", *Moses*, *Man of the Mountain*, Zora Neale Hurston, Urbana and Chicago: University of Illinois Press, 1984, p. 15.

② Ibid., p. 17.

③ Robert E. Hemenway, *Zora Neale Hurston: a Literary Biography*, Chicago: University of Illinois Press, 1980, p. 258.

　　黑人作家重写摩西的故事也是某种程度上的反对种族歧视的抗议之声——《摩西，山之人》是在思想和情感领域内反映美国黑人想要获得自由的斗争情况。虽然《摩西，山之人》没有黑人抗议小说典型的特点，其语气不是激烈的、痛苦的、好斗的、刺耳的，而是幽默的，这使得这一小说与其他黑人所写的、有关摩西的诗歌和散文类作品大不相同。①

　　通过《摩西，山之人》，赫斯顿再次证明，"美国黑人小说是美国文学乃至世界文学不可分割的一部分。即使《摩西，山之人》不是赫斯顿最受肯定的作品，这一小说也不应该受到忽视。这是一部最美丽的抗议之作"②。赫斯顿在《摩西，山之人》中严肃思考了自由和权利的主题，对美国黑人的解放进行了深刻的反思，具有国际性的主题。小说开始时希伯来人屈服于埃及法老的残酷统治，小说结尾时他们又屈服于摩西所立的法律。希伯来人并不真正懂得什么是真正的自由，如何才可以获得真正的自由，是所有受压迫民族应该自己思考的问题。《摩西，山之人》中，赫斯顿在讲述一个民间故事，"在她的叙述层面，是讲被困在埃及的希伯来人如何来到应许之地的。从这个层面讲她的故事是重复的。似乎与《圣经》中的故事没有什么不同之处。但是，从头到尾，她的故事在第二层面上又是一个有关非洲裔美国黑人民族的故事。这样说的原因不是因为赫斯顿在任何场合都这么说，而是因为小说文本的每个细节告诉读者这样的信息：那些被压迫的希伯来人就是非洲裔美国黑人，那些作威作福的埃及法老就是美国白人"③。

　　在整个故事的讲述中，赫斯顿将摩西从犹太教—基督教的语境中抽离出来。"将伏都教、巫术等因素融合进这一文本，这是对主流

---

① Blyden Jackson，"Introduction"，*Moses，Man of the Mountain*，Zora Neale Hurston，Urbana and Chicago：University of Illinois Press，1984，p. 18.

② Ibid.，p. 19.

③ Ibid.，p. 16.

宗教观点的挑战。"① "如果说赫斯顿不是一个预言家，不是一个先知，没有用她的小说来提前描述未来社会，但至少在细节上，她提出了一个走向更新更好的社会秩序的朝圣之旅，整部小说是对人类非教条的、非美化的、历史性、接近现实的思考。"② "《摩西》是由一个黑人来写的，一个黑人作家，在 20 世纪 30 年代，新黑人运动时期写的，所以也可以被看作一种种族抗议。"③ 摩西带来希伯来人离开埃及的呼声和行为成为非洲裔美国黑人想要争取自由平等的表达。但是，有趣的是，《摩西，山之人》小说本身缺少黑人文学中抗议小说的所有特点。文本中充满幽默、智慧、暗喻、民俗文化。"这真的是一种抗议，美好的是，任何一种比以前的抗议更为深刻的抗议看上去都不像是抗议。"④

美国黑人用自己的民族经历诠释着《圣经》……正如希伯来《圣经》中上帝的选民曾经是从奴隶制下解放出来的，非洲裔美国黑人歌唱和呼喊，他们相信未来他们也会有同样的命运。正如耶稣基督曾经受到过不公正的待遇，但却从死亡中得到了永生，非洲裔美国黑人也相信，正如他们所唱的一样，他们将从他们的种族所经历的"社会死亡"中获得新的生命。因此，非洲裔美国黑人的圣歌、布道、证言都可以看见这样的特点。⑤

小说末尾的思考是非常严肃的。"赫斯顿嘲笑被奴役的思想，因为她知道真正的解放之前是荒野中的摸索，只有新的民族才可能到达

---

① Gloria Graves Holmes, *Zora Neale Hurston's Divided Vision：The Influence of Afro-Christianity and the Blues*, Dissertation, Stony Brook：State University of New York, 1994, p. 273.

② Blyden Jackson, "Introduction", *Moses, Man of the Mountain*, Zora Neale Hurston, Urbana and Chicago：University of Illinois Press, 1984, p. 18.

③ Ibid..

④ Ibid., p. 19.

⑤ Pinn B. Anthony, *Black Religion and Aesthetics*, New York：Palgrave Macmillan, 2009, p. 161.

应许之地。在小说末尾，当跨越约旦河的时刻越来越近时，有关解放的主题就显得很有讽刺意味。"① 摩西在思考："他想要塑造一个完美的人民，自由、公正、高尚、坚强。他们将是整个世界永恒的光明。现在，他不敢确定自己是否做到了。他发现，没有人可以使其他人解放。自由是人们内心的事情。外部的特点只是人们内心的一些表征或象征。你所能做的就是为其他人提供机会，只有那些人自己才能解放自己。"② 通过摩西的故事，赫斯顿表达了自己对美国黑人民族命运的思考。"就像故事中的希伯来人一样，非洲裔美国黑人在精神上仍旧无法摆脱'铁的枷锁'。赫斯顿所期望的完美的政治状态就是摩西所期望的。小说中的希伯来人无法从精神上摆脱那种自我挫败的、被奴役的状态。他们痛恨'奴隶主'，但他们习惯被奴役。他们祈求得到仁慈，但他们自身崇尚暴力。小说中写道：'他们不相信自己可以为自己负责任。他们一直希望有人替他们这样做。'"③

赫斯顿用摩西的故事来暗指存在于 20 世纪美国社会甚至整个世界中的社会、政治和经济问题。尽管故事的背景是在《圣经》时代，但其中表现的社会、政治和经济问题是 20 世纪 30 年代小说发表时美国所面临的，甚至可以说今天还面临的问题。"赫斯顿对于现在的启示就是解放只有自己可以给自己。更深入一些地分析，这部小说是有关非洲裔美国黑人身份问题的严肃思考。或者这就是为什么赫斯顿要强调奴隶一代的心理活动以及为了生存和自我肯定而奋斗的思想活动。"④

---

① Robert E. Hemenway, *Zora Neale Hurston: a Literary Biography*, Chicago: University of Illinois Press, 1980, p. 268.

② Zora Neale Hurston, *Moses, Man of the Mountain*, Urbana and Chicago: University of Illinois Press, 1984, p. 345.

③ Deborah G. Plant, *Every Tub Must Sit on Its Own Bottom: The Philosophy and Politics of Zora Neale Hurston*, Chicago: University of Illinois Press, 1995, p. 133.

④ Robert E. Hemenway, *Zora Neale Hurston: a Literary Biography*, Chicago: University of Illinois Press, 1980, p. 268.

赫斯顿的小说以成长小说的模式重新讲述了摩西和《出埃及记》的故事。探讨了《圣经》时期的种族、阶级和政治问题，并通过主题、人物刻画、象征和情节将这些问题与 19 世纪和 20 世纪的美国相联系。通过成长小说的模式，赫斯顿探讨了主人公在身体、情感、精神、性属和思想方面的觉醒。摩西的成长、进步、经历和他作为领袖的身份使赫斯顿通过《圣经》的寓言、叙事和暗指探讨了种族、阶级和性属问题。埃及的政治、社会和经济结构以及后来平等了很多的麦甸的社会结构都是微缩了的世界，是非洲裔美国黑人和妇女所面临的世界的寓言，其中包含种族、性属和阶级压迫。通过将摩西的经历和《圣经》故事中希伯来人的经历与美国历史上非洲裔美国黑人在奴隶制下的经历相对等，赫斯顿表达了对压迫的强烈反抗……赫斯顿艺术性地将埃及统治和专治之下的希伯来人的民族经历与 18 世纪和 19 世纪美国历史上的非洲裔美国黑人在奴隶制下的经历相对等。她对《圣经》故事的使用源自于非洲裔美国黑人历史和文学传统。①

在《摩西，山之人》中，赫斯顿将各种有关摩西的神话结合在一起，用现代的角度和关注讲述有关解放、自由、民主和建立国家的故事。"赫斯顿从美国南方黑人民俗故事中挖掘出了作为伟大解放者的摩西，他领导上帝的选民逃出了奴隶制并且建立了自己的国家。这个作为国家缔造者的摩西与非洲裔美国黑人传说中的摩西以及加勒比海一带的伏都教文化相结合。故事里的宗教是与巫术和国家政治相联系

---

① Sharon L. Jones, *Reading the Harlem Renaissance: Race, Class and Gender in the Fiction of Jessie Fauset, Zora Neale Hurston and Dorothy West*, Westport: Greenwood Press, 2002, p. 99.

的。"① 赫斯顿通过黑人民俗文化的使用塑造了 "一个世界主义的摩西。他成为不同文化和不同地区、不同历史中的世界公民"②。

通过对《出埃及记》的仿写,赫斯顿想要指出:"美国黑人作为一个民族,要获得真正的自由,就不能等待别人来解放,而必须自己解放自己。"③ 在某种意义上,《摩西,山之人》中的 "希伯来奴隶影射美国南北战争前的黑人,埃及影射美国的南方,法老王朝的埃及人影射白人,古代希伯来人在摩西的带领下离开埃及一事则喻指南方黑人向北方的第一次大迁移"④。赫斯顿选择写摩西 "就意味着她选择了黑人民俗文化中最重要、最有权力、最为人熟知的象征物。通过将摩西描述为普通人,描述为黑皮肤,赫斯顿否定了几十年来被歪曲的黑人种族形象。通过摩西与上帝的关系使摩西成为山之人,拥有权力的、神圣化了的人。赫斯顿通过将被上帝拣选的犹太人置换为黑人而挑战了犹太—基督教宗教信仰,委婉否定了白人种族和白人文化的优越性"⑤。

面对现实生活中的种种歧视和压迫,美国黑人转向宗教,想要寻求生存和发展的策略。"美国黑人作为民族中的民族,发展出了一种宗教中的宗教。这在黑人历史上有着特别的精神价值和种族价值。在黑人宗教中,个人精神的解放是非常重要的因素。"⑥ 杂糅了很多异质成分的美国黑人宗教形成了自己独特的身份和特点,他们将非洲传统

---

① Rita Keresztesi, *Strangers at Home: American Ethnic Modernism between the World Wars*, Lincoln: University of Nebraska Press, 2005, p. 107.

② Rita Keresztesi, *Strangers at Home: American Ethnic Modernism between the World Wars*, Lincoln: University of Nebraska Press, 2005, p. 112.

③ 程锡麟:《赫斯顿研究》,上海外语教育出版社 2004 年版,第 148 页。

④ 同上书,第 150 页。

⑤ Gloria Graves Holmes, *Zora Neale Hurston's Divided Vision: The Influence of Afro-Christianity and the Blues*, Dissertation, Stony Brook: State University of New York, 1994, p. 268.

⑥ Kimberly Rae Connor, *Conversions and Visions in the Writings of African-American Women*, Knoxville: The University of Tennessee Press, 1994, p. 16.

敬拜模式和自己对基督教的理解相结合。在美国黑人文化中，"通过宗教达到自我实现的状态是黑人学者对宗教重要性的理解"①。在日常生活中，人们很难将宗教从审美中分出来，也很难将"世俗和神圣分辨开来"②。黑人宗教满足了黑人的心理需求，为黑人减轻了痛苦，提供了希望，抚平了骚动，指引了道路。黑人宗教也赋予黑人群体自由和尊严，深刻影响了他们的生活和观念，成为黑人颠覆白人文化霸权的有效工具。黑人宗教是黑人精神活动的中心，也是黑人在恶劣的社会环境下得以生存的重要手段。"黑人神学总是与历史上要求自由的斗争相联系，这一特点总是通过黑人宗教传统和黑人流行文化体现出来，如布鲁斯、文学和其他。"③ 因此黑人神学在某种意义上来说是一种解放神学，具有强烈的批判和反传统性。黑人创造了一种借鉴白人宗教又不同于白人文化所认可的宗教信仰，其核心充分体现了黑人独特的文化，是黑人民族集体智慧的结晶。就如白人信仰基督教，信仰耶稣基督一样，美国黑人信仰基督教也是为了获得灵魂最终的救赎，事实上，"在人类历史语境中的救赎就是获得精神上根本的自由……救赎并不是人类获得的奖励，而是在社会变革中与上帝斗争取得的成果。简单来说，如大部分黑人神学家所认为的，救赎是一种救援性的历史事件，这种救赎通过在整个社会建立正确的关系来获得"④。

黑人在现实生活中努力理解历史、建构历史，实现了文化身份的不断修正和自我定义。抑或对美国主流宗教的讽刺？抑或倡导黑人信仰属于自己的宗教。

---

① Pinn B. Anthony, *Black Religion and Aesthetics*, New York：Palgrave Macmillan, 2009, p. 27.

② Kimberly Rae Connor, *Conversions and Visions in the Writings of African-American Women*, Knoxville：The University of Tennessee Press, 1994, p. 17.

③ Pinn B. Anthony, *Black Religion and Aesthetics*, New York：Palgrave Macmillan, 2009, p. 20.

④ Ibid., p. 22.

第三节　源自非洲传统宗教的伏都教

对于非洲人来说，生活不是无常或偶然的，每件事情都有其含义。人们可以读懂他们身边的现象。他们相信万物有灵。宗教是人类社会的普遍社会文化现象，但宗教并不是一种孤立的社会现象，而是与社会生产和社会生活密切相关。研究一个民族最好的方法就是研究他们的宗教，因为宗教解释了他们最为注重的价值观以及他们民族心理中有关生活生命的理解、意义和表达。早期宗教是原始人认识世界、解释世界的最古老的方式之一。后来的宗教"在黑人历史上成为坚持、自我确定和反抗的动力"[1]。传统的宗教不但对黑人个体来说是非常重要的，对他所在的整个社区来说也是必不可少的。"从本质上讲，不存在没有宗教的个体。作为一个个体必须是属于某个团体的，只有这样才可以与其他人一起参与信仰、集会、仪式、节日等。一个个体无法将自己与整个社区分离开来，因为这样做就威胁到他的文化之根、他的基础、他的亲属和与他相关的整个群体……因此，没有信仰就意味着将自己驱逐出了整个社会生活的圈子。没有宗教，非洲人就不知道该如何生存。"[2]

"对于非洲人来说，他们没有弥赛亚的期望，没有启示性场景，也不相信有一天上帝会突然出现改变人们的日常生活。非洲人敬拜和

---

① Albert J. Raboteau, *Slave Religion*, the *"Invisible Institution"* in the Ante-Bellum *South*, New York: Oxford University Press, 1978, p. 28.

② John S. Mbiti, *African Religious and Philosophy*, New York: Praeger Publishers, 1971, p. 1.

依靠神是实用和自然的，并非精神和神秘。"① 非洲大陆地形复杂，土地辽阔，部落信仰多样化，人们总是将宗教与巫术等同。对于非洲居民来说，"巫术观念深深扎根于非洲黑人的意识深处，渗透到他们的生活、生产、政治、文化的各个方面。他们的巫术和科学技术难以明确界定"②。随着奴隶贸易的盛行，从非洲流传到美洲，并在美国黑人民间盛行的各类宗教种类较多。在长期的文化反抗和文化抵制中，"尤其是在复杂的文化转义和文化剥夺过程中，也形成了一种动态的、错综复杂的文化吸纳和文化融合现象。伏都教扎根美洲就是非洲传统宗教和基督教文化杂合的一个例子"③。

一 伏都教概况

伏都教原为西非土著宗教之一。由被掳贩卖为奴的黑人从加纳带往美洲。"伏都"为伊维（Ewe）语"vudu"的音译，意为"精灵"。精灵崇拜和巫术都由伏都教巫师主持。被遴选任巫师者必须经过严峻可怕的考验以甄别其是否具有超自然的能力。"由于信奉该教的原西非部族遭受殖民主义的种族灭绝，被掳往美洲后他们原有的社会结构亦被摧毁，无文字，无经典，传承又遭打断，故伏都教的原貌现已无可详考。"④

伏都教是包括巫术、神话、迷信、文学、艺术等要素的黑人原始神秘宗教。伏都教的起源可以追溯到 16 世纪的非洲，学者普遍认为西非国家贝宁是伏都教诞生的摇篮，而海地则是伏都教繁荣的地方。随着 17—19 世纪奴隶贸易的发展，伏都教开始传播到其他国家，海

---

① Gloria Graves Holmes, *Zora Neale Hurston's Divided Vision: The Influence of Afro-Christianity and the Blues*, Dissertation, Stony Brook: State University of New York, 1994, p. 185.

② 宁骚：《非洲黑人文化》，浙江人民出版社 1993 年版，第 200 页。

③ 嵇敏：《美国黑人女权主义视域下的女性写作》，科学出版社 2011 年版，第 304 页。

④ 任继愈主编：《宗教词典》，上海辞书出版社 1981 年版，第 432 页。

地、巴西等地都深受伏都教的影响。伏都教是从古老的祖先崇拜和精灵崇拜演变而来的，是非洲传统宗教、新大陆宗教及黑人民间巫术的混合物，它受到当地历史、政治和社会现实的巨大影响。奴隶制时期的海地是法国殖民地，被贩卖到海地岛的黑人奴隶把非洲原始宗教带到那里，其中有着重要影响的就是西非贝宁的原始宗教。流传到海地的非洲传统宗教又吸收了法国人带来的天主教中的许多宗教仪式，渐渐形成了伏都教，并在海地流传起来。伏都教"现存于海地、西印度群岛和美国的黑人民间。其特点是以一系列特别的仪式和阴魂附身的方法与神灵交流"①。

在早期种植园里，为了抵制白人文化、保持自己的民族及宗教身份，很多黑人奴隶接受了富有西非特点的伏都教。那时，对于黑人奴隶来说，一个种植园中最有权力、最重要的人就是伏都教巫师。对于白人来说，他们也曾严厉禁止伏都教的传播，但"当他们发现用天主教去完全代替伏都教是不可能时，他们便默许伏都教与天主教在宗教方面的融合。他们对黑人保持天主教的宗教形式表示满意，因为在当时保持政治的稳定远比改变几乎无法改变的信仰重要得多"②。这种融合对非洲裔美国黑人来说也是可以接受的，"因为在非洲社会中，接受和敬拜敌人的神是符合传统的，尤其当那些神威力巨大时"③。简单地说，"伏都教源起于非洲传统宗教，先是传播到南美和西印度，然后又传播到北美。在北美伏都教被称为 Hoodoo"④。

伏都教在世界各地的称呼是不一样的。在非洲当地语言中，伏

---

① Ron Bodin, *Voodoo: Past and Present*, Louisiana: University of Southwestern Louisiana, 1990, p. 1.

② Gloria Graves Holmes, *Zora Neale Hurston's Divided Vision: The Influence of Afro-Christianity and the Blues*, Dissertation, Stony Brook: State University of New York, 1994, p. 48.

③ Ibid., p. 49.

④ Ibid., p. 47.

都（Voodoo/Hoodoo）一词是"神""精灵"的意思。"在北美，伏都教的名称为伏都或巫都（Voodoo/Hoodoo），在牙买加被称作奥比（Obeah），在古巴被称作撒特瑞（Santeria），在巴西被称作卡德姆保（Candomble），在特立尼达岛被称作山古（Shango），在海地被称作巫都（Vodun）。"① 另外，伏都教也被称作 Voudoun，Vodou，Vodu 等。不管伏都教有多少不同的名称，它的核心观点是：现存的天下万物，都不过是一种表象，其背后还有更重要的灵魂力量在活动。

自 18 世纪以来，西方人都从表面上理解伏都教。伏都教被西方人看作极其原始的，在不计其数的书籍和电影中被贬低和指责。伏都教繁荣于海地，是非洲裔人民在西半球的重要成就之一，是一种有活力的、成熟的宗教，是贝宁、约鲁巴地区、刚果地区传统宗教和罗马天主教的融合物。②

在西方国家，伏都教被很多白人认为是邪教，长期处于地下状态。很多人将伏都教与神秘、邪恶、巫术和恐惧联系在一起，也有很多人将伏都教与非洲的泛灵论混在一起。泛灵论认为自然界所有的东西都是有神灵居住的，比如树木、花草、石头等。伏都教中虽然有泛灵论的成分，但其信仰系统与泛灵论的信仰系统不同。也有很多人将伏都教与法术（Conjure）混在一起。尽管伏都教的巫师在很多时候都可以被看作会使用法术的人，但法术本身已经是一种几乎要灭绝的民间巫术。伏都教强调整个世界精神上的一体性，即使是那些已经死

---

① Maria T. Smith，*African Religious Influences on Three Black Women Novelists*：*The Aesthetics of "Vodun"*，New York：The Edwin Mellen Press，2007，p. 1.

② Gloria Graves Holmes，*Zora Neale Hurston's Divided Vision*：*The Influence of Afro-Christianity and the Blues*，Dissertation，Stony Brook：State University of New York，1994，p. 44.

去的人也是以先祖灵魂的形式存在的。在美国黑人民间文化中，"法术与伏都教是两个几乎对立的概念，就如基督教中的邪灵与基督教上帝的对立一样"①。在早期的黑人奴隶中，法术是比较容易被接受的，因为奴隶曾经依靠自己先祖的灵魂，希望可以将自己带回非洲去，但这样的愿望总是无法实现。黑人奴隶逐渐放弃了早期的非洲宗教，面对新世界的各种宗教、历史、社会、政治、经济现实，逐渐发展和接受了伏都教。尽管伏都教到现在为止还是一种地下的、边缘化的宗教，但是，在美国，没有任何一种源自非洲的宗教在黑人民众间的影响可以超过伏都教。正如罗格·巴斯第德所言："这种宗教的背后有一种极其丰富而又精妙的哲学，它折射出黑人哲学思想的神秘性。"②面对新大陆白人主流文化中基督教文化的渗透和同化，美国黑人坚持信仰伏都教成为他们凝聚力量的文化策略，也成为"他们反抗基督教强加的精神奴役与钳制的一种反种族主义的武器"③。

根据伏都教的世界观，"人类与自然、可视世界与不可视世界都是彼此联系的，世俗与宗教是同等重要并且密不可分的。在伏都教的信仰中也包含黑人民俗文化的很多因素，如咒语、根巫、草药、附体等"④。伏都教源自"生命不是散漫任意的"这一基本假设。人类可以"读懂"影响人类的周围环境，因为"人类是周围环境的一部分，是与自然秩序紧密相关的"。"人类是整个世界的一部分，与所有有生命的、无生命的、可见的和不可见的神灵相联系。个人的不幸并不是偶然的坏运气导致的。一旦人们理解了伏都教，他们就可以终止或修正

---

① Nigel H. Thomas, *From Folklore to Fiction：a Study of Folk Heroes and Rituals in the Black American Novel*, New York：Greenwood, 1988, p. 40.

② 嵇敏：《美国黑人女权主义视域下的女性书写》，科学出版社 2011 年版，第361页。

③ 宁骚：《非洲黑人文化》，浙江人民出版社 1993 年版，第 425 页。

④ Maria T. Smith, *African Religious Influences on Three Black Women Novelists：The Aesthetics of "Vodun"*, New York：The Edwin Mellen Press, 2007, p. 3.

生活中的不幸。"[1] 伏都教在黑人民间，尤其是在黑人妇女中非常流行。"它是一种非洲裔美国人可以控制内心世界的方式。从形而上方面讲它是去中心的，从神职结构方面讲它是无等级的。伏都教为妇女们所提供的视野比基督教为她们所提供的视野要宽阔。在伏都教中，妇女与男人在精神上是平等的。他们有同等的权利去讲话去行动。"[2] 伏都教中的巫师是指那些"有着双重智慧的人。他们可以从神灵那里得到启示"[3]。在伏都教的灵魂世界中，其首领是一个名叫力格巴（Legba）的神，其他还有主管死亡、生育、爱情、妒忌和报复等的神。伏都教巫师和伏都教术士是人与神之间的媒介。伏都教为"传统的非洲宗教中的信仰和仪式及非洲裔美国黑人重新阐释过的信仰和仪式之间建立了非常紧密的联系"[4]。

二　赫斯顿与伏都教

赫斯顿的人类学导师博厄兹在人类学领域的地位非常重要，他被赫斯顿称作"博厄兹爸爸"，也被称作"美国人类学之父"。博厄兹指出，"在很早的时候，美国大众就对黑人民俗文化产生了强烈的兴趣"[5]。早在1931年，赫斯顿就在博厄兹的指导下进行实地田野调查并发表期刊文章《伏都教在美国》。1936—1938年，赫斯顿申请到两次古根海姆研究基金，去加勒比海地区进行有关黑人民俗的田野调

① Lawrence W. Levine, *Black Culture and Black Consciousness*: *Afro-American Folk Thoughts from Slavery to Freedom*, New York: Oxford UP, 1977, p. 134.

② Kathy L. Hilbert, *Mouth, Tongue, Voice*: *Crossing Boundaries in Selected Works of Zora Neale Hurston*, Thesis, Tarleton State University, 1996, p. 33.

③ Baker A. Houston, Jr., *Workings of Spirit*: *The Poetics of Afro-American Women's Writings*, Chicago: The University of Chicago University, 1991, p. 77.

④ Gloria Graves Holmes, *Zora Neale Hurston's Divided Vision*: *The Influence of Afro-Christianity and the Blues*, Dissertation, Stony Brook: State University of New York, 1994, p. 43.

⑤ Baker Houston A. Jr., *Workings of Spirit*: *The Poetics of Afro-American Women's Wrtings*, Chicago: The University of Chicago University, 1991, p. 82.

查，收集到大量有关伏都教的材料，为其后来的人类学著作《骡子与人》和《告诉我的马》奠定了基础。博厄兹称赞赫斯顿的研究深入了非洲裔美国黑人的"内部生活"。赫斯顿的实践活动对博厄兹倡导的"相对文化主义"做出了很大贡献。

赫斯顿在 1938 年出版的《告诉我的马》中，描述了海地的伏都教。赫斯顿认为："伏都教是非洲最古老的神秘主义……在最初，上帝和他的女人进了卧室，开始创造世界。这是一切事物的起源，伏都教和这种创造一样古老。在非洲语言里，'伏都'指非常非常古老的神秘事物。伏都教是创造和生命的宗教。它敬拜太阳、水和其他自然力量。但是伏都教中的象征不像其他宗教中的象征那么容易理解，人们对它的理解总是过于表面化。"[①] 赫斯顿对于伏都教的态度是同情，"因为她对伏都教的研究既是客观的也是主观的——她作为人类学家客观地研究伏都教，作为黑人个体她又是一个实践者"[②]。《骡子与人》的后半部分是写赫斯顿师从不同的伏都教巫师精心学习的记录。赫斯顿通过自己的民俗学著作和融合了民俗学因素的文学作品，为大家呈现了非洲裔美国黑人文化中的伏都教，揭示了黑人民间宗教的实质和作用。

赫斯顿在多部作品中描述了在佛罗里达和路易斯安那以及加勒比海地区普遍信仰的伏都教。在海地做田野调查时，赫斯顿本人就曾以人类学家的身份亲身经历多次伏都教仪式。

Veaudeau 是欧洲人对非洲神秘仪式和信仰的称呼，对于美国黑人来说，他们是不知道这一名称的，因为黑人称自己的信仰为 Hoodoo。事实上 veaudeau 和 hoodoo 这两个名称都和西非宗

---

① Zora Neale Hurston, *Folklore, Memoirs, and Other Writings*, New York: Literary Classics of the United States, Inc., 1995, p. 137.

② Gloria Graves Holmes, *Zora Neale Hurston's Divided Vision: The Influence of Afro-Christianity and the Blues*, Dissertation, Stony Brook: State University of New York, 1994, p. 46.

教中的 Juju 有关。另外，美国黑人还用 Conjure 一词来指代这一信仰中的各种实践活动。在巴哈马和非洲西部沿海地带，人们将这种信仰称作 Obeah。所谓 Roots 是指美国南部的黑人民间医生利用各种草药来开处方或治疗病人。笼统地来讲，因为所有的伏都教巫师都使用植物的根茎来治病，所以有时候可以用 Roots 一词来指代 Hoodoo。[1]

在后来的民俗学著作《告诉我的马》中，赫斯顿对伏都教进行了更多更详细的介绍，成为美国历史上第一个亲身体验、学习伏都教并将相关知识记录下来的非洲裔美国黑人。赫斯顿在其作品中"准确记录了源自 30 年代美国南部农村伏都教的相关仪式"[2]。

作为非洲传统宗教和北美大陆医药传统的遗留，伏都教被排斥在以基督教为主流的文化之外，被认为是原始和异端的，因此，"美国的伏都教是一种地下的，边缘的宗教"[3]，伏都教巫师也是被白人世界所排斥的。伏都教在海地的公开场合常常受到攻击和贬低，但赫斯顿在人类学著作《告诉我的马》中对伏都教做了正面的评价：

> 如同美国的一些人谈论威士忌的情况那样，与在海地的任何其他事物相比，伏都教在公开场合都有着更多的敌人，而在私下场合则有更多的朋友。社会地位较高的伏都教的崇拜者没有人敢在公开场合为它辩护，尽管它们完全明白并且私下里也承认：伏都教是一种无害的异教膜拜，它最坏的情况就是把家禽作为了牺牲品。而这些动物每天都在世界上大多数文明国家被杀、被吃。

---

[1] Zora Neale Hurston, "Hoodoo in American", *Journal of American Folklore*, 44 (Oct.-Dec., 1931), p. 318.

[2] Alice Walker, *In Search of Our Mother's Gardens*, San Diego: Harcourt Brace Jovanovich Publishers, 1983, p. 83.

[3] Maria T. Smith, *African Religious Influences on Three Black Women Novelists: The Aesthetics of "Vodun"*, New York: The Edwin Mellen Press, 2007, p. 4.

既然伏都教只是得到社会地位较低的人的公开承认，那么把海地所有的邪恶都归罪于伏都教就成了一种安全保险的行为。[1]

赫斯顿将伏都教看作合法的、成熟的，是一种创造和生命的宗教。在《告诉我的马》中，赫斯顿还强调了伏都教的宗教本质。赫斯顿认为，伏都教同上帝创造世界和人一样古老，"它是以非洲方式呈现的古老的神秘主义，是一种关于创世和生命的宗教。它崇拜太阳、水和其他自然力量，但是它的象征意义并没有得到很好的理解"[2]。赫斯顿将盛行于新奥尔良地区的伏都教看作"非洲裔美国黑人宗教中本能的一部分，因为非洲裔美国黑人可以通过伏都教在现实生活中主动控制自己的生活。这对于传统的基督教形式是一种补充"[3]。对于非洲裔美国黑人来说，"任何形式的宗教都是与争取自由相联系的"[4]。伏都教的存在也是为了获得精神上的自由。"如果没有处于边缘的伏都教和其特殊力量将黑人民众团结在一起，就没有黑人民间传说和黑人传统文化。"[5] 负有盛名的，赫斯顿的传记作家罗伯特·E. 海明威也在其著作中指出：

"伏都"或"念咒召唤"是对黑人传统文化中某种信仰的统称。它指信徒们相信通过念咒、草药、双头巫师或伏都教巫师利用特殊力量改变某种从理论上讲似乎无法改变的状况。从其最基本的层面来看，伏都教是一种富有同情心的巫术，从其本质来看，它又是一

---

[1] Zora Neale Hurston, *Folklore, Memoirs, and Other Writings*, New York: Literary Classics of the United States, Inc., 1995, p. 136.

[2] 程锡麟：《赫斯顿研究》，上海外语教育出版社 2005 年版，第 241 页。

[3] Kimberly Rae Connor, *Conversions and Visions in the Writings of African-American Women*, Knoxville: The University of Tennessee Press, 1994, p. 124.

[4] Pinn B. Anthony, *Black Religion and Aesthetics*, New York: Palgrave Macmillan, 2009, p. 22.

[5] Baker A. Houston, Jr., *Workings of Spirit: The Poetics of Afro-American Women's Writings*, Chicago: The University of Chicago University, 1991, p. 94.

种很复杂的宗教。很多学者认为伏都教信仰来源于非洲，但白人们有时也相信伏都教，尤其在南部农村和新奥尔良地区。"念咒召唤"的信仰在黑人文化中是非常普遍的，并且已经成为非洲裔美国黑人文化的一部分。一般来说，伏都教的信徒大部分是黑人。从历史角度来看，魔咒给予那些毫无权力的人某种力量，魔咒的很多传统源自古代。伏都教是理解世界的一种替换形式，这和白人通过理性理解的世界完全不同……伏都教最常见的一种作用就是治愈各种各样的疾病，尤其当病人觉得科学已经无法帮助他时，或者当病人认为是自己的敌人利用咒语使自己得病时。伏都教的其他用途主要体现在解决复杂的恋爱事件和确保获得合法公正的待遇等方面。当然，有些时候，也会有人要求伏都教巫师置某人于死地。与"hoodoo"近似的词还有"conjure"，"goopher"，"tricking"，"hexing"和"fix-ing"。词语"hand"和"mojo"是指利用魔力避开咒语。通过伏都教的方法所获得的效果是通过不同的方式表现出来的，这要看实施者的能力如何，整个内部结构是金字塔形的：在被谋杀的人手里放一个鸡蛋就可以使杀人者在死亡现场徘徊；用9根针，把每一根断为3截可以使分手的爱人和好如初；将一种特殊的火柴粉末撒在门口就可以使敌人离开临近地区……尽管很多伏都教巫师都是草药师，但草药师和伏都教是没有任何直接关系的。草药师接受了非洲裔美国黑人草药文化中的传统遗产，他们知道特定的草药可以治疗特定的疾病。严格意义上的草药治疗与伏都教和念咒召唤是完全不同的，尽管它们经常被人们混淆在一起。一个草药医生治疗淋病的药方可能是黑莓根、野草、上蓝剂和肥皂的混合物，并没有咒语赋予特殊的治疗作用。而"伏都"则是利用咒语改变人的心理和身体状况。①

---

① Robert E. Hemenway, *Zora Neale Hurston: a Literary Biography*, Chicago: University of Illinois Press, 1980, pp. 118-119.

伏都教的行为目的可以分为以下几种："补偿、矫正、回报、重生。敌人会得到惩罚；悲伤会得以修复；忠诚因为爱和运气而加倍；重新建立联盟。所有这些伏都教行为的成功都基于巫师的技术、顾客的信仰和足够的钱物。"① 伏都教在传统的黑人社区中可以"提供指导、控制、修复的能力，源自古老的、真正的非洲文化仪式。在非洲裔美国黑人文化中这种能力被强化或者夸大"② 赫斯顿在其文学作品中利用伏都教文化来烘托神秘的宗教气氛，使作品产生深刻的哲学内涵。

在美国黑人的历史上，宗教和文学是两种反抗压迫和实现自我价值的表达方式，文化作为基础，重新定义宗教和文化身份。美国黑人宗教是黑人寻求解放的过程中获得的重大成果。为广大黑人民众提供了精神力量，其社会价值和文化价值不可估量。"真正的救赎是在与自我的关系中，与他人的关系中和与外部世界的关系中最大限度地拥有自我实现的感觉。"③

与黑人宗教相比，伏都教是旧世界和新世界神学思想之间动态的补充。伏都教信仰的基础是假设人类生命不是随意和偶然的。任何事件都是有意义的，人们可以了解每一个事件的原因……伏都教通过心理力量和其他相关的方法，通过对精神的肉体的诅咒或治愈提供了控制的方法。伏都教通过超越知识和自我权利，表达人类的诉求而成为基督教的补充，人们在伏都教中有了改变的愿望和行动的需要，伏都教因此成为西非宗教生存的方式。

---

① Baker A. Houston, Jr., *Workings of Spirit: The Poetics of Afro-American Women's Writings*, Chicago: The University of Chicago University, 1991, p. 90.

② Ibid., p. 94.

③ Pinn B. Anthony, *Black Religion and Aesthetics*, New York: Palgrave Macmillan, 2009, p. 30.

　　赫斯顿将伏都教描述为"有着自己独特特点的宗教"①，在"其民族文化和民族宗教中的朝圣之旅使她更加了解自己，并在本民族文化的启发下为读者讲述了新的故事"②。在伏都教中"敬拜神使得他们不断地意识、肯定、塑造和再塑造他们作为基督徒、非洲裔美国黑人、男人、女人和孩子的身份并分享他们的集体经验"。伏都教通过"自己的神和仪式纪念着非洲的文化传统、美国的奴隶制及其遗留的社会问题。作为无处不在的宗教，它希望人们与那些鼓励、指导、建议、批评甚至惩罚人们的神灵建立私人的联系。在伏都教里与主神拉的亲密关系是最终目标。这种亲密是通过精神上的指导而获得的，如通过民间故事、神话、魔咒或者通过充满言语和音乐的集体性仪式——讲述故事、唱歌、跳舞和敲鼓。拥有伏都教的知识并参与其中可以使其追随者从笼罩在新殖民主义氛围的社会、政治和文化语境中解放出来"③。

三　赫斯顿小说中的伏都教因素

　　被尊称为"美国黑人女性文学之母"的赫斯顿是亲自研究伏都教，并将伏都教因素融入文学创作的代表人物，在其作品中可以发现伏都教原型、伏都教仪式及伏都教象征等方面的因素。

（一）伏都教原型

　　1936—1938 年间，赫斯顿在加勒比海地区收集黑人民俗材料。在此期间，赫斯顿在牙买加待了六个月后，收集和整理有关伏都教的相关材料。1936 年，赫斯顿在伏都教繁荣的海地停留了一段时间，在收

---

①　Kimberly Rae Connor, *Conversions and Visions in the Writings of African-American Women*, Knoxville: The University of Tennessee Press, 1994, p. 127.

②　Ibid. , p. 126.

③　Maria T. Smith, *African Religious Influences on Three Black Women Novelists: The Aesthetics of "Vodun"*, New York: The Edwin Mellen Press, 2007, p. 5.

集整理伏都教资料的同时，花了 7 周的时间完成了其创作生涯中声誉最高的长篇小说《他们眼望上苍》。玛利亚·T. 史密斯认为《他们眼望上苍》的特点之一"就是文本中大量伏都教因素的体现，其中主人公珍妮和伏都教中的女神俄苏里有着很多内在的联系"①。

在伏都教的神灵系统中，有很多职能不同的神。除去最高神大巴拉（Dambala）、喻指之神里格巴（Legba），最重要的神就数女神俄苏里（Eezulie）。《他们眼望上苍》中的珍妮一生都在寻找生活的真谛，除去她特别的血统、特别的相貌，她还具备与大自然交流的神秘能力。珍妮的这些特点都与伏都教中的女神俄苏里有共同之处。

在新世界的黑人宗教中，女神俄苏里是有着三重身份的："俄苏里·戴托代表贫苦的黑人妇女和黑人母亲；俄苏里·弗瑞德，肤色稍浅，戴着很多首饰，是黑人男人和黑人女人的完美偶像；俄苏里·拉·瑟瑞纳，肤色很浅，有长长的直发，将黑人妇女带到她潮湿的房间，用治疗的知识、有医疗作用的植物以及领导力量帮助黑人妇女。"②

小说中珍妮的成长也是符合俄苏里的这三重身份的。小时候的珍妮生活在白人的后院里，没有母亲也没有父亲，是外祖母把她艰难地抚养长大。外祖母南妮认为黑人妇女有了经济保障就会有家庭的幸福。因此她软硬兼施，强迫 16 岁的珍妮嫁给了拥有房产和地产的中年黑人鳏夫。珍妮结婚前的身份代表广大贫苦的黑人妇女，符合女神俄苏里的第一重身份。在第二次婚姻中，市长夫人的身份使珍妮成为黑人小镇伊顿维尔的重要人物。虽然在自己的家庭内部珍妮也遭遇性别歧视，但珍妮优雅的外表及优越的生活使其成为社区中黑人妇女和黑人男人的完美偶像。在第二次婚姻中珍妮获得了俄苏里的第二重身份。与茶点相爱后的珍妮决定放弃自己在伊顿维尔的优越生活，和茶

---

① Maria T. Smith, *African Religious Influences on Three Black Women Novelists：The Aesthetics of "Vodun"*, New York：The Edwin Mellen Press，2007，p. 38.
② Ibid.，p. 50.

点一起去大沼泽地做季节工。珍妮和茶点的家成为黑人每天聚会的场所。珍妮为所有人免费提供食物。黑人整夜地在珍妮和茶点的家里喝酒、跳舞、掷骰子。珍妮和茶点家中的舞蹈、音乐以及其他富有黑人文化特色的仪式促进了黑人民族的团结，为很多黑人提供了帮助。在第三次婚姻中，珍妮在某种程度上获得了女神俄苏里的第三重身份。珍妮的三次婚姻与女神俄苏里的三重身份相对应，这样的描写从最大范围反映了黑人妇女的生活状况，从不同角度反映了黑人社区的问题，极大地拓展了小说主题，为读者呈现了当时美国南方社会的全貌。

在伏都教中，俄苏里是风情万种的年轻女子。"她是一个混血儿，因此当黑人们扮演她时，都用滑石粉化妆脸部。从外表来看，她有着坚实丰满的胸部和其他完美的女性特征。她很富有……对于男人们来说，她非常美丽，和善，慷慨。"①《他们眼望上苍》中的珍妮也是黑白混血儿，她肤色较浅，头发笔直，有着几乎完美的女性特征。即使在珍妮近四十岁的时候，人们还在感叹她的美貌。珍妮的美丽引起了社区男人们的无尽想象和社区女人们的嫉妒，正如珍妮的第三任丈夫茶点所评价的：珍妮"能使一个男人忘记他会老，会死"②。成年后的珍妮也是富有的。在第二任丈夫死后，珍妮继承了他所有的财产。寡居的珍妮拥有自己的房子、自己的商店、大量出租房，还有银行里的大笔存款。珍妮对所有人的态度都是和蔼慷慨的，她商店的门廊成为整个社区聚会的场所，几乎所有的男人都梦想着可以与珍妮结婚。珍妮成为整个黑人社区中所有男人和女人的完美偶像。同时，赫斯顿通过珍妮的混血儿形象肯定了黑人社区中的混血儿形象，否定了黑人民族内部及白人对混血儿的歧视和误解现象。

---

① Zora Neale Hurston, *Folklore, Memoirs, and Other Writings*, New York: Literary Classics of the United States, Inc., 1995, p.384.
② ［美］左拉·尼尔·赫斯顿：《他们眼望上苍》，王家湘译，北京十月文艺出版社1998年版，第148页。

伏都教中的俄苏里也是"爱之女神"。"在希腊罗马神话中，爱之女神是有丈夫和孩子的，但是在伏都教中，俄苏里是没有孩子的，她的丈夫是海地所有的男人。也就是说，她可以选择他们其中的任何一个作为自己的丈夫……她相当于女性的大巴拉。"① 小说中的珍妮一生都在寻找真爱，渴望获得自己梦想中的爱情和婚姻。珍妮有过三次婚姻，但没有孩子，她的三任丈夫来自不同的阶级，代表所有的黑人男性。珍妮的第一任丈夫是拥有地产和房产的中年黑人农民，是摆脱了佃农身份的黑人代表。珍妮的第二任丈夫乔迪是一位对生活充满了野心的黑人男性。通过他不懈的努力，成为伊顿维尔的市长，成为拥有大量财产的黑人中产阶级。珍妮的第三任丈夫茶点是没有任何财产的季节工，他来自真正的工人阶级。因为各种客观和主观的原因，珍妮每一次的婚姻都不长久，经历了三次婚姻也没有自己的孩子。珍妮的人生经历与其生活状态非常符合伏都教中俄苏里的形象。

珍妮和俄苏里都是嫉妒心很强的女人。"作为一位完美女性，俄苏里必须被爱、被服从。她的爱是强烈的、占有性的，因此她不能容忍在爱里有竞争对手。"② "因为俄苏里是嫉妒心非常强的女神。在她的崇拜日里，几乎所有的妻子都要为了俄苏里的原因而退居一旁。"③和女神俄苏里一样，珍妮的嫉妒心也很强。在大沼泽地，有个叫南基的女孩总是和茶点调情，这使珍妮担忧的同时也受着嫉妒的折磨。在珍妮看见茶点和南基为了工作票拉扯在一起时，她愤怒不已。珍妮冲上前去想教训南基，但南基逃跑了。虽然茶点一直解释那是一个误会，但嫉妒令珍妮无法冷静。回到家中的珍妮仍旧不想原谅茶点。在

---

① Maria T. Smith, *African Religious Influences on Three Black Women Novelists: The Aesthetics of "Vodun"*, New York: The Edwin Mellen Press, 2007, p. 38.

② Ibid., p. 1.

③ Zora Neale Hurston, *Folklore, Memoirs, and Other Writings*, New York: Literary Classics of the United States, Inc., 1995, p. 383.

他们的小屋里，珍妮再次和茶点厮打在一起，他们"一直扭打到他们自己的身体散发出的气息使他们亢奋，打到撕光衣服。打到他把她推倒在地按在地上用他炽热的身体烫化了她的反抗，用身体表达了无法表达的一切"①。赫斯顿对珍妮嫉妒心的描写既反映了珍妮对茶点的爱，也丰富了珍妮的形象，呼应了珍妮与俄苏里形象的共同之处。

伏都教的最终目标是一种精神性的寻求，它的"本质不在于充满恶意的巫术行为本身，而在于提供各种仪式使人们可以与地球上的各种精灵进行交流。这些精灵是连接可视世界和不可视世界的中介，全能的真神就在那个不可视的世界里"②。伏都教的基本规则之一就是证明自然的神圣性，证明大自然力量的不可战胜。伏都教中的神是世俗化的，是人类和神秘大自然的中介，女神俄苏里也不例外。珍妮与女神俄苏里一样，与大自然有着神秘的联系。小说中的珍妮可以和微风、落叶说话，可以看见分裂的自己，可以感觉到死去的茶点。对于美国黑人来说，神灵会以不同的方式为人类传递知识，提供选择，同时面对现实和神灵的世界。在伏都教的世界里生者和死者、神圣与世俗之间是没有界限的。

《他们眼望上苍》中的伏都教美学特征体现了赫斯顿在种族、社会、性属、身份上独特的个人经验和她的边缘性身份。通过伏都教因素的使用，赫斯顿"恢复和评价非洲传统文化信仰，将其作为黑人民众获得自我身份和从白人主流文化控制下获得精神解放的积极因素"③。赫斯顿"使用俄苏里的形象，借助其三维特点，批评和挑战了决定和限制着黑人女性传统审美观念的主流思想，表达了反对种族歧视的思想"④。

---

① ［美］左拉·尼尔·赫斯顿：《他们眼望上苍》，王家湘译，北京十月文艺出版社1998年版，第148页。

② Maria T. Smith, *African Religious Influences on Three Black Women Novelists: The Aesthetics of "Vodun"*, New York: The Edwin Mellen Press, 2007, p. 4.

③ Ibid., p. 1.

④ Ibid., p. 50.

（二）伏都教仪式

仪式是宗教的主要组成部分，"如果把宗教看作观念和意义的体系，那么仪式则是对这些观念的行为事件和具体表达。仪式往往是集体的、高度程式化的，从中可以传达社会认为有价值的观念，社会成员通过一系列特殊的仪式显示其信仰"①。伏都教是一个强调仪式的宗教。所谓伏都教仪式是"指其信仰者为了建立与保护和指导他们的神灵之间建立联系而做的一系列较为固定的活动。通过献祭、敲鼓、唱歌或跳舞的形式使神灵出现"②。

作为一位注重实践的人类学家，赫斯顿通过亲身经历，记录了大量有关伏都教仪式的一手资料。需要指出的是，赫斯顿并不是从旁观者的角度去记录有关伏都教的知识，而是进入伏都教的圈子，参加各种宗教仪式，以伏都教巫师的身份研究和记录。为了更为直接地收集和了解伏都教，赫斯顿曾跟随当时最为有名的伏都教巫师学习相关法术。在其自传中，赫斯顿写道：

> 我裸体在一张长沙发上躺了三天三夜，一张响尾蛇的蛇皮贴在我的肚脐上，那条蛇是为这场仪式而杀的。整个过程中我不吃不喝。只有一个水壶放在沙发旁边的小桌子上，这样我的灵魂就不至于为了寻找水而无意离开，就不会因为受到其他邪恶因素的影响而回不到我的身体里。第二天我开始做奇怪而兴奋的梦。第三天夜里，我做的一些梦似乎都是真的。在其中一个梦里，我成了响尾蛇的血肉弟兄。我们将要永远互相帮助，我将与风暴同行并拥有我自己的力量，我也会在风暴中得到生活和事情的答案。

---

① 周大鸣主编：《文化人类学概论》，中山大学出版社 2009 年版，第 199 页。

② Gloria Graves Holmes, *Zora Neale Hurston's Divided Vision: The Influence of Afro-Christianity and the Blues*, Dissertation, Stony Brook: State University of New York, 1994, p. 51.

我的背上标有闪电的标志。这将永远留在我的身上。①

通过亲身体验，赫斯顿惊叹于伏都教在黑人民间的信仰范围，惊叹于伏都教的神秘力量。赫斯顿忠实记录了各类伏都教仪式，并记录了伏都教中巫师对各种特殊物品的用法，为保存和传播伏都教文化做出了极大贡献。

在《骡子与人》中，赫斯顿记录了当时非常有名的伏都教巫师玛丽·勒沃（Marie Leveau）即被人们称为"伏都教女皇"② 的相关情况及其主持的宗教仪式。传说玛丽出生于刚果，被她的主人于 1800 年前后从海地带到新奥尔良地区。玛丽发展出了一种被广大黑人接受和崇拜的，影响美国近百年的伏都教仪式。玛丽的外孙女就是赫斯顿见到的继承伏都教真传的巫师，她有着和自己外祖母同样的名字。玛丽可以与神灵交流：

> 她走上祭坛，默默地寻求与神灵的交融，直到她与神完全合一。然后她走到屋子里，在那里听人们的问题。当人们问完问题时，她像神一样回答。如果一位女士有了非常可怕的敌人来向她求助，玛丽会回到自己的祭坛待一会，然后，等她出来时……玛丽不是一个普通的女人……她是一位神灵。是的。不管她说了什么，就是会应验。③

玛丽在祭坛上可以与神灵合一，可以帮助人们打败敌人，也可以预言将要发生的事情。在赫斯顿的作品中，玛丽的形象比其他非洲裔

---

① 程锡麟：《赫斯顿研究》，上海外语教育出版社 2004 年版，第 43 页。

② Gloria Graves Holmes, *Zora Neale Hurston's Divided Vision: The Influence of Afro-Christianity and the Blues*, Dissertation, Stony Brook: State University of New York, 1994, p. 53.

③ Baker A. Houston, Jr., *Workings of Spirit: The Poetics of Afro-American Women's Writings*, Chicago: The University of Chicago University, 1991, p. 78.

美国黑人作家笔下的形象都更为生动。

在《骡子与人》中，赫斯顿还描述了安妮·德乌这样的伏都教巫师。"安妮·德乌的小屋就在路边那些棕榈树和接骨木树的后面。小小的挂着布条的窗户很难透进亮光，墙壁也被多年来的烟熏黑了。她向火里扔进去一些干枯了的烟草杆以获得魔力，然后她就坐在旁边，望着火苗，她那张满是皱纹的脸就像一只黑色的拳头。"① 赫斯顿也记录了安妮·德乌所主持的宗教仪式：

> 门关上了，安妮·德乌爬到她内屋的祭坛上，开始用战争水处理蜡烛。当祭坛准备好后，她将棺材涂成红色，又在祭坛上点了一根不会熄灭的蜡烛，边做这些边说："现在开始战斗！战斗战斗，一直到你离开！"当所有这些都做好后，她在自己的双手和额头上涂上了战斗粉，嘴里含着猫的骨头，面朝祭坛，躺进红色的棺材里，开始神游。②

在《约拿的葫芦蔓》中，海蒂求助于伏都教巫师安妮·德乌，付钱让她施法破坏约翰与露西的关系并杀死露西。赫斯顿在小说中详细记录了伏都教巫师的仪式：伏都教巫师安妮往火里撒盐，施法，然后嘱咐海蒂给约翰特殊的食物，并给海蒂愿望豆。巫师告诉海蒂：

> "站在他卧室的门口吃一些，剩下的扔在脚底。接下来的事情留给我。"
>
> "上帝啊，安妮，他的院子里全是狗和孩子。即使没有孩子看见我，狗也会叫的。我路过他的院子时不敢停留。"
>
> "去，按照我说的去做。我会用嘴含着这块苦骨头，这样人

---

① Zora Neale Hurston, *Mules and Men*, Bloomington: Indiana University Press, 1978, p. 77.

② Ibid. , p. 79.

们就看不见你。你去就行啦，一定会成功的。你已经付钱给我，我会做我应该做的事情，没有什么东西是我不能摧毁的。"

"我知道你有神力。"

"嘘！我想我有的。难道你没有听说过我用一个指南针烧开了一澡盆的水吗？"

"知道的。你还有其他很多的能力。"

"那就行了，不要再怀疑了，付钱，去做我要求你做的事情。"①

海蒂付完钱后就离开了。女巫师回到里屋，爬上祭坛，开始用"战争水"处理蜡烛。当祭坛准备好后，她这样说："开始战斗吧！一直战斗到你离开为止。"当所有这些处理结束，她在双手和额头上涂抹战争灰，嘴里含着猫骨，躺进祭坛前面的红色棺材里，开始神游。② 在接下来的章节中就出现了露西得病的描写，还强调了露西的病无法治愈。

当海蒂偷听到约翰的朋友不停指责她时，她想用自己的方式去说服约翰，在见约翰之前，海蒂在头发里藏着"征服者约翰的草药"③，想要抵制外界的敌意。约拿的朋友无意中发现海蒂在家对约拿施以伏都教的巫术，他们提醒约拿：

"约拿，你有麻烦了——而且是大麻烦。那个该死的女人对你使用了各种各样的草药和咒语。她用她的身体麻痹了你这么多年。你现在就回家去，看看她的那些把戏——看看你的床上，你的枕头下，你的靠垫下，门口的台阶周围以及你的衬衣！"……约拿回家一趟，返回时带来了很多东西，有瓶子里装的稀奇古怪

---

① Zora Neale Hurston, *Jonah's Gourd Vine*, Philadelphia: J. B. Lippincott Company, 1934, p. 200.

② Ibid., p. 201.

③ Ibid., p. 219.

的东西，有红色的法兰绒，还有蟾蜍的皮。①

但是，在法庭上，约拿拒绝谈论有关伏都教的事情，因为："我不想让白人知道这些事情，他们对我们知道得太多了，但有些事情他们不应该知道。"② 此处约翰的话揭示出伏都教被白人误解的状况及黑人想要保护民间传统宗教的愿望。"赫斯顿通过非洲传统宗教和民间药师的描写说明，尽管这些民间信仰被迫在地下，但这种传统观念和世界观持续地存在于整个黑人社区。"③

《他们眼望上苍》中，认同白人文化的、自负富有的乔迪生病后突然开始信任伏都教巫师。"乔还有了新交。过去他从不放在心上的人现在似乎备受青睐。他一向看不起草药郎中之类的人，但现在她看到一个从阿尔塔蒙特泉的骗子几乎天天要上门。"④ 费比也说："这是那个自称足智多谋的大夫，其实是个一文不值的黑鬼为了讨好乔迪给他说的一通鬼话。他看出来他病了——好久了，谁都知道他病了，我猜他又听说了你们俩的不和，他的机会来了。去年夏天他这只大蟑螂就打算在这一点卖大土蛇来着。"⑤ 乔迪认为自己生病的原因是有人在使用伏都教巫术诅咒他，他相信"一等那足智多谋的人找出埋藏着的对他的诅咒是什么，他的病就会好了。他根本不会死。他就是这么想的"⑥。乔迪对伏都教的依赖反映出伏都教在黑人民间强大的生命力。赫斯顿"通过强调伏都教中所有生命体之间的联系以及看不见的精神世界的存在，突出了伏都教哲学在心理和肉体两方面潜在的治愈

---

① Zora Neale Hurston, *Jonah's Gourd Vine*, Philadelphia: J. B. Lippincott Company, p. 251.

② Ibid., p. 261.

③ Dolan Hubbard, *The Sermon and the African American Literary Imagination*, Columbia: University of Missouri Press, 1994, p. 57.

④ [美] 左拉·尼尔·赫斯顿：《他们眼望上苍》，王家湘译，北京十月文艺出版社1998年版，第88页。

⑤ 同上书，第90页。

⑥ 同上书，第91页。

作用。作家意识到了 20 世纪西方的物质主义和无处不在的帝国主义正在威胁黑人的身份，他们想要通过伏都教找出解决的办法"[1]。

黑人传统宗教伏都教是黑人传统文化中最抽象的部分，是"这个世界的总的理论，是它的包罗万象的纲领"[2]。通过贯穿于作品中的伏都教因素，赫斯顿"丰富了人物性格，渲染气氛，促进情节发展"[3]，同时"批判了西方世界的物质主义、阶级主义和性别主义"[4]，在作品中"隐含地和公开地讨论非洲裔美国黑人群体和妇女所面对的社会、政治和经济问题。"[5]

（三）伏都教象征

伏都教因素在赫斯顿文本中的使用是显而易见的，"尤其在赫斯顿使用自然意象、颜色和数字时……想要了解这些小说伏都教的知识虽然不是必需的，但如果具备伏都教的相关知识，就可以更好地理解这些小说"[6]。

1. 时间与数字

伏都教中的时间与数字都有着特殊含义。根据伏都教信仰，不同的时间段有着不同的含义。根据伏都教研究专家的记录，不同的时间

---

① Maria T. Smith, *African Religious Influences on Three Black Women Novelists*: *The Aesthetics of "Vodun"*, New York: The Edwin Mellen Press, 2007, p. 2.

② 马克思:《〈黑格尔法哲学批判〉导言》,《马克思恩格斯选集》第 1 卷, 人民出版社 1972 年版, 第 1 页。

③ Charley Mae Richardson, *Zora Neale Hurston and Alice Walker*: *Intertextualities*, Dissertation, Chicago: Loyola University, 1999, p. 53.

④ Maria T. Smith, *African Religious Influences on Three Black Women Novelists*: *The Aesthetics of "Vodun"*, New York: The Edwin Mellen Press, 2007, p. 21.

⑤ Sharon L. Jones, *Reading the Harlem Renaissance*: *Race, Class and Gender in the Fiction of Jessie Fauset, Zora Neale Hurston and Dorothy West*, Westport: Greenwood Press, 2002, p. 98.

⑥ Ellease Southerland, "The Influence of Voodoo on the Fiction of Zora Neale Hurston", *Sturdy Black Bridges*: *Visions of Black Women in Literature*, Gaeden City: Doubleday and Company, 1979, p. 9.

是有吉利和不吉利之分的：

吉利的时间	不吉利的时间
2 点	8 点
4 点	3 点
5 点	10 点
6 点	1 点[①]
7 点	9 点
11 点	
12 点	

　　《苏旺尼的六翼天使》中讲述一对美国南部白人夫妻的生活，但小说中有关伏都教时间观念的体现非常突出。根据伏都教的观点，"三点"和"九点"都是不吉利的时刻，小说中不幸的事件总是发生在三点或九点。吉姆与阿维天生弱智的大儿子厄尔到了青春期后情绪反常，行动诡异。阿维精心照看，生怕厄尔惹出事端。但是，一个夏天的夜晚，"九点左右"[②]，厄尔袭击了租住阿维家屋子的漂亮女孩露西·安，虽然只是咬伤了露西，但厄尔的存在成为整个社区的安全隐患。厄尔在慌乱中逃到了人迹罕至的沼泽地，并带去了家里的步枪和斧子。整个社区的人们四处寻找厄尔，在"第二天下午三点时传来话说厄尔找到了"[③]，这样的消息使阿维悲喜交加。因为厄尔完全没有正常人的思维，即使是吉姆想要靠近他也会招来厄尔的枪击。在僵持几天几夜后，筋疲力尽的吉姆想冒险靠近厄尔，被厄尔开枪打

---

　　① Rosalind Alexander, *Voodoo Essentials in Zora Neale Hurston's Published Fiction*, Thesis, Howard University, 1986, p. 35.

　　② Zora Neale Hurston, *Seraph on the Suwanee*, New York: Scribner's Sons, 1948, p. 144.

　　③ Ibid., 154.

伤。为了保护吉姆，"那个星期六的下午三点左右"①，厄尔也被其他人射杀。厄尔的事情过去好多年后，阿维逐渐从丧子的悲痛中走出来，与吉姆之间的关系也亲密起来。活泼好玩、有着孩子天性的吉姆想用眼镜蛇吓唬阿维，顺便考验一下阿维对自己的感情。于是，"下午三点左右"②，吉姆拿来了一条很大的眼镜蛇，但他在玩眼镜蛇时差点失控，巨大的眼镜蛇缠在他的身体上。被吓呆了的阿维没有呼救也没有找别人帮忙，她似乎无法表达自己的关心和着急，只是沉默。后来吉姆被一位黑人朋友所救。吉姆对阿维的麻木和懦弱非常失望，决定离开家，去海边捕虾，让自己和阿维都有认真思考的时间。

仿写《圣经》的《摩西，山之人》中也有大量伏都教时间因素。米利安因为嫉妒摩西妻子的美貌和地位想要赶走她。米利安用一天的时间来游说其他妇女，在"下午三点的时候，摩西的帐篷周围聚集了两三千妇女，要求赶走摩西的妻子"③。可惜，摩西根本不理米利安的要求。米利安步步紧逼，甚至用自己离开的说法威胁摩西。一直沉默的摩西被激怒了。愤怒的摩西让米利安得了麻风病，并将米利安驱逐出希伯来营地七天之久。后来，在米利安的一再请求下，摩西治好了她的病，其他希伯来人也接纳了她。但米利安的自信和好胜被彻底摧毁，成为一个完全顺从摩西命令的人。

根据伏都教的观点，"四点被认为是开始工作的最好的时间"④。在《摩西，山之人》中，为了说服埃及法老放走希伯来人，摩西在埃

---

① Maria T. Smith, *African Religious Influences on Three Black Women Novelists: The Aesthetics of "Vodun"*, New York: The Edwin Mellen Press, 2007, p. 214.

② Ibid., p. 253.

③ Zora Neale Hurston, *Moses, Man of the Mountain*, Urbana and Chicago: University of Illinois Press, 1984, p. 297.

④ Zora Neale Hurston, *Folklore, Memoirs, and Other Writings*, New York: Literary Classics of the United States, Inc., 1995, p. 378.

及制造了各类灾祸。当法老示弱，要求摩西解除诅咒，使自己整个恢复正常，并答应放走希伯来人时，"下午四点，摩西将神杖从左手换到右手，举起来，回到家中。在正好五点钟的时候，苍蝇从埃及突然消失，就像它们突然出现那样"①。

与伏都教中的时间相同，在伏都教中，每个数字也都有自己的含义。"三是一个神圣的数字"②，三的特殊使用在《摩西，山之人》中有很好的体现。《摩西，山之人》中的摩西拥有上帝所赐的神杖，他的命令与请求都与神的力量相关，三的数字在小说中重复出现。在与埃及法老的对峙中，摩西通过各种方式想让埃及法老相信自己是"自有永有的神"派来的使者，他在埃及降下了十次灾难。摩西让"埃及有三天的黑暗"③；摩西在杀死埃及人的头生子时要求希伯来人在"门口涂三道血迹"④；在激烈的战斗之后，"摩西要求希伯来人休息三天"⑤；"摩西带领希伯来人花了三天三夜的时间走向塞纳山"⑥；在塞纳山下，希伯来人"花了三天的时间建起一个营地"⑦；"摩西计划宿营三个晚上"⑧；"上帝要求以色列人洁净身体并在第三天接受律法"⑨；在公牛神的崇拜仪式中，"摩西叫了亚伦三次"⑩，才将亚伦从异教崇拜的沉迷中唤醒；摩西认为"悔改也需要三天的时间"⑪。另外，"伏

---

① Zora Neale Hurston, *Moses, Man of the Mountain*, Urbana and Chicago：University of Illinois Press, 1984, p. 206.

② Zora Neale Hurston, *Folklore, Memoirs, and Other Writings*, New York：Literary Classics of the United States, Inc., 1995, p. 86.

③ Zora Neale Hurston, *Moses, Man of the Mountain*, Urbana and Chicago：University of Illinois Press, 1984, p. 210.

④ Ibid., p. 220.

⑤ Ibid., p. 202.

⑥ Ibid., p. 240.

⑦ Ibid., p. 244.

⑧ Ibid., p. 247.

⑨ Ibid., p. 250.

⑩ Ibid., p. 288.

⑪ Ibid., p. 86.

都教中大巴拉的日子是星期三，在小说中，摩西总是说要在下一个星期三回来"①。摩西与法老的每一次见面都在星期三。

　　数字五代表"再生产"②。摩西在回到埃及的第五天开始寻找圣书的行动。摩西在三天之内来到了藏书的地方。通过阅读圣书，摩西获得了更大的力量，这使他有信心去和埃及法老斗争，更有信心将埃及奴役下的希伯来人解救出来。数字七也是伏都教中非常神圣的数字，"七这个数字表示完整、变革和智慧"③。约书亚看见塞纳山顶的摩西"周围有七个太阳环绕，月亮就踩在脚下"④。因为米利安对摩西妻子的嫉妒和刁难，摩西"求上帝让米利安得了麻风病，并将她驱逐出驻地达七天之久。人们惧怕、厌恶和唾弃她"⑤。在岳父去世之后，摩西"哀悼岳父七天"⑥。

　　伏都教中的数字十代表"自我与完成"⑦。为了将希伯来人带出埃及，摩西通过杀死所有埃及人的头生子使"埃及痛苦了十天的时间"⑧。面对摩西这样的神力，埃及法老不得不同意摩西将希伯来人带出埃及。在历经艰险，将希伯来人带出埃及后，在塞纳山上，"摩西从上帝那里学到了十个单词，而且摩西用这十个词造出了十大律法。每个词的背面都是可以带来毁灭的符咒"⑨。从上帝那里接受律法对希伯来民族来说是成为一个独立的民族的转折时刻。十个单词，十条律

---

① Rosalind Alexander, *Voodoo Essentials in Zora Neale Hurston's Published Fiction*, Washington：Thesis of Howard University，1986，p. 104.

② Ibid.，p. 88.

③ Ibid.，p. 97.

④ Zora Neale Hurston, *Moses, Man of the Mountain*, Urbana and Chicago：University of Illinois Press，1984，p. 354.

⑤ Ibid.，p. 301.

⑥ Ibid.，p. 350.

⑦ Rosalind Alexander, *Voodoo Essentials in Zora Neale Hurston's Published Fiction*, Thesis，1986，p. 89.

⑧ Zora Neale Hurston, *Moses, Man of the Mountain*, Urbana and Chicago：University of Illinois Press，1984，p. 209.

⑨ Ibid.，p. 281.

法表示希伯来民族自我解放道路上阶段性的完成。

《摩西，山之人》中的数字象征为这一戏仿《圣经》故事的文本笼罩了伏都教色彩。通过将摩西伏都教化的描写，赫斯顿想要证明：

> 在美国黑人、非洲、加勒比海地区和亚洲的神话中，摩西都被看作一个神——同时被看作曾经出现过的最伟大的伏都教巫师。在这本书的序言中赫斯顿写道："哪里有因为奴隶制而存在的非洲后裔，哪里就有对于摩西的接受和崇拜，摩西被看作神秘力量的源泉。甚至有人认为耶稣的故事就是摩西故事的重新讲述。"……在赫斯顿研究的所有神话中，摩西被人们讲述为一个讲故事的人。根据这一传统，赫斯顿重新创造了摩西形象，将摩西描述成为黑人、有自我控制力的、热爱自然的、精通伏都教的、成熟的思想家和伟大的领袖——但从来都不是统治者。赫斯顿笔下的摩西是大众神话和即兴讲述的产物，这样的形象使得摩西对全世界的有色人种来说都有着特殊的意义。当然，摩西这一形象也源自赫斯顿本人独特的、诗化的视界。①

2. 大门、十字路口、地平线

伏都教中的"里格巴神"也是非常重要的神灵，"被看作上帝的信使和传言者"②，是"大门之神"和"十字路口之神"。赫斯顿在《告诉我的马》中将里格巴称作"大门（机会）的开启者"③。在伏都教的宗教仪式中，"里格巴应该是第一个做出反应的神灵。如果里格

---

① Valerie Boyd, *Wrapped in Rainbows: the Life of Zora Neale Hurston*, New York: Scribner, 2003, p. 330.

② Alfred Metraux, *Voodoo in Haiti*, New York: Schocken Books, 1959, p. 101.

③ Zora Neale Hurston, *Tell My Horse*, New York: Harper and Row, 1990, p. 87.

巴没有响应，其他的神灵也不能有回应"①。因此，里格巴是传说中开启神界大门的神灵，也是负责"交流沟通和十字路口及机会的神灵"②。因为里格巴在伏都教中的特殊地位，"十字路口成为通往未知世界的大门，那是整个宇宙的灵魂，是生命的源泉，是整个宇宙的记忆和智慧"③。根据伏都教的信仰，

> 个体必须重视培养沟通的意识，判断什么是真实的，什么是虚假的，还要了解"十字路口"的含义——要注意门是打开的还是锁上的，在这里人们所做的决定将永远影响他的未来。伊苏经常被看作十字路口之神……甚至有些时候他的穿着都是有着十字路口的含义的，如他的帽子一边是黑色，一边是红色，让人们就它的帽子的颜色进行争论，暗示我们在对一个人或一件事做出判断之前应该对其做出全面的考察。因为伊苏的这一特点，他经常被看作西方文化中的里格巴。④

《他们眼望上苍》中，"大门"与"十字路口"的意象经常出现。在伏都教中，"大门"从字面或比喻意义上都是指"入口"。故事中的"大门"，"象征着珍妮生活中的转折"⑤，象征着"叙事的开始"⑥。在小说中，"菲比从后门进入珍妮家与伏都教的仪式非常近似"⑦，象征

---

① Gloria Graves Holmes, *Zora Neale Hurston's Divided Vision：The Influence of Afro-Christianity and the Blues*, Dissertation, Stony Brook：State University of New York, 1994, p. 199.

② Ibid. .

③ Maya Deren, *Divine Horsemen：the Living Gods of Haiti*, London：Thames and Hudson, 1953, p. 36.

④ John Farris Thompson, *Flash of the Spirit, African and Afro-American Art and Philosophy*, New York：Random House, 1983, p. 86.

⑤ Maria T. Smith, *African Religious Influences on Three Black Women Novelists：The Aesthetics of "Vodun"*, New York：The Edwin Mellen Press, 2007, p. 24.

⑥ Ibid. , p. 48.

⑦ Ibid. , p. 49.

着以菲比为代表的普通黑人妇女想要通过精神上的救赎获得心灵的自由和解放。菲比是精神之旅的发起者，也是珍妮生活感受的分享者。

当珍妮对第一次婚姻完全失望后，"她经常站在大门口，向着遥远的大路张望，希望生活有新的改变"①。此处的"大路"象征"变化与机会"②。她在十字路口认识了第二任丈夫乔迪。对于珍妮来说，"他并不代表日出、花粉和开满鲜花的树木，但他渴望遥远的地平线，渴望改变和机遇"③，珍妮决定与乔迪一起寻找"地平线"。"地平线在伏都教中有着特别的含义。"④ 在其自传《道路上的尘埃》中，赫斯顿写道："我有一个被压抑的欲望。我过去常常爬到守卫在我家前门的一棵大楝树的顶上，从那儿注视世界。我看到的最有趣的东西是地平线。不管我转到哪边，它总是在那儿，而且距离都一样远。这么说我们家的房子就是在世界的中心了。在我心里突然有了一种想法，我应该走到地平线那儿去，看看世界的尽头是什么样子。"⑤

在《他们眼望上苍》的开头就出现了地平线的意象："遥远的船上载着每个男人的希望。对有些人，船随潮涨而入港；对另外一些人，船永远在地平线处行驶，既不从视线中消失也不靠岸，直到瞩望者无可奈何地移开了目光，他的梦在岁月的欺弄下破灭。这是男人的一生。"⑥ 此处地平线的意象指出女性与男性的不同，为小说讲述一位

---

① ［美］左拉·尼尔·赫斯顿：《他们眼望上苍》，王家湘译，北京十月文艺出版社1998年版，第27页。

② Maria T. Smith, *African Religious Influences on Three Black Women Novelists: The Aesthetics of "Vodun"*, New York: The Edwin Mellen Press, 2007, p. 25.

③ ［美］左拉·尼尔·赫斯顿：《他们眼望上苍》，王家湘译，北京十月文艺出版社1998年版，第31页。

④ Lois Wilcken, *The Drums of Voudou*, Tempe: White Cliffs Media, 1992, pp. 21-22.

⑤ Zora Neale Hurston, *Dust Tracks on a Road*, Urbana and Chicago: University of Illinois Press, 1984, p. 36.

⑥ ［美］左拉·尼尔·赫斯顿：《他们眼望上苍》，王家湘译，北京十月文艺出版社1998年版，第1页。

不同寻常的女性追寻自我身份的故事埋下了伏笔。

"地平线"也象征着一个人生活中无尽的可能性。根据海明威的评论，在珍妮的心灵之旅中，"地平线象征着一个人从幻想到现实，梦想到真理，角色和自我这些不同概念之间的距离"①。

> 伏都教的信仰者认为世界是按照两个轴线来划分的。一条是地平线轴线，它的暗喻是大海的表面，将生命和死亡分开，那些已经死亡的灵魂就居住在大海的下面。有一条垂直的轴线在中心地带和地平线交叉，使得精神与肉体有了聚合点。出生时，我们每个人都面对宇宙的镜子（另一个暗喻是地平线或大海的表面），人们看到的他或她的影像就是生活在另外一个世界的精神。②

在对菲比的讲述中，珍妮说："我已经到过地平线了，又回到这里，现在我可以坐在我的房子里，在对比中生活了。"③ 通过"地平线"的意象，珍妮再次颠覆了祖先崇拜。"阿妈把上帝所造物中最大的东西地平线拿来，捏成小到能紧紧捆住外孙女的脖子使她窒息的程度。地平线是最大的东西了，因为不管一个人能走多远，地平线仍在遥不可及的地方。"④ 在认识茶点之后，珍妮觉得"突如其来的新鲜感和变化感"向她袭来，她决定朝南走去，去寻找自由。

"在赞美审美性文化模式的时候，赫斯顿把宗教看作文化的一部分。是赫斯顿在伏都教和基督教之间建立起了联系，是赫斯顿为人们

---

① Robert E. Hemenway, *Zora Neale Hurston: a Literary Biography*, Chicago: University of Illinois Press, 1980, p. 238.

② Lois Wilcken, *The Drums of Voudou*, Tempe: White Cliffs Media, 1992, pp. 21-22.

③ ［美］左拉·尼尔·赫斯顿：《他们眼望上苍》，王家湘译，北京十月文艺出版社1998年版，第207页。

④ 同上书，第97页。

提供了对于生活更为广泛和更有创造性的阐释方式。"① 赫斯顿用自己在人类学方面的研究和文学方面的创作"抵制着主流文化对黑人文化的侵蚀。作为思想代言人,赫斯顿在努力表达自己的审美和精神追求时也在为黑人种族和黑人文化辩护"②。

在美国黑人的历史上,宗教和文学是两种反抗压迫和实现自我价值的表达方式,文化作为基础,重新定义着宗教和文化身份。美国黑人宗教是黑人寻求解放的过程中获得的重大成果。为广大黑人民众提供了精神力量,其社会价值和文化价值不可估量。与黑人宗教相比,伏都教是旧的世界和新世界神学思想之间动态的补充。伏都教信仰的基础是假设人类生命不是随意和偶然的。任何事件都是有意义的,人们可以了解每一个事件的原因……伏都教通过心理力量和其他相关的方法,通过对精神的肉体的诅咒或治愈提供了控制的方法。伏都教通过超越知识和自我权利,表达人类的诉求而成为基督教的补充,人们在伏都教中有了改变的愿望和行动的需要,伏都教因此成为西非宗教生存的方式。

赫斯顿将伏都教描述为"有着自己独特特点的宗教"③,在"其民族文化和民族宗教中的朝圣之旅使她更加了解自己,并在本民族文化的启发下为读者讲述了新的故事"④。在伏都教中"敬拜神使得他们不断地意识、肯定、塑造和再塑造他们作为基督徒、非洲裔美国黑人、男人、女人和孩子的身份并分享他们的集体经验"。伏都教通过"自己的神和仪式纪念着非洲的文化

---

① Kimberly Rae Connor, *Conversions and Visions in the Writings of African-American Women*, Knoxville: The University of Tennessee Press, 1994, p. 176.

② Ibid., p. 174.

③ Ibid., p. 127.

④ Ibid., p. 126.

传统、美国的奴隶制及其遗留的社会问题。作为无处不在的宗教，它希望人们与那些鼓励、指导、建议、批评甚至惩罚人们的神灵建立私人的联系。在伏都教里与主神拉的亲密关系是最终目标。这种亲密是通过精神上的指导而获得的，如通过民间故事、神话、魔咒或者通过充满言语和音乐的集体性仪式——讲述故事、唱歌、跳舞和敲鼓。拥有伏都教的知识并参与其中可以使其追随者从笼罩在新殖民主义氛围的社会、政治和文化语境中解放出来"①。

作为一位非洲裔美国黑人女性，一位浸礼会牧师的女儿，第一位亲身经历伏都教仪式的人类学家，赫斯顿在其作品中，"用多样化的创作策略调和了世俗与神圣、迷信与科学、政治与历史之间的关系"②。赫斯顿作品中伏都教因素的使用"是为了恢复和评价非洲冲突文化信仰，将其作为黑人民众获得自我身份和从白人主流文化控制下获得精神解放的积极因素"③。对于黑人解放来说，伏都教是内化于黑人民众的精神生活的。伏都教在黑人民众的肉体和精神方面的治愈有着不可低估的作用。"赫斯顿依靠和信仰自己的民族的神灵，并食用黑人文化之玛哪，并使玛哪发挥特殊的作用。"④ 在赫斯顿的作品中，各种宗教文化因素的混合使赫斯顿成为"黑人民族坚定的历史记录者，她为读者呈现了有关黑人民族艰苦斗争的真实画面。同时，她也用最为诗化的形式记录了黑人民族的故事和生活。在她的笔下，黑人民族不再是屈从

---

① Maria T. Smith, *African Religious Influences on Three Black Women Novelists: The Aesthetics of "Vodun"*, New York: The Edwin Mellen Press, 2007, p. 5.

② Gloria Graves Holmes, *Zora Neale Hurston's Divided Vision: The Influence of Afro-Christianity and the Blues*, Dissertation, Stony Brook: State University of New York, 1994, p. 154.

③ Maria T. Smith, *African Religious Influences on Three Black Women Novelists: The Aesthetics of "Vodun"*, New York: The Edwin Mellen Press, 2007, p. 1.

④ Ibid., p. 96.

于随意的暴力和无序竞争下的无助受害者，而是有着自己独特信仰和文化的种族"①。

在赫斯顿之后，还有一些黑人女性作家在其作品中植入伏都教因素，既想唤醒黑人群体的民族记忆，也增加了作品的魔幻色彩。莫里森《柏油娃》中的特雷斯也是一位祖先式的人物，是超越历史的精神导师，是奴隶制的逃亡者，是非洲的记忆，是种族记忆的保持者，是讲故事的人，还是一位伏都教巫师。内勒的《妈妈戴》中的老祖母索菲亚不仅是黑人社区的创造者，还是黑人社区的精神领袖。她也具有超自然的力量，"能够在电闪雷鸣之间行走而不受伤害，能够用手掌心唾弃一道道闪电，能够让月亮对自己俯首称臣，能够治愈每一个创伤"②。索菲亚的女儿米兰达继承了母亲的超自然能力，能够听懂花草树木的语言，会炼制草药，可以治愈社区人们身体及心灵上的各类创伤，成为整个社区的守护者。

宗教是美国黑人在种族歧视的社会现实中勇敢生存的重要精神力量。盛行于黑人民间的伏都教更是体现黑人民族独特宇宙观和生命观的宗教之一；被非裔美国黑人改造过的黑人基督教有着自己的教义和信仰，为新世界的黑人带来了新的希望；植根于黑人民间的伏都教彰显了黑人民间文化的独特性，肯定了美国黑人独立的宗教身份，强调了黑人宗教强大的包容性和顽强的生命力。

---

① Baker A. Houston, Jr., *Workings of Spirit: The Poetics of Afro-American Women's Writings*, Chicago: The University of Chicago University, 1991, p. 94.

② Gloria Naylor, *Mama Day*, New York: Vintage Contemporaries, 1993, p. 3.

结　语

　　文学作为艺术形式的一个门类，是人类对美的追求的产物，是人类审美意识的集中表现。文学的阐释、存在和发展反映了人类对世界认知的一种特殊方式，是审美意识非常具体的表象形态。文学来源于生活，而通过作家的凝练和提炼，文学呈现出高度浓缩和具有普遍意义的社会反映，高于现实生活。文学的这种特殊性决定了文学研究的价值需要从文学的本质和特征出发，理解文学本质所涵盖的作用、能力和功效。作为一种独立的社会意识形式，文学是为满足人类的审美需求而产生、发展和存在的。因此，文学的基本价值和审美与读者的理解紧密相关。在多元化的现当代美国文学中，美国非裔文学所呈现的种族冲突有着复杂的历史背景和现实因素。非裔美国人经历了种族苦难、性别压迫和社会不公，从奴隶基本人权被剥夺到公民权利的缺失，再到制度化的民族平等诉求和社会意识的冲突都为美国非裔文学增添了戏剧化的张力和深刻的艺术震撼效果。只有从文学传统的角度入手，通过历时和共时的对比和分析，才可以挖掘文学的本真价值，挖掘隐藏于非裔美国文学中对人性和世界的多维度思考。开拓审美性的研究在当下美国非裔文学研究中极具实践意义和现实意义。美国非裔文学自诞生之日起就伴随着双重文化的影响，在主流英语文学和非洲族裔的继承中延续着自身传统。语言、修辞、意象作为文本的基本元素在文学研究中始终是最贴近文学的艺术性的根本。如何运用非裔民俗传统的建构来获得审美构建和读者认同并成为与主流文学并行的他者形象是非裔文学传统形成和发展的主要内容。非裔文化中的民间艺术，包括音乐、宗教等都应当还原到艺术的本初状态并研究其移植到文学领域的特殊意义。"美国非裔文学不应被宏观的族裔身份归属和性别话语的政治诉求所掩蔽，而是应在美的形式研究上深化对非裔文学的特殊性理解，从而更好地阐释族裔文学对人文精神的体现和发扬，而这也才正是文学的终极价值"①。

在多元文化语境下，非裔美国黑人文学日渐成熟、壮大，业已从美国文学的边缘地带进入中心位置，对美国其他少数族裔文学的发展乃至世界范围内少数族裔文学的发展都具有启示意义。作为非裔美国黑人文学的重要分支，非裔美国黑人女性文学经历了初期对其他族裔文学的模仿，逐渐蜕变为一种承载着多元文化的文学形式，在世界文坛中绽放独特光芒。作为非裔美国黑人小说中的重要一支——非裔美国黑人女性小说，其产生、发展与流变首先经历了 20 世纪 20 年代的"哈莱姆文艺复兴"时期的黑人女性创作时期，其次经历了 20 世纪 40—50 年代的稳定发展期和 20 世纪 60—70 年代的成熟时期，最后进入稳定发展时期。在此期间，非裔美国黑人女性作家由觉醒、自觉到尝试结合相关理论来创作，丰富了美国文学的内容，推动了少数族裔文学的发展。作为文化、性别边缘的非裔美国黑人女性作家的书写贯穿了美国少数族裔话语权由边缘到中心转移的全过程。可以毫不夸张地说，非裔美国黑人女性作家秉承黑人文学传统，构建黑人女性自己的话语体系，为世界范围内少数族裔文学的发展贡献了自己的力量。

美国黑人女性作家传承了早期黑人文学先驱的创作遗产，从最初奴隶叙事中黑人女性对自由、平等和解放的渴望，到现代美

---

① 朱小琳：《美国非裔文学研究的政治在线与审美困境》，《山东外语教学》2013 年第 2 期，第 17 页。

国黑人女性对自身的族裔政治身份和文化身份的理性追求，这些自我反思和对话都体现在黑人女性小说的文本书写中。黑人女性通过文学的形式在积极构建黑人女性文化传统的同时，也在拓展一整套独特的、内质的话语范式。因此，黑人女性小说一方面系统地梳理了美国主流文学与批评理论的观点；另一方面，则拓宽并强调了文学批评中的多样性和差异性，凸显了一种杂语共存的对话新领域①。

非裔美国黑人女性文本不仅彰显了黑人女性作为一个特定研究对象的独立性和自主性，更进一步促进了黑人女性文化身份的构建和发展。非裔美国黑人女性小说中的身份、性别、阶级和政治等主题的书写契合了西方后现代主义批评理论的各种观点，成为 21 世纪文学研究领域的热点。20 世纪的非裔美国黑人女性作家摆脱了表层的社会抗议方式，深入挖掘了黑人女性的身份危机，构建了真正意义上的黑人女性话语与身份认同，从不同程度上消解了男性中心主义。她们的作品根植于民族精神和族裔文化，承载着丰富厚重的黑人文化，"为文学批评的前景注入了跨文化诠释、跨文化对话及跨学科研究，促进了两性文学和跨文化批评研究的蓬勃发展"②。

通过对历史的记录和重新书写，非裔美国黑人女性作家不仅再现了被淹没的历史、难以表达的精神创伤，还铭刻了黑人的身体创伤，重构了黑人的历史记忆，为黑人民族建构自足、自主、自信的主体精神做好了准备，体现了其身份认同策略和政治目的。在非裔美国黑人女性作家的文本中，个体与群体的关系、男人与女人的关系，相互牵制并相互依存。她们在文学创作中挖掘黑人传统文化，正视黑人现实

---

① 王军、高楠：《美国黑人女性小说与文化身份批评研究》，《吉林师范大学学报》2014 年第 1 期，第 66 页。
② 同上。

问题，塑造出一大批可信的、接近现实的、有代表性的黑人形象，尝试性地为黑人的民族解放道路指明了方向。在其创作中，她们坚持对群体身份的审视和思考，坚守黑人文化传统，努力构建女性话语体系，最终完成了文化身份的自我发展、自我完善与自我实现。非裔美国女性作家从女性立场出发，审视现实和历史，发现问题、讨论问题并提出自己的观点、看法及解决方式；并在多元文化背景下探索和认知女性文化特性与身份认同等问题，使西方女性文学在广度和深度上得到充分的补充和完善。

非裔美国黑人女性作家从横向联系直面美国黑人的现实问题，从纵向脉络思考现实与历史之间的关系，重新构建种族文化身份。"事实上，在黑人女性小说中，黑人女性将自己边缘的、弱势的地位在某种程度上化为一种优势，有效地借用了主流批评话语的既定成果，转变为自己行之有效的话语工具，从而构建了黑人女性差异性的文化身份，成为种族、阶级与性别多重话语压迫下将主流话语有效进行他者化颠覆的成功范例"①。非裔美国黑人女性的书写是一种异质的、具有自己独特文化经历和美学表述的文化精神，对整个少数族裔文学的研究有着重要启示。"像沃克和莫里森这样的黑人女性作家或知识分子发出黑人女性的声音，就是打破传统的、僵化的、父权制文化控制的种族身份，代之以多变的、差异的、具体的黑人女性生存体验，这一创新性的行为是革命性的，蕴含改变人们思想和变革现实的潜力"②。

非裔美国黑人女性文学创作描绘了丰富多彩的黑人民族社会画面，展示了百年来美国黑人文化历史社会发展的过程。各种艺术手法的使用丰富了文学表现手段并使美国黑人女性文学呈现出独特的美学意蕴和艺术价值。非裔美国黑人女性作家从早期关注黑人女性命运开

---

① 王军、高楠：《美国黑人女性小说与文化身份批评研究》，《吉林师范大学学报》2014 年第 1 期，第 66 页。

② 唐红梅：《种族、性别与身份认同》，民族出版社 2006 年版，第 322 页。

始，逐渐将眼光放远，开始关注整个黑人民族、美国整个民族以及全球发展，其作品价值也由此变得越来越重要。非裔美国黑人女性作家有着高度的文化自觉意识，她们对文学传统的继承使美国黑人女性作家的作品呈现出新的艺术高度和思想深度。非裔美国黑人女性作家的创作为人们重新审视民族性与世界性、差异性与多样性、黑人文学批评话语与西方主流文学话语之间的关系提供了一个全新的视角。她们的作品大多以细腻的笔触描写黑人在时代、社会背景下的生存状态，从人性、道德、伦理等方面全面展示普通黑人的现实生活。非裔美国黑人女性作家以特殊的双重身份体验为依托，以民族文化和人性的温暖实现对黑人妇女这一弱势群体的关注和关怀，也关注民族、人类和自然的有机结合，最终推动全人类全面和谐发展。这种以文学探索生存意义的深度写作引领黑人种族文化步入世界艺术的殿堂。在一次访谈中，莫里森说："我发现大多数黑人男作家作品中非常缺乏的东西在许多黑人女作家的作品中可以找到：那就是愉悦感"①。

　　自 20 世纪 60 年代以来，非裔美国黑人女性文学一直受到文学评论界的关注，但是，主流文学对非裔美国黑人女性文学的批评总是有一定的局限性。正如莫里森所说："对一些文学批评我感到失望，因为我的作品与那些评论没有任何关系，我不希望自己的作品被人简单地说成是好的或坏的，尤其当那些批评是基于其他批评基础之上。我希望别人从我写作的角度去评价我的作品"②。在非裔美国黑人女性作家的创作中，不同文类特征的融合反映了她们面对"双重读者"的写作策略，"即突破种族、阶级、性别等设置的重重障碍，获得一种超

---

① Robert Stanput, *Saints: the Collection of African American Literature*, New York: New York State University, 1979, p. 213.

② Toni Morrison, "Rootedness: The Ancestors as Foundation", *Black Women Writers* (1950-1980): *A Critical Evaluation*, ed., Mari Evans, New York: Anchor Press, 1984, p. 342.

越现实羁绊的多重身份"①。只有基于黑人文化之上的批评才可能深层
次地解读黑人女性作家的作品。"无论以何种方式选择经典,人们只
要稍微看一看这些经典的黑人文学作品,就能看出美国黑人文学中最
具影响、反复出现、持续不断而且最为明显的主题就是解放:从美国
白人压迫黑人民族的经济、社会、政治以及心理约束中解放出来。"②
非裔美国黑人女性作家在其创作的过程中努力打破主流文学传统,从
语言、文化、宗教等层面表达黑人民族期盼解放的心理,使黑人女性
文学成为黑人文学,乃至美国文学中不可或缺的重要部分。

在今天的世界,要打破文化霸权就要打破二元对立的西方和
他者的关系,用一种全球历史性的发展眼光看待人类文化的总体
格局,倡导西方与非西方的对话,以开放的心态、多元文化并存
的态度、共生互补的策略面对西方和非西方的文化差异。各民族
文化之间不存在优劣,只存在文化间的交流与互补。为了让世界
更好地了解每一个民族,让每一个民族更好地了解世界,每一个
民族都要参与世界性话语,这是破除文化霸权话语的基本前提。③

非裔美国黑人作为非洲黑人移民的后代和美国少数族裔的一个分
支,有着这个群体独特的传统和文化,他们的祖先一踏上北美这片土
地就衍生出了种族、阶级、性别、身份等诸多政治、经济和文化方面
的问题,对非裔美国文学的研究也无法逃避这些话题,对非裔美国黑
人女性文学的研究也需要考虑这些因素。最终,非裔美国文学和非裔
美国黑人女性文学研究将走向文化研究之路。非裔美国黑人女性文学

---

① 唐红梅:《自我赋权之路——20 世纪美国黑人女作家小说创作研究》,华中师范大
学出版社 2012 年版,第 78 页。

② Joyce A. Joyce, "The Black Canon: Reconstructing Black American Literary Criti-
cism", *New Literary History*, 18, 2 (Winter 1987), p. 338.

③ 曾梅:《托尼·莫里森作品的文化定位》,山东人民出版社 2010 年版,第 5 页。

的出现填补了美国文学从性别、种族、文化等方面进行文学批评的空白，其独特视角和特殊书写得到读者和评论界的极大认可。非裔美国黑人女性文学在某种意义上打破了历史上主流文学所倡导的男性、白人、中产阶级等话语模式，形成独立的，具有自己性别、种族、阶级和文化的特殊声音。独辟蹊径，以独特的角度为美国黑人女性及整个黑人群体的解放寻找新的思路。非裔美国黑人女性文学讲述了整个民族从被奴役、被剥削、被迫害到争取自由、平等、尊严的历史过程。对非裔美国黑人女性文学的研究将为其他少数族裔女性的解放指明道路。

回顾 20 世纪非裔美国黑人文学史，赫斯顿为后代女性作家奠定了文学传统；沃克积极继承并发扬黑人女性文学传统；莫里森、内勒、安吉洛等人将早期和同时代的文学经验集于一身，不仅调整叙事权威，肯定黑人文化，重现黑人历史，而且探寻出了一种后现代叙事与传统叙事相结合的、真正属于黑人女性自己的表达方式。20 世纪 60—70 年代非裔美国黑人女性作家群的出现标志着非裔美国黑人女性文学走向成熟。她们以细腻的情感、敏锐的观察、创新的手法和娴熟的写作技巧书写黑人的现代生活，不仅写出了黑人的坚韧、乐观、愤怒，也从女性的视角"写出了更隐秘的情愫，更不可言说的迷梦，以及更难以启齿的欲望"①。在本书所研究的主要作家中，"赫斯顿展现了她作为黑人群体中一名先知先觉者的道德感和精神感召力。一些后起的黑人女性作家，例如艾丽斯·沃克，就把赫斯顿视为自己的女性祖先。其实，赫斯顿的影响远远超过了这些黑人种族内部的女性追随者，具有更加广泛而普遍的意义。她对黑人知识分子立场的认识，对黑人女性自我的积极肯定，对音乐厅演奏的黑人蓝调与南方黑人群体

---

① ［美］玛雅·安吉洛：《我知道笼中鸟为何歌唱》，于霄、王笑红译，上海三联书店 2013 年版，第 5 页。

演奏的黑人音乐的仔细区别,以及与此相关的黑人文化艺术特性的真正传承、白人文化收编等问题的看法,直到现在仍然具有重要的现实意义"①。艾丽斯·沃克继承了左拉·尼尔·赫斯顿的黑人女性主义传统思想,并在其创作中着力体现黑人女性主义的价值观,吸收新的思想并结合自我的黑人女性体验,发展出了独具特色的"妇女主义"理论。"在沃克看来,文学母亲的宝贵遗产被淹没或压制,寻找它是每一个继承者责无旁贷的义务,也许它的美好超越了每个人的感知范围,但跟母亲花园的真实之美息息相通。沃克采用日常的生活体验来形容自己对文学母亲宝贵遗产的寻找,既强调了它们保有的精神资源对于黑人女性主体性建立具有积极的作用,也是为了更直接、更形象地唤起后继者的责任和行动。"② 托尼·莫里森的作品"被比作莎比沃恩的歌曲,具有抒情的、诗歌风格的现实主义。她是一位史诗说书人,迫使我们记住那些无法言说的恐怖之事,这些恐怖形塑了美国和非裔美国人的文化;她是一位思想深邃崇高的作家,关心爱与死亡、获取自由的意志与限制自由的内外力量等长期存在的问题"③。莫里森的作品中有着与众不同的视野和具有救赎力量的悲悯情怀。与莫里森、沃克并称为"神圣三位一体"的格洛丽亚·内勒在其作品中深刻探讨黑人社区黑人妇女所遭受的各种压迫,并努力传承黑人女性文化。玛雅·安吉洛结合自己的成长经历,通过文学自传的形式揭示了黑人妇女在生理和精神方面遭受的剥削。正如沃克所说:"我致力于揭示黑人妇女所受到的各种压迫,她们的疯狂、忠诚和胜利……对我来说,黑人妇女是这个世界上最有魅力的人群。"④ 20 世纪美国黑人

---

① 唐红梅:《自我赋权之路——20 世纪美国黑人女作家小说创作研究》,华中师范大学出版社 2012 年版,第 78 页。

② 同上书,第 96 页。

③ 同上书,第 127 页。

④ 王晓英:《走向完整生存的追寻——艾丽斯·沃克妇女主义文学创作研究》,苏州大学出版社 2008 年版,第 5 页。

女性作家大多以现实中的黑人妇女生活为基础，努力揭示黑人妇女的内心世界和精神生活，她们"一反男人形象充斥文学作品的潮流，在作品中塑造了一系列新鲜生动的黑人女性形象，而且还倡导了一种描写自信、乐观拥有健康人格的黑人，特别是黑人妇女形象和人文学新模式"[①]。在描写黑人妇女生活的同时，黑人女性作家在其作品中也塑造了大量真实鲜活的黑人女性形象及白人形象，成为"愿意为整个人类——男人和女人——的完整生存的事业而献身的人"[②]。

20世纪非裔美国黑人女性作家的积极探索，"深入个体灵魂的深处，也延伸到了种族痛苦记忆中幽深久远的角落，尝试着在重写自我和种族历史的过程中，达到疗救精神创伤、重塑黑人个体和黑人种族自我健康精神的目的"[③]。在创作手法上，20世纪美国黑人女性作家不仅继承了文学先辈开创的妇女文学传统，还结合现实主义、现代主义的各种写作技巧，形成了独具特色的女性文学艺术，丰富了文学创作的表现手法，为美国文学乃至世界文学的发展做出了贡献。随着时间的推移，20世纪非裔美国黑人女性文学逐渐呈现出宏大的叙事角度、独特的叙事手法、超越性别和种族的写作题材、关注人类共同面对的普遍性问题，为整个女性文学和美国文学指明了道路。非裔美国黑人女性作家继承主流文学的优良文学传统，回归非洲文化源头，探寻黑人女性自我解放的正确道路，成为美国文学乃至世界文学不可或缺的部分。非裔美国黑人文学创作是黑人文学得以充分展现的重要平台，凸显了黑人文化丰富的精神内涵和独特的艺术魅力，他们对黑人民族历史的书写激发了黑人读者的民族自豪感，唤醒了他们的民族身份意识，为弘扬黑人民族文化起到了指导作用。

---

① 同上书，第8页。
② 同上书，第13页。
③ 唐红梅：《自我赋权之路——20世纪美国黑人女作家小说创作研究》，华中师范大学出版社2012年版，第136页。

　　当代非裔美国黑人女性文学的主题集种族、阶级与性别于一身，在小说创作中采用非线性叙述手法、后现代写作技巧，情节极其复杂，语言优美感性，大多从女性视角讲述女性故事，是对男性权威的否定和反抗。在继承黑人文化和早期女性写作传统的同时，现当代非裔美国黑人女性作家将欧美文学传统与黑人文学传统相结合，文本中呈现碎片状叙述、多视角转换、内心独白、意识流等写作手法，内容丰富，主题深刻，引人深思，以期在独特的叙事手法中还原历史，展望未来。非裔美国黑人女性文学蕴藏巨大的文化内涵和审美内涵，在种族歧视和性别歧视的双重压迫下经历了极其艰辛的发展过程，其发展不仅使黑人群体的意识和社会价值观得到分享，也丰富了女性文学和美国文学的多样性。非裔美国黑人女性文学的审美构成既是非裔美国话语得以构建的艺术性载体，也是多元文化下族裔特性和性别特性得以最充分表现的载体之一。

　　非裔美国黑人女性作家在继承黑人文学传统的同时，在主题上探索黑人女性获得政治和精神独立的途径，努力汲取古老且丰富的黑人文化营养，并融合不同风格和不同流派的写作手法，认真开拓具有黑人民族色彩的文学之路。在 20 世纪后半叶多元文化思潮的影响下，美国黑人女性文学与批评已经从边缘迈向中心。黑人女性文学与批评不再依附任何其他文学与批评的派别，它在寻求差异与相似的基础上找到了适合自身发展的道路，使黑人文学和女性文学得以充实和完善。对于黑人女性文学传统的研究和梳理在分析黑人女性文学中的身份认同与边缘写作时有着很大的启示，为解读黑人女性文学提供有效的理论背景和独特的赏析视角。通过本书的介绍，读者对非裔美国黑人女性文学传统有了历时和共时的了解，意识到"我们的文学传统之所以存在就是因为这些文学作品之间有着复杂的联系"①。但是，我们应该记住：传统不是一成不变的模式，也不能一成不变地套用，它会在时间的流逝中灵活变化，会在岁月的打磨下隐藏棱角。但是，文学传统奠定了文学创作模式和写作技巧，随着文学创作的进一步改革和深化，与同时代社会、政治、文化、现实语境的结合都会使文学传统焕发新的光彩。正如安吉洛在其作品中所指出的那样：

啊，有名无名的黑人诗人，你们可知多少次你们痛苦的呐喊支撑了我们？多少孤独的黑夜因为你们的歌曲而不再孤独？多少饥饿的眼睛因为你们的故事而不再悲伤？

如果我们是一个喜好彰显内心秘密的民族，我们可能会为我们的诗人树碑立传，但长久的奴隶生活，让我们变得不愿张扬。无论如何，正是因为与诗人（以及牧师、音乐家和布鲁斯歌手）的作品血脉相连，我们才能历劫重生。这样说或许也足够了吧。②

---

① Henry Louis Gates, Jr., *Figures in Black：Words，Signs and the "Racial" Self*, New York：Oxford University, 1987, p. 242.
② ［美］玛雅·安吉洛：《我知道笼中鸟为何歌唱》，于霄、王笑红译，上海三联书店2013年版，第189页。

参 考 文 献

一 英文文献

[1] Ayana I. Karanja, *Zora Neale Hurston: The Breath of Her Voice*, New York: Peter Lang Publishing, Inc. , 1999.

[2] Albert J. Raboteau, *Slave Religion, the "Invisible Institution" in the Ante-Bellum South*, New York: Oxford University Press, 1978.

[3] Alan J. Rice, "Jazzing It up a Storm", *Journal of American Studies*, Vol. 28, 1994.

[4] Alfred Metraux, *Voodoo in Haiti*, New York: Schocken Books, 1959.

[5] Albert Murray, *Stomping the Blues*, New York: McGraw-Hill, 1976.

[6] Atwood M. , *Haunted by Their Nightmares*, New York Time Book Review, 1987 (11) .

[7] Aoi Mori, *Toni Morrison and Womanist Discourse*, New York: Peter Lang Publishing, Inc. , 1999.

[8] Aloysius M. Lugira, *African Religion: World Religions*, New

York: Facts on Files, Inc. , 1999.

[9] Adele S. Newson, *Zora Neale Hurston: a Reference Guide*, Boston: G. K. Hall, Co. , 1987.

[10] Alice Walker, *In Search of Our Mother's Garden*, San Diego: Harcourt Brace Company, 1983.

[11] Alice Walker, *The Temple of My Familiar*, New York: Pocket Books, 1990.

[12] Baker A. Houston, Jr. , *Workings of Spirit: The Poetics of Afro-American Women's Writings*, Chicago: The University of Chicago University, 1991.

[13] Bell hooks, *Ain'tia Woman: Black Women and Feminism*, Boston: South End Press, 1982.

[14] Blyden Jackson, "Introduction", *Moses, Man of the Mountain*, Zora Neale Hurston, Urbana and Chicago: University of Illinois Press, 1984.

[15] Ben Sidran, *Black Talk*, New York: Da Capo, 1983.

[16] Beulah S. Hemmingway, *Through the Prism of Africanity: A Preliminary Investigation of Zora Neale Hurston's Mules and Men*, Orlando: University of Central Florida Press, 1991.

[17] Bernard W. Bell, *The Afro-American Novel and Its Tradition*, Amherst: U. of Massachusetts Press, 1987.

[18] Bernard W. Bell, *The Contemporary African American Novel—Its Folk Roots and Modern Literary Branches*, Amherst & Boston: University of Massachusetts Press, 2004.

[19] Bernard W. Bell, *The Contemporary African American Novel: Its Folk Roots and Modern Literary Branches*, Beijing: Foreign Language Teaching and Research Press, 2007.

[20] Christophor Bigsby, "Jazz Queen", *The Independent*, 26 April 1992, Study Review Page, 28 Online, Nexis, 20 April, 1996.

[21] C. Eric Lincoln, *The Black Church in the African-American Experience*, Durham: Oxford University Press, 1990.

[22] Cotera, Maria Eugenia, *Native Speakers: Ella Delorai, Zora Neale Hurston, Jovita Gonzalez and the Poetics of Culture*, Austin: The University of Texas Press, 2008.

[23] Charley Mae Richardson, *Zora Neale Hurston and Alice Walker: Intertextualities*, Dissertation, Chicago: Loyola University, 1999.

[24] Caroline Rody, *The Daughter's Return: African-American and Caribbean Women's Fictions of History*, New York: Oxford University Press, 2001.

[25] Claudia Tate, *Black Women Writers at Work*, New York: Continuum Publishing Co., 1985.

[26] Delia Caparoso Konzett, *Ethnic Modernisms: Anzia Yezierska, Zora Neale Hurston, Jean Rhys and the Aesthetics of Dislocation*, New York: Palgrave Macmillan, 2002.

[27] Deborah G. Plant, *Every Tub Must Sit on Its Own Bottom: The Philosophy and Politics of Zora Neale Hurston*, Chicago: University of Illinois Press, 1995.

[28] Dolan Hubbard, *The Sermon and the African American Literary Imagination*, Columbia: University of Missouri Press, 1994.

[29] Draper P. James, ed., *Black Literature Criticism*, (Vol. 2), Detroit: Gale, 1992.

[30] Danille Taylor-Guthrie, ed., *Conversations with Toni Morrison*, Jackson: University Press of Mississippi, 1994.

[31] Darwin T. Turner, *In a Minor Chord: Three Afro-American Writers and Their Search for Identity*, Carbondale: Southern Illinois University Press, 1971.

[32] David W. Megill and Paul O. W. Tanner, *Jazz Issues: A Critical History*, Dubuque: Wm. C. Brown Communications, Inc., 1995.

[33] Elizabeth Ann Beaulieu, ed., *The Toni Morrison Encyclopedia*, London: Greenwood Press, 2003.

[34] Eva Lennox Birch, *Black American Women's Writing*, New York: Harvest Wheatleaf, 1994.

[35] Eliza Marcella Young, *The African-American Oral Tradition in Selected Writings of Zora Neale Hurston*, Toni Morrison and Alice Walker, Dissertation submitted to Michigan State University, 1999.

[36] Emma Parker, " 'Apple Pie' Ideology and the Politics of Appetite in the Novels of Toni Morrison", *Contemporary Literature*, Vol. 39, No. 4, 1998.

[37] Ellison, Ralph, *Shadow and Act*, New York: New American Library, 1996.

[38] Ellease Southerland, "The Influence of Voodoo on the Fiction of Zora Neale Hurston", *Sturdy Black Bridges: Visions of Black Women in Literature*, Gaeden City: Doubleday and Company, 1979.

[39] Elissa Schappell, "Interview with Toni Morrison", *Women Writers at Work*, ed., New York: Modern Library, 1998.

[40] Franklin E. Frazier, *The Negro Church in America*, New York: Schocken Books, 1963.

[41] Frances Smith Foster, Early African American Women's Litera-
ture, *The Cambridge Companion to African American Women's
Literature*, Mitchell, Angelyn & Denille K. Taylor eds., New
York: Cambridge University Press, 2009.

[42] Gloria Carniece Johnson, *The Folk Tradition in the Fiction of
Black Women Writers*, Knoxville: the University of Tennes-
see, A Dissertation, 1990.

[43] Grewal G., *Circles of Sorrow, Lines of Struggle: The No-
vels of Toni Morrison*, Baton Rouge: Louisiana State Univer-
sity Press, 1998.

[44] Gloria Graves Holmes, *Zora Neale Hurston's Divided Vision:
The Influence of Afro-Christianity and the Blues*, Dissertta-
tion, Stony Brook: State University of New York, 1994.

[45] Gloria Naylor, *Mama Day*, New York: Random, 1988.

[46] Gloria Naylor, *Mama Day*, New York: Vintage Contempora-
ries, 1993.

[47] Geoffrey Parrinder, *West African Religion: A Study on the
Beliefs and Practices of Akan, Ewe, Yoruba, Ibo, and Kin-
dred Peoples*, London: Epworth Press, 1967.

[48] Geneva Smitherman, *Talkin and Testifyin*, Detroit: Wayne
State University Press, 1977.

[49] Geneva Smitherman, *Talkin and Testifyin: The Language of
Black America*, Detriot: Wayne State University Press, 1977.

[50] Geneva Smitherman, "What is Africa to Me? Language, Ideol-
ogy and African American", *American Speech*, 66, No. 2
(Summer 1991).

[51] Houston A. Baker, Jr., *The Journey Back: Issues in Black*

Literature and Criticism, Chicago and London: The University of Chicago Press, 1980.

[52] Houston A. Baker, Jr. and Charlotte Pierce-Baker, "Patches: Quilts and Community in Alice Walker's Everyday Use", *Alice Walker: Critical Perspectives Past and Present*, New York: Amistad, 1993.

[53] Henry Louis Gates, Jr., "Afterword", *Seraph on the Suwanee*, Zora Neale Hurston, New York: Scribner's Sons, 1948.

[54] Henry Louis Gates, Jr., "Zora Neale Hurston: A Negro Way of Saying", *Seraph on the Suwanee*, Zora Neale Hurston, New York: Scribner's Sons, 1948.

[55] Henry Louis Gates, Jr., ed., *Black Literature and Literary Theory*, New York: Methuen, Inc., and Methuen & Co. Ltd., 1984.

[56] Henry Louis Gates, Jr., "Criticism in the Jungle", *Black Literature and Literary Theory*, New York: Harcourt, 1985.

[57] Henry Louis Gates, Jr., *Figures in Black: Words, Signs and the "Racial" Self*, New York: Oxford University, 1987.

[58] Henry Louis Gates, Jr., "Series Foreword", Karla F. C. Holloway, *The Character of the Word*, New York: Greenwood Press, 1987.

[59] Henry Louis Gates, Jr., *The Signifying Monkey: A Theory of Afro-American Literary Criticism*, New York: Oxford University Press, 1988.

[60] Henry Louis Gates, Jr. & K. A Appiah, ed., *Zora Neale Hurston*, New York: Amistad, 1993.

[61] Henry Louis Gates, Jr., "Preface to Blackness: Text and Pretext", Winston Napier, ed., *African American Literary The-*

ory: *A Reader*, New York: New York University Press, 2000.

[62] H. R. Brook, Review of John's Gourd Vine, *New York Times*: *Book Review*, 1935.

[63] Joyce A. Joyce, "The Black Canon: Reconstructing Black American Literary Criticism", *New Literary History*, 18, 2 (Winter 1987).

[64] James Baldwin, "Many Thousands Gone", Seymour L. Gross & John E. Hardy, eds. , *Images of the Negro in American Literature*, Chicago: The University of Chicago, 1966.

[65] Jacqueline Bobo, ed. , *Black Feminist Cultural Criticism*, Massachusetts: Blackwell Publishers Ltd, 2001.

[66] J. B. Danquah, *The Akan Doctrine of God*, London: Frank Cass & Co. Ltd. , 1968.

[67] James Cone, *The Spirituals and Blues*, New York: The Seabury Press, 1972.

[68] Josie Campbell, "To Sing the Song, To Tell the Tale: A Study of Toni Morrison and Simone Schwarz-Bart", *Comparative Literature Studies*, 22 (1985).

[69] Jan Furman, *Toni Morrison's Fiction*, Columbia: University of South Carolina Press, 1966.

[70] John F. Callahan, *In the African-American Grain: the Pursuit of Voice in Twentieth-Century Black Fiction*, Chicago: University of Illinois Press, 1988.

[71] John Farris Thompson, *Flash of the Spirit*, *African and Afro-American Art and Philosophy*, New York: Random House, 1983.

[72] John Lowe, *Jump at the Sun: Zora Neale Hurston's Cosmic Comedy*, Urbana: University of Illinois Press, 1994.

[73] John Mbiti, *African Religions and Philosophy*, New York: Anchor, 1969.

[74] John O'Brien, ed., *Interviews with Black Writers*, New York: Liveright, 1973.

[75] James P. Draper, ed., "Toni Morrison", *Black Literature Criticism*, Vol. 3, Detroit: Gale Research Inc., 1992.

[76] John S. Mbiti, *African Religious and Philosophy*, New York: Praeger Publishers, 1971.

[77] James Weldon Johnson, "The Dilemma of the Negro Author", *American Mercury*, 15, No. 60 (1928).

[78] Kathy L. Hilbert, *Mouth, Tongue, Voice: Crossing Boundaries in Selected Works of Zora Neale Hurston*, Thesis, Tarleton State University, 1996.

[79] Kimberly Rae Connor, *Conversions and Visions in the Writings of African-American Women*, Knoxville: The University of Tennessee Press, 1994.

[80] Laura Baskes Litwin, *Zora Neale Hurston: "I Have Been in Sorrow's Kitchen"*, New York: Enslow Publishers, Inc., 2008.

[81] LaJuan Evette Simpson, *The Women on/of the Porch: Performative Space in African-American Women's Fiction*, Dissertation, Louisiana State University, 1999.

[82] Langston Hughes, "The Negro Artist and the Racial Mountain", *The Nation*, June 23, 1926.

[83] Langston Hughes, *The Negro Artist and the Racial Mountain*, *Black Expression*, New York: Weybright Talley, 1970.

[84] Langston Hughes, *The Negro Artist and the Racial Mountain*, New York: Weybright Talley, 1970.

[85] Lawrence Levine, "Slave Songs and Slave Consciousness: an Exploration in Neglected Sources", *Anonymous American*, ed., Tamara K. Hareven, Englewood Cliffs, N. J.: Prentice-Hall, 1971.

[86] Larry Neal, *Visions of a Liberated Future*, *Black Arts Movement Writings*, New York: Thunder's Mouth Press, 1989.

[87] Lillie P. Howard, *Zora Neale Hurston*, Boston: Twayne Publishers, 1980.

[88] Lois Wilcken, *The Drums of Voudou*, Tempe: White Cliffs Media, 1992.

[89] Lawrence W. Levine, *Black Culture and Black Consciousness: Afro-American Folk Thoughts from Slavery to Freedom*, New York: Oxford UP, 1977.

[90] Mary Ann Wilson, " 'That Which the Soul Lives By': Spirituality in the Works of Zora Neale Hurston and Alice Walker", Lillian P. Howard, ed., *Alice Walker and Zora Neale Hurston-The Common Bond*, Westport: Greenwood Press, 1993.

[91] Mark C. Girdley, *Jazz Style: History and Analysis*, New Jersey: Simon & Schuster/ A Viacom Company, 1978.

[92] Maya Deren, *Divine Horsemen: the Living Gods of Haiti*, London: Thames and Hudson, 1953.

[93] Missy Dehn Kubitschek, " 'Tuh de Horizon and Back ': The Female Quest", *Their Eyes Were Watching God*, *Modern Critical Interpretations: Zora Neale Hurston's Their Eyes Were Watching God*, Harold Bloom, ed., New York: Chelsea House Publishers, 1987.

[94] Maria Eugenia Cotera, *Native Speaker: Ella Deloria, Zora*

Neale Hurston, *Jovita Gonzalez*, *and the Poetics of Culture*, Austin: The University of Texas Press, 2008.

[95] Michael G. Cooke, "Naming, Being and Black Experience", *Yale Review*, 2, (Vol. 67), 1977.

[96] Mary Helen Washington, "Zora Neale Hurston: The Black Woman's Search for Identity", *Black World*, 21 (August, 1972).

[97] Marcyliena Morgan, *Language*, *Discourse and Power in African American Culture*, Cambridge: Cambridge University Press, 2002.

[98] Mckay Nelie, "An Interview with Toni Morrison", *Contemporary Literature*, 1983, Vol. 52.

[99] Maggie Sale, "Call and Response as Critical Method: African-American Oral Tradition and Beloved", *African American Review*, Volume 26, Number 1, Spring 1992.

[100] Maria T. Smith, *African Religious Influences on Three Black Women Novelists: The Aesthetics of "Vodun"*, New York: The Edwin Mellen Press, 2007.

[101] M. Teresa Tavormina, "Dressing the Spirit: Cloth-working and Language in The Color Purple", *Journal of Narrative Technique*, 16, 3 (Fall, 1986).

[102] Marie Valerie Lovegrove, *The Carnivalesque Blues of Zora Neale Hurston*, Thesis, University of Guelph, 1994.

[103] Nathan Grant, *Masculinist Impulses: Toomer*, *Hurston*, *Black Writing and Modernity*, Columbia: University of Missouri Press, 2004.

[104] Nigel H. Thomas, *From Folklore to Fiction: a Study of Folk*

Heroes and Rituals in the Black American Novel, New York: Greenwood, 1988.

[105] Nellie Mckay, "An Interview with Toni Morrison", *Contemporary Literature*, 24 (Winter 1983).

[106] Newbell Niles Puckett, *Folk Beliefs of the Southern Negro*, New Jersey: Montclare, 1968.

[107] Pinn B. Anthony, *Black Religion and Aesthetics*, New York: Palgrave Macmillan, 2009.

[108] Paul Gilroy, *The Black Atlantic: Modernity and Double Consciousness*, Cambridge: Harvard University Press, 1993.

[109] Paul Girly, *Small Act: Thoughts on the Politics of Black Culture*, New York: Serpent's Tail, 1993.

[110] Paul Marshall, *Praisesong for the Widow*, New York: Penguin Books USA Inc., 1983.

[111] Rosalind Alexander, *Voodoo Essentials in Zora Neale Hurston's Published Fiction*, Thesis, Howard University, 1986.

[112] Ron Bodin, *Voodoo: Past and Present*, Louisiana: University of Southwestern Louisiana, 1990.

[113] Ralph Ellison, "*Blues People*": *Shadow and Act*, New York: Random House, 1964.

[114] Robert E. Hemenway, *Zora Neale Hurston: A Literary Biography*, Urbana and Chicago: University of Illinois Press, 1977.

[115] Robert E. Hemenway, *Zora Neale Hurston: A Literary Biography*, Urbana and Chicago: University of Illinois Press, 1980.

[116] Roger Fowler, *Linguistic Criticism*, Oxford: Oxford University Press, 1996.

[117] Rita Keresztesi, *Strangers at Home*: *American Ethnic Modernism between the World Wars*, Lincoln: University of Nebraska Press, 2005.

[118] Robert Stanput, *Saints*: *the Collection of African American Literature*, New York: New York State University, 1979.

[119] Sandra Adell, *Toni Morrison*, New York: The Gale Group, 2002.

[120] Seymour Chatman, *Story and Discourse*: *Narrative Structure in Fiction and Film*, London: Rutledge, 1978.

[121] Susan Edwards Meisenhelder, *Hitting a Straight Lick with a Crooked Stick*, Tuscaloosa: the University of Alabama Press, 1999.

[122] Susan Edwards Meisenhelder, *Hitting a Straight Lick with a Crooked Stick*: *Race and Gender in the Work of Zora Neale Hurston*, Tuscaloosa: The University of Alabama Press, 1999.

[123] Stephen Henderson, *Understanding the New Black Poetry*: *Black Speech and Black Music as Poetic References*, New York: William Morrow, 1973.

[124] Stetson Kenndy, "Working with Zora", *All About Zora — Proceedings of the Academic Conference of the First Annual Zora Neale Hurston Festival of the Arts*, January 26—27, 1990, Eatonville, Florida, Alice Morgan Grant, ed., Winter Park: Four G. Publishers, Inc., 1991.

[125] Sharon L. Jones, *Reading the Harlem Renaissance*: *Race, Class and Gender in the Fiction of Jessie Fauset*, *Zora Neale Hurston and Dorothy West*, Westport: Greenwood Press, 2002.

[126] Sharon L. Jones, *Critical Companion to Zora Neale Hurston*:

a Literary Reference to Her Life and Work, New York:
Facts on File Inc., 2009.

[127] Sterling Stuckey, Slave Culture, Nationalist Theory and the
Foundations of Black America, New York: Oxford Universi-
ty Press, 1987.

[128] Susan Sniader Lanser, Fictions of Authority: Women Writers
and Narrative Voice, Ithaca and London: Cornell University
Press, 1992.

[129] Sharon Wilson, "A Conversation with Alice Walker", Henry
Gates, ed., Alice Walker: Critical Perspectives Past and
Present, New York: Amistad, 1993.

[130] Thomas LeClair, "The Language Must Not Sweat: A Conver-
sation with Toni Morrison", The New Republic, 1981.

[131] Toni Morrison, Sula, New York: Knopf, 1973.

[132] Toni Morrison, "City Limits, Village Values: Concepts of
the Neighborhood in Black Fiction", Literature and the Urban
Experience: Essays on the City and Literature, eds., Mi-
chael C., Jaye and Ann Chalmers Watts, Manchester: Man-
chester University Press, 1981.

[133] Toni Morrison, "Memory, Creation and Writing", Thought, 59
(1984).

[134] Toni Morrison, "Rootedness: The Ancestors as Foundation",
Black Women Writers (1950-1980): A Critical Evaluation,
ed., Mari Evans, New York: Anchor Press, 1984.

[135] Toni Morrison, The Dancing Mind, New York: Alfred
A. Knopf, 1997.

[136] Valerie Boyd, Wrapped in Rainbows: the Life of Zora Neale

Hurston, New York: Scribner, 2003.

[137] Vincent B. Khapoya, *The African Experience: an Introduction*, New Jersey: Princeton Hall, 1944.

[138] W. E. B. Dubois, *The Crisis Writing*, Greenwich: Fawcett, 1972.

[139] W. E. B. Dubois, *The Soul of Black Folk*, New York: The Library of America, 1990.

[140] W. E. B. Dubois, "The Criteria of Negro Art", *The Crisis*, (October 1926), Cary D. Wintz, ed., *The Politics and Aesthetics of "New Negro" Literature*, New York and London: Garland Publishing, Inc., 1996.

[141] W. E. B. Dubois, *The Soul of Black Folk*, Harmondsworth: Penguin Books, 1996.

[142] William Hasley, "Signify (cant) Correspondences", *Black American Literature Forum*, 22, 1988.

[143] William Labov, *Language in the Inner City: Studies in the Black English Vernacular*, Philadelphia: The University of Pennsylvania Press, Inc., 1972.

[144] Zora Neale Hurston, "Hoodoo in American", *Journal of American Folklore*, 44 (Oct.-Dec., 1931).

[145] Zora Neale Hurston, *Jonah's Gourd Vine*, Philadelphia: J. B. Lippincott Company, 1934.

[146] Zora Neale Hurston, *Seraph on the Suwanee*, New York: Scribner's sons, 1948.

[147] Zora Neale Hurston, *Mules and Men*, Bloomington: Indiana University Press, 1978.

[148] Zora Neale Hurston, *Their Eyes Were Watching God*, Chica-

go：University of Illinois Press，1978.

[149] Zora Neale Hurston, *The Sanctified Church*：*The Folklore Writings of Zora Neale Hurston*，Berkeley：Turtle Island，1981.

[150] Zora Neale Hurston, *Dust Tracks on a Road*，Urbana and Chicago：University of Illinois Press，1984.

[151] Zora Neale Hurston, "Introduction", *Moses, Man of the Mountain*，Urbana and Chicago：University of Illinois Press，1984.

[152] Zora Neale Hurston, *Moses, Man of the Mountain*，Urbana and Chicago：University of Illinois Press，1984.

[153] Zora Neale Hurston, *Tell My Horse*，Harper Collins Ebooks.

[154] Zora Neale Hurston, *Tell My Horse*，New York：Harper and Row，1990.

[155] Zora Neale Hurston, *Folklore, Memoirs, and Other Writings*，New York：Literary Classics of the United States, Inc.，1995.

二　中文文献

（一）专著

[156] ［美］爱德华·萨丕尔：《语言论》，陆卓元译，商务出版社 1985 年版。

[157] ［英］爱德华·泰勒：《原始文化》，连树生译，上海文艺出版社 1992 年版。

[158] ［美］艾丽斯·沃克：《父亲的微笑之光》，周小英译，译林出版社 2003 年版。

[159] ［美］艾丽斯·沃克：《紫颜色》，陶洁译，译林出版社 2003 年版。

［160］［美］埃默里·埃里奥特：《哥伦比亚美国文学史》，朱通伯等译，四川辞书出版社 1994 年版。

［161］艾周昌主编：《非洲黑人文明》，中国社会科学出版社 2000 年版。

［162］［美］伯纳德·W. 贝尔：《非洲裔美国黑人小说及传统》，刘捷等译，四川人民出版社 2000 年版。

［163］陈铭道：《黑皮肤的感觉——美国黑人音乐文化》，世界知识出版社 1999 年版。

［164］程锡麟：《赫斯顿研究》，上海外语教育出版社 2005 年版。

［165］程锡麟、王晓路：《当代美国小说理论》，外语教学与研究出版社 2001 年版。

［166］陈志杰：《顺应与抗争：奴隶制下的美国黑人文化》，中国社会科学出版社 2010 年版。

［167］冯川：《神话人格》，长江文艺出版社 1993 年版。

［168］郭晓霞：《当代美国黑人女作家的基督宗教观》，中国社会科学出版社 2015 年版。

［169］黄卫峰：《哈莱姆文艺复兴研究》，外语教育与研究出版社 2007 年版。

［170］嵇敏：《美国黑人女权主义视域下的女性书写》，科学出版社 2011 年版。

［171］焦小婷：《多元的梦想——"百纳被"审美与托尼·莫里森的艺术诉求》，河南大学出版社 2008 年版。

［172］［美］克利福德·格尔兹：《文化的解释》，纳日碧力戈等译，上海人民出版社 1999 年版。

［173］李公昭：《20 世纪美国文学导论》，西安交通大学出版社 2000 年版。

［174］罗虹：《从边缘走向中心——非洲裔美国黑人文化》，中国社会科学出版社 2013 年版。

[175] 刘海平：《新编美国文学史》（第 4 卷），上海外语教育出版社 2002 年版。

[176] 李美芹：《用文字谱写乐章：论黑人音乐对莫里森小说的影响》，浙江大学出版社 2010 年版。

[177] 罗曲主编：《民俗学概论》，中国社会科学出版社 2010 年版。

[178] ［美］鲁思·本尼迪克特：《文化模式》，浙江人民出版社 1987 年版。

[179] 雷雨田：《上帝与美国人——基督教与美国社会》，上海人民出版社 1994 年版。

[180]《马克思恩格斯选集》，人民出版社 1972 年版。

[181] ［英］玛丽·塔尔伯特：《语言与社会性别导论》，艾晓明、唐红梅、柯倩婷译，华中师范大学出版社 2004 年版。

[182] ［美］玛雅·安吉洛：《我知道笼中鸟为何歌唱》，于霄、王笑红译，上海三联书店 2013 年版。

[183] 宁骚：《非洲黑人文化》，浙江人民出版社 1993 年版。

[184] 庞好农：《非裔美国文学史》，中央编译出版社 2014 年版。

[185] 裴善明编著：《诺贝尔文学奖获奖者访谈录》，江苏文艺出版社 1997 年版。

[186] 任继愈主编：《宗教词典》，上海辞书出版社 2009 年版。

[187] 申丹：《叙事学与文体学研究》，北京大学出版社 1998 年版。

[188] ［美］苏珊·S. 兰瑟：《虚构的权威：女性作家和叙述声音》，黄必康译，北京大学出版社 2002 年版。

[189] 唐红梅：《自我赋权之路——20 世纪美国黑人女作家小说创作研究》，华中师范大学出版社 2012 年版。

[190] 唐红梅：《种族、性别与身份认同》，民族出版社 2006 年版。

[191] ［美］托尼·莫里森：《宠儿》，潘岳、雷格译，中国文学出版社 1999 年版。

[192] ［美］托尼·莫里森：《20 世纪诺贝尔文学奖颁奖演说词全编》，

毛信德等译，百花洲文艺出版社 2001 年版。

[193] [美] 托尼·莫里森：《爵士乐》，潘岳、雷格译，南海出版社 2006 年版。

[194] [美] 托尼·莫里森，《所罗门之歌》，胡允恒译，上海译文出版社 2005 年版。

[195] [美] 托尼·莫里森，《秀拉》，胡允恒译，中国社会科学出版社 1988 年版。

[196] 翁德修、都岚岚：《美国黑人女性文学》，吉林大学出版社 2000 年版。

[197] 王海龙、何勇：《文化人类学历史导引》，学林出版社 1992 年版。

[198] 王家湘：《20 世纪美国黑人小说史》，译林出版社 2006 年版。

[199] 王守仁、吴新云：《性别·种族·文化：托尼·莫里森与美国二十世纪黑人文学》，北京大学出版社 1999 年版。

[200] 王晓英：《走向完整生存的追寻——艾丽斯·沃克妇女主义文学创作研究》，苏州大学出版社 2008 年版。

[201] 王玉括：《莫里森研究》，人民文学出版社 2005 年版。

[202] 习传进：《走向人类学诗学》，中国社会科学出版社 2007 年版。

[203] [美] 小亨利·路易斯·盖茨：《意指的猴子：一个非裔美国文学批评理论》，王元陆译，北京大学出版社 2011 年版。

[204] 修树新：《托尼·莫里森小说的文学伦理学批评》，东北师范大学出版社 2015 年版。

[205] 虞建华等：《美国文学的第二次繁荣》，上海外语教育出版社 2004 年版。

[206] 周大鸣主编：《文化人类学概论》，中山大学出版社 2009 年版。

[207] 钟敬文：《民俗学概论》，上海文艺出版社 2009 年版。

[208] [美] 左拉·尼尔·赫斯顿：《他们眼望上苍》，王家湘译，北京十月文艺出版社 1998 年版。

[209] 曾梅：《托尼·莫里森作品的文化定位》，山东人民出版社 2010 年版。

[210] ［英］詹姆斯·乔治·弗雷泽：《金枝》，徐育新等译，中国民间文艺出版社 1987 年版。

[211] 朱振武等：《美国小说本土化的多元因素》，上海外语教育出版社 2006 年版。

（二）论文

[212] 陈铭道、任也韵：《"平等、自由"的社会宣言——美国黑人灵歌》，《中央音乐学院学报》1996 年第 4 期。

[213] 陈志杰：《美国内战前黑人宗教文化刍议》，《解放军外国语学院学报》2004 年第 2 期。

[214] 段俊晖：《小亨利·路易斯·盖茨的族裔史书写》，《外国语文》2013 年第 2 期。

[215] 杜维平：《呐喊，来自 124 号房屋——〈彼拉维德〉叙事话语初探》，《外国文学评论》1998 年第 1 期。

[216] 龚玲：《碎片的消融：〈宠儿〉的"百纳被"审美研究》，《广东外语外贸大学学报》2012 年第 3 期。

[217] 甘振翎：《非洲裔美国黑人文学的命名现象》，《福州大学学报》2003 年第 2 期。

[218] 郭智勇、潘洁：《美国黑人英语起源及其历史发展》，《河北联合大学学报》2013 年第 6 期。

[219] 郝俊杰：《布鲁斯：美国黑人忧伤的音乐和文学诉说——布鲁斯及其在〈看不见的人〉和〈所罗门之歌〉中的运用》，《河南师范大学学报》2006 年第 5 期。

[220] 何燕李：《丛林深处绞缠的反本质主义与本质主义群像——盖茨的非裔文学理论研究》，《文艺理论研究》2013 年第 4 期。

[221] 焦小婷：《话语权力之突围——托尼·莫里森〈爵士乐〉中的语言偏离现象阐释》，《天津外国语学院学报》2006 年第 6 期。

[222] 科林·帕尔默：《奴隶的反抗》，《美国史学评论》1998 年第 2 期。

[223] 吕洪炳：《托尼·莫里森的〈爱娃〉简析》，《外国文学评论》1997 年第 1 期。

[224] 罗虹、程宇：《"布鲁斯—方言"批评理论与"黑人性"表述》，《南昌大学学报》2014 年第 5 期。

[225] ［美］勒·克莱尔：《语言不能流汗——托尼·莫里森访谈录》，少况译，《外国文学》1994 年第 1 期。

[226] 罗良功：《论黑人音乐与兰斯顿·休斯的诗歌艺术创作》，《外国文学研究》2002 年第 4 期。

[227] 李娜：《黑人文学民族是的黑人身份回顾与重构》，《山东社会科学》2015 年第 6 期。

[228] 李嵘剑、孟庆娟：《文化批评视域下 20 世纪美国黑人女性文学》，《前沿》2013 年第 22 期。

[229] 林元富：《非裔文学的戏仿与互文：小亨利·路易斯〈意指的猴子〉理论评述》，《福建师范大学学报》2008 年第 6 期。

[230] 孟庆娟、王军：《美国黑人女性主义书写与身份批评研究》，《前沿》2014 年第 1 期。

[231] 秦苏钰：《〈他们眼望上苍〉中的恶作剧精灵意象解读》，《国外文学》2008 年第 3 期。

[232] 水彩琴：《非裔美国文学的修辞策略——小亨利·路易·盖茨的喻指理论》，《兰州大学学报》2016 年第 1 期。

[233] 水彩琴：《非裔美国文学批评研究——小亨利·路易·盖茨的喻指理论探析》，《天津外国语大学学报》2014 年第 2 期。

[234] 孙黄澎：《Blues 音乐"非流行"到"流行的"文化阐释》，硕

士学位论文，南京师范大学，2013 年。

[235] 孙薇：《打开记忆的闸门——莫里森〈宠儿〉中水的意象和象征》，《西南民族学院学报》2002 年第 4 期。

[236] 王翠：《浅析美国黑人民权运动中的宗教因素》，硕士学位论文，东北师范大学，2009 年。

[237] 翁德修、都岚岚：《论托尼·莫里森小说人物的命名方式》，《辽宁师范大学学报》2000 年第 5 期。

[238] 王军、高楠：《美国黑人女性小说与文化身份批评研究》，《吉林师范大学学报》2014 年第 1 期。

[239] 王晋平：《论托尼·莫里森的食物情结》，《西安外国语学院学报》2001 年第 3 期。

[240] 王健、张丽莹：《美国黑人女性主义写作与女性主义批评》，《外国文学》2009 年第 12 期。

[241] 翁乐虹：《以人物为叙述策略——评莫里森的〈宠儿〉》，《外国文学评论》1999 年第 2 期。

[242] 翁乐虹：《以音乐作为叙述策略——解读莫里森小说〈爵士乐〉》，《外国文学评论》2000 年第 2 期。

[243] 王烺烺：《欧美主流文学传统与黑人文化精华的整合——评莫里森〈宠儿〉的艺术手法》，《当代外国文学》2002 年第 4 期。

[244] 吴岳：《英属北美马萨诸塞殖民地教派关系初探》，硕士学位论文，东北师范大学，2009 年。

[245] 王岳川：《拉康的无意识与语言理论》，《人文杂志》1998 年第 1 期。

[246] 习传进：《20 世纪美国非裔文学发展的三次高潮》，《长江大学学报》2005 年第 4 期。

[247] 习传进：《意指的猴子：论盖茨的修辞性批评理论》，《湖北师范学院学报》2005 年第 5 期。

[248] 张峰、赵静：《"百纳被"与民族文化记忆——艾丽斯·沃克短

篇小说〈日用家当〉的文化解读》，《山东外语教学》2003 年第 5 期，第 17 页。

[249] 郑婧：《宗教与世俗的并存——美国黑人灵歌的发展及其特性研究》，硕士学位论文，厦门大学，2009 年。

[250] 张阔：《美国黑人早期布鲁斯音乐的兴衰（1890—1929)》，博士学位论文，东北师范大学，2011 年。

[251] 曾梅：《俄亥俄河畔的非洲水神——非洲传统文化在小说〈秀拉〉中的反映》，《山东外语教学》1999 年第 1 期。

[252] 曾梅：《托尼·莫里森作品的审美特征》，《山东大学学报》2007 年第 5 期。

[253] 张清芳：《用语言文字弹奏爵士乐——托尼·莫里森的长篇小说〈爵士乐〉赏析》，《域外视野》2007 年第 8 期。

[254] 朱小琳：《回归与超越——托尼·莫里森小说的喻指性》，博士学位论文，中国社会科学院研究生院，2003 年。

[255] 朱小琳：《视角的重构：论盖茨的意指理论》，《外国文学研究》2004 年第 5 期。

[256] 朱小琳：《作为修辞的命名与托尼·莫里森小说的身份政治》，《国外文学》2008 年第 4 期。

[257] 朱小琳：《美国非裔文学研究的政治在线与审美困境》，《山东外语教学》2013 年第 2 期。

[258] 赵永健：《美国小说本土化中的"黑人性"表征》，《上海大学学报》2004 年第 5 期。

[259] 张雅如：《谈美国黑人英语》，《汕头大学学报》1996 年第 5 期。

[260] 曾竹青、杨帅：《〈戴家奶奶〉中百纳被的黑人女性主义解读》，《湖南科技大学学报》2008 年第 2 期。

后　记

　　完成本部专著的书稿校对工作，已是 2016 年 7 月下旬，距离我博士毕业又是整整三个年头。回顾匆匆而逝的三年，感触颇多。博士在读期间的巨大精神压力严重透支了我的健康，毕业后不得不停下来，暂时休息一下。在科研上稍作调整的同时，我开始认真思考自己未来的研究计划。

　　从 1999 年 9 月硕士在读开始，我一直密切关注非裔美国黑人女性文学的发展趋势和研究现状。在历时十七年的时间里，我认真做完了托尼·莫里森和左拉·尼尔·赫斯顿的研究。随着研究的深入，我的脑海中逐渐浮现出一张非裔美国黑人女性文学的谱系图，非裔美国黑人女性文学的基本创作模式和审美模式也逐渐清晰。2014 年，我以"非裔美国黑人女性文学传统"为关键词，申请了宁夏哲学社会科学研究基金和宁夏高等学校科学研究基金，并获得立项。2014 年 8 月至 2016 年 7 月，我利用教学之余的时间，坚持阅读、思考和写作。随着时间的推移，电脑中那些零碎的电子笔记逐渐变为整体的、富有逻辑的章节，对于某些文化现象的幼稚猜想转变为有理有据的"直接引语"，大量看似肤浅的文本分析转为各类理论指导下的深入浅出……书稿字数不断增加，质量不断提高，令我欣喜不已。通过本书的撰写，我对非裔美国黑人女性文学有了更为清楚和完整的认识，梳理出了属于非裔美国黑人女性作家自己的文学传统，触摸到了她们隐藏在文字背后的深层创作机制和审美机制。可以说本书是对我博士阶段学习的总结，也是未来研究新的起点。

面对即将交付出版的书稿，我早已忘记那些阅读资料时的枯燥，忘记熬夜时的困乏，忘记写作时的迷惑，忘记颈椎的疼痛，忘记视力的下降，忘记教学、科研、生活无法兼顾时的焦灼，心里只有两个字，那就是"感恩"。是的，此刻，我满怀感激之情。

感谢南开大学文学院博士生导师王志耕教授。2009 年，在恩师的帮助下我如愿来到梦想中的南开大学开始学术之旅。博士在读的四年使我在学习方法和科研方法上有了巨大进步，发现问题的敏感性和解决问题的科学性方面都受到专业训练，使我具备了成为一个"学者"的基本素质。除去学术和科研上的收获，老师对学术的严谨和热爱，对学生的耐心和关怀，对生活的悲悯和仁慈都深深感染着我，为我的人生道路指明了方向。

感谢宁夏大学外国语学院博士生导师周玉忠教授。自 1990 年与老师相识，一直得到老师的支持、鼓励和帮助，能有今天的成绩和老师的培养是分不开的。与老师相处的这些年里，在老师的严格要求和耐心指导下，我的综合能力得到很大提升，做到了既可以站稳讲台，也可以潜心学术，还可以做好管理。更重要的是，在老师那里学到了很多做人的道理。周老师是我的良师，更是我的益友！

感谢宁夏大学外国语学院院长周震教授。感谢周院长百忙之中关心我的生活，支持我的科研。在炎炎夏日中欣然答应我的写序请求，并为本书提供资金支持。周院长在英国求学多年，获得博士学位后毅然回国，以其独特的管理理念和科研思维引领学院的发展，敦促青年教师的进步，使我们对未来充满了期待。

感谢我的家人。除去正常的教学和管理工作，我总是忙着备课、阅读、写作，没有时间和精力为家人做太多的事情。1958 年从上海"支边"到宁夏，把所有青春岁月贡献给宁夏教育事业的父亲胡建华时常叮嘱我好好做人、努力工作；在父亲最困难时倾其所有、不离不弃、陪伴丈夫近五十年的母亲张春芳用实际行动诠释了什么是爱和付出；同在高校工作的爱人金玉河主动承担大部分家务，为我制订科学的饮食、运动和工作计划，并且无条件包容我的任性和忙碌；十一岁的儿子金玥兆身体健康、性格开朗、学习优异，喜欢弹吉他、练击剑、读小说。最幸福的时刻莫过于晚饭后我在电脑上写东西，他在我的身后读书……

感谢身边默默支持我的朋友。感谢我的硕士生彭娟和李洋。在书稿的校对过程中，彭娟和李洋为我分担了很多工作，让我的视力和颈椎得到及时的休息和调整，她们在整理过程中发现的细节问题保证了本书的质量。感谢中国社会科学出版社资深编辑郭晓鸿老师，她总是耐心解答我的各类问题，及时回复我的每封邮件。感谢肯定和鼓励我的所有同事，谢谢你们！

人到中年才真正明白：满怀感恩地生活是一件幸福的事。我珍惜烟火岁月中的平凡幸福，珍惜与所有人的擦肩与相遇。在以后的日子里我会继续努力——健康工作，快乐科研，幸福生活。

由于本人学术水平有限，本书中一定还存在不足和问题，敬请学界师长、同行批评指正。

胡笑瑛

2016 年 7 月 25 日